新装版

破　　　弾

刑事・鳴沢了

堂 場 瞬 一

中央公論新社

目次

破弾

刑事・鳴沢了

第一部　緩い坂道

1

刑事の仕事の八割は、報告書を書くことである。

誰が書いても同じように思える報告書にも間違いなく上手い下手はある。しかし、どんなにひどい文章で書かれていても、報告書からは必ず事件の臭いが立ち昇ってくるものだ。

私は資料室のパイプ椅子に浅く腰を下ろし、机の上に古い捜査資料を広げていた。三年ほど前に起きたコンビニエンスストアの強盗事件で、それだけなら別に珍しくもない。ただ一つ、その事件が他の強盗事件と違っていたのは、怪我をしたのが店員ではなく犯人の方だったということである。深夜勤のアルバイトの学生は空手三段で、レジに手を伸ばした犯人の手首をつかむと、巧みに裏返した。首筋に手刀を、次いで顔面に強烈な肘打ちを叩きこむと、犯人は頬骨を骨折する重傷を負った。

その経緯を描写する報告書は、さながら格闘技雑誌の記事のようであった。

私は声を出さずに笑った。この犯人は中国人だったのだが、その後どうしているのだろう。故郷に帰り、窪んだ顔面の痛みに耐えながら、日本での恐怖の体験を思い出すこともあるのだろうか。

ベルトにぶら下げた携帯電話が震え出し、重傷を負った中国人に関する私の夢想は中断させられた。

「鳴沢《なるさわ》?」

「はい」

「今どこだ?」

「資料室ですが」

「何だ、そんなところにいたのか」

刑事課の係長、水島一朗《みずしまいちろう》が、気の抜けたような声を漏らす。資料室は刑事課のすぐ隣にあるのだ。電話を握り直し、私は先を促した。

「何ですか」

「傷害。被害者はホームレスだ。他の連中は手一杯なんで、現場に行ってくれ。多摩南公園だ」報告書を読み上げるような口調が一瞬引っこみ、その後に続いた言葉から、彼の本音が零《こぼ》れ落ちる。「こんな時間に資料室にこもってるぐらいだから、あんたは、どうせ暇なんだろうし」

暇だ。そんなことは、誰かに指摘されるまでもなく分かっている。もう九時近いのに、家に帰るわけでもなく、一人資料室で埃にまみれているだけなのだ。夜は大抵、こうやって昔の事件の資料を読みこんでいるか、街頭を一人でうろついている——一種の個人的なパトロールだ。多摩署に赴任して以来、仕事といえば雑務の処理だけだし、家に帰っても、ジョギングか靴磨き以外にはすることもない。夕方以降の空いた時間を潰すために私が見つけた方法が、この二つなのだ。

長い間、私はアイドリングを続けている。このままでは、エンジンが壊れるのも時間の問題だろう。何でもいい、刑事らしい仕事がしたいという思いは、このところ強くなる一方だった。そこに、この事件である。単純な傷害だろうが、被害者がホームレスだろうが、事件であることに変わりはない。現場に出るのを面倒臭がっている誰かの代役だとしても、私にとってはありがたい話だった。

刑事課には顔を出さずに署を出た。霧のような雨が靴を濡らしたが、今夜ばかりは気にもならなかった。

現場の多摩南公園は、京王・小田急線の多摩センター駅を中心とした市街地からは少し外れた、公団住宅が立ち並ぶ一角にあった。比較的古い公園のようで、トイレや水飲み場は薄《うっす》らと汚れており、秋の雨に濡れる木々も、どことなく力がない。

公園の一角は規制線で封鎖されており、その向こうに、青いビニールシートで作ったテントが立ち並んでいる。赴任してきてからの何か月かで、管内はくまなく回ったつもりだったが、ここにホームレスの連中が住んでいるのは知らなかった。鑑識の係員たちが現場作業をしている最中で、強くなってきた雨が、カメラのフラッシュの中で細い糸のように浮かび上がる。レインコートのボタンを一番上までかけ、襟を立てた。寒気をはらんだ風が容赦なく吹きつけ、コートの生地を突き抜けて体に刺さる。

黄色い規制線をくぐって現場に近づいていくうちに、一人の女と目が合った。小野寺《おのでら》冴《さえ》。一月《ひとつき》前、多摩署に赴任してきたばかりの刑事だ。挨拶はしているし、毎日署で顔を合わせているのに、今まで話をした記憶はない。もしかしたら向こうは、私の名前さえ覚えていないかもしれない。目を細めて私をじっと見つめているのは、たぶん、頭の中で名簿と顔を突き合わせているのだ——いや、違う。私に注がれる彼女の視線は、「遅い」と非難するような色合いを帯びていた。

　私は一瞬歩調を緩め、彼女を素早く観察した。背が高い。少しヒールの高い靴を履いたら、目の高さは私とさほど変わらないだろう。こんな時間なのに、八時間たっぷり寝た後のようにすっきりとした顔つきで、紺のパンツスーツに薄手のコートと、服装もきちんとしている。コートが翻る度に、少し異常と思えるほど長い脚が覗いた。

「どんな状況？」

　小さく会釈してから声をかけると、冴が戸惑ったように眉をひそめた。

「分からないわね」

「分からないって、手がかりがないっていう意味か？　それとも、何が分からないのか分からないっていうことか？」

　冴の顔が見る間に赤くなった。

「鳴沢さん、ですよね」

「そう、鳴沢了《りょう》」

「遅れてきて、喧嘩を売るんですか？」

「こういう喋り方しかできないんだ」

「そういう性格、直した方がいいですよ」

「三十にもなってから性格を直すのは不可能だと思う」

「三十？　もしかしたら、私と同期？」

「だと思う」

「そうなんだ」

その事実が判明した途端、冴が丁寧な口調をかなぐり捨てた。しかしそれは親しみの発露ではなく、彼女の態度が柔らかくなることは決してなかった。

「それで、何が問題なんだ」

「被害者がいないのよ」

「いない？」

「消えちゃったのよ」

目を細め、冴が冗談を言っているのかどうか、見極めようとした。冗談とは思えなかったし、そもそも彼女は冗談を言うようなタイプにも見えなかった。

「通報者は？」

「ここに住んでるホームレスの人。もう話は聞いたわ」

「もう一回聞こうか」

「私を信用してないの？」

「君を信用してないわけじゃない。又聞きを信用しないんだ」

　冴が肩をすくめ、テントの一つに向かって顎をしゃくる。私が先に立ち、テントの入り口にかかっている毛布を撥ね上げた。中で折り畳み椅子に座っていた男が、びくりと顔を上げる。小さくうなずいて見せると軽く会釈を返してきたが、渋い顔を見れば、この状況に彼がうんざりしていることは簡単に推測できた。

　テントの中は、案外居心地が良さそうだった。ビニールシートを木の枝から吊り下げ、太い釘で裾を地面に止めたもので、全体は三角形になっている。雪国の一戸建ての家にも似て、屋根にあたる部分の傾斜はきつい。狭苦しいのは間違いないが、少なくとも雨や風が入りこんで来ることはないだろうし、屋根がこんな形なら、雨が降っても水も溜まらないだろう。隅の方には煤けた石油ストーブがあるので、これから訪れる冬の寒さも何とかしのいでいけそうである。腐ったような臭いを想像していたのだが、実際に漂っていたのは、濃い醬油と砂糖の香りだった。見ると、一角にガスコンロが置いてあり、その上にすっかり黒くなった鍋が載っている。コンロの脇には、蓋の開いたサンマの缶詰が転がっていた。テントの一番奥には、パソコンが数台、無造作に置かれている。おそらくゴミ捨て場から拾ってきたものだろうが、こういうものでも売り払うと何がしかの金になる、と聞いたことがある。脚の長さが揃っていないテーブルの上では、小型の液晶テレビが蒼白い閃光を振りまいている。男が手を伸ばし、テレビの音を絞った。

私の耳の後ろで、冴がつぶやく。

「脇田《わきた》さん」

「下の名前は？」

振り向いて彼女に訊ねると、少しむっとした口調の答えが返ってきた。

「一幸《いっこう》さん。脇田一幸さん。数字の『一』に『幸い』」

「脇田さん」

私が呼びかけると、脇田が顔を上げた。戸惑っている。笑おうとして笑えず、頬が引きつった。

「何を見たんですか」

「見たんじゃなくて、聞いたんです。隣のテントで、悲鳴をね」

「どんな悲鳴でした？」

「やめろって。その後で、ぶん殴るみたいな音が聞こえてきて」脇田が恐怖を押し潰すように、自分の体をきつく抱いた。「誰かが出て行く気配もしたけど、そこは見てないんですよ」

「それからどうしました」

「しばらくしてから見に行きましたよ、もちろん」同じことを繰り返し説明しているせいだろう、うんざりしたような口調で脇田が答える。「そうしたら倒れてたんだ、沢ちゃんが」

「沢ちゃんっていうのが、被害者の名前なんですね」

「そう」

「下の名前は？」

「知らない」

「本当に？」

脇田が、怒りを無理に押し殺すように目を細め、私を睨みつける。

「嘘ついてどうするんですか、刑事さん。こんな場所じゃ、名前なんか関係ないんですよ。みんな、昔の居場所に名前を置いてきたんだから」

沢ちゃん。それがそもそも、沢なのか、沢田なのか、沢口なのかも分からない。もしかしたら、苗字ではなく名前だという可能性もある。

「怪我はどんな具合でした？」

「脚をやられてました」脇田が、自分の右膝をぽん、と叩く。「ズボンの上からじゃ分からなかったけど、えらく痛がってましたね。膝が折れてたんじゃないかな」

「何て言ってました」

「喋れるような状況じゃなかったんですよ。痛い、痛いってそればっかりでね。それで、慌てて救急車を呼びに行ったんです」

「公衆電話ですよね」

「もちろん。ここには電話なんかないからね」皮肉っぽく脇田が言う。

一番近い公衆電話はどこにあるのだろう。少なくとも、この公園の近くでは見かけなかった。

「電話をかけに行ってからここへ戻って来るまで、どれぐらいかかりました？」

一瞬考えこんでから、脇田が「十分、かな」と答えた。

膝が折れたような状態で、十分でどこまで行けるだろう。誰か別の人間が連れ去ったのではないか、とも思えてきた。

「ここへ帰ってきたら、その人はいなくなってたんですね」

「そう」

「どうやって」

「どうやってって……」脇田が唇を嚙む。やがて、はっと気づいたように「自転車じゃないかな」と言った。

「自転車？」

「そう、沢ちゃんは自転車を持ってたんだ。真っ直ぐ走らせるのにも難儀するようなオンボロだけどね。そいつに乗って、自分で医者に行ったのかもしれない」

脇田が立ち上がり、私たちの脇をすり抜けてテントの外へ出た。ほんの少し汗臭い臭いが漂ったが、顔をしかめるほどではない。私は、横に並んだ冴に訊ねた。

「被害者のテントは？」

「今、鑑識が入ってるわ」

沢ちゃんと呼ばれた男のテントの前で、脇田が脚を止めた。鑑識の係員が写真を撮影しているので中へ入れない、と思ったのだろう。私は、雨の中で立ち尽くす彼に質問を続けた。

「沢ちゃんは、テントの中に自転車を置いていたんですか」

「そう。用心深い奴でね」脇田が、馬鹿にしたように鼻を鳴らした。こんな場所で用心もクソもない、と思っているのだろう。

鑑識の係員に断って、テントの中を覗いてみた。脇田のテントと同じように、ごちゃごちゃとガラクタが置いてある。しかし、自転車は見当たらなかった。テントの外に出て、「自転車はないですね」と告げると、したり顔で彼がうなずく。私は質問を続けた。

「あなた、普段から被害者とは親しかったんですか」

「親しいっていうのとは、ちょっと違うね」脇田が、困ったような表情を浮かべる。「こういう場所では、お互い知らんぷりっていうのが礼儀みたいなものだから。まあ、天気の話をしたり、金が入ったらワンカップを奢ったり奢られたりってことはあったけど、それだけだね。こっちが自分のことを聞かれたくないのと一緒だろうって思ってたから、俺も何も聞かないんだ。ここにいる連中は、みんな同じだと思いますよ」

「それで、名前も『沢ちゃん』としか分からないんですね」

「そういうことです」

テントを離れた。地面は、所々水溜りができるほど湿っており、歩いているうちに靴が濡れてくる。舌打ちしながら公園の外へ出て、周囲を見渡した。多摩センターは、丘陵地を切り拓いてでき上がった街で、京王線と小田急線が乗り入れる駅が、街で一番低い場所にある。公園の前も緩やかな下り坂になっており、一度自転車が動き始めれば、ペダルをこがなくても何とか駅までたどりつけるかもしれない。

しかし、そこから先はどうしたのだろう。膝の骨折となれば、痛みも並大抵ではないはずだし、そもそも歩くことなど絶対できない。大人しく救急車の到着を待っていれば良いものを、どうしてわざわざ痛みをこらえてまで、逃げ出す必要があったのか。

公園に戻ると、冴が被害者のテントの前で手持ち無沙汰な様子で立っていた。依然として、警戒するような雰囲気を崩してはいない。自分の縄張りを荒らされたとでも思っているのだろうか。

「他の連中は？」

「誰も来てないわよ」冴がぐるりと辺りを見回した。「その程度の事件だとでも思ってるんじゃないの」

そんなことはどうでもいい。事件は事件なのだ。私は咳払いを一つして、話題を変えた。

「発生は何時？」

冴がコートの腕を突き出して腕時計を覗きこむ。

「二時間前ね」

とすると私は、ひどく出遅れたことになる。出遅れたというか、水島が私の名前を思い出すのにそれだけの時間がかかったということなのだろう。

「君はいつからここにいるんだ」

「実は私も、ほんの三十分前から。派出所の人たちから引き継いだのよ」

「何か、変な感じだな」

「そうね」少し落ちこんだ声で言い、冴がコートの襟をいじった。

「他の人たちの事情聴取は済んでるのか」

「だいたいは」

「じゃあ、署に引き揚げよう。鑑識もそろそろ終わるだろう」

「そうね。今夜はもう、あまり聞くこともないわね」

「その前に、もう一度現場を見ていくか」

「私はもう、見たわよ」

「じゃあ、俺一人でいい」

私は冴を残して、沢ちゃんと呼ばれた男のテントに、もう一度足を踏み入れた。鑑識の係員から懐中電灯を借り、中を照らし出す。雑然とした中に、生活の臭いが染みついていた。部屋の中央には、三本の脚の長さが揃っていないテーブルと、背もたれのウレタン部分がはがれてしまったパイプ椅子。ビニールの壁に押しつける形でマットレスが置いてあり、丸めた毛布がその上に載っている。このテントには、暖房器具はないようだった。外気よりも冷たく感じられる空気が、中で淀んでいる。

マットレスの反対側には、プラスチックの衣装ケースが三つ、重ねられている。手袋を取り出し、中を改めた。どこで洗っているのか、皺だらけだが案外清潔そうな服が、きちんと畳まれて入っているだけである。シャツの裏側にクリーニング屋のタグがついていないかと思ったが、見つからなかった。ラジオが、低い音でつけっぱなしになっている。たまたまニュースをやっている時間だったので、しばらく耳を傾けていたが、この事件に関する報道はなかった。

身元を示すものは何もない。諦め、表へ出て湿った空気を嗅ぐと、テントの中はやはり異臭で満たされていたのだ、と改めて気づいた。

冴は、まだテントの前にいた。

「何か分かった？」と挑みかかるように訊ねる。

「いや」

「でしょうね」どこか勝ち誇ったような口調だった。「私も一度調べたのよ。手がかりなし、ね」

「君が見つけられなかったものを、俺が見つけられるわけがないってことか」

「そういうこと」あっさりと言って、冴が公園の外に向かって歩き出した。さっさと車に乗りこむ。インプレッサのワゴン。彼女のマイカーなのだろう。しかしこの車のユーザー層は、女の子よりも車に興味があるという若い男性のはずだ。三十歳になった女性刑事という冴の立場には合わないような気もしたが、彼女は服を着るようにさりげなく、シートに身を滑りこませた。

変わるものもあるし、変わらないものもある。

変わっていないのは、私が依然として刑事をしていることだ。変わったのは――その他のことは、ほとんど変わってしまったと思う。ほぼ一年前、私は故郷の新潟で、一つの事件に巻きこまれた。ある復讐劇の原因になった五十年前の事件を捜査しているうち、新潟県警の捜査一課長まで務めた祖父が、その事件に関わっていたことを知ってしまったのだ。祖父は、私がその事実を知った時、自ら命を絶った。私はそれを見逃した。

その事件をきっかけに、私は新潟県警を辞めた。県警の幹部である父が、祖父の事件への関わりを知っていながら、自分ひとりで呑みこみ、黙殺していたという事実が赦せなかったし、祖父を見殺しにしてしまった自分に、刑事を続けていく資格があるのか、分からなくなってしまったから。

だが私は、他の何ものにもなれなかった。故郷を出てから、高校、大学時代を過ごした東京に舞い戻り、これからどうしていこうかと考えた末、私が選んだのは刑事という職業だった。それが正しかったのかどうかは、未だに分からない。

署へ戻ると、刑事課の大部屋にはまだ灯《とも》っていた。冴が先に、私が続いて中へ入る。水島が一人で書類仕事をしていた。私たちに気づくと一瞬顔を上げたが、すぐに書類に視線を落とし、そのまま話し始める。

「被害者、現場から消えちまったんだって？」

「ええ」冴が答える。

「良く分からん事件だが、お前らで担当してくれ」

私は冴と顔を見合わせた。彼女の顔には、迷惑そうな表情が浮かんでいる。たぶん彼女も、私の顔に同じような表情を見つけたのだろう。嫌そうに唇を歪めて、水島に抗議した。

「二人だけ、ですか？」

「当たり前じゃねえか」水島が顔を上げ、冴の穏便な抗議を押し潰した。眼鏡の奥の目が冷たく光る。「この程度の事件に、そんなに人手は割《さ》けないんだよ」

「……分かりました」不満そうに言いながらも、冴がうなずいた。「じゃあ、今夜はこれで失礼します」

「ああ、ご苦労さん」

私は無言のまま頭を下げ、部屋を出ようとしたが、水島に呼び止められた。

「鳴沢」

人差し指を曲げ、こちらへ来るように、と促す。気に食わない仕草だったが、私は彼のデスクの横まで戻った。水島が体を乗り出すようにしてささやく。

「食い殺されないように気をつけろよ」

「はい？」

「ありゃあ、相当のじゃじゃ馬だからな」

水島の目は、嫌らしく笑っていた。じゃじゃ馬らしいというのは、ほんの少しの時間、一緒にいただけでも分かる。だったらどうして水島は、私を彼女と組ませようとするのだろう。はっきりとした説明が欲しかったが、水島はそれ以上の説明は無用だとでもいうように、また書類に目を落としてしまった。

駐車場で冴に追いついた。インプレッサのドアに手をかけようとしていた彼女が振り向き、小さな炎が燃えるような目つきで私を睨みつける。

「人の噂話は楽しい？」

「何だよ、それ」

「どうせ係長と一緒になって、私の悪口でも言ってたんでしょう」

「まさか」

「別に、隠さなくてもいいわ」

「君の悪口なんて言ってないよ」

冴が小さく鼻を鳴らす。私は一つ咳払いをして、理不尽にも思える彼女の怒りを散らそうとした。

「明日は、現場で落ち合おう」

「そうね」

「八時？」

ちらりと腕時計に目を落として、冴がうなずく。

「八時、ね。いいわよ」

送ろうか、と言いかけて、私は言葉を呑みこんだ。二人とも車なのだ。それに、軽々しくそんなことを言ったら、本当に彼女は噛みついてきそうな気がした。

「ねえ、これって、一種の厄介払いみたいなものじゃないかしら」露骨な怒気を含んだ声で冴が言う。

「ああ」

「冗談じゃないわ。公務員って、けっこう陰湿よね」

私は肩をすくめるだけにした。自分もその公務員の一人であることに変わりはないのだから。

時に私は、公務員——刑事——であることに何の意味があるのか、と自分に問いかけることがある。これが自分の天職だとずっと信じていたのに、今はそう言い切る自信がない。これでいいのか。新潟県警を辞めた後、警視庁に入った自分は、とんでもない嘘つきか偽善者なのではないだろうかと、絶え間なく疑問が頭の片隅で渦巻いている。そんな自問を永遠に続けていくのだろうかと思うと、心底うんざりする。

冴が車に乗りこみ、エンジンをかける。野太い排気音が駐車場に響くと同時に、水を撥ね上げながら、インプレッサが走り出した。自主規制値一杯の二百八十馬力に、アスファルトに食いつく四輪駆動システム。ルーフスポイラーも派手に自己主張し、こんな街中ではなく、サーキットかラリーのコースへ連れて行ってくれ、と訴えている。彼女がどうしてこの車を選んだのか、私にはさっぱり分からなかった。

私の家は、京王線と小田急線の線路を挟んで南側の多摩署とは反対側に位置する、小高い丘の上にある一軒家である。元々は、私が卒業した大学の助教授の家なのだが、彼は夫婦でアメリカに留学中で、私はそこの留守番をするような形でこの家を借りている。

家賃は払っていない。親が地主で、先祖代々の土地を住宅公団に切り売りしてきた結果、今では三代後まで楽に暮らせるほどの金が貯まっているらしい大家は、税金の計算が面倒くさいからという理由で、私から金を受け取ろうとはしなかった。

そういうわけで、私は公共料金を払うだけで、この真新しい洒落た二階建ての家に住んでいる。そのことについて、肩身の狭い思いをすることはなかった。一方で、金を使わずに済んで良かったと素直に喜ぶこともできない。どうでもいいことなのだ、たまたま運が良かっただけなのだと思うことにしている。

車庫に車を入れてシャッターを下ろす。玄関に座りこみ、濡れた靴の手入れをした。乾いた布で水滴を拭き取る。つま先の辺りが内側まで湿っていたので、中に、丸めた新聞紙を突っこんでおいた。それから、ブラシで泥を落とす。クリームをつけてちゃんと磨きたいところだが、それは乾くまでお預けだ。

玄関先でコートの水を拭いた。体全体が湿り、氷を飲みこんだように冷えている。ついこの前まで、薄いスーツでも汗をかいていたのに、この二週間ほどで、急に秋が深まってきた。多摩の晩秋を、冬を恨めしく思い出す。新潟生まれの私にも、乾いた多摩の寒さはこたえた。容赦なく吹きつける風、それに乾燥した空気が寒さを増幅させるのか、新潟よりもはるかに寒い感じがする。

この街は、私にとっては第二の故郷だ。中学校を卒業するとすぐに東京に出るのが鳴沢家の決め事のようなもので、私もそれにならい、大学を卒業するまでの七年間を多摩市で暮らした。しかし、この寒さに慣れることができたのは、大学も後半の二年間だけだったと思う。それはたぶん、その前の一年間、アメリカでも特に寒さが厳しい中西部の街に留学していたせいだ。その後新潟に戻り、県警で七年間仕事をしたので、今は再び新潟向きの体質になってしまっている。東京へ舞い戻ってきて初めての冬が間近い今、胸が潰れるような気の重さを私は味わっていた。

ゆっくりとシャワーを浴びて体を温める。髪を乾かし、パイン材の家具があちこちに配されたリビングルームのソファに腰を落ち着けた時には、一時を回っていた。住んで四か月ほどになるが、まだ何となく居心地が悪い。大家夫婦は典型的なカントリー趣味の持ち主で、開拓時代のアメリカの家をモチーフにして、家中を飾り立てている。塗装されていないパイン材の家具、キルトのクッション、全てが私にとって違和感を感じさせるものだ。だから、リビングとキッチン、それに風呂とトイレしか使わないようにしている。寝る場所は、リビングの脇にある三畳ほどの書斎だ。そこの小さなソファに毛布を持ちこみ、体を折り畳むようにして、毎晩浅く短い眠りを貪《むさぼ》っている。

ただ一つ、この家でお気に入りの場所が、リビングの前に張り出したサンデッキである。そこからは、眼下に広がる多摩の市街地が、すっかり見渡せる。もちろんこの時間には街はすっかり眠りについており、暗闇の中で無駄な抵抗をするように、夜更かししている家の灯りがかすかに見えるだけだ。今夜は、雨でそれさえも見えない。しかし私は、ここからの光景を見飽きることがなかった。朝でも、昼でも、夜でも。

　それは、今の私に許されたただ一つの贅沢なのかもしれない。


　雨は上がったが、翌朝はさらに冷えこんだ。八時前に現場に着いたのだが、すでに冴は仕事を始めており、不安そうに身を寄せ合うテントの住人たちから話を聞いている。公園の周囲は依然として規制線で囲まれ、そこから中を覗きこむように、近所の住人や新聞記者たちが集まっていた。

　今朝の朝刊では、社会面の片隅にベタ記事が載っているだけだった。「公園のホームレスを襲撃？」の見出しで、疑問符が象徴するように、何とも歯切れの悪い内容だったが、それも仕方ない。何しろ、被害者がいないのだから。私自身、本当に事件が起きたのかどうか、分からなくなっていた。

　冴が私に気づき、大股で近づいてくる。いや、大股に見えるだけで、脚の長い彼女にとってはそれが普通の歩き方なのだ、とすぐに気づいた。私がおはようを言う前に、彼女がきつい表情を浮かべて口を開く。

「遅い」

私はわざとらしく、彼女の顔の前に腕時計をつき出してやった。

「まだ時間前だよ」

「私より遅いじゃない」

「どっちが早く現場に来るか、競争でもするつもりか？」

「そういう競争だったら、私は絶対負けないわよ」

「俺は、乗らないよ」

冴が肩をすぼめる。どうも、二言三言言い合いをしないと、彼女とは仕事の話に入れないようである。冴が手帳を広げ、ページをめくった。

「ここではもう、あまり聞くことはないわね」

「こんなにテントがくっついている場所で、誰も何も見てないっていうのは変な感じがしないか？　見慣れない人がいたら、気づいてもおかしくないと思うけど」

「ラジオやテレビを持っている人も多いし、昨夜は雨も降ってたでしょう。外の様子は分かりにくかったはずよ。それに、こういう場所では、お互いに関わり合いにならないのが礼儀なのよ」

彼女の言う通りなのだろう。家を捨て、公園の片隅にビニールシートでテントを張って暮らしているということは、何かを捨ててくることに他ならないのだから。そして、その「何か」とは、主に人間関係であるはずだ。

「周辺に聞きこみを広げるか」

「そうね」冴が公園の周囲を見回す。「だけど、難しいかも」

「ああ」私も、冴と一緒に視線を巡らせた。公園を取り囲むように古い公団住宅が立ち並んでいるのだが、具合の悪いことに、どれも裏の階段の方が公園を向いていた。公園の中で何が起きても、その音が聞き取りにくい位置関係だし、昨夜は雨も降っていた。そもそも、ここに何人ぐらいの人間が住んでいるのだろう。全員に事情を聞き終えるには、相当の時間がかかりそうだ。

しかも、この事件を担当しているのは私たちだけなのだ。今も、たぶんこれからも。

コートのボタンを外し、冷たい外気を導き入れた。どれも青いテントは、一連なりの長屋、あるいは明るい色合いの難民キャンプといった趣である。もう一度、沢ちゃんと呼ばれた男のテントを覗いた。

ビニールを透かして陽光がテントの中まで入りこんでいるので、昨夜よりは内部の様子がよく分かったが、被害者の身元につながりそうな手がかりは見つからなかった。入り口付近のビニールに付着している血痕――昨夜は見逃していたものである――を見つけることはできたが、被害者の怪我の大きさを想起させるものではなく、ちょっと手を切った血がこぼれた、という感じである。

外へ出て、テント生活者たちの輪に近づいた。怯えたような、怒ったような顔が、一斉に私の方を向く。脇田だけは軽く会釈してくれたが、それほど協力的な様子には見えなかった。

ずるずると何かを啜《すす》る音がした。そちらを振り向くと、釣りで使うような小さな折り畳み椅子に窮屈に腰かけた男が、両手で大事そうにコーヒーカップを包みこんでいる。私はそちらに近づき、男の前で屈みこんだ。昨夜は見かけなかった顔である。他の男たちとは、服装も少し違った。腰までの長さのコートにジーンズ、くるぶしまでの短いブーツという服装は、くたびれてはいるが小綺麗で、何より汗の臭いがしない。

私の顔を認めると、大きく口を広げて笑みを浮かべた。

「あんた、刑事さん？」

「そう。あなたは？」

「名前？　岩隈哲郎《いわくまてつろう》。握手してやろうか？」

からかわれているのだろうかと思い、少しだけむっとした声で「けっこうです」と言ってやった。岩隈と名乗った男は、したり顔でうなずき、またカップに口をつける。煮詰まったコーヒーの濃い匂いが漂った。見ると、足元には小さなコンロ、それにポットが置いてある。テント生活者というより、公園の片隅でアウトドア気分を味わっている男、という感じだった。

「あなたもここに住んでるんですか」

「俺は、あちこちをうろうろしてる。ここにも時々来るんだよ」

「昨夜も？」

「昨夜は遅くに来たんだ。あんたらが帰った後にね」

「じゃあ、事件のことは知らない？」

腰を浮かすと、岩隈が尻ポケットから皺くちゃになった新聞を取り出し、ばさばさと大袈裟な音をたてて開く。

「こいつで読んだぐらいだね」

「沢ちゃんという人は知ってますか？」

「ここで一番長いんじゃないかな」微笑を絶やさないまま、岩隈が答えた。「俺が知ってる限りじゃ、一年ぐらい前からここにいたはずだよ」

「良く知ってましたか？」

「話をしたことはあるよ。でも、こういう場所にいる人は、あまり積極的に話したがらないものでね」

昨夜、脇田も同じようなことを言っていた。やはり、こういう場所にはこういう場所なりの仁義とルールがあるのだろう。

「人が襲われたのに気づく人があまりいないっていうのはどういうことですかね。普通は、大騒ぎになるはずだけど」

「みんな、びびってたんじゃないかな。ねえ、こういう場所にいる人たちには、それなりに理由があるんですよ。借金取りに追いこみをかけられてたり、やばいことをしてる人もいるんだから、積極的に警察に通報したがらないのも当然でしょう。そもそもここにいること自体、公園の不法占拠なんだから」

「沢ちゃんも何か、やばいことをしてたんですか」

「さあて、どうかね」どこか思わせぶりな様子で、岩隈が首を傾げる。「俺は、あの人のことはほとんど知らないから」

「何歳ぐらい？」

「五十ぐらい、かな。でも、こういう生活をしてると老けこむのも早いから、実際にはもっと若いかもしれない」

「ここで、沢ちゃんと一番親しかった人は誰でしょうね」

「さあ。俺は、このコミュニティの番人ってわけじゃないから。そこまでは分からないね。何か分かったら協力するけど」

「あなたに連絡を取るにはどうしたらいいんですか」

「こっちからあんたを見つけますよ。俺は別に、警察は敵だ、なんて思ってないからね。沢ちゃんを襲った奴を捕まえるのには協力するよ」

私が名刺を差し出すと、岩隈が、親指と人差し指でつまむように受け取る。

「何か、訳ありかもしれないね」岩隈が薄く髭《ひげ》の伸びた顎を撫でた。

「訳あり？」

「ああ、まあね」岩隈が立ち上がった。ひどく小柄で、私の肩ぐらいまでしかない。膝を手で払い、にやりと笑った。「そんなこと言ったら、ここにいる人たちはみんな訳ありだけどね。あんたたちにすれば、みんな同じような落伍者に見えるかもしれないけど、ここに至るまでには、それぞれの長い道があるんですよ」

「良く分かりませんね」

「沢ちゃんって、もしかしたらあんたたちが知ってる人間かもしれないよ」

「どうして」

「昔事件でも起こしたことがあれば、記録が残るんじゃない？　あんたたちみたいな刑事部の人じゃなくて、公安の方だけどね。あいつら、しつこいからな」もったいぶった言い方で、彼が言った。

「公安って、極左？」

「右翼って感じじゃなかったね、沢ちゃんは」

「それ、間違いないんですか？」

「まあ、まあ」私をなだめるように、岩隈が両手を広げて前に突き出す。「そう興奮しないで。何となく、だよ。具体的に、沢ちゃんが逮捕歴を自慢したりしたことはないし」

「ここへ来るまで、彼がどんな生活をしていたか、知りませんか」

「さあねえ。自分の過去を話すような人じゃなかったから。でも、セクトの件は調べてみたらどうですか。身元ぐらいは分かるかもしれないよ。じゃあ、頑張って下さいね。ホームレスが襲われた事件だからって、手を抜いちゃいけないよ」

何か反論したかった。私は、立場や暮らしで人を差別することはしない。そんなわけがない、と大声でまくし立てたかった。

しかし、それができない。私の曖昧な気持ちを見透かしたように、岩隈が小さく手を振り、ゆっくりとした足取りで離れて行った。

2

結果的に岩隈の情報は「外れ」だった。テントからは指紋が採取されたのだが、照合対象はなかった。ということは、沢ちゃんと呼ばれた人間には、少なくとも逮捕歴はないということになる。公安の連中は、ずっと昔の記録も大事に保管しているはずだが、「沢ちゃん」の本名が分からない以上は調べようもない。結局、沢ちゃんが過激派だったかどうかははっきりしないわけで、彼を見つけ出すためには、別の方法を探らなくてはならないようだ。

もっとも私は、それで少しばかりほっとしてもいた。もしも沢ちゃんと呼ばれた男が、かつて過激派だった、あるいは今でも活動しているとすれば、この事件は内ゲバである可能性が出てくる。そうなったら私たちは、公安に仕事を持っていかれてしまうだろう。係長の水島にすれば、面倒な上に大した意味もない事件を押しつけたつもりなのだろうが、私はこの事件を手放したくない。

規制線は昼前に解除された。私と冴は、近くのコンビニエンスストアで昼食を仕入れ、テントの立ち並ぶ一角から少し離れたベンチに座って昼食を取った。二人の間には、ビニール袋が二つ置いてある。それがそのまま、私と彼女の気持ちの距離を表しているようだった。朝、言い合いをした後は二人とも淡々と仕事をこなしてきたのだが、ぎこちない雰囲気は依然として薄れない。

何も、べたべたと仲良くしなければいけないわけではない。しかし、時に相棒と叩き合う無駄口が、脚を棒にする捜査に余裕を与えてくれるのも事実なのだ。仕事の話ばかりしていると、どうしても疲れてしまう。

ただしその疲労感は、私にとっては心地よいものでもあった。何しろこの数か月、ほとんどの時間を署の資料室で過ごしていたのだ。埃臭い、古い捜査資料に囲まれていると、自分までが昔の事件の登場人物になって、書類の中に閉じこめられてしまったような気分になってくる。久しぶりに陽の光を浴びて歩き回っていると、体がゆっくりと目を覚ますような感じがした。

「何か、変な事件ね」

「そうだな」

冴の感想に相槌を打ち、私はお茶を喉に流しこんだ。彼女の言う通り、これは奇妙な事件である。被害者のいない傷害、あるいは殺人未遂現場。数少ない証言をつなぎ合わせてみても、全体像が一向に浮かび上がってこない。

「さっき署に電話を入れたんだけど」冴が食べかけのサンドウィッチをビニール袋の上に置き、手帳を広げた。「手配を回したけど、この辺りでは、膝の怪我を治療した病院はないみたいね」

「ということは、大した怪我じゃなかったのかもしれない」

「あるいは、どこかの病院が嘘をついているか」

「それはないだろう」私は反論した。「嘘をつく理由がない」

「被害者を庇っているとか」

「まさか。何のために？」言いながら私は、昨夜の岩隈の言葉を思い出していた。こういう場所に住んでいる人には、それぞれの事情がある。それは、確かにそうだ。しかし、襲われたことを隠すような事情が何なのか、私には想像することもできなかった。

「うちの署は、ホームレスの調査なんかしてないのかな」

「たぶんね。やっていたら、とっくに身元が割れてると思うけど」

「ホームレスの存在なんて、東京では当たり前過ぎるから？」

冴が小さく肩をすくめる。何となく、癇《かん》に障る仕草だった。

「教えてくれよ。君の方が警視庁では先輩なんだから、その辺りの事情は良く知ってるのよ」

「私は、外勤にはほとんどいなかったから。ホームレスの調査なんかには縁がなかっただろう」

「ずっと刑事畑？」

「ずっとって言うほど長くないけどね」自嘲気味に笑い、冴がサンドウィッチを取り上げる。ふとベンチを見下ろすと、くしゃくしゃになったサンドウィッチのビニール袋が、いつの間にか山になっていた。私の視線に気づいたのか、彼女が弁解するように言う。

「大食いなのよ」

「みたいだな」

「食べられる時に食べておけって、教わらなかった？」

「新潟県警では、食べられない時は我慢するか、指でもしゃぶっておけっていうのが伝統だ」

「そうか」冴が座り直した。「あなた、新潟にいたのよね。それがまた、どうして警視庁にいるわけ？　他の県警に移るって、あまり聞かないけど」

「いろいろあって」いろいろあって。その言葉の裏側には、たった一つの明確な理由がある。しかし、それを彼女に言うべきではないと思った。同僚に喋っても救いにはならないし、私の話を聞けば、彼女だって嫌な気分を味わうだろう。

「いろいろあったんだ」彼女が私の言葉を繰り返した。

「そう、いろいろあった」

もう一度私が言うと、冴がうなずく。うなずくだけで、それ以上は詮索しようとしなかった。私に興味がないだけかもしれないが、突っこむべき時と引くべき時の違いが分かっているのかもしれない。もしもそうなら、彼女に少しだけポイントをあげていい、と思った。

「刑事になって何年になる」

「私と競争したいわけ？」挑むような口調で、冴が私の質問に応じる。

「いや、参考までに」

「五年」

「じゃあ、俺と同じぐらいだな」

冴がからかうように言った。

「だけど私は、修羅場をくぐってるわよ。新宿、機捜、渋谷。五年で、新潟県警の十年分か二十年分ぐらいの事件は経験してると思うわ」

私は肩をすくめて、彼女の自慢話を受け流した。そんなことは、指摘されるまでもなく分かっている。東京の人口は、新潟の四倍以上なのだから。

「結構だね。ずいぶん派手な現場ばかりだったんだろうな」

「そうね」認める彼女の顔が、わずかに暗くなる。ふと、小さな疑問が私の頭をかすめた。彼女はどうしてこんなところにいるのだろう。多摩署は、八王子市から多摩、稲城市に跨《またが》る多摩ニュータウンのうち、多摩市を管轄する署である。当然事件は少なく、新宿や渋谷、池袋など繁華街の署に比べると、何となく格落ちの感は否めない。

私はその疑問をオブラートに包み、やんわりと彼女にぶつけてみた。

「暇で仕方ないんじゃないか、こんな署にいたら」

「でも、来た早々事件にぶつかったわけだから、暇とは言えないわね。私、事件の神様に好かれてるのかもしれない」

「事件の神様なんかいないよ」私は、膝のパン屑をはらって立ち上がった。「事件には、被害者と、容疑者がいるだけだ」

「警察官は？」

「警察官は神様でも何でもない」

冴が、小さく鼻を鳴らした。

「あなた、つまらない男って言われたこと、ない？」

「そういう看板を背負ってるけど、それだけじゃない。実際にそうなんだよ」

ビニール袋を持ってゴミ箱の方に歩いていったが、その間ずっと、冴のきつい視線が背中に突き刺さっているのを感じた。ただその視線は完璧な自信が生み出したものではなく、どこか無理に突っ張っているだけのようにも思える。

関わるな、と頭の中で声がした。そう、私は、仕事のこと以外では他人と関わりたくはない。誰かと深く関わった後で引き起こされる心の渦は、私を深く呑みこむ。相手を引きずりこむ。渦が治まった後には、黒く深い水の中に、二つの水死体が漂うだけに違いない。


「警察の方こそ、何とかしてくれないと困りますよ」

午後から始めた聞きこみで、私たちは似たような言葉の攻撃を浴び続けた。悪いのは警察、そもそもホームレスの存在が事件を引き起こしたようなものだ、と。今、私たちの目の前にいる主婦は、特に露骨だった。

「だいたいあんな人たち、さっさと追い払ってしまえばいいんですよ」

「今は、そういうことを言っている場合じゃないと思いますけど」冴が冷たい口調で説得しようとしたが、相手は自分の言い分を全て吐き出すまでは、こちらの問いに答えるつもりもないようだった。

「そんなこと言ってもね、子どもたちも恐がってるし、そもそもあそこは公共の場所でしょう？　それを勝手に住み着いたりして、何か法律違反にならないの？」

冴を壁にして、悪口雑言をやり過ごしていた私は、ドアの横の古びた表札をちらりと見た。

「じゃあ、みんな迷惑していたわけですね、吉田《よしだ》さん……吉田里子《さとこ》さん？」

里子の顔がさっと赤くなる。しかしそれは、照れではなく、怒りに染め上げられた赤さだった。

「当たり前じゃないですか。さっきからそう言ってるでしょう。みんな、前から心配していたのに、とうとうあんな事件が起きちゃって」

「今まで何か、具体的なトラブルでもあったんですか」私は質問を続けた。

「トラブルって？」

「この辺りに住んでいる人と喧嘩になったとか、言い合いになったとか。みんな迷惑していたなら、そういうことがあってもおかしくないですよね」

「いいえ」里子が顎に手を当て、挑むような視線で、冴を通り越して私を見た。「そんなこと、ありませんよ」

「そうですか」

「ここに住んでる人たちを疑っているんですか」

「いや」

気詰まりな沈黙が流れる。それ以上の質問も思いつかず、私たちは無言で頭を下げ、彼女の厳しい視線を避けるように、そそくさとその場を立ち去った。

箱を伏せたような公団住宅に背を向けて歩き出しながら、私は手帳に番号を書きこんだ。一の五〇六。一棟に、三十部屋。全部で五棟あるが、まだ最初の一棟の聞きこみも終わっていない。陽が少し傾き始め、風が冷たく背中を叩いた。

「鳴沢」後ろから呼び捨てにされ、私は少し眉をひそめて振り向いた。怒ったような冴の顔がある。

「ああいう聞き方は良くないよ」

「どうして」

「犯人が、この公団の中にいるって決めつけてるみたいに聞こえるじゃない。相手も警戒するわよ」

「その可能性も、ないとは言えないんじゃないか」私は、今出てきたばかりの建物を見上げた。多摩ニュータウンの中でもかなり古い公団住宅のようで、機能性を第一に考えたためだろうか、どことなく役所の庁舎を彷彿《ほうふつ》させる。ここに住む人たちにとっては生活の場であり、一番安心できる巣であるはずなのだが、私は、かすかな薄気味悪さも感じていた。ここに、悪意が潜んでいたら。新宿や渋谷、池袋などの盛り場だったら、悪意は常にむき出しの形で存在しているから、そこに近づかないように気をつけることはできる。しかしこの街では、悪は生活の裏側に潜んでいるはずだ。襲いかかってくるのは、予想もしない時、予想もしない形でだろう。

「そりゃあ可能性がないとは言わないけど、もう少し、聞き方ってものがあるんじゃないの？」

「相手に遠慮することはないんだよ。聞きたいことははっきり聞くべきなんだ。これだけたくさん部屋があるんだから」私は、周囲を取り囲むように立つ建物をぐるりと見回した。「回りくどい言い方をしないではっきり質問をぶつけていかないと、いつまで経っても終わらないぜ」

「終わらなくてもいいんじゃないかな」溜息をつくように冴が言う。

「どういうことだ」

「課長や係長にしてみれば、厄介払いなんだろうし」

「ああ、そうかもしれない」

「あなた、多摩署に来てどれぐらいになるの？」

「四か月、かな」

「その間に、まともな仕事はした？」

私は黙りこんだ。もしかしたら、管内の事件に関する知識は刑事課の誰よりも深いかもしれない。何しろ、私の居場所は資料室しかなかったのだから。私が首を振ると、冴が力なく微笑んだ。

「私も、あなたと同じよ。まともな仕事は回してもらえそうもないわね」

「どうして」

「誰かに聞いてみたら？」挑むような口調で冴が言う。「面白おかしく話してくれると思うけど」

「自分で喋った方がいいんじゃないか。他人の話だと、二回りぐらい大きくなる」

「真実には、大きいも小さいもないのよ。自分で情報を集めて、その中から、あなた自身が真実だと思うことを抜き出せばいいじゃない」

冴の言う真実とは何だろう。彼女を「じゃじゃ馬」と評した水島の言葉には、何か深い意味でもあるのだろうか。

「いずれにせよ、俺にも君にも、ちゃんとした仕事は回ってこないってことか」

「これだって、ちゃんとした仕事かどうか分からないしね」

新潟だったらもちろん大事件だ。ホームレスとはいえ、人が襲われたというだけで、一課全体がざわめき立つ。しかし東京では、あまたある事件の一つに過ぎないのだろう。それに、事件に軽重はつけられない、というのは建前に過ぎない。例えば、被害者がホームレスではなく、この公団の住民だったとしたら、もっと大騒ぎになり、私は捜査の蚊帳《かや》の外に置かれているはずである。あんな奴に大事な仕事をやらせる必要はない、と。そんなことになっても、私には反論する権利も気力もない。おそらくは、血がでるほど強く唇を噛み、資料室で埃まみれになるのが本当に刑事の仕事なのか、と自問するだけだろう。

夕方になって、私たちは一度署に上がった。すでに退庁時刻を過ぎ、刑事部屋は閑散としている。水島は、みんな忙しいからとこの仕事を私たちに割り振ったはずなのだが。彼自身も、ソファにだらしなく腰を埋《う》め、書類の上に目を這わせていた。文字を追っていないのは明らかだったが、私たちに気づくと、誰に言うでもなく「どいつもこいつも、書類の書き方を知らんな」と文句を吐いた。

冴が、昼間の聞きこみの成果をぼそぼそと報告する。水島は一貫して、つまらなそうな表情を浮かべたまま、彼女の報告を聞いていた。

「要するに、何も手がかりなし、か」

「そういうことです」と冴。弁解するでもなく、開き直るでもなく、淡々とした口調だった。

「まあ、のんびりやってくれよ」皮肉な笑みを唇の端に浮かべ、水島が言う。「焦ることはないからさ」

「分かりました」

「ところで今日、課の連中は飲み会をやるみたいなことを言ってたけどな。あんたの歓迎会、まだなんだろう？　そのつもりらしいよ。聞いてない？」

冴の顔が強張《こわば》り、握った拳に血管が浮いた。自分を落ち着かせようとするように小さく深呼吸してから、「聞いてるけど、遠慮します」と答えた。

「そうかい？　仲間とはコミュニケーションをとっておいた方がいいんじゃないか」水島の口調に、私は露骨な性的嫌がらせの臭いを嗅ぎ取った。

「まだ仕事が残ってますから」低い、押し殺した口調で冴が拒絶する。

「焦らなくてもいいんだぜ、こんな仕事」

「やりかけなんです」

「そうかい」残念そうな調子を滲ませて言うと、水島が今度は私に水を向けた。「で、あんたは？」

「彼女がまだ仕事っていうなら、俺も仕事です」

「ほう、さっそく名コンビぶりを発揮してるわけだ。じゃあ、後はよろしく頼むぜ。俺は帰る」

だるそうに立ち上がると、水島が大きく伸びをした。硬そうなワイシャツの襟が喉に食いこむ。痩せた男なのに、一見したところでは、全身が緩んだような印象を受ける。もうずいぶん前に、刑事として大事な何かを諦めてしまったのだろう。

冴が自分の机に向かい、パソコンの電源を入れた。立ち上がるのを待つ間、私の方を振り向いて、自虐的な笑みを浮かべる。どう、私の言った通りでしょう。私たちは、ここでは厄介者なんだから。

私は、水島が座っていたソファに浅く腰かけ、窓の外に目をやった。街が赤く染まっている。ここからは見えないが、署のすぐ近くにある駅のペデストリアンデッキは、帰宅を急ぐサラリーマンや買い物客で賑わっているだろう。

祖父の言葉が聞ければ、と思った。私が刑事になろうと思ったのは、幼い頃から祖父の手柄話を聞いて育ってきたせいだし、刑事になってからも、雑談の中で的確なアドバイスをもらっていた。

いや、私が聞きたいのは別の言葉なのだ。この世に厄介者など一人もいない。周囲の人間がそう決めつけているだけで、一人一人には、必ず見合った役回りがある。もちろん、お前にも。柔らかく深い声で、そう話しかけて欲しかった。

しかし今、祖父はいない。どれだけ目を凝らそうが、逆に目を瞑《つぶ》ってみようが、祖父の姿は見えてこない。私は愕然とした。私の人生において、空高く煌《きらめ》く星のような存在であった祖父の顔が、なぜか思い出せなくなっている。

拳を握り締める。膝の上に拳を置き、目を閉じた。

再び目を開けた時、祖父の顔は、それまでにも増してぼやけたものに変わっていた。

人の家を訪ねて事情聴取をする場合、昼と夜ではどちらがいいのか。この問題に対する答えは永久に出そうもない。昼だと、留守であることも多い。夜ならほぼ確実に相手をつかまえることができるが、その場合は、渋い顔をされるのを覚悟しなければならない。

私たちは、渋い顔の展覧会を見学に来たようなものだった。フライ返しを持ったまま玄関に現れる主婦。ネクタイを外し、ワイシャツの裾をズボンの外に垂らしたサラリーマン。私たちの存在そのものが気に食わないとでも言いたそうに唇を歪める高校生。一時間も聞きこみを続けているうちに、いい加減うんざりしてきた。東京では、誰も隣人の暮らしに関心を持たず、それが聞きこみの妨げになっているという話は聞いたことがあるが、これはそれ以前の問題である。この街の住民にとって、警察官は、訪問セールスや新興宗教の勧誘以下の存在なのかもしれない。

夜になってから十枚目のドアが開いた。時刻は八時を少し回ったぐらい。出てきたのは、痩せぎすの男だった。顎の細い、印象の薄い顔をしている。ネクタイなしでワイシャツを着て、その上に暖かそうなトゥイードのジャケットを羽織っていた。警察だと名乗ると、困ったような表情を浮かべたが、迷惑している様子ではない。

「これから出るところなんだけど」

「お時間は取らせません」私は、内心の焦りと期待が声に出ないように気をつけながら言った。

「昨日の事件のことですか？」

「ええ」

「私、何も知りませんよ」

「そう言わず、ちょっとお話を聞かせてください。時間はかかりませんから」

「そうですか」

　相手は嫌がっている様子ではないが、早くも話が行き詰まってしまった。隣にいる冴の方をちらりと見たが、彼女は手帳に小さな円を書いては、中を黒く塗り潰す作業に熱中していた。

　顔を上げ、表札を確認する。

「君《きみ》さん、ですね」

「ええ」

「もしかしたら新潟ですか？」君は、新潟には多い苗字である。

「そうですけど」

「私も新潟なんですよ」

「ああ」君の表情が、少しだけ柔らかくなった。緊張と警戒が抜け落ちた顔つきは、最初の印象より若く見える。私とさほど年は違わないだろう、と思えた。

「東京は長いんですか」

「かれこれ十五年ぐらいになりますね」気軽に答えながら、君は首をひねって玄関先の壁にかかった時計を見た。雑談なら応じるが、それより大事な用がある、と念押しするような態度である。

「今まで、あそこの公園で何かトラブルのようなことはありませんでしたか」

「トラブルね」君がゆっくりと顎を撫でる。「トラブルっていうと、子どもたちのことかなあ」

「子ども？」君のさりげない台詞《せりふ》に、私は食いついた。

「ああ、この辺に住んでる子どもたちですよ」吐き捨てるように言うと、君は両足を擦り合わせた。ちらりと視線を下に落とすと、靴下を履いていないむきだしの足が見えた。

「近所の子どもたちとホームレスの人たちの間で、何かトラブルでもあったんですか」

私は、全国各地で起きている同じような事件を、頭に浮かべた。少年たちが面白半分でホームレスを襲い、殺してしまう。今では、さほど驚くような事件ではなくなった。

「ほら、子どもたちって、ホームレスの連中にちょっかいを出したりするでしょう。汚いとか、鬱陶《うっとう》しいとか言って」

「そこの公園で、暴力沙汰でもあったんですか」

「いや、そうねえ、ああいうのを暴力沙汰っていうのかどうかは分からないけど」君の声から、嫌悪感と自信が消えた。

「暴力沙汰まで行かないけど、トラブルということですね」私が念を押すと、君が自信なさげにうなずいた。

「どこの子たちか、分かりますか」

「そうですねえ」彼が、薄く髭の浮いた顎を撫でる。「私も、顔を見たわけじゃないから」

「だったらどうして、近所の子だって分かるんですか」

「だって、ホームレスをからかうためだけに、わざわざ遠くから遠征してくる連中はいないでしょう」

それもそうだ。それに、自分の縄張りだと思っている場所にホームレスがいるからこそ、ちょっかいを出したり、からかったりしたくなるのだろう。

「あなたは、その現場を見たんですか」

「ええ、まあ」

「どんな感じでした？」

君が首をひねった。記憶を引っ張り出そうとしているのか、少しの間、目を閉じる。

「ちょっと揉み合ってた感じですね。別に、殴り合いをしてたわけじゃないから」

「いつ頃？」

「ええと」君がまた、顎を撫でる。「一月前……いや、三週間ぐらい前かな」

「思い出せませんか？」

「ちょっと待って下さいよ」彼は一度家の中にひっこみ、ＰＤＡ《携帯情報端末》を持って戻ってきた。画面を確認すると、即座に「二十日前だ。今月の二日ですね」と断言する。

「どうしてその日だって分かるんですか」

「うちの会社は、だいたい定時の六時には終わるんだけど、その日は珍しく残業してましてね。出荷した商品にトラブルがあって、大騒ぎになったんですよ。そういうことは滅多にないものですから、覚えてるんですよ」

「分かりました」私は手帳に、十月二日と書きこんだ。「どこの子たちか分かると、助かるんですがね」

「それは、ちょっと無理ですね」君がＰＤＡをズボンのポケットに落としこむ。「俺は一人暮らしだから、あんまり近所づき合いもないし、特に子どもたちは顔も分からないですよ」

「何人いました」

「三人……いや、四人かな。申し訳ない、その辺りもはっきりしないんですよね。十一時ぐらいだったけど、あの公園って、夜になると真っ暗でしょう。何人かいるのは分かったけど、はっきりしたことは言えません」

「何か、特徴のようなものは覚えていませんか。髪の毛の色とか、服装とか」言いながら私は、「茶髪の少年たち」という答えを期待していた自分の先入観を罵《ののし》った。今時髪の毛の色など、人を見分ける役にはたたない。

「みんな帽子を被ってたから、髪の毛って言われてもねえ」

「揃いの帽子ですか」

「いや、ばらばら。野球帽だったけど、日本のチームのじゃなかったな。たぶん、大リーグのチームの帽子だと思うけど、私、そっちは詳しくないもんで」次第に、君の口調が言い訳がましいものに変わってきた。私の質問が切れたところに、冴が滑りこむ。

「その帽子って、どんなマークがついてたか、覚えてますか」

「一人は分かりますよ。赤い『C』のマークだったかな、帽子は確か青で。シンプルなやつだから、かえって目立ったんですよ」

「分かりました」冴が手帳を畳む。勝手に聞きこみを切り上げるな、と文句を言いたくなったが、私も質問の材料が切れたことに気づいた。

「ありがとうございました」彼女が妙に爽やかな笑みを浮かべる。

「参考にならなかったでしょう」申し訳なさそうに君が言った。

「いや、そんなことはありませんよ」冴が、妙に自信たっぷりに応じる。

本当に？　確かに、具体的な目撃証言はこれが初めてだが、役にたつかどうかは分からない。つい愚痴を零しそうになって、いや、こんなものなのだ、と思い直す。薄っぺらな事実の積み重ねこそが、捜査の実態である。こうやって、一見無駄に思える話を聞き続けていくことで、いつかは宝にありつくことができる。少なくとも私は、ずっとそうやってきた。動き回る場所が新潟から東京に変わったからといって、その原則が変わることはないだろう。


「もう一度、公園に行ってみるか」

私の提案に、冴が半分だけ同意した。

「いいわよ。でも、その前に食事にしない？」

「そうだな」すでに九時近い。いつもなら、もう固形物は口にしない時間である。しかし、今夜はそのルールを破ることにした。まだ聞きこみを続けなくてはならないのだから、何か腹に入れておかないと、後になって力が抜けてしまう。理屈では分かっているのだが、どうにも食欲が湧かなかった。

しかし冴は、食事を心待ちにしている様子だった。「じゃあ、飯にしようか」と同意すると、私と会って以来初めて、屈託のない笑顔を浮かべた。

私たちは、覆面パトカーに乗りこんだ。別に打ち合わせたわけではないが、今日はずっと冴が運転している。彼女は乱暴にサイドブレーキを戻すと、駅の方に向かって車を発進させ、食事の匂いに引き寄せられるようにスピードを上げた。

「どうでもいいけど、君、すごい車に乗ってるんだね」

「車？」

「インプレッサ。女の子が乗るような車じゃないと思うけど」

「それ、セクハラで一点減点ね」冴が言ったが、別に怒ったような口調ではなかった。

「車に、男も女も関係ないと思うけど。車なんて、ただの機械なんだから。それとも、UVカットガラスにバニティミラー付きの、女の子バージョンの車に乗ってる方がいいっていうの？　あれって、メーカーが女の子をなめてるのよ」

「じゃあ、君が車に求めてるものって何だよ」

「ちゃんと走ること」

「スピードに命を懸けてるから？」

「私は警察官よ」冴が鼻を鳴らす。「制限速度以上で運転はしないわ」

「だったら、インプレッサのエンジンの八十パーセントは無駄になるわけだ」

「それは、どんな車でもそうなんじゃないかしら。あなたのオンボロゴルフでも」

「かもしれない」

駅の近くで、まだ開いている蕎麦屋《そば》を見つけると、冴は駐車場に車を乗り入れた。

「蕎麦で足りるのか？」

「足りなければ、もう一枚食べればいいじゃない」

メニューを仔細に検討した結果、彼女はカツ丼にたぬき蕎麦がついたセットを選び、凶暴な食欲をなだめることにしたようである。私は親子丼にした。

「少食ね」馬鹿にしたように冴が感想を述べる。

「遅い時間にはあまり食べないようにしてるんだ」

「それで体型を維持してるわけ？」

「体型じゃなくて、体調を維持してるんだ。君こそ、こんな時間にそんなに食べて、どうして太らないでいられるんだ」

「神様って、時々優しくなることがあるみたいね」

「何だよ、それ」

「いくら食べても太らない体質だって言ったら、激怒する人がたくさんいるでしょう」

私自身は、かなりの節制をして体重を維持している。彼女の言う「激怒する人」の類に入る人間なのだ。それを考えていると、本当に怒りがこみ上げてきそうになったので、話題を変えることにした。

「さっきの話だけど、どう思う？」

「子どもたちの話？　何とも言えないわね。金属バットでホームレスを襲うっていうのはいかにもありそうな話だけど、それにしてはちょっと変よね」

「例えば？」

「ヒットエンドランでやる必要はないんじゃない？　どうして沢ちゃんだけを狙って、一発殴って消えちゃったのかしら。それに、犯人はたぶん、一人よ。子どもたちだったら、一人きりではいかないでしょう。集団で気が大きくなるから、あんなことをするんじゃないかしら」

「そうだな」彼女も同じことを考えていたのだと思うと、少しだけほっとした。「それより、さっき、帽子の話をしつこく聞いてたよな。あれ、どういうことなんだ」

「シカゴ・カブスの帽子だと思う。『C』は、カブスのC」

「詳しいな」

「まあね。いずれにせよ、日本ではあまり被ってる人はいないと思うわ。ヤンキースとかマリナーズなら、日本でも人気があるから、被っている人を時々見かけるけど」

「だけど、それが手がかりになるか？」

　冴が固い笑顔を浮かべる。

「どうかしら。ちょっと、自分の雑学知識をひけらかしたかっただけかもしれない」

3

冴が、車のドアを蹴飛ばすように開けると、公園の中に向かって猛然とダッシュした。どうした、と呼びかけると、振り返りもせずに「火事」と叫ぶ。彼女が走る方に目をこらすと、確かにオレンジ色の小さな炎がちらちらと揺れるのが見えた。慌てて私も車を飛び出す。

しかし私は、すぐに走るスピードを緩めた。遠目では火事にも見えたが、実際には小さな焚き火だったのだ。が、冴は違った。「何やってるの、あんたたち！」と叫ぶと、テントの外にあった汚いバケツを引っつかみ、水飲み場の方に走って行く。水を汲んで戻ってくると、焚き火に向かってぶちまけた。

「ここで火を燃やしちゃいけないのよ」バケツを乱暴に地面に投げ捨てると、腰に両手を当て、刺々《とげとげ》しい声で冴が説教し始めた。「こんなことをしてるから、近所の人たちにも恐がられるんですよ。そういうことが原因になって、昨夜の事件が起きたのかもしれないでしょう。少しは自重して下さい」

焚き火を取り囲んでいた男たちはうなだれ、冴の説教に対して反論もせずに、それぞれのテントに散っていった。脇田が一人残り、冴と真っ向から睨み合う。

「何てことするんだよ」脇田が、案外冷静な声で抗議した。

「だから、ここで火を燃やしちゃいけないって言ってるんです」小学生を叱る先生のような口調で冴が決めつける。

「そんなことは分かってる。分かっててやってるんですよ」

テントから、男が石油ストーブを持って出てきた。「これならいいのかい、直接燃やしてるわけじゃないんだから」と冴に向かって皮肉っぽく言い放ち、屈みこんで火を点けた。小さなオレンジ色の光が、周囲をぼんやりと照らし出す。脇田が、冴をからかうように唇を歪めて笑うと、ストーブの上に手をかざして両手を揉んだ。呆気《あっけ》にとられたようにそれを見ていた冴も、いつの間にかストーブに近づき、手をかざしている。私は二人から少し離れたまま、脇田に訊ねた。

「何でこんなことしてるんですか？」ストーブの周囲の乾いた地面を、私は見下ろした。これまで、ここで誰かが焚き火をしたことはなかったようだ。

「用心だよ、用心」脇田がひどく真剣な調子で答える。

「用心？」私が繰り返すと、脇田がうなずいて説明を始めた。

「昨夜あんなことがあったから、みんなびくびくしてるんだ。さっさと出て行っちまった人間もいるし、残った人間は、自分たちで用心しないといけないでしょうが。警察が守ってくれるわけじゃないからね」

「だからと言って、ここで火を燃やしていいって理屈にはならないわよ」なおも険しい表情を保ったまま、冴が嚙みつく。「危ないし、こんなことをしてたら、公園を追い出されるかもしれませんよ」

脇田が鼻を鳴らす。

「俺たちを追い出す人間がいるとしたら、あんたたちでしょう」

「まあまあ」私は二人の間に割って入った。もしもこの場にいるのが私一人だったら、やはり冴と同じように文句を叩きつけていたかもしれない。しかし彼女が暴走しているので、今は私が抑えに回るしかなかった。「要するにここで火を燃やして、警戒してたわけですよね」

「そうだよ」鼻をすすり上げると、脇田がくしゃくしゃになった煙草の箱をブルゾンのポケットから取り出した。使い捨てライターの炎を掌《てのひら》で包みこんで煙草に火を移し、大事そうに吸いこむと、目を細め、立ち昇る煙をじっと見つめる。私の方に視線を向けると、煙草のパッケージを差し出した。私は、ゆっくり首を振った。

「煙草は吸わないんですよ」

「そうなんだ」残念そうに脇田が言う。「昔は、こういう煙草一本のやり取りで話がうまく転がり出したものだけど、最近の人はあまり吸わないんですよね」

「煙草を吸わないと、話が始まらないわけじゃないでしょう」

「だけど、潤いはないな。女刑事さんは、どうかね」停戦条件を持ち出すように、脇田が冴に煙草を差し出す。冴も首を振って断った。黙っていればいいのに、余計な一言をつけ加える。

「私は確かに刑事だけど、女っていうのは余計ですよ」

「これは、おっかないですね」脇田が首をすくめ、くすくすと笑った。しかし、私も冴も笑っていないのに気づくと、気まずい雰囲気を誤魔化すように、せわしなく煙草を吸い始めた。赤い小さな炎が、彼の顔をぼんやりと照らし出す。

「だけど分かって欲しいね。こっちだって、自分のことは自分で守らなくちゃいけないんだ。一晩中起きて警戒しているのが、一番安心できるんですよ」

「そんなに恐いなら、どこかへ移ればいいでしょう」

冴の言葉に、脇田が厳しい表情で首を振った。

「そりゃあ、動けるものなら動きたいけどね、そう簡単にもいかないから」立ち並ぶテントに視線を投げる。「悪いのは分かってるよ。俺たちは、公共の場所に勝手にテントを立てて住みついてるんだから。だけど、こんなボロ家でも、住んでいるうちには愛着も出てくるんですよ。中にはいろいろ荷物も溜まってるしね。リヤカーを引いて気軽に引っ越しってわけにはいかないし、そもそも今は、リヤカーなんてないでしょう」

「そりゃあ、そうですね」私はうなずき、脇田に先を促した。彼がゆっくりと煙草を吸い、自分の指先を焦がす赤い炎をじっと見つめる。ストーブを囲む私たちの周りに、沈黙が下りた。痺れを切らしたのか、冴が質問をぶつける。

「二十日ほど前、ここでトラブルがありましたよね。子どもたちに因縁でもつけられたんですか？」

「ああ、あのことね」苦々しい口調で言うと、脇田が煙草を地面に投げ捨てた。すぐに新しい煙草に火を点け、煙の向こうに渋い表情を隠す。「あれは、ガキどもが勝手に因縁をつけてきたんでね、俺たちが何かやったわけじゃないんですよ」

「何で因縁なんかつけられたんですか」冴が質問を続ける。脇田が、苦笑を浮かべながら、少しだけ声を大きくして答えた。

「こっちが聞きたいぐらいですよ。向こうは、この公園が自分たちのものだとでも思ってるんじゃないかな。夜中になるといつもたむろしてて、うるさく思ってたのはこっちの方なんだけどね」

脇田が、公園の隅にある木立の方に向かって顎をしゃくった。

「あの辺りで音楽を鳴らしたり、スケボーをやったりしてるんですよ。中学生か高校生ぐらいだと思うけど、うるさくてもこっちは文句を言える立場でもないからねえ」

「何人ぐらいのグループですか」

「四人だったかな」

「中学生？　高校生？」冴が、なおも食いつく。

脇田が天を仰ぐようにした。

「たぶん、高校生じゃないかな」

「その、トラブルの時は……」冴が手帳を取り出す。それを見て、脇田が顔をしかめた。どんな形であれ、自分の痕跡を記録に残されるのは、気に食わないらしい。

「連中、酒でも飲んでたんじゃないかな。酔っ払うと、普段は見えないものが見えてくるのかもしれないね。つまり、俺たちとかだけど」

普段は、互いに見てみぬふりをしてきたのだろう。しかし、酔った時に相手の存在が急に気になり、邪魔だと思うようになる心の動きは理解できる。

言い訳するように脇田が言った。

「だけど、そんな大変なことになったわけじゃないよ。連中がつまらないことを言うからこっちも言い返したぐらいでね」

「何て言ってきたんですか」今度は私が訊ねた。

「『臭い』とか『汚い』とかね。良くある因縁です。だからこっちは、うるさいって言い返してやったんだ。向こうは四人。こっちは、騒ぎになりそうになったからみんなが出てきて、七人ぐらいいたかな。少しばかり揉み合いになったけど、こっちの方が数が多かったから、大したことにはならなかったんですよ。最初から、怪我させるつもりはなかったし」

「その中に、帽子を被っていた子はいましたか」冴が割って入った。

「帽子だったら、みんな被ってましたよ。野球帽やら、毛糸の帽子やら」

「赤い『C』のマークが入った帽子。野球帽です」

「いたかもしれないけどね、覚えてないな。あんた、知ってる?」脇田が、ストーブの側に屈みこんだ男に声をかけた。男が、聞こえるか聞こえないかぐらいの声で「いたな」とぼそりと答える。勢いこんで冴が訊ねた。

「その子の名前とか、分かりますか」

しゃがみこんだ男が、馬鹿にしたように「まさか」と答え、しわがれた声でつけ加えた。

「あんたら、いつも名前にこだわるけど、そんなものが関係ないことも、世の中にはたくさんあるんですよ」

また、気詰まりな雰囲気が流れた。私たちは黙ったまま、ストーブに手をかざし続ける。そのうちに、ここでテント生活をしている人たちのことが気になり始めた。彼らもそれぞれに、一冊の本にしても足りないぐらいの過去を抱えているはずだ。しかし今は、その過去に別れを告げ、匿名性が支配する世界で生きている。ある意味、私と同じではないか。警視庁には約四万人の職員がおり、その中では、私など浜の砂粒の一つのように目立たない存在だ。このままずっと、目立たず、何もせず、生きていくことも可能だろう。

それでいいのかどうかは別にして。

「その後、子どもたちとの間でトラブルはなかったんですか」冴の声で、私は現実に引き戻された。

「ないですね」脇田が即座に答える。「寒くなってきたせいかな、あいつらも最近は顔を見せないから。こっちは、仕返ししてくるんじゃないかと思って、ちょっとびびってたんだけどね。あの時は、うちらの方が数が多かったから追い返せたけど、仲間を連れてこられたんじゃ、たまらないですからね」

「そういう気配もなかった?」と冴。

「ないですね。そもそも、あの後はここに来てないみたいだから」気のせいか、脇田が小さく胸を張った。陣地争いに勝った、とでも思っているのだろう。冴がなおも食いついた。

「昨夜の事件は、その子たちと関係してるんじゃないですか」

脇田の表情が暗くなる。何か知っているのではないか、思い当たる節があるのではないかと私は訝《いぶか》った。が、実際には恐怖に怯えているだけなのだということはすぐに分かったし、彼もそれを認めた。

「正直びびったんだよ、俺は。今もびびってる」脇田が、硬い声で打ち明ける。「こういう所で暮らしていて、一番恐いのが子どもたちなんですよ。今の中学生や高校生がどれだけ無茶をするか、あんたらも知ってるでしょう。いきなり金属バットで殴りかかられた日には、命がいくつあっても足りないからね。実際俺も、前には結構危ない目に遭ったこともあるんだよ」

私は「ここで、ですか?」と訊ねた。脇田がうなずき、ストーブの炎をじっと見つめながら答えた。

「ここじゃなくて、下町の方にいた頃ね。一年ぐらい前だったかな、夜中に急に、子どもたちが金属バットを抱えてやってきたんですよ。俺は何とか逃げ出したけど、そこで一緒に暮らしていた仲間の一人は、頭をやられてひどい怪我をしたはずだ。後で新聞で読んで分かったんだけどね。そういうことが分かっても見舞いにも行けないし、けっこうしんどい気分だった」

「こういう暮らしも、ある意味では命がけですね」

私の問いかけに、脇田が弱々しい笑みを見せる。

「今までの生活を捨てて、生きることなんてどうでもいいんだって思ってこういう暮らしを始めたんだけど、実際には命は大事なんだね。なかなか、諦めきれない」

「こういう生活を始める前は、何をしていたんですか」

私の質問に、脇田が力なく首を振り、指を焦がしそうになっていた煙草を地面に投げ捨てる。ゆっくり、丁寧に踏み消した。

「俺は、サラリーマン。ずっと営業をやってたんですよ。どこかで蹴つまずいちまったんだろうなあ。ほんの小さな石にね。今考えても、理由がはっきりしないんですよ。ちょっとした借金とか、ちょっとした仕事の失敗とか、女房とあまりうまくいってなかったとか。一つ一つはどうってことのない話なんだけど、いつの間にか、こんな感じになっちゃってね」

「でも、あなたは生きてる」冴が、低い声で言う。「生きてるのは間違いない」

ひどく深刻な言い方だった。私と脇田が、同時に冴の顔を見やる。落ちこんでもいないし、自己嫌悪に陥っているわけでもないようで、顎を引き締めた彼女の表情には、いつもと同じ頑固な力強さがある。しかしその目に浮かぶ炎は、暗い色だ。

「生きる」という言葉を口にした途端、たいていの人は背筋が伸びるような思いを抱くものである。しかし冴の反応は、過敏過ぎるように思えた。

「一歩前進、かな」覆面パトカーに乗りこみ、助手席に腰を落ち着けながら私は言ったが、冴は肩をすくめるだけだった。

「そうかしら」

「この程度では手がかりにならないってわけだ」

「半歩前進、ぐらいにしておいた方がいいんじゃない？　もしも、カブスの帽子をかぶった子が見つかれば、話は別だけど」

「じゃあ、探そう」

「あなたに言われなくても分かってるわよ」冴が冷たく言い放つ。「一度つかんだ手がかりは離さないわ」

「で、今日はどうする？」

冴が、ダッシュボードの時計を睨んだ。もうすぐ十時。誰かの家のドアをノックするにはもう遅い。そう思っていると、冴が体を捻って、私の方を向いた。

「まさか、これで終わりってわけじゃないでしょうね」

「さあ、どうしようか」

「真面目にやってよ」冴が鋭い声で言う。「あなた、気が抜けてるわよ。やる気がないなら、私一人でやってもいいんだから。あなたは、暇で安全な資料室に戻ればいいじゃない」

私は肩をすくめるだけにした。なぜ、冴が突然怒りを爆発させたのか、見当がつかない。うかつなことを言ったら、火に油を注ぐことにもなりかねない。しかし彼女が見透かした通りで、私は気が抜けている。この事件にしがみついていたいと願ってはいるのだが、どうにも力が入らない。

「あなた、そもそもどうして、こんなところにいるの？」冴がいきなり、私の抱える問題の核心に切りこんできた。偶然なのか、何か知ってのことなのかは分からないが、その質問は私の胸をちくちくと刺した。

「警視庁に入った志望動機でも聞きたいのか？」

「だって、変じゃない。あなた、新潟県警に何年もいたんでしょう？　私たちの年齢だったら、新米から中堅になって、これからってところじゃない。どうして警視庁なんかに移ってきたのよ。他の県警から警視庁に入り直す話なんて、あまり聞かないけど。試験、受け直したの？」

「別枠だよ」

「臨時採用みたいなもの？」

「そう。語学採用だ」

「あなた、外国語、できるの？」

「英語。学生の頃、アメリカに留学してたから」

「今時英語が喋れるぐらいじゃ、外国語ができるとは言わないでしょう。警視庁でニーズがあるのは、中国語や韓国語の方じゃないかしら。それに、語学で採用になったら、国際捜査課かどこかにいるのが筋だと思うけど。何で、こんな田舎の署にいるのよ」

冴の言葉の底には、露骨な悪意が潜んでいる。本当は、私がいるだけで邪魔なのだ、と言いたいのではないだろうか。しかし、彼女にとって邪魔なのは、私だけではないはずだ。自分以外の人間全てが、余計な存在だと考えているのではないだろうか。そう考えると、彼女の言葉を何とかやり過ごすことができた。

「それは、人事が決めることだから。俺は別に、配属先の希望は出さなかった」

「新潟県警は自分から辞めたのよね？　どうして」直截《ちょくさい》な彼女の質問が、私の心をつかんでぐらぐらと揺さぶる。ほんの少しだけ、本当のことを打ち明けることにした。そうでないと、彼女はいつまで経っても納得しないだろう。

「家庭の事情だ」

「それを説明するつもりはないの？」

「どうして君に、プライベートなことを話さなくちゃならないんだ」

「別に知りたくないわよ、そんなこと」

「だったら聞くなよ」

「話の流れじゃない。あなたがどんな形で警視庁に入ったかなんて、私には関係ない。コネだろうが何だろうがね」冴が正面に向き直り、ハンドルに両手を預けた。「だけど、やる気のない相棒は困るのよ。私一人に、全部責任がかかってくるんだから」

「俺のことを相棒と認めてくれるのか。ありがたいね」

「言葉のあやじゃない」なぜか耳を赤くして、冴が否定する。「とにかく、しゃんとして。きちんと仕事をして。それ以外のことはどうだっていいから」

たぶん、彼女の言っていることは正しい。しかし私は素直にうなずけなかった。何か言い返さないと、一晩中、ここで彼女の叱責を聞かされることになりそうだ。煙草が吸えたらいいのだが。覆面パトカーの中を煙草の煙で一杯にしてやれば、窓を開けるかどうするかということに、議論をすり替えることができる。

私を助けてくれたのは、窓を叩くノックの音だった。驚いて外を見ると、午前中会った岩隈の顔があった。人通りがほとんどないのに足音が聞こえなかったのを不思議に思ったが、いつの間にか、また雨が降り出して周囲の音を消しているのだった。岩隈の髪も、雨に濡れてぺったりとしていたが、私は彼をパトカーの中には入れず、公園に行くようにと促した。冴が、後に続く。

私たちは木立の中に入った。ここなら、雨もほとんど気にならない。岩隈は、薄い笑みを顔に貼りつけたまま、ブルゾンのポケットに両手を突っこみ、探るように私の顔を見た。

「どうだった、沢ちゃんは」

「見つかりませんね」

「何だい、警察も案外だらしないね」

むっとして、私は言い返した。

「逮捕歴もありませんでしたからね。名前が分からないんじゃ、調べようもない」

「それを何とかするのが警察の仕事なんじゃないのか」

「あなた、本当に被害者の名前、知らないんですか」

「こんな場所じゃ、名前になんか意味はないからね。沢ちゃんは沢ちゃん。それでも、生きていくのに不便はないものだよ」

ふう、とわざとらしく溜息をつき、岩隈が公園の中を見回した。

「例のガキども、この辺りにたむろしてたらしいね」

「ガキどもって、その話、知ってるんですか」

岩隈が、耳の上を人差し指でこつこつと叩く。

「情報を大事にしてるのは、刑事さんだけじゃないんだよ」

「どういうことです？」

「俺にとっても情報は大事なんだ」

「どうして」

「俺？　俺は、姿の見えない情報を文字に変えて生活してるんだ」

「物書きなんですか？」

「そういうこと」

私は、頭の中をひっくり返した。岩隈。ありきたりの名前ではないが、本屋や雑誌で見かけた記憶はなかった。

「あなたの名前を見たことはないと思いますけど」

正直に言うと、岩隈が声をあげて笑う。

「そりゃあ、そういう時はペンネームを使うのさ」

「何を書いてるんですか。雑誌の記事？　それとも小説？」

「これから書くんだよ」

何だ、と私は溜息を吐き出した。何ということはない、「自称」がつく物書きだ。

「それで、どうしてこんな場所でうろうろしてるんですか。机に向かっていた方が効率的だと思うけどな」

岩隈が顔の前で指を振る。

「まず、取材だ。字にするのはそれからだよ」

「じゃあ聞きますけど、こんなところで何を取材してるんですか」

「もちろん、ホームレスの実態についてだよ。最近は、彼らの縄張りも都心部ばかりじゃないからね。俺は、郊外に暮らすホームレスについて書きたいんだ。だから、あちこち回って、実態を調べてる。なかなか面白いよ、彼らの暮らしぶりは」

「それで、今夜は何の用ですか」わざとらしく、大きく首を傾けてやった。

「いや、別に用ってほどのことはないんだけど、一種の陣中見舞いかな」

「からかってるなら、このまま帰って下さい。あなたを相手にしている時間はないんだから」

「まあ、そう言わず。ちょっと、そこの木の根元を見てごらんよ」

岩隈が指差していたのは、公園の中でも一番背が高そうなケヤキの木だった。訝しげな表情を浮かべたまま、少し離れた場所にいた冴が歩を進める。しばらく木の根元を調べていたが、突然慌てた様子で立ち上がり、私を呼んだ。

「鳴沢」

私は、滑りやすい足元に悪態をつきながら、彼女の側に駆け寄った。屈みこんで、木の根元を覗きこむ。洞《うろ》になっており、中に何かが押しこめてあった。手袋をはめてから、洞に手を突っこむ。最初に出てきたのが、円の一部が破れたような意匠の「C」マーク入りの帽子だった。

「あの話、嘘じゃなかったみたいね」これで少しは前進したはずなのに、なぜか冴は疲れたような口調だった。

「ああ」彼女の疲れが伝染したように、私も急に眠気を覚えた。「だけど、これが何かの手がかりになるか？」

私は帽子を裏返し、小さなマグライトで照らし出した。名前はおろか、イニシャルも書いていない。冴が、帽子の後ろ側にある、バッターを象《かたど》ったマークを指差した。

「公式商品ね」

「そうなのか？」

「これ、大リーグ機構のマークなのよ」

「なるほど。収穫だな」

「馬鹿にしてるの？」

「まさか。少なくとも、君のお陰で、また一つ雑学知識が増えた」

「アメリカに留学してた割には、大リーグのこと、全然知らないのね」

「大きなお世話だ」

厳しい顔で睨みつける冴の視線を外し、私は立ち上がった。振り向くと、岩隈はいなくなっていた。

「クソ」

悪態をつく私を、急に元気を取り戻した冴がからかった。

「あなたのお友だちは、鬼ごっこが好きみたいね」

「何のつもりなんだろう」

「あなた、玩具《おもちゃ》にされてるんじゃないの？　物書きとか言ってるけど、やっぱりホームレスなんじゃないかしら」

「そういう人間にからかわれるような理由はないよ」

「警察官だからっていうことは、立派な理由になるかもしれないわよ」

「だったら、君をからかえばいい」

「あなたの方がターゲットにしやすいんじゃないの」

「冗談じゃない」

睨みつけてやったが、冴は臆する様子もない。私の怒りをかわすように笑みさえ浮かべ、話を引き戻す。

「帽子、どうするの」

「放っておくしかないな、今のところは。証拠品ってわけでもないんだから」

「こんなところに物を隠すなんて、小学生みたいね」冴も手袋をし、洞に手を突っこんだ。中から、使いこんだスケートボードや他の帽子も出てくる。一通り調べたが、持ち主の名前が書いてあるものはなかった。全てを元に戻し、車に戻る。

シートに身を埋めると、思ったよりも体が冷えていたのだ、と気づく。何だか最近、急に体力が落ちてきたようだ。冴は、真顔でフロントガラスを睨みつけている。攻めあぐね、かと言ってこのまま帰るのは納得できず、どうするべきか分からない、といった様子であった。

私は、署に電話を入れた。誰も出ない。報告も求められていないし、誰も私たちの帰りを待っていないわけで、彼女が言った「厄介払い」の意味が、今になって頭に深く染みこんでくる。小さく溜息をつきながら、彼女に告げた。

「帰ろうか。刑事課には誰もいないみたいだし」

「そうね」あまり乗り気でない調子で、冴が同意する。一日働いたら、一つぐらいは自分を納得させられる成果を得られないと、我慢できない性格なのだろう。かつての私がそうであったように。一年前までの私は、手ぶらで捜査本部に戻ることは最大の屈辱だ、と考えていた。

今は、どうでもいい、仕方がないと思ってしまう。

「明日はどうしようか」冴が訊ねる。

「土曜日、か」

署は休みだ。この件も、別に捜査本部事件になっているわけではないのだから、休んだところで誰に文句を言われる筋合いもない。私は休むつもりでいた。しかし、冴は明らかに迷っている。

「出るつもり、ない？」

「休みは休みだよ」

「一人で動き回ってると、いろいろうるさく言われるのよね」

「いいじゃないか、休めば」

「あなた、それでいいの？」

私は肩をすくめた。いいも何も、と言いかけて口をつぐむ。自分の判断が、行動パターンが正しいのかどうか、まったく自信がなくなっていた。

「分かった」大変な決心をしたように、冴が重々しい口調で言う。「じゃあ、土日は休みにする。でも、今日はもう少し仕事をしましょうよ。駅の方に行けば、若い子たちがつかまるでしょう？　そういう連中に話を聞いてみようよ」

「いいよ」

驚いたように、冴が私を見る。私は顔をしかめて訊ねた。

「どうした」

「断るかと思ってた」

「どうして」

「やる気が見えないから。早く家に帰って、奥さんに暖めてもらいたいんじゃないの」

「俺は独身だよ」

「ああ」冴が気の抜けた声で相槌を打つ。「そうか」

気詰まりな沈黙が、パトカーの中を覆い尽くした。私は、腹の前で組んだ手をこねまわしていたが、やり残したことがあるのに気づいた。

「駅に行く前に、もう一度テントの連中に話を聞こう」

「どうして」

「岩隈のことだよ。連中、何か知ってるかもしれないだろう」

「あんな人のこと調べても、何にもならないでしょう」

「いや、彼は、あの木が子どもたちのロッカーになっていることを知っていただろう？他にも何か知ってるんじゃないかな。物書きだか何だか知らないけど、少なくとも情報は持っているみたいじゃないか。それを小出しにするのは気に食わないけど、捕まえて揺さぶってみれば、何か吐くかもしれない」

「いいけど、何か、雲をつかむような話ね。あなた、寄り道が多過ぎるわよ」

「気になったら、放っておけない性分なんだよ」

私はドアを開けて車の外に出た。雨は、気にならない程度の霧雨に変わっていた。湿った冷たい空気が、かえって心地よい。車から降りようとしない冴を残して、私はまた公園を横切った。

相変わらず石油ストーブが焚かれ、その周囲に三人のテント生活者が集まっていた。脇田もいる。カップ入りの酒を大事そうにちびちびと啜りながら、煙草を吸っていた。私に気づくと、途端に渋い顔をする。目が少し赤くなっていた。

「またあんたですか」

「ちょっと、聞きたいことがあるんです」

わざとらしい仕草で、脇田が腕時計に目を落とす。千円ぐらいで売っていそうなデジタル時計だった。

「俺たち、まだ警戒中なんだけどね」彼の言葉に釣られて、他のテント生活者二人が、小さく声を上げて笑う。世界中から馬鹿にされているような気分になった。

「岩隈さんって人、ここに出入りしてるでしょう」

「ああ、センセイね」軽い口調で脇田が応じる。

「センセイ？」

「自称、センセイ」ふん、と鼻を鳴らし、脇田が酒をあおった。「物書きだって言うんだろう？　だったら、自分の本でも見せてみろってんだよ」

「何だか、嫌ってるみたいですね」

「ちょろちょろ姿を見せては、しつこく話を聞こうとするんだよな。こっちは話したくもないのに。本を書くつもりか何だか知らないが、迷惑な男ですよ。こっちは、放っておいて欲しいからここにいるってことが、分かってないんだよ」

「最初は、あなたたちの仲間じゃないかと思いましたけどね」

脇田が、大袈裟に首を振った。

「冗談じゃない。時々泊まりこんでいったりしてるけど、俺たちには何も関係ない。寒くなれば、来なくなるんじゃないかな」

「どこに住んでいるか、ご存知じゃないですか」

「まさか。だって、俺たちは別に、あんな男に興味はないからね」

「だけど彼は、ずいぶんいろいろなことを知ってるみたいですよ」

「ここにいて、目と耳を澄ませていれば、いろいろ話も入ってくるんでしょう。だけど、それだけのことだと思うよ」言葉を切り、脇田が短くなった煙草を見つめる。「そろそろ、勘弁して下さいよ。あんたも仕事なんだろうから、俺も話はするけど、一日二回はごめんだな。今度からは、一日一回にして下さいよ」

踵《きびす》を返して車の方に戻りかけた私の背中を、小さな笑いが追いかけてくる。振り向くつもりはなかった。一日一回で十分。私も、脇田と同じように考えていた。

夜中まで、私たちは駅の近くで若者たちを捕まえては、多摩南公園にたむろしている中で、カブスの帽子を被った男のことを知らないか、と訊ね続けた。答えは素っ気無く、時には敵意を含み、何の手がかりも得られなかった。私は、高校生以下の人間を相手にするのが、どうにも苦手である。少年課の連中ならもっとうまくやるのだろうが、私たちは、言葉を重ねる度に相手を用心させてしまうようだ。

ついに冴が音《ね》を上げた。

「今日は、これぐらいにしましょう」

「俺はまだ、ギブアップしてないからな。君が先に言ったんだぜ」自分で先に「やめた」と言わなかったことで、私は小さな満足感を抱いていた。

「何も言わなくても、顔はギブアップしてるわよ」負け惜しみを言ってから、冴が私に車のキイを渡した。

「車、署に返しておいて。私はこのまま帰るわ。家、すぐそこだから」

「送ろうか？」

けっこうよ、と言いかけたのだろう。彼女の口が小さく開いたが、結局出てきた言葉は「お願い」だった。自分で意識していたよりも疲れていたのだろう。

車で正解だった。すぐそこと言いながら、彼女のマンションは、歩けば二十分ほどもかかりそうな距離にあったのだ。

「じゃあ、月曜日に」冴が車のドアに手をかける。もう、一秒たりとも私と一緒にいたくないとでも言いたそうな、冷たい口調と態度だった。

「集合場所は？」

「署にしましょう。ちょっと、話を整理してから出かけたいから」

「整理したくても、それだけの材料はないんじゃないかな」

冴が体をよじり、私を睨みつける。

「冗談のつもりかもしれないけど、全然笑えないわよ」

「冗談じゃないさ。今日一日、自分が何もしなかったってことを、確認したかっただけだよ」

「馬鹿じゃないの」

さらに激しい言葉を投げ返すこともできたが、私は口をつぐんだ。冴が溜息を一つつき、つぶやくように「おやすみ」を言って車から降りた。私は、彼女がマンションのエントランスに吸いこまれて行くまで、ぼんやりと背中を見送っていた。冴はどうしてこんなに突っ張るのだろう、自分以外の人間を信用しないのだろう、と考えながら。

一度署に戻って車を返し、自宅に帰り着いた時には、一時を回っていた。何をするのも面倒臭い。霧雨に濡れた靴の手入れをしなければならないのだが、今夜ばかりはブラシを手にする気力さえなかった。

留守番電話のランプが点灯している。誰だろう。ここに電話をかけてくる人間など、ほとんどいないのに。ネクタイを外しながら、メッセージを再生した。

叱責するような、元気づけるような声が部屋に流れ出す。背筋がしゃんと伸びるような気がした。相手は、何時でもいいから連絡しろ、と言っている。メッセージの再生が終わると、私は即座に受話器に手を伸ばした。メッセージを残したのは、私がどうしても逆らうことのできない相手だったのだ。

4

「鳴沢、たまにはそっちから電話ぐらいしろよ」

半《なか》ば恫喝《どうかつ》するような口調で、沢口裕生《さわぐちひろお》が言った。いつもと同じ、良く通る張りのある声である。

「すいません」目の前にいない沢口に向かって、私はつい頭を下げてしまった。彼の声を聞く度に、なぜか気《け》おされてしまう。

「まあ、いろいろ忙しいんだろうな、刑事って仕事は」

何も言わずにおいた。そうだ、と言えば嘘になる。暇だと答えれば、それはそれで沢口は余計な心配をするだろう。

「連絡、遅くなってすいません。今帰ってきたばかりなんですよ」

「ああ。遅いのはいいんだよ。明日は俺も休みだから」

「それで、何ですか」

一瞬黙りこんでから、沢口が様子を探るような調子で訊ねた。

「いや、どんな具合かなと思ってさ。家は住みやすいか？」

「俺にはもったいないぐらいです」

「そうか、そうか」沢口の口調は、心底嬉しそうなものだった。「この前、鈴木とも話をしたんだよ。あいつも喜んでたぜ。知らない人間に家を貸すのは気が引けるし、誰もいないと汚れるばかりだからってな」

新潟県警を辞めて東京へ出てきた私に声をかけてくれたのが、沢口である。警視庁への入庁が決まるまでの間、私は小さなアパートを借りて住んでいたのだが、どういう手段を使ってか、彼は私を見つけ出した。わずかな貯金と退職金が底をつきかけた頃で、海外留学する鈴木助教授——沢口の大学時代の同級生でもある——の家に住めるよう彼が手を回してくれた時には、心底ほっとしたものである。

「何か申し訳ないですよ。俺は、公共料金しか払ってないんだから」

「東京ってのは、住むだけで金がかかるからな。そもそもそれが馬鹿馬鹿しいと思わないか？　とにかく、住宅費がタダなら、それに越したことはないだろう」

「それはそうですけど、やっぱり気が引けますね」

「そんなことは気にしなくていいよ。それより、今日は別の用事なんだ」

「はい」

「あのな、ＯＢ会。イーグルス」

「ええ」私が卒業した大学のラグビー部のＯＢ会は、「イーグルス」という愛称のクラブチームを作っている。卒業後も多摩地区に残っているＯＢを中心に、常時三十人ぐらいのメンバーがいるはずだ。

「お前、イーグルスに入れ」

「え？」唐突な申し入れを、私は咄嗟《とっさ》には理解できなかった。

「おいおい、俺の言ってることが分からないのか？　イーグルスに入る、つまり、ラグビーをやれってことだよ」

「いや……」

「別に、引退したわけじゃないだろう」

「それはそうですけど」彼の言う通りで、気持ちの中では今も現役なのだ。ただプレイする時間がないだけなのだと、私は時折自分に対して言い訳してみることがある。「仕事もありますから」

「忙しいのは誰だって同じだよ。みんな都合をつけて、練習にも試合にも出てくるんだ。大丈夫だよ、案外やれるものだから。それにお前は独身だから、休日に家を空けたって、文句を言う人もいないだろう」

「それは沢口さんも同じでしょう」

「大きなお世話だ」切り返す沢口の声に、笑いが混じった。彼は中学校の教師で、私より十五歳ほど年上なのだが、未だに独身を通している。しかし本人は、そのことをさほど気にしている様子もない。

「さっそくだけど、明日練習があるんだよ。出てこられないか」

「明日、ですか」気のない返事をすると、沢口も遠慮がちな口調になった。

「仕事か？」

「いや」

「何だよ、はっきりしない奴だな。よし、これは先輩の命令だからな。仕事がないんだったら、明日の午後二時、大学のグラウンドに来い。ジャージは練習用を持参」

「イーグルスのユニフォームはもらえないんですか」派手な鷲のロゴが胸に入ったチームの黒いジャージは、街着にしてもおかしくないような洒落たデザインで、大学時代から私は密かに憧れていた。

「そいつは、試合に出られるようになってからだ」

「その許可は誰が出すんですか」

「俺に決まってるじゃないか。今や監督だよ、俺は」

「監督？」

「プレイングマネージャーだ。すっかり年だから、監督業の方が主だけど」わざとらしく、沢口が情けない声を出す。「まあ、それはともかく、お前もしばらく体を動かしてないんだから、いきなり試合っていうのは無理だろう。まずは練習で慣らすことだな。じゃあ、明日の二時に待ってるぜ」

沢口がいきなり電話を切った。強引な誘いだったが、彼と話をする前よりもずっと明るい気分になっていることに気づいた。

　ふと、十年も昔の出来事を思い出す。チームの五年ぶりの一部昇格をかけた大事な試合だった。一年生の私にとっては初めての公式戦だったのだが、やはり緊張していたのだろう、私は凡ミスを繰り返し、そのうちの幾つかが相手のペナルティゴールに結びついて、結局試合にも敗れた。抜擢されたのに力を発揮できなかった悔しさ、先輩たちにも申し訳ないと思う気持ちが交錯し、試合が終わってからもずっと呆然としていたのを覚えている。

　合宿所の部屋で、一人膝を抱えて鬱々と夜を過ごしていると、突然顔を出した沢口が、私をグラウンドに連れ出した。弱い照明の下で、私は彼の指示通り、ダミーを使ったタックルを延々と続け、八人で押すスクラムマシンを一人で押した。沢口がボールを蹴り、私がそれを追って、グラウンドに転がるボールに飛びつく罰ゲームのような練習も繰り返した。

　空が白み始める頃、私は体中の水分が抜け出たように乾ききり、両脚を痙攣《けいれん》させてグラウンドの真ん中でへたりこんだ。沢口がようやく表情を緩め、私の横に腰を下ろす。無言のまま、二人でミネラルウォーターを分け合った。やがて沢口がぽつぽつと話し始める。結局、基本が全てなんだ。それぞれの場面での基本さえできていれば、試合では迷うことなく動ける。お前は今日、迷ってばかりいたけど、それは基本ができていない何よりの証拠なんだ。この試合を忘れるなよ。忘れそうになったら、今日みたいに基礎練習を繰り返してみろ。

説教を終えると沢口は、これから修学旅行の引率なんだと言い残し、げっそりと疲れた、しかし妙に爽やかな笑顔を浮かべて去っていった。

簞笥《たんす》から、古い練習用のジャージとパンツ、ストッキングを取り出した。襟がくたびれた黒いジャージには、もうずいぶん長いこと袖を通していない。少しだけ黴《かび》臭い汗の臭いがした。

靴箱を探し、スパイクを引っ張り出した。フォワード用で、足首を保護するために少しだけ高いカットになっている。アルミのポイントは丸く磨《す》り減り、靴全体が白くなっていた。玄関に座りこんで、黒光りしてくるまで丁寧に磨く。そうしているうちに、遠い昔の記憶が、塗りこめるオイルの香りに促されて蘇ってくるようにも感じた。

芝はこんなに蒼く、深かっただろうか。

冷たい秋風が吹きつけ、青臭い香りが顔の周囲を漂う。ひざまずき、芝を撫でてみた。柔らかく、長い。これなら、怪我を恐れずにタックルし、ボールに向かって飛びこむことができるだろう。昔は、芝は申し訳程度に生えているだけで、年中腿《もも》の辺りを擦りむいていたものだが。

ゴールポストも新調されていた。何より驚いたのは、グラウンドの脇に、真新しいクラブハウスが建っていたことである。茶色いレンガ作りで、平屋だがかなり大きな建物だった。寒風が吹きこむプレハブ小屋で私が着替えをしていたのは十年も前のことなのだ、と改めて思い知らされる。

設備が改善された理由は明らかだ。チームが強くなったから、それに尽きる。私が現役の頃は、とうとうリーグの二部から這い上がることができなかったのに、私たちが卒業するのにタイミングを合わせたように、チームは連勝街道を驀進《ばくしん》し始めた。翌年一部に昇格すると、リーグ戦を制すること三回、三位以下に落ちたことは一度もない。監督が代わったのが一番の原因なのだろうが、それにしても隔世の感があった。出来のいい後輩たちの活躍を知る度に、自分の弱さや下手さを思い知らされるような気分になる。人気《ひとけ》はない。やはり、早く着き過ぎてしまったのだ。練習開始までは、まだ三十分ほどもある。

タイヤがアスファルトを嚙む音に、私は振り向いた。スカイラインのドアが開き、すでにジャージに着替えている沢口が降り立つ。私を認めると、にやにや笑いながら、スカイラインを指差した。私も、釣られて笑う。沢口は狂信的とも言えるスカイラインファンで、GTRのエンブレムが復活した時に、公務員の給料では少し贅沢過ぎるこの車を手に入れたのだ。以来十年以上も乗り続け、すでに走行距離は十万キロを超えているはずだが、今でも綺麗に磨き上げられ、新車に近い輝きを放っている。

彼が、後部座席から大きなスポーツバッグを引っ張り出し、それを担いで私の方に歩いてきた。四十五歳という年齢を感じさせない若々しさだ。腹は板のように平らだし、膝の下で切ったジャージから覗く脛《すね》やふくらはぎも硬く引き締まっている。「監督なんだ」という昨夜の言葉は冗談ではないか、と私は疑った。

現役時代の沢口は、小柄だが闘志溢れるプレイが持ち味のフランカーだった。私が大学に入った時でさえ、彼が卒業してからずいぶん経っていたのだが、練習の手伝いをするのを見るだけで、現役時代の激しいプレイぶりは容易に想像できた。とにかく、彼のタックルは痛い。相手を倒すよりも、痛みを与えることが目的であるようなタックルなのだ。小柄な体格のハンディをはねのけようと、常に全力でぶつかって行った現役時代の癖は、なかなか抜けないものなのだろう。言ってみれば彼は、サイズの問題を気合と根性で克服できると信じていた最後の世代に属している。私は、そんなことは信じなかった。選手の体格はどんどん良くなっているし、衝突は純粋に運動力学的な動きに過ぎないのだから、重くて速い方が有利に決まっている。

しかし沢口は、「行け」と言われれば、あるいは自分で行けると判断すれば、突っこんで行く。相手が身長二メートルで、しかも百メートルを十秒台で走るような選手であっても、果敢に足首に飛びこむタックルを狙うタイプなのだ。

「や、元気そうだな」沢口が、気軽な調子で右手を上げる。「一番乗りじゃないか」

「早過ぎました」

「だと思って、俺も早く来たんだよ。お前、集合時間の三十分前には必ず来るからな。そういうところ、全然変わっていない」

「貧乏性なんですよ」

「それは、ちょっと違うだろう」

私たちは、小さな笑みを交換した。沢口が芝の上にバッグを下ろすと、中からボールを取り出し、私に放って寄越す。ボールに触るのは本当に久しぶりだ。しかし、指先はボールの感触をしっかり覚えている。沢口にパスを返すと、彼の顔に浮かぶ笑みが大きくなった。

「ちゃんとパスできるじゃないか」

「案外覚えてるもんですね」

無言のうちに、私たちの間をボールが行き交った。体のどこかにあった硬さが薄れ、緊張がほぐれてくる。やれるじゃないか、肉体の記憶は薄れない、という思いを次第に強くしていくうちに、他のメンバーが次々と到着した。知っている顔もいたが、ほとんどが私より年上で、何となく居心地が悪い思いをした。挨拶する度に、大学に入学したばかりの頃の緊張感を思い出す。

「さ、着替えろよ」

沢口に促され、私は上に羽織っていたジャージを脱いだ。芝の上に腰を下ろし、昨夜磨き上げたスパイクを履く。紐を硬く縛り、その上からテーピングテープを巻きつけた。スパイクは少しきつい感じがしたが、走っているうちに慣れてくるだろう。

沢口は、本当に監督になっていた。メンバーをグラウンドの中央に集めると、私を紹介し始めたのだ。現役時代に一緒にプレイした仲間は一人もいなかったが、私は大袈裟に歓迎された。どうやら、メンバーの高齢化が進んでいるらしい。若い、走れる選手は大歓迎というわけだ。

練習は、ボールを回しながらの軽いランニングから始まった。グラウンドを縦いっぱいに使い、ジョギングより少し速いペースで往復を繰り返す。次第に下半身がほぐれ、体の芯が熱くなってきた。ほとんど毎日続けているジョギングのおかげで、走るのは苦にならなかったが、今日は少しばかり勝手が違う。アスファルトと芝では、脚にかかる負担がずいぶん違うのだ。何だか、体が軽くなったような感じさえしてくる。

沢口が、時々ホイッスルを吹いては、ランニングのスピードを上げさせた。ちらちらと彼の様子をうかがったが、選手たちを指揮しながら、自分も楽々と練習をこなしているようだった。そしてとうとう、ランパスが始まる。

私は、この練習が大嫌いだった。ゴールラインからゴールラインまでの距離を使い、パスを回しながらダッシュするのだが、そんなことが楽しい人間がいるはずもない。体をほぐすためだったらいいのだが、持久力をつけるためと称して練習の最後にやる時は、心底嫌気がさしたものである。

次第に苦しくなってきた。これは、ジョギングとは訳が違う。こんなにスピードを上げて走るのは久しぶりだ。心臓が悲鳴を上げ、脚ががくがくしてくる。それでも、この中で一番若いのは自分だと思うと、最初にギブアップするわけにはいかなかった。

心臓が爆発する寸前で、ランパスが終わった。胸を張り、鼻で荒く息をしながら歩いていると、からかうような沢口の視線に気づいた。人差し指を私に向け、撃つ真似をする。普通、こういうことをされるとむっとするものだが、沢口がやると、なぜかさほど嫌味には思えない。

練習が進むにつれ、走ることなど何でもなかったのだ、と気づいた。問題は、実際に相手に当たる練習である。ボールを持ったまま相手にぶち当たる、あるいは、突進してくる相手を止める。肉を切り裂き、骨を直《じか》に揺さぶるような痛みが、体の中に次第に溜まっていった。いつの間にか、軽い頭痛を覚えていた。首が衰えているのだろう。ぶつかり合いは交通事故のようなものであり、首がしっかりしていないと、衝突する度に頭がぐらぐらと揺れて、軽い脳震盪《のうしんとう》を起こす。

昔は、練習中に頭痛を感じることなどなかった。私たちの大学のラグビー部は、伝統的にフォワードが軽く、練習では軽量級の選手同士がぶつかり合うだけで、さほど衝撃はなかったからだ。しかし、卒業して何年も経ったかつての選手たちは、一様に体重が増えている。ぶつかる度に感じるショックは、現役時代の比ではなかった。もちろん、私の体が鈍《なま》っているせいもあるのだろうが。

スクラムは地獄だ。密集で下敷きになる時は、いっそこのまま殺してくれ、と言いたくなる。最後のミニゲームでは、何度も強烈なタックルをくらって、芝に叩きつけられた。最初に想像していたのとは違い、柔らかな芝は、衝撃を吸収してはくれなかった。この下の土は、長年踏み固められ、コンクリートのような硬さになっているに違いない。

それでも、二時間ほどの練習が終わった後には、体が分解してしまいそうなほどの痛みとともに、すっきりとした満足感を感じていた。これほど体を動かしたのは久しぶりである。警察学校にいた頃以来かもしれない。これから本当にイーグルスで試合ができるのだろうかと不安になると同時に、何かが変わりそうな予感も感じていた。

四時過ぎ、その場で解散になった。このチームは、試合の後以外には揃って飲みに行くことはないのだ、と思い出した。もっとも、誘われても私は断るだろう。警察に入って以来酒は飲んでいないし、飲む場所にも近づかないようにしているから。代わりに、というわけではないだろうが、沢口がお茶に誘ってくれた。彼も酒を飲まないのだ。

大学の近くにある喫茶店に移動し、二人ともしばらく無言でコーヒーをすする。

「きつかったか?」ややあって、沢口が口を開いた。

「正直言って、これほど鈍ってるとは思いませんでしたよ」口の中で、かすかに血の味がする。私はコーヒーを流しこんで、その嫌な味を洗い流した。

「久しぶりだから、接触プレイはきついだろう。ああいうのって、他のことでは鍛えられないからな」

「交通事故みたいなものですね」

「そうかもしれないな。だけど、走る方は問題ないみたいじゃないか」

「ジョギングはずっと続けてますから。でも、ダッシュは別物ですね」

「昔より痩せたか？」

「筋トレとはご無沙汰してるんですよ。走るだけだと、逆に筋肉が落ちるのかもしれない。タックルは怖いですね」

「太ってるのも悪くないね」平たい腹を掌で叩きながら沢口が言う。「脂肪が、ショックアブソーバーになる」

「だけど沢口さん、全然太ってないじゃないですか。昔と体型が変わってないですよ」

「元々太らない体質なんだよ。それどころか、体を動かすとどんどん体重が減るんだ。現役時代は、体重を維持するのに、死ぬような思いをしながら飯を食ってたんだぜ。一日四千キロ・カロリー。逆ダイエットだ。今ぐらいが、バランスが取れてるんだろうな」

　沢口が、半分ほど飲んだコーヒーに、ミルクと砂糖を加えた。いつもこうだった。最初はブラックで、後から甘くする。ずいぶん長い間会っていなかった男の性癖を案外細かく覚えていることに、私は自分でも驚いていた。

　沢口が、探るように私を見る。

「やれそうか？」

「そのうち慣れるでしょう」

「そうだな」

言葉を切り、沢口がコーヒーを一口啜る。何か言いたそうだった。私が黙ったままでいると、彼が痺れを切らしたように口を開いた。

「お前、大丈夫なのか」

「何がですか」

「何がって、何となくさ」困ったような笑顔を浮かべ、沢口がカップの縁を撫でた。「お前がこっちに戻ってきて、最初に会った時に、何か変だなって思ったんだよ」

私は、喉元まで心臓が上がってきたように感じながら、落ち着け、と自分に言い聞かせた。彼が知っているわけがない。それに私は、何も言う必要はないのだ。自分の胸の中にしまいこんでいればいい。

「あの時は、元気がなかったな」

「いつもこんなものですよ」

「口数が少ないのと元気がないのは、全然違うぞ」

「そうですか」

「何かあったのか?」

私は無言で首を振った。沢口が、カップ越しに私を見つめる。

「元気がない、どころじゃなかったな。今にも折れそうな感じだった。ぼうっとして、どこか危なっかしい感じもしたし。交差点の真ん中で、考え事をしながら歩いていて、信号が赤になっても気づかない奴っているだろう？　そんな感じだったんだよ。俺は、本気で心配したんだぜ。お前は、そういう人間じゃないと思ってたから。だから、何かできることはないかと考えたんだが……」

「それで、家を紹介してくれたんですか」

「正直言って、金がなくて困ってるのかと思ったんだよ。金がないと、人間は途端に元気がなくなるからな」

それは事実だと思ったが、私は何も言わなかった。一人うなずいて沢口が続ける。

「何があったかは知らないけど、それは、俺が知る必要はないことなんだろうな。聞かれるのも嫌なこともあるだろうし。だから、これ以上は聞かない。まあ、とにかく体を動かせよ。体を動かしていれば、嫌なことも忘れるさ。お前は、ラグビーが一番好きだったはずだよな。好きなことに打ちこんでいれば、そのうち本当の自分を取り戻せるんじゃないかな」

「だから俺をイーグルスに誘ってくれたんですか」

「そういうことだ」照れ臭そうに笑い、沢口が鼻の下をこすった。「ぐったりして動けなくなるぐらい、体を動かせばいい。それでもしも何か話したくなったら、その時は話してみろよ。俺はいつでもいいからさ」

「沢口さん、全然変わってませんね」照れ臭い思いを押し隠し、私は言った。沢口が小さく肩をすくめる。

「相変わらずのお節介でね、生徒にもうるさがられてるよ。最近の子どもは、昔と比べてずいぶん変わったからな。俺みたいなタイプは好かれないんだ」

「そんなこと、ないでしょう」お節介、というのとは違う。沢口の場合は、面倒見が良い、というのだ。

私はなぜか彼に気に入られ、現役時代もずいぶん可愛がってもらった。同じポジションの後輩ということもあったのだろうが、良く食事を奢ってもらったし、無理を言って練習につき合ってもらったことも数え切れないほどある。彼の家で、南半球のチームのヴィデオを見ながら、夜中まで話しこんだことも、一度や二度ではない。そして、私に対する彼の親切は、少しも押しつけがましくなかった。私がアメリカに留学するために一年間ラグビーを休むと宣言した時も、故郷の新潟に戻って警察官になると言った時も、笑って背中を叩いてくれた。本当は彼は、私が社会人のチームでラグビーを続けることを期待していたはずである。何度となくそんな話をしたことがあるし、実際、名門チームで活躍する知り合いの選手に引き合わせてくれたこともある。一時は、心が揺らいだことも確かだ。二十代後半までなら、警察官採用試験の受験資格はある。それまでラグビーを続けて、刑事としては、人より少し遅めのスタートを切ることもできるのではないか、と。しかし私は、子どもの頃からの夢を、目標を優先することにした。そのことを、沢口がどう思っているかは分からない。聞く機会もなかったし、その後の自分の人生の曲がり具合を考えれば、今更話し合うわけにもいかなかった。

沢口は、その頃と全然変わっていない。押しつけがましくなく、さりげなく気を配ってくれる。そして本人は、そのことを大変だとは思っていないだろうし、恩を売ろうなどという下心もないはずだ。

「可愛い後輩のためなら、ちょっとぐらい気を遣ってもいいだろう。いいか、何かあったら俺に言えよ。仕事のこととかは分からないが、それ以外だったら、相談に乗れると思うから。ああ、ただ、女の子のことも駄目だぞ。何しろこっちは、まだ独身だ。一番苦手な分野だからな」

小さく笑いながら、私は、体の中で暖かい物が流れ出すのを感じた。久しぶりに激しく体を動かしたことによる熱とはまた違う何かだった。

土曜だからと言って、仕事を休む理由にはならない。家に戻って一眠りした後、私は電車で新宿に出た。本屋で野球の雑誌を眺め、大リーグのグッズを扱う専門店が新宿にあるのを見つけ出したのだ。カブスの帽子を被った少年を見つけ出すには、実際に帽子を見せながら聞きこみをするのが一番である。かといって、公園にあった帽子を勝手に持ち出すわけにはいかないから、現物を手に入れる必要がある。

土曜の夜の新宿は、真っ直ぐ歩くこともできないほど混雑している。練習の疲れと体の痛みもあって、私はすぐにうんざりしてしまった。十代から二十代にかけて、東京には七年間住んでいたのだが、その頃も繁華街に出向くことはほとんどなかった。大抵の用事は地元の多摩か八王子、あるいは府中で済んだし、高校でも大学でも、ラグビー部の練習が忙しくて遊んでいる暇がなかったのも事実である。だから、今でも新宿や渋谷は未知の街である、と言っていい。食事を済ませていこうと思ったのだが、あまりの混雑ぶりに食欲も失せて、帽子を買ってすぐに新宿を離れた。

多摩に取って返し、駅前で手早く食事を済ませた後、また聞きこみを始めた。駅の改札口付近でうろついている高校生のグループ、コンビニエンスストアでたむろしている中学生、次々に声をかけては帽子を見せて回ったが、全て空振りに終わった。やはり私は、子どもたちに話を聞くのに向いていないのかもしれない。二時間もそんなことを続けていると、自分がひどく無能な人間のように思えてきたし、疲れもピークに達した。脚が強張り、今にも痙攣を起こしそうだった。

脚を引きずりながら家に戻り、車を出した。無益な聞きこみにはうんざりしていたが、それでもこれで終わりにして眠る気にもなれない。結局私は、多摩市のもう一つの中心部である聖蹟桜《せいせきさくら》ヶ丘《がおか》駅まで車を走らせ、そこでいつものように街の観察を始めた。

長い夜、資料室にいない時の私は、こうやってぼんやりと街角に立っていることが多い。一人きりのパトロールなのだ。道行く人を眺め、トラブルの材料を探す。いつもは多摩センター駅の近くにいるのだが、今夜は少し気分を変えたかった。

聖蹟桜ヶ丘は、人工的な匂いが抜けない多摩センターに比べれば、昔ながらの住宅街の雰囲気を残した街である。民間の真新しいマンションに埋もれるように古い一戸建ての家が立ち並び、どこにでも見られる郊外の光景が広がっている。

祭りの後、という言葉が頭に浮かんだ。私が学生時代に住んでいた頃、ニュータウンはまだまだ建設中という感じだった。新しい公団住宅や民間のマンションが次々と姿を現し、どこへ行っても工事中の看板がかかっていたので、街中には常に埃っぽい空気が流れていた。新しい街に特有の活気に満ち、これから先、どこまでも広がっていくような感じさえしたものである。しかし今は、違う。この数年で状況は大きく変わり、ゴーストタウンへの第一歩を踏み出しているのではないか、とさえ感じることがある。夜になると人通りが途絶えるし、街を東西に貫くニュータウン大通りは、車も少なくなる。

この街には、何かが足りない。二十歳の頃は、清潔感と整合性に溢れた雰囲気が嫌いではなかったが、三十歳になってみると、妙に味気なく思える。住んでみたいと思わせる魅力がないのだ。事実、昔は入居するのに驚異的な倍率を突破しなければならなかった公団住宅も、今では空家が目立つようになっているという。三十年前、二十年前にニュータウンで新居を構え、新しい生活を始めた家族も、二世代目になると、逆に街を離れるようになった。

ここに住み、働いているうちに、何となくその原因が分かってきた。一つは、V字形の谷のような地形の問題である。一番底を流れる川に当たるのが、鉄道と多摩ニュータウン通りだ。だから、疲れて駅までたどり着いた人が家に帰るためには、長い坂を登っていかなければならない。ニュータウンが設計された数十年前には、バリアフリーという概念もなかったのかもしれないが、これでは、年取ってまでも住み続けるのは難しいのではないだろうか。時々、長く緩やかな坂道や階段を恨めしそうに眺めながら、休み休み上っていく老人の姿を見かけることがある。

都市計画というのは難しいものなのだろうが、それにしても、もう少し何とかならなかったものか、とも思う。

雨を予感させる湿った空気が肌にまとわりつく。土曜の夜だというのに、駅前の通りは人気も少なく、誰かの靴がアスファルトを打つ音さえはっきりと聞こえてきた。

ゴルフのボンネットに尻を乗せたまま、自分の体の中から湧き上がる危険信号に耳を傾ける。やはり、沢口の誘いに乗ってラグビーをやるべきではなかったのではないだろうか。警察官になってからも、ラグビーをする機会は何度となくあった。新潟にもクラブチームはあったし、その気さえあれば、休日は楕円球を追って一日を潰すこともできたはずだ。避けていたのは、ひとえに怪我を恐れていたからである。

何より私は、仕事を優先したかった。怪我をして刑事の仕事に差し障るようなことは、絶対にあってはならないことだと思っていた。しかし今、私は禁断の箱を開けた。この痛みと疲労は、いずれ必ず快感と誇りに変わるはずである。しかし、仕事に悪影響を与えるかもしれないというリスクは負ってしまったことになるわけで、この辺り、これからどうやって折り合いをつけていくか、今はまだうまい考えが浮かばない。

広い道路の反対側に、インプレッサが停まった。冴だ。疲れたようにゆっくりと車を降りると、手にしたカブスの帽子をくるくると回しながら、駅の方に消えていく。彼女が何をしているのかは、すぐに理解できた。そのまま三十分ほど待っていると、彼女は一層疲れた様子で戻ってきた。私と同じように、自分の車のボンネットに寄りかかって、ぼんやりと周囲に視線を巡らせる。

道路を挟んで、冴と目が合った。なぜか挑むような、怒ったような視線を、彼女がぶつけてくる。時折行き交う車が、私たちの視線のぶつかり合いを寸断した。その度に私は、なぜか狂おしい気持ちを抱きながら、彼女の視線を取り戻そうと必死で目を凝らす。

5

日曜の夜、私はいつものように多摩センター駅の近くにいた。聖蹟桜ヶ丘を避けたのは、また冴と顔を合わせるかもしれない、と思ったからだ。

一時間が過ぎ、二時間が過ぎる。私はずっと運転席に腰かけ、昨夜の出来事をぼんやりと思い出していた。冴が一人で聞きこみをしていたのは、理解できる。しかしその後、私と同じような行動に移ったのは意外だった。道行く人に目を配り、トラブルを捜して街を監視する。自分はこの街の番人じゃないんだ、と心の中ではつぶやきながら、毎晩のように街をうろつくのをやめることができない——彼女も私と同じように考え、同じように行動しているというのだろうか。

案外、私たちは似ているのかもしれない。二人とも、上の方から煙たがられているという明らかな共通点を除いても、である。彼女が厄介者扱いされる理由を知りたい、とふと思った。

私の場合は、分かっている。分かっているつもりだった。

警視庁に入って、刑事としてやり直そうと思った時、私には幾つかの選択肢があった。まだ年齢制限に引っかかっていなかったから、正式に採用試験を受けることもできたのだが、その場合は、もう一度警察学校に入り直し、交番の立ち番から始めることになる。それはあまりにも馬鹿らしい。もう一つが、あまり例はないが、別枠での採用を利用する方法だった。警視庁は、外国語のできる人間を、時々正規の枠外で採用している。私はそれに飛びついた。採用されれば、国際捜査課での仕事が待っているはずだった。経験したことのない分野だが、刑事としての仕事の本質に変わりはないのだから、間を置かずに以前の自分を取り戻すことができる、という期待を持っていたのだ。採用後に多摩署に回されてしまったのは計算外だったが、その時は、それはそれで仕方のないことだと、早々と気持ちを切り替えた。職場を選べるような立場ではなかったのだから。

しかし、多摩署の署員たちは、私の採用について何かを勘ぐっているようだ。もっとも私自身、採用が決まる経緯の中で、何か妙だと思ったこともある。冴が言っていた通り、今必要とされているのは中国語や韓国語が話せる人間なのだ。何も、英語しか喋れない私を採用する必要はなかったはずである。そこに何か特別な意思でも働かない限り――特別な意思というのが、父の力ではないかという仮定には、容易にたどり着くことができる。私の父は、新潟県警の捜査一課長、魚沼署長を歴任し、今は刑事総務課長を務めている。警察庁に出向していたこともあるから、警視庁にも知り合いはいるはずだ。四万人の職員の中に、私一人を押しこむぐらいは簡単だろう。

警察官になって以来、私は父と反目し続け、その緊張は、祖父を自殺に追いやった事件で頂点に達した。父は、その事件を知っていながら隠し続けていたのだ。絶対に許すことはできないと思って新潟県警を辞めてからほぼ一年、父とは一度も話していない。しかし父は、私が警視庁に入ろうとしていることをどこかで聞きつけたのだろう。手を回したというほどではなくても、然るべき人間に頭を下げるぐらいのことはしたかもしれない。

父の後押しで警視庁に入る。絶対にあってはいけないことだと思っていたのだが、それが本当なのかどうか、確かめる気にはなれなかった。もちろん、人事に聞いてもはっきりしたことは言わないだろうし、父に直接確かめることもできない。そもそも、そんなことを調べるのにエネルギーを費やすのは馬鹿げている。

　しかし、私の周囲にいる人間たちは、噂の上に噂を重ね、いつの間にか結論に達したのだろう。あいつは、親父のコネを使って警視庁に入ってきた。そんな奴に仕事をやらせる必要はない。冷たい目線を感じる度に、私は薄《うっす》らとした悪意を意識した。

　窓を開ける。冷えた空気が車内に入りこんできた。ふと、この街には匂いがないな、と思った。平板で、何の特徴も匂いもないこんな街こそ、今の私には似合っているのかもしれない。


　終電が近い時間、欠伸《あくび》を嚙み殺しながら、私は無理矢理目を見開いた。体のあちこちに、昨日の練習の痛みと疲労がまだ残っている。歩くのに苦労するほどではないが、ちょっと無理な姿勢を取ると、筋肉が大声で悲鳴を上げた。

　痛みをほぐすには、筋肉を休めるよりも、逆に少しだけ負荷をかけていじめてやる方がいい。車を出て、歩き始めた。意識して背筋を伸ばすように歩いていると、少しずつ痛みが引いていく。ついでに聞きこみをしようと、尻ポケットにカブスの帽子が入っているのを確認してから、ペデストリアンデッキに続く階段を上った。

　多摩センター駅から多摩中央公園に向かって一直線に続くデッキの両側には、デパートや専門店、ホテルが立ち並んでいる。日曜の夜、この時間になると人通りはほとんどなくなるが、時間を持て余した若者たちがあちこちで数人ずつ固まっている。私は、デパートの横に陣取った五人ほどのグループに近づいた。スケートボードの車輪が、敷きつめたレンガを乱暴に引っかく音が、夜の静寂を破って響く。そこに時々、笑い声や、仲間同士でからかい合う笑い声が混じった。

「ちょっといいかな」

声をかけても反応がない。無視しているのかと、少し声を大きくしてもう一度同じ台詞を繰り返すと、五人が一斉に振り向いた。近づいていくと、固まるように身を寄せ合う。その顔に浮かんでいるのは、怒りでも不満でもなく、かすかな不安だった。

ここ数日、何十人もの若者に声をかけてきたが、今までにない反応だった。緊張をほぐしてやろうと、右手の人差し指にカブスの帽子を引っかけ、くるくると回して見せる。そういえばこのグループは、五人全員が帽子を被っている。野球帽だったり、毛糸のキャップだったりと様々だが、髪を直《じか》に空気にさらしていないのは同じだった。若い。高校生だろう、と見当をつける。

「ちょっと教えて欲しいことがあるんだけど」私は、彼らと二メートルほどの距離を置いたままで切り出した。指に引っかけた帽子を突き出し、「この帽子を被ってた子、知らないかな。この近くに住んでるんじゃないかと思うんだけど」と訊ねる。

間合いを計るような沈黙が流れる。そのうち、五人の中で一番背の高い少年が、沈黙を破ってぽつりと答えた。

「シンジじゃないかな」

「シンジ？」

聞き返すと、少年が強張った笑みを浮かべ、仲間たちの顔を見回した。

「なあ、シンジじゃねえか。アメリカ帰りのシンジ」

私は、頭の中で何かが化学反応を起こす音を聞いた。カブス――日本ではあまり人気のないシカゴのチーム。アメリカに住んでいた人間が現地で買ったものではないか、と冴が推測していたのを思い出す。

「シンジっていう子が、この帽子を被ってたんだな」もっと良く見えるようにと、私は一歩を踏み出した。それに合わせるように、少年たちが一斉に後ろへ下がる。その場で立ち止まり、帽子を持った手だけを突き出した。「取って食おうってわけじゃないから、良く見てくれよ」

背の高い少年が、恐る恐るといった感じで前に出て、私の手から帽子を受け取った。ひっくり返し、裏返してあれこれと確認していたが、最後はやはり「Ｃ」のマークが決め手になった。

「間違いない」

「シンジって、苗字は何て言うんだ」

少年が肩をすくめる。

「知らない」

「この辺りの子なんだろう」

「たぶん。近くで見たことがある」

「どの辺で？」

「あそこの」少年が、ペデストリアンデッキにあるマクドナルドを指差す。「マックにいた」

「良く見かけるのか」

「何度か、ね」

「何してたんだろう」

「そりゃあ、飯食ってたんじゃないの」彼が呆れたように言うと、背後に控えた少年たちから、くすくすと小さな笑いが上がった。よし、これで行こう。ちょっと間の抜けたオッサンという役回りなら、彼らも気楽に話してくれそうだ。

「シンジを見かける時って、決まった時間だったか？　いつも日曜日の昼に見たとか、平日の夜だったとか」

「いや、そういうわけじゃないけど、いつもその帽子を被ってたから、何か目立ってたんだ」

「シンジって名前だけど、君らと同じ学校の子なのか」

「いや」

「じゃあ、どうして名前を知ってるんだ」

「誰かから聞いたんだけど……」少年が、仲間たちの方を振り向く。中の一人が、「ユウジが言ってたんじゃなかったっけ」と自信なさそうに応じた。

「ユウジ？」

私が訊ねると、背の高い少年が、納得したようにうなずいた。

「ああ、ユウジか。ユウジだったかもしれない」

「君らの友だちか？」

「中学の友だちで」ひどく古い昔のことを思い出すように、少年が遠い目をした。「そうか、ローラーブレードやってる連中の一人だ、シンジは」

「ローラーブレード」アメリカにいた頃は、良く見かけた。専用のクローズド・コースがあったぐらいで、向こうでは子どもや若者の遊びとして定着している。しかし、公園の木の洞《うろ》の中にはローラーブレードはなかったはずである。

「ユウジっていう子は、シンジと友だちなんだな」

「友だちっていうか、ただの顔見知りじゃないかな」

「二人とも高校生？」

少年がうなずく。

「連絡、取れるかな」

「ユウジに？」

「そう」

「ユウジのことはいいけど、シンジって子、どうかしたの。だいたいあんた、誰？」少年が、精一杯突っ張った声と表情を前面に押し出した。体の前に抱えた傷だらけのスケートボードが盾代わりだとでもいうように、きつく握り締める。

「今は非番で手帳を持ってないから信じてもらえないかもしれないけど、警察だ」言いながら私は、手帳を持っていないことを悔やんだ。警察官だと証明できないだけで、急に自分が薄っぺらな人間になってしまったような気分になる。

しかし、手帳がなくても、少年たちは一瞬で蒼ざめた。長身の少年が、騙された、と文句でも言いたそうな口調で吐き捨てる。

「マジかよ」

「警察官だなんて嘘をついたら、それこそ捕まっちまうよ」

「シンジって子、何かしたの」

「いや」説明する必要はない。余計なことを言えば、少年たちの噂のネットワークに乗って、明日にはシンジという少年はとんでもない犯罪者だ、ということになってしまうだろう。「ちょっと、彼に確認したいことがあるんだ」

「警察が？」

「そう。別に、その子が何をしたってわけじゃないから。心配しなくていいよ」

「何だ」期待を裏切られてがっくりするような表情が、少年たちの顔に浮かんだ。警察に追われる知り合いというのは、彼らにとってはある種英雄的存在になるのではないだろうか。もちろん、決定的な一線を越えなければ、だが。

「だから、何とかシンジと連絡を取る手段はないかな。その、ユウジって子の連絡先なら、君らも知ってるだろう？　教えてもらえると助かるんだけど」

「ちょっと、その人が本当に警察官かどうか、分からないじゃない」後ろに控えていた少年の一人が、警戒心を露《あらわ》にしながら言った。目深《まぶか》に被った毛糸の帽子の下から、私を睨みつける。まずい展開だ。確認してみろと言って署に電話を入れさせるのは簡単だが、それでは私が、非番の時間に警察手帳も持たず、勝手に動き回っているのが分かってしまう。上の人間に、非難する理由を与えたくはなかった。

「何か、変じゃねえか」毛糸の帽子の少年が、携帯電話を取り出した。仲間でも呼ぼうというのだろうか。喧嘩っ早い連中のようには見えなかったが、人数が増えれば状況も変わってくる。

「署の方で話を聞かせてもらってもいいんだけど」

ざわざわと体を揺らしていた少年たちの動きが、ぴたりと止まった。しかし私も、これ以上の脅し文句は持っていない。最後の一手を早く出し過ぎたかとも思ったが、聞き慣れた声が手詰まりの状況を打破してくれた。

「その人は、間違いなく警察官よ」

振り向くと、冴がいた。今夜は、色の褪《あ》せたジーンズに革のフライトジャケットというラフな格好である。素っ気無いジーンズが、脚の長さを際立たせた。ごつごつしたフライトジャケットは男物のようだが、彼女にはよく似合っている。

「私も警察官」冴が、親指で自分の胸を二度、叩いた。少年たちは、呆然としたように冴を見ている。

「マジかよ」と誰かがつぶやく。その後には、盛大な溜息が続いた。

「ちょっと教えてくれればいいのよ。あなたたちには、迷惑はかけないから」

その後に続く言葉は、甘ったるい口調の「お願い」ではないかと思ったが、そう言う代わりに冴は、少年たちの顔を一人一人、順番に見つめていった。その場の空気の温度が、はっきりと上昇する。何も十代のガキどもに、君の魅力をサービスしてやらなくてもいいのに――魅力？　どうしてそんな言葉が頭に浮かんだのだろう。仕事のパートナーに性的な魅力を感じるようになったら、その時点でコンビは解消だ。それは冴も分かっているはずだが、あるいは彼女は、私が自分を性的な対象と考えるはずはない、と決めつけているのかもしれない。もちろん、そうだ。そうなのだが、私は上気した少年たちと同じような熱が、体の中に湧き上がってくるのを感じた。

少年たちは無反応だった。しかし、冴が「どうなの」ともう一度柔らかく声をかけると、急にスウィッチが入ったように、一斉に顔を上げる。

「あの」毛糸の帽子の少年が、誰かに背中を押されたように喋り出す。「ユウジの連絡先とか教えると、まずいんじゃないかな。ほら、俺らがあいつを警察に売ったみたいな感じになるんじゃない？」

「大袈裟よ」冴が、喉を見せて大袈裟に笑った。闇の中で、喉の白さが浮き立つ。私は、彼女に気取られないように唾を呑みこんだ。「携帯の番号とか、教えてくれると助かるんだけどな《けど》」

「だけど」毛糸の帽子の少年は、なおも言いよどんだ。冴が助け舟を出す。

「じゃあ、どこに行けば会えるか、それだけでも教えてくれないかな。いつも遊んでる場所とかあるでしょう」

今度は長身の少年が、自分の腕時計をちらりと見た。

「この時間だと、コンビニじゃないかな」

「場所は？」

「松《まつ》が谷《や》の方」そこまで行くと、多摩市ではなく八王子市になってしまう。「そこのセブン・イレブンによくいるよ」

「今日は日曜日だけど、いるかな」と冴。

「たぶん」背の高い少年が、慌てたように言ってうなずいた。短い言葉が上ずり、顔が赤くなっている。

「ありがとう」冴がさらに、笑顔の目盛りを上げる。「君たちのことは彼には言わないから。それで、ユウジって子、どんな感じ？　見れば分かるかな」

少年たちは、それこそ顔の皺の一本一本の深さまで、ユウジという少年の姿を丹念に描写し続けた。一人取り残された格好になった私は、デパートのショーウィンドウのガラスに映る自分の姿をぼんやりと眺めていた。少し疲れ、少し凶暴な顔をしている。これでは、少年たちが引いてしまうのも無理はない。しかし、自分の顔を見て、いつの間にか気分が良くなったのも事実である。昔は、いつもこんな顔をしていた。百人に聞けば、百人が警察官と答える顔である。

私は、昔の顔を取り戻しつつある。顔だけでなく、中身まで昔の自分に戻るのはいつなのだろうか。

「へたってるわね、この車」

冴が、私のゴルフを一言で簡潔に描写した。それは否定できない。いくらドイツ車が頑丈だと言っても、十年落ちで新車同然というわけにはいかないし、沢口と違って、私には車を磨き上げる趣味もないのだ。彼女が、容赦なく畳みかける。

「だけど、あなたには合ってるかもしれないわね」

「どうして」

「つまらない車だから」

少しむっとして、私は言い返した。

「それは、俺もつまらない人間だっていう意味か？」

「つまらないとは言わないけど、面白くはないんじゃないかな。女の子と話をしても、途中で詰まっちゃうことが多いんじゃないの？」

「それは認めるけど、そもそも、女の子と話す機会が少ないからね。君が相手だと、普通に話ができるのはどうしてなんだろう？」

「私は例外。女として見ないことね。仕事の仲間なんだから」

「仲間、ね」

「認めないの？　今夜は助けてあげたじゃない」唇を歪めて冴が反発する。

「別に頼んだわけじゃないよ」

「こっちも、頼まれたとは思ってないわ。たまたまよ、たまたま」

「たまたまはいいけど、あんな時間に、あんな場所で何してたんだ」

冴は一瞬言葉を切ったが、すぐに逆襲してきた。

「あなたこそ。一人で聞きこみは駄目だって言ったの、あなたじゃない。それを無視して抜け駆けしてたわけ？」

「散歩してただけだよ」

「ご丁寧に、カブスの帽子まで持って？」冴が、膝の上の私の帽子をきつくつかんだ。

「仕事するなら、一声かけてくれてもよかったのに」

「それより君は——」

「私がどうしたっていうの？」冴が、全てを拒絶するような硬い声で言った。それほど頑なになるような話題ではないはずだと思ったが、彼女は質問を許さず、冷たい口調で次の台詞を叩きつけてきた。「手がかりが見つかったんだから、そんなこと、どうでもいいじゃない」

「そうだな。じゃあ、行くか」議論を打ち切って、私は車を出した。冴は家から歩いてきたというので、問題のセブン・イレブンまでは私の車を使うことにしたのだ。

何か、妙な気分だった。冴は香水の類をつけていないはずなのに、かすかな花の香りが車内に薄く立ちこめている。この前この車に女性を乗せた時は——考え始め、私は苦く固まった想い出を無理矢理頭の外に押し出そうとした。終わった恋について、二度と会うことのない女《ひと》について、あれこれ思い悩んでも仕方がない。

助手席の中で、冴が長い脚を窮屈そうに組んだ。私は無言で、車を走らせ続ける。途中、私の家の前を通り過ぎた。何の気なしに、「ここが俺の家なんだ」と言うと、彼女は少し過剰とも思える反応を見せた。

「一軒家なの？　ちょっと停めてよ」驚いたように言って体を捻り、後ろを振り向く。

私はゆっくりとブレーキを踏み、車を路肩に寄せた。目の前で冴の革ジャケットの前が開き、薄い萌黄《もえぎ》色のセーター越しに、体の線がくっきりと浮かび上がる。私は視線を逸《そ》らし、フロントガラスを見つめた。

「あなた、もしかしたらお金持ちなの？」

「冗談じゃない。君と同じで、ただの貧乏公務員だよ。あの家は知り合いから借りてるだけなんだ、それも、ただで。アメリカへ留学してるんで、その間、留守番をしてるんだよ。その人はこの辺の地主で、本物の金持ちだけど、俺は違う」

「いい家じゃない」

「そうかもしれないけど、俺には家のことは良く分からない」

冴はまだ何か言いたそうだったが、私は無視して車を出した。彼女も、諦めたように前を向く。やがて、目の前の闇を見つめたまま口を開いた。

「どうして夜中に街をうろついてるの」

「その話、やめたんじゃないのか」

「いいから。どうして？」

「別に。暇なんだ。夜、家にいてもすることがないしね」

「それだけ？」冴の声は静かだったが、どうしても私に喋らせようという強い意志が感じ取れた。

「何か、もっともらしい理屈が必要なのか？　仮に理由があったとしても、どうして君に話さなくちゃいけないんだ」

「相棒のことは、もっと良く知っておくべきだと思わない？」

「相棒って言っても、この事件に限っての話じゃないか。アメリカじゃないんだから、いつも同じコンビで動き回るわけじゃないんだぜ」

「だけど、一緒に仕事をしている以上は、相手のことを知る必要があるんじゃないかしら」

「別に、相手の私生活を知らなくても、仕事はできる」いつの間にか私は、ハンドルを握る手に汗をかいていた。

「あなた、何か、必要以上にむきになってない？」

「そんなことないよ。じゃあ、俺が君のことを聞いたら、話してくれるのか？」

冴が黙りこむ。矛盾だ。他人のことは知りたいのに、自分のことは話したくない。私たちはさながら、透明なガラス瓶の中に入って、互いの顔を見ながら大声で叫び合っているようなものである。相手の表情は見えるが、何を言っているかは聞こえない。ましてや肌に触れることなど、絶対にありえないのだ。しかし、これでいいのだとも思う。

知らなければ、互いに傷つけあうこともない。仕事は仕事と割り切って、相手の人生に踏み入らないのが一番だ。

議論が宙ぶらりんになっているうちに、目指すセブン・イレブンに着いてしまった。店の前の広い駐車場で、数人の少年がたむろしている。煙草を吸うでもなく、他の客をからかうでもなく、ただ駐車場の片隅に集まってしゃがみこんでいるだけだった。離れた場所に車を停め、小さく息を吐き出して、気持ちを切り替える。冴は無言で車を降りた。

並んで歩いて行ったが、少年たちは私と冴には気づかない。しゃがみこんだ足元には、コーヒーの空き缶と菓子の空き袋が散らばっていたが、野卑な笑い声さえない。互いのローラーブレードを自慢するように見せ合っているだけだった。

少年たちがようやく私たちに気づき、一斉に顔を上げた。顔には、不信感と恐怖、それに好奇心が微妙に入り混じった表情が浮かんでいる。

「ちょっと、いい？」冴が声をかけた。一瞬で、少年たちの緊張が解ける。彼女は、少年たちの前にしゃがみこんだ。相手と同じ目線で話すことは大事なのだが、私は立ったままでいた。柔らかい笑顔を浮かべる冴に対して、私は座っている連中を睥睨《へいげい》するように見下ろすことにした。良いお巡《まわ》りと悪いお巡りの役回りを互いに演じ分けるのもいい。

生意気なことを言い出すようなら、もっと凄んでやろう。

「ユウジ君は誰？」

少年たちが互いに顔を見合わせた。四人。体を隠すようなだぼっとした服を着ているが、皆線は細そうだ。

「誰かな」冴が繰り返す。少しだけ声が硬くなっていた。同じことを繰り返すうちに、彼女は切れてしまうのではないかと思った。その雰囲気を、危険性を、少年たちも敏感に感じ取ったようだ。もう一度顔を見合わせると、一番痩せた小柄な少年がおずおずと手を上げる。

「君が、ユウジ君？」

嫌々ながら、ユウジがうなずいた。

「ちょっと教えて欲しいことがあるんだけど」

「何？」ユウジが、精一杯凄んだ声で訊ねた。反抗的な口調に、冴が一瞬言葉を失う。会話を途切れさせてはいけないと、私はつい口を挟んで「警察だ」と言った。途端に、少年たちがぱっと立ち上がって後ずさる。

「大丈夫」慌てて言ってから、冴が振り向き、物凄い形相で私を睨みつけた。私は思わず一歩引いて、後を冴に任せることにした。

「大丈夫よ。ちょっと人を捜してるの。君の知り合いなんだけど」

「俺の知り合い？」ユウジが顔をしかめる。幼さが残る表情に、顎にはやした無精髭が不釣合いだ。しかし、その髭は、顔の中で唯一自慢できるものらしく、しきりに引っ張っては気にしている。

「シンジ君っていう子なんだけど」冴が、ジーンズの尻ポケットからカブスの帽子を取り出して、ユウジの目の前に差し出した。

「ああ、シンジ」ユウジが、ちらりと帽子を見ただけでうなずいた。「知ってるよ」

「名前は？　苗字は何て言うの」

「知らない」ユウジが首を振る。嘘をついているようには見えなかったが、冴はなおも食い下がった。

「ローラーブレードの仲間なんでしょう」

「時々、一緒にやってるけど」

「あなたも多摩南公園とか、行く？」

「たまにね」

「彼、あの辺に住んでるの？」

「たぶん。あの公園の近くの団地じゃないかな」

「間違いない？」

「間違いないって言われても……」ユウジが、また髭を引っ張った。痛そうに顔をしかめる。「そんな話をした気もするけど、はっきり聞いたわけじゃないから」

「彼、いつもこの帽子を被ってた？」冴が、カブスの帽子をユウジに押しつけるようにした。ユウジが渋い表情を浮かべ、顔をそむける。

「たぶん」

「アメリカにいたことがあるんだって、シンジ君は」

「ああ、そんなこと、言ってたけど」

「いつ頃？」

「中学の頃って言ってたかな。高校に入るんで戻ってきたって」

「そうか」

冴が振り返る。今度は満足げな笑顔が浮かんでいた。私はうなずき返し、質問を引き継いだ。

「住所は分からなくても、携帯の番号ぐらい知らないか？」

「いや。そこまで仲良くないから」

「連絡を取る手段はないいんだな」

「うん」

「分かった。ありがとう」私はなおも、少しだけ警戒していた。もしもユウジが嘘をついていたら。二人はもっと親密な関係で、ユウジがシンジに「警察が来た」と警告するかもしれない。今のところ、この事件で唯一の手がかりと言えるのは、少年たちと、ホームレスとの小競り合いだけなのである。釘を刺すべきかもしれないと思ったが、必要以上に彼らを恐がらせる必要もないだろう、と自分に言い聞かせた。

冴が立ち上がる。少年たちに礼を言うと、さっさと車の方に歩いていった。

車を発進させると、冴が口を開いた。

「鳴沢って、少年課向きじゃないね」

「君は向いてるかもしれない」

「私は、どこでもいいわよ。刑事課でも少年課でも、警察にいる限りは、そんなに仕事の内容が変わるわけじゃないから」

「でも、子どもの相手をしているよりは、殺しの犯人を追いかける方が好きなんじゃないのか」

「殺しの犯人が子どもの場合は別だけどね」自分の冗談に、冴がくすくすと笑う。私は笑えなかった。

「そもそも君は、何で刑事になったんだ」これもプライバシーに関する質問になるはずで、彼女は口を閉ざしてしまうだろうと予想していたのだが、冴は案外気楽な口調で喋り出した。

「私、今ごろ刑事じゃなくてモデルになってたかもしれないのよ」

「モデル？」

「母親がね、そういうの、大好きだったのよ。目指せ、ステージママって感じかな」自分の家族のことを話す冴の口調は、今まで聞いたことのないような柔らかさに満ちていた。「父親は普通のサラリーマンなんだけど、これが、いい男なのよ」

思わず吹き出しそうになり、私は拳を口に当ててこらえた。

「そういうこと、娘は言わないいんじゃないかな、普通は」

「客観的に見てもそうなんだから、仕方ないじゃない。若い頃はすごいハンサムで、年取ってからはいい具合に渋くなってきて」

「父親に似たのか、君は」

「どちらかと言えば、ね。でも、母親も可愛い感じの人なのよ。もう五十歳をずいぶん超えてるんだけどね。とにかく母親は、私をモデルにしたかったらしいのよ。そうじゃなければ女優」

確かに彼女なら、そういう世界にいても違和感がないだろう。それにしても、刑事とは。正反対とは言わないが、まったく異質の世界であることは間違いない。

「実際、小学校の低学年の頃までは、モデルをやってたのよ」

「本当に？」

「モデルって言っても、大したことはないのよ。要するに、新聞のチラシのモデルよ。子供服とかね。実家に帰ると、その頃のチラシが一杯残ってるわ。母親が、嬉しそうに集めてたから」

「それがどうして刑事に？　そのままモデルになっても良かったじゃないか。君ぐらい身長があったら、ファッションショーでも見栄えがするだろう」

「身長のことは、あまり言わないで」冴の声が小さくなる。「好きじゃないんだ」

「だけど、モデルと刑事じゃ、あまりにも違い過ぎる。君自身は、モデルになるつもりはなかったのか？」

「なかったわけでもないけど、ちょっと、事故があってね」言って、冴が革のジャケットの右袖を捲り上げる。ハンドルを握ったまま目を落とすと、白い肌に広がる赤い傷跡が、妙に生々しく私の目を突き刺した。

「ここだけじゃなくて、ちょっと人に見せられない場所にも残ってるわ。火傷《やけど》なの」

「いつ頃？」

「小学校の五年生の時」袖を元に戻しながら冴が説明する。「うちが火事になって、私、取り残されちゃったのよ。一人で留守番してた時で、煙に巻かれるし、恐くて動けなくなっちゃったの。そこに助けに来てくれたのが、マンションの隣の部屋に住んでいる刑事さんだったのよ。ちょうど非番で家にいたらしいんだけど、煙と炎をかき分けるようにして、私を助け出してくれた」

「その助けがなければ——」

冴がうなずく。

「私は死んでたわね」

「それと、この仕事と、どんな関係があるんだ？」

「命を助けてもらった相手に憧れる気持ちぐらい、あなたにも分かるでしょう」

「初恋みたいなものか」

「もしかしたら、ね。まだ若い人で、結構格好良かったから」

「その人、今も警視庁に勤めてる？」

「うん……」

冴の口調が、微妙に変化した。固く、冷たく、湿り気を帯びた口調である。が、私は彼女の中に生じた変化をあえて無視した。

「それで、その人に憧れて刑事になろうと思った？」

「そう、ね」冴が爪をいじる。「警察って、人の命に直接関わる商売でしょう？　その重さとか、達成感とか、そういうのに憧れたっていうのもあるわね。子どもの考えだから、大したことじゃないんだけど」

「でも、結局は、子どもの頃からの夢を実現したわけだ」

「まあね。それで、あなたは？　どうして刑事になったの」

いきなり話を振られて、喉が貼りつくような感じがした。辛うじて声を絞り出す。

「うちは、俺で三代目なんだ」

「新潟県警の名物刑事一家ってわけ？」

「そういうこと。ジイサンは去年死んだけど」死んだ。言葉が空しく響く。もっと正確に、私が死に追いやったのだと言うべきではないだろうか。ある事件の責任を取らせるように仕向けたのは、他ならぬ私自身なのだ。隠しておくのは卑怯ではないか、という気もしてくる。

しかし、彼女に打ち明ける気にはなれなかった。

「じゃあ、刑事になるのが当たり前って感じだったんだ」

「子どもの頃から、それが当然だと思ってたよ」

彼女のマンションが目の前に迫っていた。会話を打ち切るには絶好のチャンスである。わざと乱暴にブレーキを踏み、私は車を停めた。感情がこもらないように気をつけながら、彼女に言った。

「明日は署に集合しようか。あの公園の近くの公団住宅にシンジが住んでいれば、すぐに分かるよ」

「そうね」小さな溜息と一緒に、冴が言葉を吐き出す。何か言い足りないように小さく口を開けて私の目を見つめた後、面倒臭そうにドアに手をかける。

「ああ」思い出したように、私の方を振り向いた。

「何？」

「いや、何でもない」首を振り、顔をしかめる。「何でもないわ」

勢い良くドアを開けて、冴が道路に降り立った。一瞬立ち止まったが、なぜか肩の辺りに怒りを滲ませた様子で、すぐにマンションのロビーに消えていった。

怒りではなかったかもしれない。しかし私は、彼女の心に宿った感情について、あれこれと思い巡らすつもりはなかった。

そういうことには関わりあいたくない、関わるべきではないと、今は心底思う。

6

翌日住民台帳を調べると、シンジという少年の身元はすぐに割れた。本名、片平真司《かたひら》。地元の高校に通う十六歳の少年である。両親と三人暮らしで、父親の職業は商社勤務となっていた。その関係でアメリカに住んでいたのだろう。これで、帽子の件も辻褄《つじつま》が合う。

「今から行ってみる?」ざわめく刑事部屋の片隅で、冴が書類から顔を上げて言った。

私は最初壁のカレンダーに、次いで腕時計に目を移した。

「月曜日か。この時間じゃ、学校に行ってるだろうな」

「だったら、学校でつかまえればいいじゃない」

「いや。俺たちが学校に行ったら大騒ぎになるだろう」

「だけど、学校なら確実につかまえられるわよ」冴が険しい表情で食いついた。

「まだ、その子が事件に関係あるって決まったわけじゃないんだぜ。学校で騒ぎを起こしたくない」

「ここは一気に攻めるべきじゃない?」

「まだ早い」

冴が、両手をデスクについて、私の方に身を乗り出した。

「何でそんなに慎重になってるの？　こっちは正当な捜査としてやってるんだから、誰かに遠慮する必要なんかないでしょう」

「それで学校に乗りこんで、子どもや先生をびびらせるのか？　そりゃあ、こっちは好きな時に好きな場所で、必要な人間に話を聞く権利があるけど、少しは状況を考えた方がいい」

冴が鼻を鳴らす。まだ反論し足りない様子だったが、それでも午後まで待って真司を自宅でつかまえようという私の提案に、最終的には賛成した。

窓の外に目をやった。一筋の雲が空の高み目指して伸びているのが見えるだけで、久しぶりに晴れ上がった秋の一日になりそうである。しかし私の気分は、雨が間近い曇り空のようなものだった。仮に真司という少年たちのグループとホームレスの連中の小競り合いが今回の事件の遠因だったとして、それを明らかにすることができても、被害者不在という今の状態で捜査は進んだと言えるのだろうか。

立ち上がろうとして腿に痛みが走り、私はまた椅子に座りこんだ。怪訝そうな顔で冴が訊ねる。

「どうかしたの」

「いや、別に」

「何か、具合が悪そうだけど」

「土曜日、ラグビーの練習だったんだ」

「へえ」冴が、右の眉だけを上げて私を見やった。

「大学の先輩に誘われて、OBのチームに入れてもらった」

「久しぶりに体を動かして、全身筋肉痛ってわけ？　土曜日の疲れを月曜日まで引きずってるわけだ。だらしないわね。自分の体の面倒もみられないようじゃ、刑事失格よ。それとも、年かな」

嬉しそうにまくし立てる冴に、私は苦笑しながら反論した。

「毎日走ってるから、体は鈍《なま》ってるわけじゃないよ。でも、ただ走るのとラグビーをやるのとでは、使う筋肉が全然別なんだ。それに、体が痛いからって、君に迷惑をかけたわけじゃないだろう。俺がいつ、肩を貸してくれって頼んだ？」姿勢を変えただけで遠慮なく襲ってくる筋肉痛に顔をしかめながら、私は彼女に反論した。さらに、タックルに入る時の衝撃や、スクラムを組む時にどこの筋肉に負担がかかるのかを講義してやろうと思ったのだが、冴は、静かな一言で私の熱弁に水を引っかけた。

「変な人」

咳払いを一つして話を打ち切り、私は話題を本筋に引き戻すことにした。

「凶器は何だったと思う？」

「金属バット——それとも鉄パイプかしら。ある程度の重さと長さがあるものなら、殴りやすいわね」

「わざわざ用意してきたのかな」

「たぶん、そうね。それで、どうして沢ちゃんが襲われたと思う？」

逆に訊ねられ、私は一瞬言葉を失った。彼女は、私を試そうとしているのだ。

「それこそ、犯人をつかまえてみないと分からないよ。でも、犯人と沢ちゃんは顔見知りかもしれないな。いきなり襲いかかったというよりも、知り合いが訪ねてきて、そのうち本性を現して襲ったという感じがする。いきなりテントに乱入してきたんだったら、その様子を聞いている人がもっとたくさんいても、おかしくないだろう」

冴がゆっくりと顎を撫でた。

「誰かと間違えた可能性はないかしら」

「それは何とも言えない」しかし、この線はもう少し押してみるべきだと思った。それぞれ事情を抱えた人間が住む場所なのだ。犯人の勘違いということは十分にありうる。

「それにしても、遺留品が何もないっていうのも変よね。鑑識の人たち、ちゃんと見てくれたのかしら」

「連中は、滅多なことじゃ見逃しなんかしないさ。たまには人を信じてやれよ」

「信じてるわよ」

「誰を？」

「自分を」

冗談だろうと思って笑い、冴を見たが、彼女はこれ以上ないというほど真剣な顔をしていた。私は笑顔を引っこめ、また一つ咳払いをした。昨夜、少しだけ冴の本音に触れたような気がしたのに、今日の彼女は再び、素顔を仮面の奥に隠してしまっている。その方が彼女らしいと言えばらしいのだが、一々突っかかってくるような物言いにつき合うのは疲れるものだ。

「でも、本当に分からないことだらけね」冴が鉛筆を嚙む。自分では意識してはいないだろうし、そんなことを言ったら怒り出すに決まっているが、妙に女らしさを感じさせる仕草だった。

「確かに、苛々《いらいら》するよ」

「そんな風には見えないけど」

「俺だって人間なんだ。捜査がうまく行かない時は、文句の一つも言いたくなる」

「言ってないじゃない」

「今言ってる」

「あーあ」冴が呑気な口調で言い、肩をすぼめた。「やっぱりうまく進んでないわね。こんなつまらないことで言い合いしてるんだから。それより、もう一つ気にかかることがあるんだけど」

「何だ」

「犯人は、沢ちゃんを殺すつもりだったのかしら。頭を狙ったけど失敗したのか、それとも最初から膝を潰すつもりだったのか、どっちかしらね」

「やり損ねたのかもしれないな。あそこは、人口密度が高いだろう？　何度も沢ちゃんに殴りかかれば、誰かが絶対に気づく。一発殴って、とにかく膝だけは潰したのを確認してからすぐに逃げたんじゃないかな。犯人は案外小心者かもしれない」

冴が、唇から鉛筆を離した。鉛筆の尻で、報告書をこつこつと神経質そうに叩く。まだ疑問と不満を出し切っていないようだ。

「あそこにいる人たち、ね」

「うん？」

「何か嘘をついてるかもしれない。それとも、私たちに話し忘れたことがあるとか」

「どうしてそう思う？」

「最初から何かおかしいと思ってたのよ。あなたの言う通りで、あそこは人口密度が高いでしょう？　しかも、隣の人との間を隔てるのは、薄いビニールシート一枚じゃない。誰かが入ってきたりしたら、すぐに分かるはずでしょう。それに、犯人が逃げるのを誰も見ていないっていうのも、何か不自然な感じがするのよ」

「沢ちゃんの自作自演とか」

「その可能性は……あるかもしれないわね」冴が鉛筆を放り出した。机から転げ落ちるところを、手を伸ばして拾い上げる。端が、少し濡れていた。しばらくそれを見つめた後、そっと机に置く。冴は、私の行動を見ていないようだった。

「そう考えると、いろいろと筋も通るんじゃないかしら。とにかく、沢ちゃんを見つけないことにはどうにもならないのよ」

「それはそうだ。だけど、自分の膝を自分で潰すのは、簡単にはできないよ」

言いながら私は、不安定に揺れ、焦点が定まらない気持ちを、何とか押さえつけようとした。そんな風に感じる原因は、分かっている。この事件には、どうにも感情移入できないのだ。普通は、被害者に話を聞き——殺人事件の場合は、死に顔から気持ちを推し量り——その無念さを、痛みを自分でも感じることで、犯人を追いかける原動力とするのだ。しかし今回に限っては、それができない。実際に被害者に会っていないから当たり前なのだが、仮にそれができなくても、普通は、周囲の聞きこみを続けていくうちに、被害者の人となりは、それなりに浮かび上がってくるものである。

ところが私の中では、沢ちゃんと呼ばれる男の姿が、実像を結ばない。どんな人間だったのか。今までどんな人生を送り、あの公園にたどり着いたのか。性格は。好物は。家族はいたのか、いなかったのか。

まるで、雲を相手にしているようなものだ。近づくとさっと姿を隠し、握り締めようとすると、こちらをからかうように、頼りなげに霧散してしまう。

こんな馬鹿げた事件は、今までに一度もなかった。

「それで？」水島が冷めた表情の浮かんだ顔を私たちに向ける。欠伸を噛み殺そうともしない。握り締めた冴の拳がぷるぷると震える。水島は、目元に浮かんだ涙を、指先でゆっくりと拭《ぬぐ》った。「その坊や、引っ張ってくるつもりかい」

「坊やじゃありません。片平真司です」私の声は、自分でも驚くほど冷淡で硬いものだった。だらしなく椅子に沈みこんでいた水島が、座り直す。

「鳴沢、お前、何で怒ってるんだ？」

「怒ってません」

その場の固い雰囲気から何とか逃れようとするように、水島が咳払いをした。

「まあ、何だ、慎重にやってくれよ」

「もちろんです」

「じゃ、行っていい」水島が、私たちを追い払うように手を振った。冴はまだ何か言いたそうにその場に立ち尽くしていたが、私が肘の辺りをつつくと、電流に撃たれたようにびくりと体を震わせ、私の顔を見た。唇をきつく結んだまま、小さくうなずく。

刑事部屋のドアに向かって歩き始めた途端、水島に呼び止められた。先に行ってくれ、と冴に言い、私はゆっくりと踵《きびす》を返した。彼の顔には、嫌らしい笑みが浮かんでいる。

「あんた、あのじゃじゃ馬をうまく乗りこなしてるみたいじゃねえか」

「乗りこなしてる」私が平板な声で繰り返すと、水島の笑顔がさらにだらしなく広がった。

「案外、女の扱いがうまいみたいだな」

「女だとか、関係ないでしょう。彼女は、刑事としてはちゃんとしてますよ」

「何だい、あいつに丸めこまれたのか？」馬鹿にしたように、水島が鼻を鳴らす。「まあ、それでもいいけどね。しばらく、あいつと組んで仕事をしてくれると、こっちも助かるから」

「係長、どうして彼女を厄介者扱いするんですか？」

　水島が急に表情を引き締めた。呆れたような口調で、「お前さん、何も知らないのか」と訊ねる。

「噂話に興味はないですね」

「新聞も読まないってのは問題だぜ。読んでりゃ分かることだ」

「彼女が新聞ダネになったって言うんですか？」

「処置なしだな」もう一度、今度はもう少し盛大に水島が鼻を鳴らす。「まあどうでもいいよ。とにかく、あいつの世話はお前さんに任せた。うまくやってくれ。何だったら、うまいことやって妊娠させちまったらどうだ？　それで結婚退職にでも持っていってくれたら、俺の中であんたの評価は確実に上がるけどね」

　私は、ゆっくり彼の耳に口を近づけた。鼓膜を突き破る大声ではなく、ゆっくりと頭に染みこむような低い声で、「下種《げす》野郎」とささやく。水島の顔がさっと蒼ざめ、椅子を蹴飛ばすように立ち上がると、私の顔に人差し指をつきつけた。口がぱくぱくと動く。が、歩き出した私の後を追っては来なかったし、「クビだ」と怒鳴りつけることもなかった。かすかな勝利の味を嚙み締めながら、私はわざとゆっくりと歩いた。机についている刑事たちは、顔を上げようとはしない。しかし、私たちのやり取りに注目しているのは間違いないようだった。

部屋を細く仕切るように廊下側に並べられたロッカーまで歩いていき、中から薄手のコートを取り出した。部屋を出て行こうとした瞬間、聞こえてきたささやき声に、私はその場に釘付けになった。

「……何様だと思ってるんだ、あの男は」

「仕方ねえよ。親父が新潟県警の偉いさんなんだから。本庁の人事の課長と、警察大学校時代のダチらしいよ」

「じゃあ、やっぱりコネか」

「そう、コネ。コネに決まってるよ。新潟くんだりから出てきた田舎者を中途採用するような余裕は、警視庁にもないはずだぜ」

「コネなら分かるね。すかしてるんだか、気取ってるんだか、俺たちとは違う人間だとでも思ってるんだろう」

喋っているのは、たぶん、ロッカーのすぐ裏側のデスクに座っている刑事たちだろう。私がいることが分かっていて、わざと聞こえるようにしているに違いない。想像はしていても、ここまで露骨に言われたことはなかった。しかし、違うと言い返すだけの根拠は、私にはない。事実関係だけでなく、気取っていると言われたことに対しても、だ。私は、この署の刑事課の連中との間には、意識して一線を引いている。どうしてそうしているのか、自分でも明確な理由は分からないのだが、そういう態度を気取り屋と揶揄《やゆ》されても、反論することができない。

言い返す代わりに、私は拳をロッカーの扉に叩きつけた。金属音と、それに続く鈍い残響音が響き渡り、ざわざわした刑事部屋が一瞬で静まり返る。重苦しい沈黙、その向こうから投げつけられる見えない視線を背中に浴びながら、私は部屋を出た。

「鳴沢」階段を下りる途中で声をかけられ、私は足を止めた。振り返ると、古株の刑事の筧利実《かけいとしみ》が、ズボンのポケットに両手を突っこみ、階段の上から私を見下ろしていた。針金のように痩せた男で、一種病的な雰囲気さえ感じさせる。大儀そうにゆっくりと階段を下りてくると、私の一段上で立ち止まる。目線を同じ高さに合わせ、私と向かい合った。

「ああいう態度は良くないぞ」

私は黙って首を振った。そのまま階段を下りようとすると、筧が私の手首をつかんでくる。細い体からは想像もできないような力強さだった。

「あんたも、噂を一々気にするタイプなのか?」

「いや」

「じゃあ、噂じゃなくて本当のことだから怒ってるのか」

私はまた首を振った。一々反論する気にもなれない。筧が力を緩める。私は顔をしかめ、自由になった手首を振った。

「噂なんて、気にするな。刑事だって人間なんだから、人の言うことは気にかかる。それに、警察官って人種は、人一倍人事の噂が好きだからな。他人のことをあれこれ言うのは、趣味みたいなものじゃないか」鶴を彷彿させるような細い顔に笑みを浮かべ、筧が言った。「実力を見せてやれよ。そうすれば、誰も文句を言わなくなる」

「仕事さえ回してもらえれば、俺の力を見せてやりますよ」

「今やってる仕事があるじゃねえか。それを一生懸命やれよ」

「妙な事件なんです。立件できるかどうか、分からない」

「ふざけるなよ」筧が急に真顔になった。また手首をつかまれるかもしれないと思い、私は両手をさっと背中に回した。彼を振り払うぐらいは何でもないが、逆に傷つけてしまうのではないか、と恐れたのだ。「俺は、お前さんはできる男だって聞いてる……それも噂かもしれんが、まだ始まったばかりの事件で泣き言なんか言うなよ。ぐずぐず言ってても、誰も助けてくれないんだぜ」

そんなことは彼に言われるまでもなく分かっているが、反論するだけの気力さえ今の私にはなかった。

「筧さん、どうして俺にかまうんですか」

「何だと？」

「俺なんかにかまってると、筧さんも変な噂をたてられますよ」

筧がにやり、と笑う。大きな口は、爬虫《はちゅう》類を思わせた。

「俺は、噂なんかたてられたって気にならねえんだよ。定年まで、そんなに間があるわけでもないしな。ただな、警視庁に四万人の職員がいるって言っても、人が余ってるわけじゃないんだぞ。人手はいくらあっても足りないんだ。お前さんにも戦力になってもらわないと困るのさ。それには、自分から心を開いて、みんなに溶けこむことだ」

「そんなことを気にしている暇があったら、事件をやりたい」

「聞きしに勝る頑固者だな」筧が、私の肩を乱暴に小突く。「まあ、いいよ。でも、今やってる事件は、きちんと仕上げろよ。途中で放り出したら、連中の思う壺だぞ」

「言われなくても、ちゃんとやります」

「分かってるなら、いいよ」

筧が踵を返し、階段に足をかけた。私はつい、彼に声をかけて呼び止めた。

「筧さん」

「何だ」

「小野寺のことなんですけど」

「小野寺？　あいつがどうした」

「何でみんな、あいつを避けてるんですか。何か問題でも？」

「お前、本当に知らないのか？」呆れたように筧が言う。次の瞬間には、顔をしかめ、声をひそめてつぶやくように教えてくれた。「あいつはな、犯人を撃ち殺したんだ」

何か言おうとしたが、その言葉は私の喉の奥に貼りついた。筧も苦いものを飲んだように渋い顔つきになり、階段の途中で半身になったまま、説明を続けた。

「それ自体は、問題なかったんだ。緊急避難だったんだからな。それに、撃たなければ、あいつだけじゃなくて一般市民も巻き添えにされてたかもしれん」

数か月前に読んだ新聞記事の見出しが、ぱっと頭の中で蘇る——連続暴行犯を射殺。

「その件なら、新聞で読みました。あれ、小野寺だったんですか」

「そうだよ。新聞には出なかったことだが、まずかったのは、あいつが、ご丁寧にも倒れた相手にもう一発ぶちこんだことなんだよ。額の真ん中に、とどめを刺すためにな。それが問題になった。最初の一発がすでに致命傷だったわけで、もう一発っていうのは明らかにやり過ぎだったんだ。公式に処分するようなことじゃなかったが、あいつはここに飛ばされてきた」

「それって、実質的には処分になるんじゃないですか」

筧が小さく肩をすくめる。

「要するに、頭を冷やせってことなんだろうな。小野寺はとうとう、頭を下げなかったらしいから。それに、上の方じゃ、ほとぼりが冷めるのを待ちたいっていう狙いもあったんだろう。とにかく、あいつが余計な一発を撃ちこんだことは、マスコミにも漏れてないんだ。明らかにやり過ぎだからな、緊急避難だって理屈をつけても、マスコミの連中には何を言われるか分からない」

「それでみんな、彼女を避けてるんですか？」

「切れたら何をするか分からんとでも思ってるかもしれんな」

「筧さんもですか」

筧が首を振る。

「俺は、何とも言えないな。あいつは一月前にここに来たばかりだし、まだ、直接話をしたこともないから。でも、そんなことをしたのには、それなりの理由があるはずだよな。そういうことも知らないで邪魔者扱いしているうちの課の連中には、正直言って、少し頭に来てる」

何か変だ、と思っているのは私だけではなかったのだ。この署の刑事課には、明らかに妙な雰囲気が漂っている。仕事に命を懸けるわけでもなく、何となく人の顔色を窺いながら、時が過ぎ去るのを待っているような、だらけた空気だ。それに味つけをしているのが、妬《ねた》みや嫉《そね》みの感情だろう。たぶんそれが、この署の伝統なのだ。さして事件があるわけではないニュータウンを管轄に持って、暇を持て余していると、いろいろと余計なことを考えるようになるのかもしれない。

「ま、とにかく人の言うことなんか気にしないのが一番だ。俺もそのうち小野寺とは話してみるつもりだが、それまでは、余計なことは考えないようにしたいな。でも、お前さんは違う。俺はこうやって話をしたんだから、もう猶予期間は終わったんだぞ。きちんと捜査をやらないと、俺の中でのお前さんの評価は、一気に地に落ちる」

「それなら心配いりません」

私が言うと、筧が歯を見せて笑い、私の背中をどやしつけた。

「その意気だ」

顔をしかめて筧の顔を見た。穏やかな笑みが浮かんでいる。ふと思いついて、私は、初めて自分をまともに扱ってくれた彼の親切にすがることにした。

「ところで筧さん、公安にパイプはありませんか？」

「公安？　俺が？」筧がびっくりしたように自分の顔を指差す。「よせよ。俺はずっと刑事畑一筋だぜ」

「でも、警察学校の同期とかで、公安にいる人がいるでしょう」

「ああ、そういう奴らならいるけど、それがどうした」

「被害者が、どこかのセクトに属していたんじゃないかっていう情報があるんですよ」

私は岩隈の顔を思い浮かべた。

「そうなのか？」

「今一つ信憑《しんぴょう》性が低いんだけど、どんな糸でも手繰《たぐ》ってみた方がいいでしょう」

筧が二度、三度とうなずく。

「そりゃあ、そうだ。しかし、通称沢ちゃんっていうだけじゃ、どこのセクトに属していたかまでは分からないんじゃないかな」

「俺も一応調べてみたけど、分かりませんでした。公安の人なら、書類に載っていないことも覚えてるんじゃないですかね」

「書類じゃなくて、人の記憶に頼りたいってわけか」納得したように筧がうなずく。

「まあ、虫のいい話だけど、ちょっと当たってみよう。でも、すぐには分からないだろうし、あまり当てにされても困るよ」

「分かってます」

「なら、いい」もう一度深くうなずくと、筧が一段一段を確認するように、ゆっくりと階段を上っていく。その後ろ姿を見送りながら、私はゆっくりと拳を握っては開いた。汗はかいていなかった。

覆面パトカーの中で待っていた冴は、私が助手席に尻を落ち着けるなり、文句を並べ始めた。

「遅い。何やってたのよ」

「ちょっと係長につかまってた」

「またろくでもないこと言ってたんでしょう、あの係長」

「ああ、あれはろくでもないオヤジだな。暇な署には良くいるタイプだよ。することがないから、人の噂話ばかりしてる」

「どうせ私の悪口でしょう」

「だから、君の代わりに下種野郎って言っておいた」

　冴が目を見開く。

「本当に？」

「そう」

「あなたも嫌われるわよ」

「関係ないね。クソ野郎をクソ野郎って言ったって、それは事実を確認しただけなんだから。それに、そもそもクソ野郎になんか、好かれたくもないじゃないか。さ、行こうぜ。また団地の聞きこみだ」

　冴が小さく笑ったような気がした。体が後ろに置いていかれるほど乱暴にアクセルを踏み、車を発進させる。私は、かすかに頬が緩んだ彼女の顔を眺めながら、この女は、どうして人を殺す羽目になったのだろう、とあれこれ想像してみた。短いつき合いの中で、彼女の中には何か硬い芯がある、ということは分かっている。それは、男社会の中で突っ張っていることで生じる一種の意地のようなものではないかと、私は思いこんでいた。

　どうやらそうではないようだ。いつか彼女の怒りが、私に向けられることがあるのだろうか。その時彼女は、私を殺そうとするだろうか。

しかし、そのような考えが生み出す恐怖は、さほど大きなものではなかった。むしろ今は、私たちの共通点に気づき、驚いている。二人とも、人を殺したことがある。もちろん私は直に手を下したわけではないが、人の死に関わったという点では、同じなのだ。私たちの手は、他人の血で染まっている。その血は永遠に洗い流されることもなく、自分の手を見下ろす度に、過去を思い出すことになるのだ。

日中を、公団住宅での聞きこみに費やした。もちろん、真司のことを直接聞くわけにはいかない。名前を出せば、夜までには団地の中全体に噂が広がってしまうだろう。隣に誰が住んでいるか分からないのが当たり前である一方、こういう集合住宅の情報網は広く、伝達速度も速い。所々で立ち話をしている主婦のグループが、情報回線になる。私と冴は、彼女たちの視線を避けるように、公団住宅の中を歩き回った。

結局、真司たちのグループとのいざこざ以外に、これはと思うような材料には行き当たらなかった。しかし今日の私たちは、捜査以外の話題で、空いた時間を埋めることができた。好きな食べ物は何か。休みの日は何をしているか。当たり障りのない話に加えて、今日は上司の悪口がある。特に水島の悪口は絶え間なく、昼食時の話題は、ほとんどそれ一色になってしまった。

今日も先日と同じ蕎麦屋で、冴は親子丼ともり蕎麦を頼み、盛大な食欲を見せつける。がつがつと食べていても、不思議に下品な感じはしない。

冴が、箸を乱暴にテーブルに置いた。

「あの男、そのうち絶対つまずくわね」

「あの男って、係長？」

「そう。何か絶対に失敗をやらかすわよ」

「セクハラとか」

「ああ、それはあるかもしれないわね。他人にはいろいろうるさい割に、自分は脇が甘そうだから。何だったら、私が引っかけてやろうかな」

「よせよ」

「それも面白いじゃない」

テーブルに肘をついたまま、冴が身を乗り出す。彼女がそうしていると、あまり下品な仕草には見えなかった。

「賭けてみる？　あの係長、絶対に引っかかるわよ」

「俺は、賭けはしない」

「どうして」

「自分でコントロールできないことはしたくないんでね」

「つまらない人ね、鳴沢って。それで、休みの日はジョギングばかりしてるし、これからはラグビーの練習もやるんでしょう。そんなに運動ばかりしていて、楽しい？」

「体調を整えておくのは、俺たちにとって義務みたいなものじゃないか。給料泥棒にはなりたくないからね」

「真面目にやり過ぎよ。東京へ来てから、どこかへ遊びに行った？」

「先週の土曜日、新宿に行ったよ」

「買い物？　友だちと会いに？」

「いや、例のカブスの帽子を買いに。新宿に、大リーグのグッズを扱ってるショップがあるだろう」

力なく笑い、冴が箸を置く。

「本当につまらないわね、あなたって」

「否定しないよ」

「そういうこと、自分で認める人って、あまりいないと思うけど」

「つまらない人間だって認めるのに、そんなに努力する必要もない」

「そうかな」

「それよりも、自分の失敗を素直に認める方が大変だ」

冴の顔色が一瞬で変わった。

「どういうこと？」

「問題は、君がどうして多摩署にいるかじゃないか」

「何が言いたいの」

私が口をつぐむと、冴は突然、両の拳をテーブルに叩きつけた。ざわついていた店内が一瞬にして凍りつき、私たちのテーブルに視線が集まってくる。冴は辛うじて理性のコントロールを失わなかったようで、「出よう」と短く言うと、伝票をつかんで立ち上がった。

駐車場に停めた車のドアに手をかけ、冴が私を睨みつける。私たちは、車を挟んで向かい合った。この距離がありがたかった。冴は手足が長い。もう少し近かったら、容赦なく私の尻を蹴りつけるだろう。

「失敗って、私のことを言ってるの」

「一般論だ」

「私が失敗したって言いたいわけ？」冴の口調は深く沈みこんでいた。しかし、激して殴りかかってこられる方がましだ、とも思う。彼女は深海に潜み、隙あらば、私を海の底に引きずりこもうとしているようだ。

「実際に失敗したんじゃないのか。ここにいることは、君だって左遷だと思ってるだろう」

「向こうは左遷だと思ってるかもしれないけど、私に言わせれば、それは間違いだわ」

「間違い？」

「向こうが間違ってるの」

「向こうって、人事の連中のことか？」

人事という言葉が引金になったように、冴が一気にまくし立て始めた。

「そう。あなたをコネで警視庁に引き入れた連中のことよ。いつだって、あいつらのやることはいい加減で、体面を取り繕うようなことばかりじゃない。私は何も悪いことはしていない。世間の評判とか、そういうことが恐くて、私をここに飛ばして閉じこめたのよ。それは、絶対に間違ってるわ」

「俺のことは関係ないだろう」湧き上がる怒りに押され、私は怒鳴った。「今は君の話をしてるんだぜ」

「どうでもいいわよ。何で私が、あなたに責められなくちゃいけないわけ？」

「責めてない」

「失敗だって言ったじゃない。私は失敗なんかしてないわよ。死んで当然の奴を殺しただけだし、どうしようもない人間が一人いなくなって、世の中の女性に対する脅威が減ったんだから、それでいいじゃない」

「女性に対する脅威って、何だよ」

「あなた、本当に何も知らないの？」呆れた、とでも言いたそうに、冴が両の掌を広げて上に向ける。残念ながら私は、新聞記事の内容を詳しくは覚えていなかった。渋い表情を浮かべて誤魔化す。

「世の中の動き全部を知ってるわけじゃないからね」

「それこそ、刑事失格じゃない」

「だったら俺も、あちこちで噂話を仕入れて、陰で君のことを笑っていればいいのか？」

これでは、売り言葉に買い言葉だが、そう気づいたのは、言ってしまってからだった。

「私は、人に笑われるようなことはしてないわよ」

「笑われるっていうのがおかしければ、後ろ指を差されるようなことだ」死にかけた相手――あるいは、すでにこときれた相手に、もう一発ぶちこむのはどんな感じだ。その手から放たれた銃弾で人の命を奪うのは、どんな気分だ。質問しかけて、私は辛うじて言葉を呑みこんだ。冴はまだ、表面上は冷静さを保っているが、何がきっかけで爆発するかは、予想もできない。

「あなたは、シビアな経験をしたことがないのよ」

「俺の仕事を馬鹿にするのか？」

「新潟県警捜査一課、ね。あなた、捜査本部はどれぐらい経験したの？　大したものじゃないでしょう。いろいろなことを考える必要もなかったはずよね。ただ、手順に従って犯人を逮捕して、検察に送るだけ。そんなことを繰り返していた人に、私の気持ちなんか分かるわけないでしょう」

君こそ、俺の気持ちがどこまで分かっているんだ。抗議の言葉が喉元まで上がってきたが、何とか吐き出さずにおくことができた。怒りを呑みこみ、心臓の高鳴りを何とか抑えようとしているうちに、今度は自分たちは何をしているのだろう、という疑問が湧きあがってくる。仮にも、私たちはコンビを組んで仕事をしているのだ。それが、自分たちが多摩署までたどり着いた道筋に恐る恐る触れ合いながら、互いに神経を逆撫でしているだけではないか。深呼吸してから、私は無愛想に言った。

「分かった」

「分かったなら、謝って」冴の声は、緊張のためか怒りのためか、震えている。

「謝らない」

「何ですって？」

「謝るようなことは言ってないし、してない。そのことは、後でゆっくり話し合えばいいじゃないか。とにかく今は、一時休戦にしよう」

「休戦？」

「今は仕事中だよ。仕事が終わってから、決着をつければいい」

「決着、ね」冴が馬鹿にしたように笑う。「いいわよ。でも、あなたの負けは決まったみたいなものだけど」

「そんなこと、やってみないと分からないだろう」

「やる前から結果が分かっていても、やらなくちゃいけないわけね」

「男の子だからな」

　冴が突然、声を上げて笑い始めた。今にも顔をのけぞらせ、白く細い喉を見せながら大笑いしそうな様子だ。

「男の子、ね。男じゃないんだ」

「何でもいいよ。じゃあ、学校に行こう」

「坊やに会いにね」

「坊やじゃない。片平真司だ」

「ずいぶんこだわるわね」

「誰だって、ちゃんと名前で呼ばれる権利があるんだぜ。坊やとか、そういう呼び方は、相手を馬鹿にしている」

「そうか」冴が運転席のドアに手をかける。車に乗りこもうとして、ボンネットの上からひょいと顔をのぞかせた。「あなた、本当につまらない男ね」

この台詞を聞くのは何度目だろう。言われる度に、自分が本当に価値のない人間だということを強く意識するようになる。

「そんなこと、自分でも分かってるけど、君に言われるとものすごく頭に来るのはどうしてだろう」

「自分で考えなさいよ」

なぜだろう。一触即発の会話が続いているのに、私は心のどこかで、妙な安心感を感じていた。

7

私と冴は、三時過ぎには真司の住む公団住宅に到着していた。建物の前の道路を何度か往復して、玄関ホールが監視できる位置を選び、縁石ぎりぎりに車を停める。巨大なケヤキの枝が車の上に広がり、薄い闇が冴の顔をぼやけさせた。待つだけの時間、同じ話が蒸し返されるのではないかと思って私は身構えたが、彼女は押し黙ったままだった。仕事が終わった後で、という私の申し出を忠実に守っているようである。

突然彼女が手足を突っ張り、思い切り伸びをした。顔をしかめるようにして欠伸を噛み殺す。

「夜のパトロールの疲れか？」

「あなたも同じでしょう」むっとした調子で冴が反発する。

「俺は疲れてないよ」

「あなた、どうしてあんなことしてるの」

「君と同じ理由かもしれない」

冴がゆっくりと首を振る。

「私は、あなたみたいに暇だからやってるわけじゃないわよ。二十四時間、三百六十五日、いつでも仕事だと思ってるから」

「でも、家にいてもやることがないのは、お互い同じみたいだな」

「そんなことないわよ」

「じゃあ君は、家で暇な空き時間には何をしてるんだ？」

「寝てる」

私は思わず吹き出した。冴は一瞬硬い表情を浮かべたが、次の瞬間には照れ笑いに切り替える。ついでに、この話題も棚上げにすることにしたようだ。

「こういう空き時間っていうか、張りこみの時って、困るわね」

「そうか？」

「話題がないじゃない」

「口を閉じてるか、それが嫌なら事件の話をすればいい」言って私は、ここ数年間の多摩署管内の未解決事件を、指を折って挙げてみせた。冴が呆れたように私の顔を見る。

「何でそんなに詳しいの？　もしかしたらあなた、事件オタク？」

「資料室の書類を読みこんでたんだ。今までは、仕事を回してもらえなくて暇だったからね」ここ数日は資料室に入っていないが、一時は本当に、黴臭さに包まれる度にほっとしたものである。普段は誰も見向きもしない資料室は、私にとっては、他人に邪魔されずに過去の事件に浸ることができる貴重な場所なのだ。

「だけど、書類を読んでるだけじゃ、事件は解決できないわよ」

「そんなことは分かってる。でも、覚えておいて損はないんじゃないかな。急に何か動きがあった時に、いつでも引っ張り出せるだろう。時効になるまで、事件は終わらないんだから」

「実際にそういうことがあればいいけどね。普通は、事件って、放っておくと腐っちゃうじゃない。こっちだって、時間が経つとやる気もなくなるし」

「簡単に諦めちゃいけないな」

「鳴沢、ここは東京よ。事件は次から次に起きるんだから、一々引っかかっていたら先に進めないじゃない」

「そうやって置き去りにされた事件は泣いてるんだよ」

「何よ、それ」冴が鼻を鳴らす。「気取った言い方をしても事件は解決できないわよ」

「別に気取ってないけど」

　再び会話が途絶える。私は冴の存在を頭から押し出し、フロントガラス越しに見える公団住宅の玄関ホールに意識を集中させた。眠い。体の節々に残っていた痛みが、今は程よい疲労感に変わり、私を眠りに引きずりこもうとする。

　真司のことなど何も知らないのだ、と私は突然気づいた。どんな顔をしているのか、背は高いのか低いのか。目の前を通り過ぎても、見過ごしてしまうかもしれない。その疑念を口にしてみると、冴が馬鹿にしたように答えた。

「この棟に住んでる高校生は一人だけよ。それは調べたでしょう」

「ああ」

「だったら、高校生らしい子が来たら、声をかければいいじゃない」

「部活動をしてるかもしれないじゃないか。ずっと待つことになるかもしれないよ」

「待つだけだったら、夜中までだって平気よ」

私は密かに自分を罵った。クソ、お前は寝ぼけている。冴の言う通りではないか。じりじりと時が流れ、やがてケヤキの枝の隙間から車内に射しこんでいた陽射しが完全に消えた。建物の入り口にある照明が、ぽっと灯《とも》る。静かだった。聞こえてくるのは冴の規則正しい息遣いだけで、それに時折、ケヤキの街路樹の間を飛び回るスズメの鳴き声が混じるだけである。

「あの子よ」シートに深く背中を埋めていた冴が、突然体を起こす。釣られて、私もフロントガラスに額をぶつけそうな勢いで身を乗り出した。

小柄で痩せた少年だった。体に合わない大き目のブレザーの制服姿で、乱暴にあちこちが突き出た髪型は、ヘッドフォンで半分潰されていた。耳に送りこまれてくる音楽に操られているのか、ナイキのスニーカーを履いた足が、酔っ払ったようなステップを踏んでいる。冴がパトカーのドアを開けた。私は二、三歩遅れて彼女に続く。この場は任せた方がいいだろう。彼女の方が子どもの扱いが上手いのは間違いないのだから。

「真司君？」冴の問いかけを、少年は無視した。むっとしたように、彼女が詰め寄る。そこで初めて彼は、私たちの存在に気づいたようだった。目を細め、唇を不機嫌に歪めてヘッドフォンを外す。

「はい？」

「真司君よね。片平真司君」

「そうだけど」冴の問いかけに答えながら、真司は胡散《うさん》臭そうに私たちを睨んだ。

「ちょっと話を聞かせてくれないかな。警察なんだけど」

冴の口から出た警察という言葉に、真司の顔が凍りついた。が、私たちが、その表情の意味するところを読みきれないうちに、彼は右足のかかとを軸にしてくるりと反転し、いきなり駆け出した。虚を衝《つ》かれて一瞬置き去りにされた格好になったが、私はすぐに冴を追い抜き、真司の背中を追いかけ始めた。すぐに彼の前に飛び出し、振り向くと同時に両手を大きく広げる。真司が慌てて立ち止まると、その反動で、大きなバッグが地面に落ちた。

「落ち着けよ。何も取って食おうってわけじゃないんだから」私が言うと、真司が精一杯強がるように肩をすくめ、バッグを拾い上げた。

追いついた冴が、「逃げること、ないのよ」と優しく声をかけたが、真司はそれを無視して、自分の正面にいる私を相手に決めたようだった。

「何の用」

「立ち話も何だから、車に行こうか」

「パトカー？　勘弁してよ」

「じゃあ、少し歩こうか。歩きながら話をするのはかまわないだろう？」

冴がすっと前に出て、私たちは両側から真司を挟みこむ格好で、ゆっくりと歩き始めた。私は、最初の質問を慎重に選んだ。

「君たち、多摩南公園でよく遊んでるよな。スケートボードとか、ローラーブレードとかやって」

真司は無言だった。うなずくでもなく、否定するでもなく、首にかけたヘッドフォンをいじるだけである。

「あの公園にホームレスの人たちがいるのは知ってるよな」

「知らないね」真司が、素っ気無い声で否定した。声の底には、小さいがはっきりとした悪意が淀んでいた。

「そんなに広くない公園だぜ。それに、あんなにテントが立ち並んでいるんだから、知らないわけないだろう」

「あんな奴ら、いてもいなくても同じじゃないか」

私は、真司の頭越しに冴と目を見合わせた。露骨な悪意は、事件につながる動機を物語るようにも思える。いや、そんなことはないだろう。私たちが警察官だということは分かっているのだから、真司だって、もう少し賢く振る舞うことができるはずだ。「知らない」と言い続ければ、少なくとも時間を稼ぐことはできるし、そのうち上手い言い訳だって考えつくだろう。

私は、つい説教めいた台詞を吐いた。

「ああいう人たちにだって、ちゃんと人権はあるんだ。家がないのは、それぞれ事情があるからなんだぞ」

「俺には関係ないね」

「二十日ぐらい前なんだけど、君ら、あの公園でホームレスの人たちにちょっかいを出しただろう」

「俺が何かしたって言うんですか、お巡りさん」馬鹿にしたように吐き捨て、真司が立ち止まる。「あんなホームレスの連中、俺には何の関係もないですよ」

「だったら、直に会って話をしてみるか」

真司が言葉を呑みこみ、地面に目を落とす。答えがないのは、私の質問を認めているのも同じだ。

「こっちは何も、その件をどうこうしようってつもりじゃないんだ。怪我人もいないし、被害届も出ていないんだから」

真司が、下を向いたまま息を吐き出す。肩から緊張感が抜けるのが見て取れたが、私の次の質問が、彼から一瞬の安堵を奪い取ってしまった。

「先週の木曜の夜、どこにいた？」

ぴくりと体を震わせ、真司が伏目がちに私の顔を見上げる。すぐに目を伏せた。

「木曜？」

「あそこの公園にいなかったか？」

「それって……」

「そう、襲撃事件のあった日だ」

「俺がやったっていうのかよ」精一杯突っ張った表情で、真司が私を睨みつけた。「俺は何もやってないよ」

「ホームレスの連中といざこざを起こして、むしゃくしゃしてたんじゃないのか」

「まさか」真司の声は、依然として怒りと警戒心を含んでいたが、ほんの少し弱気が忍びこんできたようにも聞こえた。

「じゃあ、先週の木曜日の夜、どこにいたか教えてもらえるかな」柔らかな声で、冴が割って入る。私は一歩引いて、彼女に質問を任せた。「友だちと一緒だった？　それとも家にいた？」

「出かけてた」

一瞬間を置いて、真司が答える。

「一人で？」

「友だちと」彼の突っ張りは今や完全に消え失せ、冴の問いかけに対して素直に答えている。これなら、最初から彼女に任せておけば良かった。

「家を出たのは何時ぐらい？」

「八時頃、かな」

「帰ってきたのは？」

「十一時」

「どこへ行ってたの？」

「ゲームセンターとか……」

「他には？」

「だいたいゲームセンター。その後で、コンビニに行った」

「誰と一緒だったか、教えてもらえる？」

真司の顔が再び強張る。仲間を売ることになる、とでも考えているのかもしれない。しかし冴の言葉は、彼の緊張をあっさりと解きほぐした。

「どう？　教えてもらえると、助かるんだけど」

小さく溜息をついてから、真司が数人の名前を挙げた。私たちは、その名前を手帳に書き取り、とりあえず彼を放免することにした。

「どうもありがとうね」冴が、屈みこむようにして礼を言うと、真司の耳が、見る間に赤くなった。

「俺たちが来たことは、誰にも言わないでくれよ」甘い餌だけではいけない。私は厳しい声で彼に釘を刺した。

「俺を疑ってるんですか」真司が、助けを求めるように冴を見た。彼女は知らんぷりをしている。私は一転して特大の笑顔を浮かべ、彼の肩を叩いてやった。

「安心しろ。俺は、自分以外の人間は全員疑ってる」

冴が目をむく。自分の台詞を横取りされたと思ったのかもしれない。

「心証は？」

「グレイかな」冴の問いかけに私が答えると、彼女も小さくうなずいた。

「白に近いグレイってところかしら」

「そうだな。今の状態じゃ、完全に疑ってかかるわけにはいかない。だけど、動機はあると思う」

「ホームレスの人たちとの小競り合い、結構深刻だったんじゃないかしら。いつまでも気持ちが収まらなくて、後からあんなことをしてやろうと思いついたのかもしれない」

「あるいは。もう少し突っこんで聴いてみるべきだったかな」

「そうねえ……それにしても、幾つか疑問点はあるわ」

「例えば？」

「小競り合いから襲撃事件まで、間が空き過ぎてる。小競り合いがきっかけになったのなら、もっと早くやってるんじゃないかしら。それに、仮にホームレスの人たちを痛めつけてやろうと思っても、一人ではいかないと思うわ。仲間がいるんだから、誘うはずよね」

「確かに。真司が一人でやったと考えるのは無理があるな」

「真司のアリバイ、調べてみないとね」冴が運転席の中で姿勢を正した。

「もちろん」

「じゃあ、ゲームセンターとコンビニね」

「だけど、店員も真司の名前は知らないだろう。顔写真がないとどうしようもないな」

「時間の無駄になるかもしれないけど、ちょっとやってみようか」

言って冴が体を捻り、後部座席に放り出してあったデジタルカメラを取り上げた。

「外に出てくるのを待って、写真を押さえましょう」

「デジカメで？　それじゃ、ろくな写真が取れないだろう」

「馬鹿にしたものじゃないわよ、最近のデジカメは。それに、後で引き伸ばしたり、切り抜いて加工するのも、普通のカメラより楽なんだから」

「了解。じゃあ、ここで待つか」

「そうね」

ダッシュボードの時計に目をやる。五時半。これから真司が外へ出てくる保証はないが、今のところは幸運を祈りながら張りこみを続けるしかない。私は助手席の中で腰を前にずらし、できるだけ楽な姿勢を取った。前を向いたまま、冴に言う。

「君、子どもの扱いがうまいな」

「あれぐらいの年になると、もう子どもじゃないわよ」

「逆に、子どもよりも扱いが難しいかもしれないな。真司も、君と話す時は耳を真っ赤にしてたぜ。青少年には甘い態度を見せない方がいい」

今度は冴が耳を赤くする。慌てて髪をいじると、形の良い耳を隠してしまった。

「今の、水島係長が言ったら、セクハラで大騒ぎしてるところだけど」

「俺が言ってもセクハラにならない？」

「まあ、相棒だからね」冴が軽い調子で言ったが、昼間の激しい言い争いを思い出すと、素直に信じることはできなかった。「あなたの言うことに一々怒ってたら、眩暈《めまい》がしそうだし」

「昼間の件は――」

「どうでもいいじゃない」少しばかりうんざりした声で冴が応じた。「あれは、一時休戦にしたんでしょう。だったら、今さらぐちぐち言わないの。男らしくないわよ」

「男らしいとからしくないっていうのも、一種のセクハラじゃないのか？」

「あなた、一言多いタイプなのね。そんな風には見えないけど」

私は肩をすくめ、会話を切り上げた。

ゆっくりと時間が過ぎ、六時を回った頃には、冴が顔をしかめながら、しきりに胃の辺りをさすり始めた。

「調子でも悪いのか？」食い過ぎるからだ、と私は心の中で鼻を鳴らしてやった。体調をしっかり管理できないような人間は、刑事失格である。しかし冴は、情けない声で「お腹が減った」と打ち明けた。

思わず吹き出しそうになるのをこらえながら、私は「何か買ってこようか」と申し出た。冴が、ほっとしたように表情を緩める。

「車の中で夕食っていうのは情けないけど、これじゃあ、いざという時に動けないものね。頼んでいい？」

「いいよ。何か、特に注文は？」

「スニッカーズ。ピーナッツじゃなくて、アーモンドのやつね」

私はあからさまに顔をしかめてやった。

「そんなカロリーの塊みたいなものを食って、どうして太らないんだ」

「知らないわよ。とにかく、あれは私の張りこみの必需品なの……買出しの前に、ちょっとトイレに行かせて」言って、彼女が私にデジタルカメラを押しつける。

「どうやって撮るんだよ、これ」

冴が上半身を伸ばして、デジカメに触れた。かすかな花の香りが漂う。近づき過ぎだと思ったが、彼女はそんなことは微塵《みじん》も意識していない様子で、デジカメの扱いを淡々と説明してくれた。

冴が戻って来るまでの間、私は彼女の体温が残るカメラを、腹の上でずっと抱えていた。昼間、私たちは正面から衝突したが、不思議と不愉快な気分ではない。試合で激しくぶつかり合った相手を、後から懐かしく思い出しているような感じである。深く関わってはいけない、そう思っていたはずなのに、実際に一歩を踏み出してしまうと、その先は案外簡単なのかもしれない。

結局私は、中途半端なままなのだろう。全てを捨てたつもりで故郷を飛び出してきたのに、未だに刑事という仕事にしがみついていることもそうだし、人と関わりあいたくないと思っていたのに、いつの間にか冴と本音をぶつけ合うようになっている。

捨てたつもりでも、捨てられないものがある。

例えばそれは、誰かを想う気持ちだ。


今の私は、コンビニエンスストアの冷たい食事に、妙な懐かしさを感じる。握り飯の冷えた飯粒を噛み締めていると、自分は刑事の仕事の八十パーセントを占める「待ち」の時間の只中にいるのだ、とつくづく感じることができる。

冴は上機嫌だった。念のためにスニッカーズを二本買ってきたのだが、一本をあっという間に平らげ、ゆっくり味わうように二本目に取りかかっている。今まで見たことがないほど、幸せそうな表情だった。

「昔、先輩と、張りこみ中の食べ物のランキングを作ったことがある」

「結果は？」口一杯にチョコレートバアを頬張ったまま、冴がもごもごと訊ねる。

「スニッカーズは最低点だった」

「どうして」怒った表情を浮かべたまま、冴が茶色くべたべたになった指を舐めた。

「その先輩は歯が悪くてさ、食べてるうちに詰め物が取れちゃったんだよ」

「それは、スニッカーズのせいじゃないでしょう」

「そりゃあ、そうだけど……おい、あれ、真司じゃないか」

冴が、スニッカーズをくわえたまま、体を乗り出す。カメラを構え、素早く二回、シャッターを切った。真司が警戒するように左右を見渡す。その瞬間を狙って、もう一枚。撮影した画像を確認すると、彼女は「オーケイ」と短く、しかし自慢気に言った。

真司が立ち去るのを待ってから、冴が今撮ったばかりの画像を見せてくれた。辺りはすっかり暗くなっているが、玄関ホールの灯りが、真司の姿をはっきりと浮かび上がらせている。帽子を被っていないので、顔もはっきりと見えた。

「これだけちゃんと撮れてれば、上出来だな」

「じゃあ、これをプリントアウトして……」上機嫌で言いかけ、冴が舌打ちをした。

「駄目じゃない、署にはカラープリンターがないのよ」

「白黒でもいいじゃないか」

「白黒だと潰れちゃうのよ。人に見せるには、ちゃんとした写真じゃないと」

「じゃあ、うちでやろうか。パソコンも、カラープリンターもあるから」どちらも、留守中の家主の持ち物だが、それぐらいは勝手に使っても問題ないだろう。

「了解」冴がカメラの電源を落とした。「じゃ、急いで」

「急いでって、運転席に座ってるのは君じゃないか」

「ああ、そうか」けらけらと明るく笑って、冴がイグニションキイを捻った。温風がエアコンから噴き出す。

　車が走り出した途端に、私は、少し後悔していた。冴が私の家に来る。もちろん仕事なのだが、どうにも落ち着かない気分だった。しかし冴は、私の内心の揺れにはまったく気づかない様子で、上機嫌な笑顔を浮かべたまま、アクセルを踏み続けた。

「やっぱりすごい家じゃない」玄関に入るなり、冴が溜息をついた。

「誉められても嬉しくないよ。俺の家じゃないからね」

「だけど、一戸建てって、憧れだったのよね」冴が、リビングルームの真ん中に立ち、ぐるりと部屋の中を見回した。「うち、ずっと狭い団地やマンションだったから。二階のある家は夢だったのよ」

「一軒家だと、掃除が面倒だよ。それに、この家に一人は広過ぎる」

「そうね。何部屋あるの？」

「４ＬＤＫ。でも俺は、一階しか使ってないけど」

「どうして？」

「それこそ、広過ぎるからだよ。使えば部屋は汚れるし、掃除するのも面倒だから。二階の部屋は、家具に布をかけて、埃がたまらないようにしてるんだ」

「でも、一階はずいぶん綺麗にしてるじゃない」

「性分なんでね」私は肩をすくめた。

冴は、不自然なほどはしゃいでいた。ソファに腰を下ろし、すぐに立ち上がるとパイン材の食器棚を開けてみる。ダイニングテーブルの天板をすっと指で撫で、満足そうに一人うなずいた。なぜか私は、背中を誰かに押されるような気分になった。

「さっさとやろうぜ」

「ああ、そうね」冴が私の方に振り向いた。ほんの一瞬の間に、仕事の顔つきになっている。「パソコンは？」

「書斎」私は、リビングに続く三畳ほどの書斎に彼女を案内した。しまった、と気づいた時には手遅れだった。ここは、私の寝室でもある。このところしばらく窓を開けていなかったので、自分でも分かるほど男臭い臭いがこもっている。しかし冴は、ほんの少し眉を上げただけだった。

「ここで寝てるの？」

私はソファの上に丸めてあった毛布を慌てて折り畳んで胸に抱き、愛想笑いを浮かべてみせた。

「だから、なるべく部屋を使わないようにしてるんだ」

「ソファなんかで眠れるの？」

「慣れれば大丈夫だよ。このソファ、案外寝やすいし」

冴が、掌でソファの座面を押し、納得したようにうなずいた。

「ずいぶん高いみたいね、このソファも」

「家主が金持ちだから」

「そういえば、そんなこと言ってたわね」

「親が地主なんだ。ニュータウンの建設で、この辺りの土地を切り売りして、ずいぶん儲けたらしいよ。やっぱり、日本で一番強いのは土地を持ってる人間だね」

「そうね。で、パソコンは？」

私は黙って、壁に押しつけられたデスクを指差した。ノートパソコンと、小さなプリンターが載っている。冴が椅子に腰かけ、パソコンの電源を入れた。

「これ、全然使ってないの？」モニターを睨んだまま、冴が私に訊ねる。

「あまり用がないからね。必要なら、署のやつを使えばいいし」

「あなた、昔の事件の書類を読みこんでるんでしょう？　せっかくだから、そういうのをデータベースにしてみたらいいのに。あなたの頭の中に入れておくだけじゃ、もったいないわよ」

「そんなこと、考えたこともなかったな」

「そうすれば、他の人も使えるじゃない。それに、紙からパソコンに移すと、今まで見えなかったものが見えてきたりすることもあるでしょう」

「そんなものか？」

「そんなものよ」

自分のバッグを探ってＰＣカードを取り出すと、冴はデジタルカメラからスマートメディアを引き抜き、カードに差し入れた。パソコンにセットし、画像を読み出す。予想していたよりも鮮明な画像が現れた。真司は、私たちの存在には気づいていなかったはずだが、怒ったように唇を歪め、カメラを睨みつけている。

「これなら、画像を調整する必要はないわね」

「十分だな」

うなずくと、冴が画像処理用のアプリケーションで真司の顔の部分だけを切り抜き、サイズを調整した。プリンターの電源を入れ、机の引出しを漁《あさ》って紙を捜す。

「紙だったら、そこじゃない」

屈みこんで、一番下の引出しを開けようとした途端、冴の頭と私の頭が衝突した。

「ちょっと、気をつけてよ」冴が頭を押さえながら文句を言う。

「悪い」どうやら、私の方が衝撃は大きかったようだ。何とか顔を上げると、案外平気な表情をした冴の顔がすぐ近くにあった。それこそ、ちょっと動けば唇が触れてしまうほど近くに。冴が、目線を動かさず、私の顔を覗きこむ。薄く唇が開き、細く長い指が動きかけた。

私は慌てて後ろへ下がり、引出しを探ってプリント用紙を引き出した。立ち上がると、冷静な表情を装って差し出す。彼女も、何事もなかったかのように紙を受け取った。

プリンターが紙を吐き出す。Ａ４の用紙一杯に、真司の顔が映っていた。粒子は粗いが、それでも表情まではっきりと分かる。十枚プリントすると、冴が立ち上がった。

「じゃあ、これを持ってゲームセンターとコンビニを回ろう」

「ああ」

　書斎は狭い。そのうえ、両側の壁を本棚と机が埋めているので、私たちの間には、ほんのわずかな隙間しかなかった。冴が、顔写真を半分、私に手渡す。ことさらゆっくりした動きであるように感じた。私は咳払いすると、「お茶でも飲んでからにしようか」と誘った。彼女が、ようやく分かる程度に小さくうなずく。

　湯を沸かし、コーヒーを淹《い》れた。張りこみの時はあまり飲まないようにしているのだが、今夜はトイレを探してうろつきまわる心配はなさそうだ。

「ブラックでいいか？」

「ええ」

　ウェッジウッドのカップにコーヒーを入れ、冴に渡した。彼女は、両手でカップを包みこむようにして一口啜ると、サンデッキに近寄った。私も、彼女に近づき過ぎないように気をつけながら、後に続いた。デッキのガラス越しに外を眺めていた冴が、ガラス戸を開ける。冷たい風が吹きこみ、私は思わずカップをきつく握り締めた。

「寒くないか？」

「これぐらい、気持ちいいじゃない。でも、曇ってて何も見えないわね」冴の長い髪が、風に流されて乱れた。ほのかな花の香りが私の鼻をくすぐる。

突然、背中から抱きしめてやりたい、という衝動に駆られた。なだらかな肩、細い腰を強く抱きしめ、髪の中に顔を埋めたい。冴の背中からは、仕事の気配が消えていた。一瞬だが私も、仕事を忘れた。手を伸ばす。もう一歩踏み出せば、彼女の肩に触れることができる。

「仕事だ」自分の声が、どこか遠くで聞こえた。冴が振り向く。答えはすぐ近くにあるのだ。もう少し手を伸ばせば、はっきりとした答えに届く。しかし私は、手を引っこめた。冴が、何事もなかったかのように薄い笑いを浮かべて、小さくうなずく。

「仕事、ね」

そう、仕事だ。私たちの関係は、仕事という一点だけで結ばれているものである。それ以上でも、それ以下でもあってはならない。何か独り善がりの芝居をしていたような気分になって、私は首が赤くなるのを感じた。

白く輝く月が、中天から光を投げかける。穏やかな光は私を暖め、心の中に積もるもやもやとした思いを、ゆっくりと浄化していくようだった。

待ち続けて写した写真が私たちにもたらしたのは、太い活字で印刷されたようにはっきりした失望だった。

最初に訪れたゲームセンターで、私たちはいきなり壁にぶつかった。店内の轟音に耐え切れず、店長を外へ連れ出すと、彼はあっさり、先週の木曜日に真司が店に来ていたことを認めた。

「どうしてそんなにはっきり分かるんですか」冴がきつい顔で問い詰める。二十歳を超えたばかりぐらいに見える店長は、つまらなそうに耳の上を掻きながら答えた。

「その子、店で一騒動起こしたんですよ」

「騒動？」冴の顔がさっと硬くなる。店長が、慌てて首を振った。

「喧嘩ですよ。大したことじゃないけど、別の中学生の子たちとつかみ合いになってね。何か、髪型のことでからかったとかからかわないとか、そんな話だったみたいだけど。まあ、大した話じゃないです」

「それ、何時頃でした？」

「十時ぐらいじゃないかな。九時四十五分かもしれないけど、だいたい、それぐらいでしたよ」

ほぼ犯行時刻と合致する。私は小さな挫折感を味わいながら、彼の顔の前に、もう一度真司の写真を突きつけた。

「本当にこの子に間違いない？」

「間違いないっすよ」むっとして店長が答える。「俺、人の顔を覚えるのは得意だし、この子は常連だから。だいたい、週のうち三回か四回は来てるんですよ。それも、決まって十時ぐらいだから、顔も覚えちまうでしょう。名前は知らないけど」

「そうか」思いついて、私は尻ポケットからカブスの帽子を引き抜いた。「その時も、この帽子を被ってた？」

「当たり、ですね」

「分かった。どうもありがとう」

冴がなおも粘り、その時真司と一緒にいた少年たちの様子を聞き出した。が、それが何かの参考になるとも思えなかった。

人の流れに逆らってペデストリアンデッキを横切る途中、冴が私に噛みついた。

「ずいぶんあっさりしてるじゃない」

「あれ以上、聴くこともないだろう」

「もしかしたら、あの子じゃなくて、あの子のグループの別の子がやったかもしれないわよ」

「そうかもしれない。だけどそれは、調べ直せば分かることだよ。今日と同じことを繰り返してさ」

「それはいいけど、今はもう少し粘るべきじゃなかったの？」

「無駄弾は撃ちたくない」

「無駄に歩くのを嫌がってたら、大事なことを見逃すわよ」

「いいから、次だ」

なおも何か言いたそうに冴が口を開いたが、私は彼女を無視して歩調を速めた。ヒールを鳴らしながら、冴が追いかけてきて、私の横に並ぶ。文句の速射砲が火を噴くのを予想していたのだが、彼女は何も言わなかった。ちらりと横を見ると、口を真一文字に結び、目を細めて前を睨んでいる。私も言葉を呑みこんだ。

こういう形でしか彼女と距離を置けない自分が情けなかった。もう少しスマートなやり方もあるはずである。しかし結局私は、こういう素っ気無い方法で彼女とつき合うしかないのだ。冷たくあしらう。ぞんざいな言葉をぶつけ合い、相手が私から離れていくのを待つ。

ひょっとしたら私には、人を愛する資格などないのかもしれない。いつの間にか私は、人との距離の取り方を忘れてしまったのだろう。それが全て、故郷で起きたあの忌まわしい事件に端を発しているのは間違いない。今更ながら、あの事件に関わってしまったことを悔やんだ。

祖父なら何と言うだろう。いや、事件のことならともかく、こんなことに関しては、アドバイスしてくれないかもしれない。たぶん、鷹揚《おうよう》な笑いを浮かべながら、私の肩を叩こうとするはずだ。その手は私の体を通り抜け、後には優しさの虚《むな》しい残り香だけが漂うのだろう。

8

コンビニエンスストアでも、真司の証言は裏づけられた。たまたま先週の木曜日と同じ学生のアルバイトがいて、当日、真司が店にいたことをあっさりと証言したのだ。

冴が溜息をつき、乱暴にパトカーのドアを開ける。私は、彼女の怒りを直接浴びないよう、一呼吸置いてから車に乗りこんだ。冴が胸の上で腕組みをしたままフロントガラスを睨んでいる。

「そう簡単にはいかないさ」私が慰めると、冴が突然、怒りを爆発させた。

「これじゃ、駄目なのよ！」

驚いて横を向くと、彼女の目には涙が浮かんでいた。

「私は、自分を邪魔者扱いしている連中を見返してやりたいの。ちゃんと仕事がしたいだけなのに……あなただってそうでしょう？　見返してやろうよ。この事件をきっちりやって、私たちはできるんだってことを、連中に思い知らせてやろうよ」

冴の言葉が、私の胸の奥で響いた。

「分かってる」大きく息を吸いこみ、目を細めて前を睨んだまま、私は答えた。冴が目に涙を溜めたまま、こちらを振り向く。私は、内心の怒りを何とか冷静な声に変えながら言った。「焦らないで、きっちりやればいいじゃないか。そうすれば、あいつらを見返してやれる。俺たちは最高のコンビだってことを証明しよう」

「最高のコンビ、ね」冴が鼻で笑う。バッグからティッシュペーパーを取り出すと、勢い良く鼻をかんだ。「あなたが足を引っ張らなければ、だけど」

「よく言うよ」

「ちゃんとやろうよ、ね？」

「分かってる」

「でも、明日からね。今夜は愚痴をこぼし合ってさっぱりするっていうのはどう？　昼間、そんな話をしたよね」

「そうだな。お茶しか飲まない男で良ければ、つき合うよ」

「相手がお酒を飲んでも飲まなくても、私には関係ないの。最後にタクシーに押しこんでくれればいいわ」

「そいつは、あまり上品な飲み方じゃないね」

「そんなこと、どうでもいいでしょう。じゃあ、今日はこれで終わりにする？」

「いや」私は首を振り、スーツのポケットから真司の写真を取り出した。指でなぞり、その顔を体に覚えさせようとする。「多摩南公園に行く。あそこの連中に、真司の写真を見せてみよう。何か思い出すかもしれない」

私を見る冴の顔に、うんざりした表情と、何かを期待する表情が入り混じった。


いつもそうだ。岩隈は、こちらが予想もしていない時に近づいてくる。公園に着いて車を降りた途端、どこに隠れていたのか、私の肩を後ろから叩いた。拳を固めた腕を引いて振り返ると、岩隈はびっくりしたような表情を浮かべ、手を前に突き出して「勘弁してくれ」と言った。

「人を驚かすからですよ」

「悪い、悪い。そんなつもりじゃなかったんだけどね。それでどうだった、俺の情報は？」

「少しは役に立ちましたよ」

「だろう？」

「あるところまでは、ですよ。ただ、それで一気に解決はしませんね」

「そうかねえ」岩隈が顎を撫でる。「もっと調べてみたら？　努力が足りないんじゃないですか」

「大きなお世話です」まとわりつくようにだらだらとした岩隈の喋り方が、どうにも気に食わない。「あなたはもったいぶっているだけじゃないんですか。大したことのない情報をさも大変なことのように言ってるだけなんでしょう」

「そうじゃなくて、肝心な情報を出し惜しみしてるのかもしれないよ」岩隈がにやにやと笑う。隙間の目立つ歯が覗いた。何となく嫌悪感を感じ、私は一歩後ろに下がった。すかさず、岩隈が間合いを詰めてくる。面白いものでも見るように顔に笑いを貼りつけながら、私を見上げた。

「情報ってのは、ただじゃ手に入らないんだぜ。そこのところ、ちゃんと分かってもらわないとね」

「金で情報を売るつもりですか」

「そうだねえ。実際に聞いてもらって、あんたに判断してもらってからでもいいが」岩隈の顔を見ているうちに、私は餌を期待して舌を出す犬を思い浮かべた。

「俺は、金で情報は買わない」

「お堅い刑事さんだね。情報料って名目じゃなければ、カンパでもいいんですよ。社会調査をする勤勉なジャーナリストに、ちょっとぐらい援助の手を差し伸べてくれてもいいんじゃないかな。どうせ、あんたの懐が痛むわけじゃないでしょう」

　自分でも予想もしていなかったのだが、彼の言葉が私の頭を瞬時に沸騰させた。岩隈に詰め寄ると、素早く手を伸ばし、顎の下、喉の上の方をつかむ。見る間に岩隈の顔が蒼くなった。

「何……する」

「俺は、お前みたいな奴が一番嫌いなんだ」食いしばった歯の隙間から、私は言葉を吐き出した。「人にたかって生きているような奴は、許さない」

「な……」岩隈の口から言葉が失せる。口の端に白いあぶくが浮き、目が裏返った。

「鳴沢！」強い力で引き戻される。我に返って振り向くと、厳しい顔つきで冴が睨んでいた。

「駄目だよ、鳴沢」

私の視線と冴の視線が、正面からぶつかり合う。澄んだ綺麗な目を見ているうちに、体から力が抜け、怒りの炎が小さくなってきた。

「鳴沢」もう一度、冴が静かな声で言う。

「ああ」私は彼女を見たまま、岩隈の喉から手を離した。彼が激しく咳きこみ、体を折り曲げる。顔を上げ、涙の溜まった目で私を睨みつけると、しわがれた声で言った。

「あんた、いつもそんなに乱暴するのかい」何も答えずにいると、岩隈が吐き捨てるように続けた。「うまくやりゃあいいじゃないか。あんたたちに協力したがってる人間は、けっこういるんだぜ。そういう好意は、素直に受け取れよ。警察の世界だって、持ちつ持たれつだろうが」

「何度も言わせるな。俺は、金で情報は買わない」

「頑固だね。だけど、これで取引はご破算だよ」

「ご破算も何も、最初から取引するつもりなんかない」

「じゃあ、好きにするんだな。この事件は、あんたが考えてるよりも、ずっと奥が深いんだぜ」

岩隈の捨て台詞は、私の頭にはっきりと刻みこまれた。普通ならその台詞が引っかかり、もう一度彼をつかまえて話を聞こうという気にもなっただろう。しかし、今は違う。

突然噴出した暴力の衝動に驚き、呆然と自分の手を見つめるばかりだった。つい今しがた、岩隈の命を奪ってしまうところだった、その手を。

「だいたい鳴沢は、本音を言わないのが良くない」

冴が、私にしなだれかかるように体を倒した。細い不安定なスツールの上で、上体が危なっかしく揺れる。私は思わず手を伸ばし、彼女の肩を支えた。慎重に押し戻すと、冴がカウンターに両手を突き、何とかバランスを保とうとする。上半身は突っ張っていたが、腰は今にもスツールから転げ落ちそうだ。

そろそろ日付が変わろうという時刻である。冴の前のカウンターには、汗をかいたグラスがつけた無数の丸い水滴が残っている。傍らに置いたウィスキーのボトルの中身は、半分よりも少なくなっていた。私は、最初にもらったウーロン茶をまだちびちびと飲んでいる。

「本音って、何だよ」

「自分のこと、何も喋らないじゃない」

「喋らないんじゃなくて、言うべきことがないだけだ。俺がつまらない人間だっていうのは、君も良く知ってるだろう」

「何言ってるの。言うべきことがない人間なんて、世の中に一人もいないのよ。多摩南公園に住んでるホームレスの人たちだって、言うことはあるんだから。言う権利があるんだから」

それはもっともだと思ったが、何事にも例外はある。私の身の上話を聞いて喜ぶ人間がいるとは思えなかった。

「そうかもしれないけど、とにかく、俺には話すことなんてないよ」

「私は話したいの。話したいのに、聞いてくれる人がいないのよ。誰も、私の話なんか聞きたがらないの。無視してるんだ。これって、ひどくない？」

「俺が聞いてるじゃないか」

「殺されて然るべき人間だったのよ、あの男は」冴が、突然声を低くする。「誰かがやらなくちゃいけなかった。だから私がやった。それがどうして悪いの？」

「その事件のことは、良く知らないんだ」

はぐらかすと、冴がきつい視線を私に浴びせかける。さながら、目の力で私を焼き殺そうとするように。

「新聞ぐらい読みなさいよ。新聞を読まなくても、署内で誰かが噂してるのに気づくでしょう、普通は」言葉を切ると、冴が喉を見せて笑った。しかし、目は据わっている。

かすかな狂気の光が透けて見えるような笑いであり、私は背筋に冷たいものを感じた。

「そうか、鳴沢は署内の嫌われ者だからね。誰も話してくれないんだ」

「大きなお世話だ」

　私の言葉を無視して、冴が低い声で続ける。

「私が殺した男は、分かっているだけでも二人、女性を殺していたのよ。家に押し入って、乱暴して殺した」

　突然、見出しだけでなくその事件の内容までもが、はっきりと脳裏に蘇った。

「深江義信《ふかえよしのぶ》、三十七歳、無職」

「やっと思い出したのね」冴が皮肉に唇を歪めながら笑う。

「逮捕して、ぶちこんでやればよかったじゃないか」

　冴が力なく首を振る。

「それだけじゃどうしようもない人間がいることぐらい、あなたにも分かるでしょう。捕まえて刑務所に送りこんでも、出てきたらまた同じことを繰り返すのよ」

「二人殺せば死刑になる」

「うまく行けばね。でも、たぶん、あの男は死刑にはならなかった」

「精神鑑定でひっかかる？」

「そう。もちろん、私が殺したから、精神鑑定もできなくなっちゃったんだけどね。でも、あいつは間違いなく狂ってた。だって、私たちが逮捕しに行った時に、いきなり撃ってきたのよ」

新聞にも、そこまで詳しくは書かれていなかったはずである。私は、座り心地の悪いスツールの上で、思わず姿勢を正した。

「君たちは、拳銃を持っていったのか？」

「そう。どこで手にいれたのかは知らないけど、奴が拳銃を持っているっていう情報は、私たちのところにも入っていたから、こっちもちゃんと準備したのよ。むざむざ死にたくないでしょう。だけど、仲間が撃たれて死んだ」そこまで一気に喋って、冴が急に黙りこんだ。涙が溢れ、カウンターに置いた拳は震えている。本気で泣き出すか、あらぬことを口走るのではないかと思ったが、私は突然、彼女が取り乱した理由に思い至った。

「その、撃たれた人って……」

「さすが鳴沢、鋭いわね」冴が髪をかきあげ、グラスを呷《あお》る。苦い記憶をアルコールで溺れさせようとしているようでもあった。「そう、私を火事から助けてくれた人よ。私、本当に嬉しかったのよ、自分が刑事になって、一緒に仕事ができるようになったから。いろいろ教えてもらったし、落ちこんでいる時には励ましてくれて、刑事になって本当に良かったって思ってた」

「それで？」

「彼が、最初に部屋に踏みこんだの」

悪夢を潰してしまおうとするように、冴がグラスをきつく握り締める。私は、かけるべき言葉を失っていた。

「深江は、拳銃を持ったまま逃げ出したのよ。何人殺すか分からないじゃない。だから、私が撃った」

「一発で死んだんだろう」

「とどめが必要だったのよ。あの男は、社会にいてはいけない人間だった。生まれてきてはいけない人間だった」

「だけど君には、その男を私的に裁く権利はなかった。たとえそいつが、命の恩人を殺した人間だとしても、だ」

「そんなこと、分かってるわよ。何であなたまで、監察の連中と同じようなことを言うわけ？　あなたなら、分かってくれると思ったのに」

「俺が？　どうして」

「私と同じ種類の人間だと思ってたから」

そうなのだろうか。私はバアの壁をぼんやりと眺めながら、自分が殺してしまった祖父のことを考えた。状況は違う。私は、祖父が自殺という形で己の罪を清算するのを赦したただけなのだ。広い意味で解釈すれば、私も人の死に加担したことは間違いない。それでも、憎しみに駆り立てられ、自ら放った銃弾で犯人の命を奪ってしまった冴とは違う、と思いたかった。

本当に？

ここ何日か、毎日十数時間ずつ冴と一緒に過ごして、何かが通じ合ったと感じる瞬間もあった。しかしそれは、いかなる種類の人間との間でも起こりうることだろう。極端なことを言えば、私と岩隈の間でも。

「何で分かってくれないのよ、鳴沢」冴が、不安定に体を揺らしながら、私の肩を殴りつけた。痛みは感じない。いや、彼女の痛みが拳を通じて伝わってくるようではあった。

「私は、悪くない。間違ったことはしてない。今ごろは一課に行って、毎日張り切って仕事をしていたはずだったのよ。それが、こんな署に飛ばされて……」

「ほとぼりを冷ます意味もあったんじゃないのか。だって君、別に処分は受けてないんだろう」

「紙の上に残ることだけが、処分じゃないのよ。私が、犯人を撃ち殺して、多摩署に飛ばされた女だっていう記憶は残るでしょう。うんざりだわ、そんなの」吐き捨て、冴がグラスに残ったウィスキーを干した。確か、水も氷も入っていなかったはずである。

そろそろタクシーが必要な時間だ。私がちらりと腕時計に目を落とすと、冴がまた絡んでくる。

「何よ、時間なんか気にして。今夜は徹底的につき合ってもらうからね」

「俺はいいけど、君の体が心配だ」

冴の顔が歪んだ。泣き出すかもしれないと思ったが、何とかこらえている。

「私は、いいのよ」

「どうして」

「もう、どうでもいいんだって思う時があるの。私は、命を助けてもらった恩人を見殺しにしてしまったんだから。たぶん、あの瞬間を境目にして、私の人生は変わってしまったんだと思う。そういう気持ち、あなたに分かる？」

急に、冴が嵐の中に一人取り残された子どものように思えてきた。誰も手を差し伸べてはくれず、ただ、次の颪に吹き飛ばされるのを、怯えながら待つだけの時間を、彼女は耐え忍んでいるのだ。つかまるものもなく、己の小ささを嫌というほど思い知らされ、涙さえ出ない。

痛がるほど強く抱いてやりたい、と思った。そうすることで、彼女の痛みや不安を引き受けることができるかもしれない。

あるいはそれも、偽善かもしれない。人は決して、他人の痛みを肩代わりすることはできないのだ。祖父だったら、そうしようとしたかもしれない。犯人に感情移入し、ともに痛みを味わうことで相手の本音を引き出すのが、新潟県警では伝説になっている祖父の取り調べ方法であったから。私は結局、そういう技術を身につけることはできなかったし、そういうやり方が自分に向いているとも思わない。

それに、彼女は犯人ではないのだ。そして、犯人ではないが故に、私たちの間に横たわる問題の根は余計に深い。これが取り調べだったら、どんなに相手に深く関わっても、起訴され、あるいは判決が下りた時点である程度はけじめがつく。しかし今、彼女が求めているのは、自分の人生を丸ごと引き受けてくれるような存在ではないだろうか。

それは、私ではない。

私であるわけがない。

鳴り出した携帯電話の音が、頭の中で好き勝手に飛び交う考えを全て撃ち落とした。恨めしそうに電話を睨む冴を手で制して、スツールから立ち上がる。

「鳴沢か」水島だった。心底、嫌そうな声である。こんな時間に、昼間の件を蒸し返すつもりなのだろうかと警戒したが、そうではなかった。

「事件だ。現場に出てくれ」

「何ですか」声を潜める。しかし冴は、聞き逃さなかった。急に真顔に戻ると、両手で頬を叩く。それだけで、戦闘準備が整ったようにも見えた。

「傷害——いや、殺人未遂だな」

「現場はどこですか」

「聖蹟桜ヶ丘。駅のすぐ近くだ」渋い声で水島が答える。「ところで、小野寺もまだ一緒か？」

「ええ」

「じゃあ、二人で行ってくれ。ちょっと面倒な事件なんだ。あるいは、こっちの事件じゃなくなるかもしれないが」

「殺人未遂でこっちの事件じゃないって、他に誰が捜査するんですか」

「公安だよ」汚い物を吐き出すような口調で言うと、水島は現場の住所だけを告げて電話を切ってしまった。

　私は冴と顔を見合わせた。冴がうなずく。手を伸ばし、私の二の腕をスーツの上からきつくつかんだ。すがるような目で私を見ると、腕をつかむ手に、さらに力を入れる。

「這い上がるんだよ。私たちは、絶対に這い上がるんだよ。辞めさせたがっている連中がいるのは分かってるけど、私は、このままじゃ終わらないからね」

彼女は、私を同じ種類の人間だと思っている。私は、意識しないまま、冴と同じような深い泥沼にはまりこんでいるというのだろうか。そうだとしたら、それに気づかなかったことこそ問題かもしれない。

第二部　暗い連鎖

1

現場は、聖蹟桜ヶ丘駅にほど近い、古くからの住宅街だった。パトカーの赤灯が夜をまだらに切り裂き、狭い路地に刑事たちがひしめきあっている。時折、鑑識のカメラのフラッシュが小さな爆発のように煌《きらめ》いた。規制線の向こうにある家に帰ろうというのか、サラリーマンらしい男が何人か、立ち番の制服警官と、入れろ入れないで押し問答をしている。

呂律《ろれつ》が怪しくなるほど飲んでいた冴は、今はまったく素面《しらふ》のように見えた。多摩センター駅近くのバアから聖蹟桜ヶ丘へ、車で十分ほど移動する間に酔いが抜けることなどあり得ないのだが。

「大丈夫か」

思わず声をかけると、彼女が厳しい目つきで睨みつけてきた。

「何が」

「酒」

「アルコールなんて、気合で何とでもなるのよ」唇を噛み、冴が規制線の向こうを睨みつける。「人の心配してないで、自分のことを心配したら?」

「俺は何も、心配することはない」

「それならいいじゃない。二人とも問題なしで」

冴が歩調を速め、先に規制線をくぐった。私も後に続き、二人揃って、先に到着していた刑事から情報を聞き出す。

「被害者は、穴井宗次《あないむねつぐ》。五十一歳、会社員だ。勤め先は新宿。現場はそこの家だ」刑事が、私たちが立っている場所から三軒先の家に向かって顎をしゃくった。周囲の家と比べれば、比較的新しいように見える。

「現場は家の中ですか」冴が訊ねると、刑事はしばらく彼女の顔を見つめた後で、「路上だ」とだけ答えた。

「自分の家の前なんですね」と冴が念を押した。

「そう。帰ってきたところを、いきなり殴りかかられた。頭をやられて意識不明だ。凶器は石か何かじゃないかと思うが、まだ見つかっていない」

「犯人は？」

冴の質問に、刑事が表通りの方に向かって顎をしゃくった。

「車で逃げたようだな。あんたらは、目撃者を捜してくれ。この辺りの家を一軒ずつ当たるんだ」

「面倒になりそうだって係長が言ってましたけど、どういうことなんですか」冴に代わって私が訊ねると、刑事が面倒臭そうに目を細めた。

「俺には分からんよ、そんなことは」

彼が本当に知らないのか、それとも私と話したくないだけなのかは、短い答えからは読み取れなかった。

現場は、駅前を走る大通りと直角に交わる路地で、三十メートルほどで行き止まりになっている。行き止まりのフェンスの向こうは、小高い丘だ。フェンスの網目から、笹の葉が勢い良くはみ出している。路地の両側に立ち並ぶ家は、合わせて二十軒ほど。古い家もあったし、建築基準法を無視するように、どう見ても一軒分の敷地にしか見えないところへ三軒を無理矢理詰めこんだ新しい家もあった。

聞きこみを始める前に、被害者の家を観察した。間口が狭く、奥に深い作りで、両隣の家とほとんど壁がくっつき、互いに支え合っているようにも見える。一階のほとんどをガレージが占めているようだが、この幅では、車から降りるのに柔軟体操のような動きを強いられるのではないか、と思った。二階の正面には出窓があり、分厚いカーテンを透かして、人形か何かが置いてあるのが見える。ニュータウンの一角にある、小さな家。一見、犯罪とは縁がなさそうに思える場所である。被害者も、盛り場を歩く時には用心しているかもしれないが、こんな場所で襲われるとは想像もしていなかったに違いない。疲れを癒し、心から安心できるはずの場所に帰り着く直前に襲われるとは。

表通りに近い家からドアを叩き始めた。外が大騒ぎになっているので、呑気に寝ている人間はいないようである。ノックするとすぐにドアは開いたし、自分から外に出て、恐る恐る規制線の中をうかがっている人もいた。

三軒目の家で、最初の当たりがあった。磯田春義《いそだはるよし》、六十二歳。帰宅して家に入った途端、タイヤがパンクするような音を聞いた、という。

「この辺、暴走族なんかもいましてね。乱闘騒ぎが起きたこともあるんですよ」磯田の喋り方は、なぜか言い訳するような調子だった。「それで、またそういう連中かと思ったんですけどね、だけど……」

「何かひっかかったんですね」私は訊ねた。冴は一歩後ろに下がったまま、猛烈な勢いで手帳にボールペンを走らせている。磯田が、ちらりと冴の方を見てうなずいた。

「暴走族の連中が出てくるのは、もっと遅い時間なんです。それで、何か変だと思って外に出てみたら、男が走って逃げていくところだったんですよ」

サンダルをつっかけて玄関の外に出ると、磯田が体を乗り出すように表通りの方を指差した。

「その角に停めてあった車に乗って、慌てて走っていきましたよ」

「車種は分かりますか？」

「いや、申し訳ないけど、私は車に乗らないものでね。4ドアの車だったのは分かったけど、それ以上は」

「どんな感じの男でしたか」

「後ろ姿だったから、顔は分からないんですよ」申し訳なさそうに言い、磯田が頰を撫でた。「背はそんなに高くなかった。あなたよりは、ずっと低かったと思うけど」

「僕は百八十センチありますけど、それと比べてどうですか」

「どうでしょうね……走ってる時って、前屈みになるでしょう。正確には分からないなあ」

「印象でいいんですよ」

「そちらの女性ぐらい、だったかな」磯田が、ちらりと冴を見やる。

「私は百七十二センチですけど」冴が、遠慮がちに申告した。身長のことは言わないで、と彼女が言っていたのを思い出す。「私と同じぐらいですか？　それとも、もっと小さかった？」

「お二人の中間ぐらい、かな」

私は手帳に「百七十五センチ」と書き留めてから顔を上げ、質問を続けた。

「体格はどんな感じでした」

「がっしりしてましたね。肩幅とか広くて、逆三角形って言うんですか」

手帳に「スポーツマンタイプ」と書き加え、質問を続ける。

「何歳ぐらいですかね」

「これも、後ろ姿だったからねえ」磯田が、脂っ気のない髪を右手でかき上げる。「何とも言えないですね。帽子を被ってたから、髪型も分からなかったし」

私は思わず振り向き、冴と顔を見合わせた。どうやら二人とも、同時に同じことに思い至ったようである。私は尻ポケットからカブスの帽子を引き抜き、磯田の目の前に突き出した。

「これじゃないですよね」

「ちょっと、後ろを見せて」

私が帽子をひっくり返すと、磯田が即座に「違う」と断言した。

「後ろの紐が調節できるようになってませんでしたから。もしかしたら、野球帽じゃなかったかもしれないな。どっちにしろ、こういう青じゃなかったはずですよ。白か、黄色かな。暗いのに、やけにはっきり見えたから。ああ、それと」

「何でしょう」手帳を開いたまま、私は一歩を踏み出した。ぎょっとしたように目を見開き、磯田が後ずさる。困ったような笑みを浮かべ、こんなことが役にたつかどうか分からないが、と前置きして続けた。

「ずいぶん脚の速い人だったな」

「そうなんですか」

「もちろん、人をぶん殴って逃げる時だから、誰でも全力疾走するんだろうけど、ちょっと見たことのない速さだったね。だから、もしかしたら若い人かもしれませんよ」

礼を言って磯田の家を辞去し、私と冴は今の情報をつき合わせた。

「あまり参考にならないわね」冴がボールペンを噛みながら文句を言う。

「確かに、はっきりした特徴はないな。脚が速いっていうのも、あまり参考にはならないだろう」

「容疑者が見つかったら、百メートルのタイムでも計ってみたらどうかしら」

「あまり面白くない」

冴が私を殴る真似をした。私は素早く体を引いて、新たに生じた疑問を彼女にぶつけてみた。

「どうして、家の前まで車で行かなかったんだろう」

「だって、この道路、狭いじゃない。車で入ってくるのは大変でしょう」冴が前後を見渡す。「最初からバックで入ってこないと、逃げる時にばたばたするだろうし、こんな狭い道路にずっと車を停めていたら、怪しまれるはずよ。駐車禁止で引っ張られるかもしれないけど、表通りに停めておくしかなかったんじゃないかしら」

「ご名答だ。酔ってないみたいだな」

「私をテストしたわけ？」冴が私を睨みつける。

「まさか」私は自分の靴を見下ろして、笑いを嚙み殺した。

その後の聞きこみも、似たり寄ったりの内容だった。一時を回ると撤収命令が出て、一旦署に戻り、各自報告を上げるように、と命じられた。

署に戻ると、その場で簡単な捜査会議が開かれた。本格的な捜査は明日の朝からになる。私と冴もこちらに組み入れられることになるだろう。何しろ被害者は死にかけているのだから、多摩南公園の事件よりも、こちらの方が重大だ。

被害者の穴井宗次は、新宿にある小さな商社で働いていた。残業も多かったということで、今日のように、真夜中近い帰宅も珍しくなかったようだ。

「問題は、だ」水島が、脂の浮いた細い顔を両手で擦り、目を瞬《しばたた》かせながら言った。「被害者には、極左の活動歴がある」

集まった刑事たちの間から、ほうっと溜息が漏れ、一気に部屋の緊張感が薄れるのが感じられた。私も同様である。内ゲバとなれば、公安の連中がしゃしゃり出てきて、事件を持っていってしまう。だらけた雰囲気を押さえつけるように、水島が早口で続けた。

「二十年以上も前だが、逮捕歴もある。もちろん公妨だから、実際に何かしたわけじゃなかったんだろうが」

馬鹿にしきった小さな笑いが、会議室の中を細波《さざなみ》のように広がる。デモ現場の警備をしていた連中が先にちょっかいを出して、肩が当たったとか何とか因縁をつけて逮捕したというのが真相なのだろう。

「セクトの名前は革青同室井派《かくせいどうむろいは》。ここにいる刑事諸君には縁のない話だろうから簡単に説明しておくと、正式名称は革命的共産主義者青年同盟室井派、だそうだ。室井っていう奴が大将だったが、こいつはもう十年も前に死んでいる。糖尿病だったそうだ」

私は唇を噛み締め、腕を組んだまま、水島の言葉を一つ一つ頭に刻みこんだ。

「セクトとしての活動は、七〇年代半ばには沈静化していたらしい。実質的には、六九年頃から七四年頃までの約五年間が組織としての最盛期だな。系列的には、五派とは別系列、どちらかと言えば黒ヘルに分類されるようだ」

さすが係長、と横にいる刑事が揶揄するようにつぶやいた。私が顔を向けると、「お勉強だけはしてる人だからさ」と唇を歪めてささやく。会議室全体がだらけたような雰囲気になってきたのを察したのか、水島が声を大きくして続けた。

「そういうわけで、被害者は現在、特定のセクト、団体とは関係ないと見られている。公安のリストには載っていたが、連中も特に監視対象にはしていなかったようだ。それに状況からして、内ゲバとは考えにくい。今のところ、犯人は一人と見ていいが、連中は何人かで集まらないとこういうことはしないからな」

そう断定してしまっていいのだろうか。しかし、水島の説明は、会議室の空気を一気に引き締めた。

これは、ただの殺人未遂だ。

ただの殺人未遂というのも変な言い方だが、公安ではなく俺たちの事件なのだという意思が、その場にいる刑事たちの間で、あっという間に統一されたのである。

「公安も内ゲバの可能性は低いと見ている。いや、今のところはありえない、という見解だったな。というわけで、これは通常の刑事部の事件になる。明日から本格的に動き出すことになるが、今夜のところは基本的な情報を確認しておきたい」

結局、水島の言っていた「面倒な事件」の意味はこれだったのだ。過激派絡みの事件になれば、通常は公安が捜査を担当する。刑事部と公安部の縄張り争いは歴史が長く、事件をめぐって綱引きが始まれば、あれこれ面倒なことも多いはずだ。しかしそれは杞憂に過ぎず、事件は私たちの手に戻ってきたわけである。

「事件発生は午後十一時ごろ。被害者が自宅に戻って来た時、玄関先で待ち伏せしていた男に、いきなり頭を殴りかかられた。さっき、凶器に使ったらしい石が見つかったが、犯人はかなり力のある人間のようだな。五キロもあった」

「待ち伏せしていた場所は？」その質問に、水島が面倒臭そうにうなずいて答える。

「はっきりしないが、被害者の自宅近くには植えこみやら電柱やらがある。路地の奥の丘に身を隠せば、長い間潜んでいても、誰にも気づかれないだろうな。もちろん、角に停めた車の中で待っていたかもしれない。その場合、被害者が家に戻るのを確認して、追いかけて行って襲ったことになる」

「被害者は後ろから襲われたんですか？　それとも前から？」別の刑事が質問を継いだ。

「前からだ。どういう状況かは分からないが、犯人は正面から殴りかかっている。それと、犯人が車を使っていたのは間違いないようだ。事件の後で、角に停まっていた車が急発進するのを見ていた目撃者が何人かいる。ただし車種は不明で、分かっているのは、4ドアのセダンというところまでだな。ナンバーは隠してあったようだ」

ほう、という溜息が会議室のあちこちで漏れたが、これは明らかに安堵の溜息である。たとえ決定的な証言が得られなくても、最初に目撃者が何人か出ているということは、これから先、重要な証言に行き当たる可能性も小さくない。事件直後で興奮して、記憶が白く飛んでしまっている人間も、時間が経つにつれて、当時の様子を思い出したりするものである。

会議室のドアが乱暴に開き、制服姿の巡査部長が蒼い顔で飛びこんできた。視線を投げかける刑事たちに一礼して水島の元に駆け寄ると、一枚の紙片を手渡す。水島が紙片を一瞥して渋い顔を浮かべ、巡査部長にうなずきかけた。

「被害者、死亡。一時五分確認。簡単な検死では、脳挫傷ということになっている。詳しくは、明朝解剖してからだ」

水島の短い報告で、緊張が一気に高まった。これで事件は、殺人未遂から殺人に昇格したわけだ。明日の朝には特捜本部が設置されて、本庁の捜査一課から刑事たちが投入されることになる。多摩署にきて初めての特捜事件だ。私は無意識のうちに拳を握り締めていた。

「じゃあ、明日の朝から捜査を再開する。特捜が立つことになると思うが、とりあえず全員、八時にここへ集合してくれ」言って、水島が会議室の中をぐるりと見回す。私と、隣に座っている冴を見つけたところで、視線の動きが止まった。「それと、鳴沢と小野寺は今まで通り、例のホームレスの事件を当たってくれ」

その一言が会議の終わりを告げるブザーになったように、刑事たちが椅子を引いて一斉に立ち上がる。冴がすさまじい表情を浮かべて水島の元に詰め寄り、文句を叩きつけようとした。私はとっさに、後ろから彼女の腕をつかんだ。全ての責任が私にあるとでもいうように、冴が後ろを向いて睨みつける。白くなるほど強く唇を噛み、乱暴に腕を振って、私の手を振り解《ほど》いた。そのまま、ホワイトボードの前にいる水島のところまで突進して彼を突き倒しそうな勢いだったので、私は立ち上がり、彼女の前に出て両手を広げた。

「よせ」

「冗談じゃないわよ」

「駄目だ」

低く言うと、冴が一層厳しい表情で私を睨む。そうすることで、自分の怒りをさらにかきたてているようだった。

「落ち着け、小野寺」

「分かってる」

「こっちの事件だって重要なんだ。事件に優劣はつけられないんだぜ」

「分かってる」機械仕掛けのように、冴が同じ台詞を繰り返す。顔からは怒気が――いや、全ての表情が抜け落ちていた。

好奇の視線が、私たちを突き刺す。「分かってる」雨に打たれ、心まで冷たくなっていくような気がした。その雨は、やがて私たちを凍りつかせ、かすかに残る自負や誇りまでも打ち砕いてしまうかもしれない。


「おい」

駐車場で声をかけられ、私と冴は同時に顔を上げた。筧が、不思議そうな表情を浮かべながら、私のゴルフに背中を預けて立っている。

「二人揃って、何をしけた顔してるんだ」

私は肩をすくめた。しかし冴は、怒りをぶつける相手をようやく見つけたと思ったのか、激しい調子でまくし立て始める。

「だって、あんなやり方、ないじゃないですか。みんながいる前で、お前たちは特捜には必要ないって言ってるようなものでしょう？　冗談じゃないですよ。人に恥をかかせて面白がってるだけなんだわ、あの係長は」

「どうしてそれが恥なんだ」

「……どういう意味ですか」怒りを封じこめようとするように、冴が声を低くする。

筧が煙草をくわえる。火を点《つ》けないまま、唇の端でぶらぶらと揺らした。

「まあ、そう突っ張るなって」

「突っ張ってません」と冴が突っ張る。「刑事だったら、そう思うのが普通でしょう」

「あのな、そもそも事件に重いも軽いもないだろうが」筧の言葉に、私は思わず唇を歪めるようにして笑ってしまった。彼も、私と同じようなことを考えているのだ。筧は私が笑っているのに気づいたようだが、無視して冴に語りかけ続ける。

「次から次へと事件を食い散らかして、面白そうな事件ばかりつまむなんてことはできないんだぜ。自分が担当している事件は、自分でちゃんと始末をつけろ」

冴が唇を噛み、うつむく。筧が納得したように首を振りながら言う。

「お前らには、今担当している事件があるだろうが。うまく解決すれば、名コンビになるチャンスなんだぞ」

「何ですか、名コンビって」私が訊ねると、筧が煙草に火を点け、深く一服してから答えた。

「俺は常々、うちの会社には女性が少な過ぎると思ってるんだよ。世の中の半分は女性なのにな。男女のペアで捜査すれば、今よりうまくいくことも多いんじゃないか。聞きこみだって、女性の方がうまくやれることもあるだろう。お前らは、そういうやり方がうまくいくんだっていうモデルケースになれよ」

筧の言うことはもっともだ。しかし、男女の組み合わせに関係なく、コンビがうまく機能するかどうかは、組む人間同士の相性にかかっている。その点、衝突ばかりしている私たちは、とても名コンビとは言えないだろうし、今後事態が好転するとも思えない。

「いじけず、くじけず、だよ」自分の言葉に感銘したように、筧が目を見開く。「見てる人間はちゃんと見てるんだからな。手を抜かず、全力でやれ」

「見てる人間って、誰なんですか」恨めしそうな口調で冴が訊ねる。

「例えば、俺。もっとも、こんな定年前の万年巡査部長じゃ、力不足かもしれんが」本音を包み隠すように、筧が声を出して笑う。が、すぐに真顔に戻って、今度は私に声をかけてきた。

「鳴沢、この前の話、な」

「ええ」誰か公安の知り合いに情報を確認してくれ、と彼に頼んでいたのを思い出した。

「もう少し待ってくれ。電話一本で気軽に通じる相手じゃないんだ。こんな事件も起きちまったしな。でも、近いうちに連絡する。あんたが直接話を聞いた方がいいだろう。公安の連中とも顔見知りになっておいた方がいいぞ。気に食わないことも多いが、たまには役に立つ」

「そんなものですか」

「食わず嫌いは良くないぜ。自分が利用できると思う相手とは、こっちが少しぐらい我慢してもつき合うべきだよ。それだって、刑事の給料のうちなんだから」

筧が、私と冴の顔を交互に見比べる。一人で納得したようにうなずき、「じゃあ、な」と短く言い残して去って行った。取り残された私たちは、言葉を交わすでもなく、渦巻くように流れる冷たい空気に身を委ねることしかできなかった。

日付が変わって数時間が過ぎていた。私は冴に、家まで車で送ると申し出たのだが、彼女は歩いて帰ると言い張った。

「酔い覚ましか？」あまりにも強情に拒絶するので、私はついそう訊ねてしまった。現場の緊張感が薄れ、また酔いが戻ってきたのかもしれない。

「もう酔ってないわよ」確かに、彼女の声は素面のそれだった。

「一分でも早く帰って、さっさと寝た方がいいよ。車なら、五分で着く」

「歩きたい気分なの」

「じゃあ、俺も一緒に歩く。送っていくから」

「結構です」

「だけど」

冴が力なく首を振り、署を出て歩き出す。私は、その五メートルほど後ろを追いかけた。彼女の長い髪が風に揺れ、その香りが、後ろを歩く私のところまで流れてくるような気がした。

冴が振り返り、今にも泣き出しそうな表情で唇を嚙み締める。私たちは、五メートルの間隔を置いて向き合っていた。手を差し伸べるべきか、駆け寄って抱きしめるべきか、何をやっても陳腐な行動になってしまいそうな気がした。

「あなた、何とも思わないの」

「どうして」

「私、やっぱり……」冴の言葉の語尾が、風の中に消える。泣き出すのではないか、と思った。しかし彼女は、両の拳をきつく握り締めることで、何とか気持ちを持ち直したようである。顔を上げ、私を睨むようにした。「ここまでして、刑事を続ける理由があると思う？　馬鹿にされて、つまはじきにされて、それでもこの仕事にしがみついている理由なんてあるの？」

ある。

他にやるべきことがないからだ。今や私は、はっきりと確信している。相性が良いか悪いかはともかく、私たちは似た者同士なのだ。この仕事でしか、生きていけない。刑事として歩き続けることで傷を負い、時には自分がどれほど下らない人間かを思い知らされることになっても、この道を歩いていくしかない。たぶん、私も冴も、この仕事しかできないのだ。刑事を辞めることは、自分の人生に終止符を打つことと同じだ。

「小野寺」

冴が顔を上げる。

「やるしかないって言ったのは、君じゃないか」

「そうよ」声が震えていた。

「だったら、自分の言葉に責任を持てよ。自信を持てよ。グズグズ言うな。これ以上文句ばかり言ってると、ケツを蹴飛ばすぞ」

「女性に向かって言う台詞じゃないわよ」

「女も男も関係ない」

「そうか」冴が無理に笑おうとしたが、表情は強張り、凍りついてしまった。

「そういうことだ」

「分かった」冴がうなずく。うなずいた、というよりはもう少し長く、頭を下げていた。再び顔を上げた時、その顔にはいつもと同じ、凜《りん》とした表情が浮かんでいた。

「帰るわ」

「やっぱり送るよ」

「一人で帰る。帰らせて」静かだが、反論を許さない口調だった。私はうなずき、明日の朝八時に多摩南公園で落ち合おう、と提案した。黙ってうなずくと、冴が踵を返し、大股で歩き始める。私は彼女の後ろ姿を見送りながら、深く暗い影を背負っているのは自分だけではないのだ、という事実を嚙み締めていた。もちろん、それが分かったからと言って、自分の中にある苦い気持ちが薄れるわけではなかったが。

「どうだ、筋肉痛は取れたか」

「いや、まだ慣れないですね」

「試合はしばらくお預けだな。こんな状態で試合に出て、怪我してもつまらないし。デビューは——再デビューか——シーズンの後半にするんだな」

「その方が無難かもしれません」

　私と沢口は、土曜の練習の後に、先週と同じ喫茶店に腰を落ち着けていた。二度目の練習でも、私はまだ痛みに慣れず、椅子の中で尻を動かす度に、全身がばらばらになるのではないかと思えるほどの激痛に襲われた。それを見た沢口が、にやにやと笑う。

　多摩南公園の事件の捜査は暗礁に乗り上げていた。新しい手がかりもなく、二巡目に入った聞きこみでは、迷惑そうな顔に出くわす機会が増えただけだった。

　土曜日、私は思い切って休みを取り、練習に参加した。そんな気分ではなかったが、そんな気分でないからこそ、気分転換をする必要があるのだ、と自分に言い聞かせた。

　沢口が遠慮がちに申し出た。

「今シーズン最初の試合は、来週の土曜だ。だから、来週の練習はない。代わりに水曜日の夜にやるつもりなんだが、平日だから出られないかな？」

「そうですね。今、抱えている仕事がありますから、ちょっと難しいと思います」事件が急転直下動き出して解決すれば別だが、今の所、そんな気配もなかった。私たちの事件も、穴井宗次が殺された事件も。

「じゃあ、せめて土曜の試合は見学に来いよ。二回練習しただけで、いきなり試合に出るのは無理だと思うから」

「見に行ったら、それだけじゃ済まなくなるかもしれませんけどね」

「そうなっても骨は俺が拾ってやる。安心しろ」小さく笑って、沢口がコーヒーを啜る。何か言いたそうな雰囲気だった。そっとカップを置くと、私の顔を正面から見据える。

「少しは元気になったか？」

「体が、ですか？」

「いや、体がしんどそうなのは見れば分かる。俺が聞いてるのは、気持ちの問題だよ」

「気持ちなんて、別に何でもないですよ」

「俺に嘘をついたり、見栄を張ったりしても駄目だぜ。すぐ分かる」言って、沢口が私の顔を覗きこむ。「まあ、少しはましになったかな。ちょっと前までは死んでるみたいだったが」

「そんなこと、ないです」

「素直じゃないね。俺に対して突っ張っても何にもならんぜ」

「突っ張ってませんよ。ただ、仮にそうであっても、沢口さんにはみっともない姿を見せたくないし」

「それを突っ張ってるって言うんだよ」

「そうか」

短い笑いを交わした後、沢口が急に真顔になった。そっとコーヒーカップを置き、椅子に背中を預ける。

「女か？」

「何言ってるんですか」

「男が悩むっていったら、仕事か女のことしかないじゃないか。まあ、家族ができれば子どものこともあるんだろうが」

その短絡的な考え方に、私は思わず苦笑いした。いや、彼の話が、あまりにも的を射ていたから、苦笑いして誤魔化すしかなかったのかもしれない。

ほぼ一年前、私は新潟で懐かしい女性と再会し、そして別れた。何もなければ、今ごろはプロポーズし、結婚していたかもしれない。しかし結局、刑事という私の仕事に付き物の重圧が、彼女の心を押し潰した。私も、彼女を説得することができなかった。降り始めの雪のように淡く消えたその恋が、私が新潟を去るきっかけの一つになったのは間違いない。

私の心の中を見透かすように、沢口が目を細める。しばらく厳しい顔つきを保ってい
たが、やがてそれにも飽きたのか、急に相好を崩した。
「俺に恋愛の相談をされても答えられないけど、愚痴ぐらいなら聞いてやるぜ」
「そういうのって、学校で散々聞かされてるんじゃないですか」
「確かに、最近の中学生はませてて困るけどねえ」沢口が苦笑しながらうなずく。「気
をつけてないと、行くところまで行っちまうからな。でも、大部分は可愛いもんだよ。
それでも、相談を持ちかけられたりすると、俺は困っちまうんだけどな」
「沢口さん、何で今まで結婚しなかったんですか」
「車に全部注ぎこんだんだよ」沢口の答えは早過ぎた。言ってしまってから、照れたよ
うに頭を掻き、「そんなことは、言い訳にならないよな」と弁解する。
「いや、別にややこしい話を聞こうとしたわけじゃないんですけど」
「刑事さんの突っこみは厳しいね」
　そんなに厳しいことを聞いたわけではない。単なる話の流れだ。しかしこの話は、沢
口にとって重い記憶をひっくり返すことになるのではないか、と私は直感した。聞かな
かった方が良かった。しかし沢口は、自分から話題を打ち切るつもりはないようだった。
「俺だって、若い頃は、四十過ぎてもまだ独身でいるなんて、考えてもいなかったよ。

ただ、こういうのってタイミングがあるだろう？」

「ええ」

「俺は、高校生の頃に、もう結婚する相手を決めてたんだよ」

「そりゃあ、ずいぶん早い」

「まあな」沢口が、コーヒーカップにスプーンを突っこみ、何か化学反応を起こそうとでもするように、むきになってかき回した。「初恋ってやつだね。年上の人だったんだ。俺が高校一年の時、三年生で、うちの学校のアイドルだったんだよ。みんなのぼせ上がってたけど、なぜか彼女は、俺の方を振り向いてくれたんだよな」

「さすが、俺の先輩だ」

「茶化すな」一瞬恐い顔になり、沢口が私を拳で殴るふりをした。が、反省するように拳に視線を落とすと、本筋に戻った。「その頃の俺は純情だったからな、のぼせ上がっちまったんだ。絶対にその人と結婚するって思ってたんだけど、彼女が大学に入ってからは、何となく疎遠になっちまってね」

「環境が変わると、いろいろ変わりますからね」

「ああ、そうなんだよ。彼女だって、大学生になって、高校生の相手をするのは馬鹿馬鹿しいとでも思ったんじゃないかな」

「どんな人だったんですか」

「そうだなあ」ゆっくり脚を組み、沢口が顎を撫でた。「もう四半世紀も前の話だからね。こういう記憶って、どんどん美化されるだろう？　客観的に描写はできないよ」

「でも、写真とか、持ってるでしょう」

「ない」沢口が寂しげに笑う。「当時は百枚ぐらいあったかもしれないけど、処分しちまった」

「何でまた」

「そういう気持ち、お前には分からないか？」

うなずきながら私は、彼の気持ちを読み取ろうとした。真っ直ぐ過ぎる思いが破れた時、沢口のような男がどういう反応を示すかは。容易に想像できる。破り捨ててしまったのだろうか。燃やしてしまったのだろうか。庭の片隅に写真を積み上げ、想い出が炎の中で燃え尽きるのを見つめる沢口の姿を、私は頭の中で思い描いた。

「まあ、結構痛かったな、あの失恋は。それ以来何となく、女性には縁がないんだよ。やっぱり引きずってるのかもしれないな」

「ええ」

「もっとも、ラグビーでずっと忙しかったし、就職してからもばたばたしてたからね。

学校の先生なんて暇みたいに思うかもしれないけど、案外忙しいものなんだぜ」

「沢口さんは、一生懸命やり過ぎなんですよ。沢口さんみたいな先生ばかりだったら、最近の子どもたちも、少しはちゃんとするかもしれませんよね」

沢口が寂しげに笑う。カップの縁を指で撫で、少し抑えた声で答えた。

「そこまで持ち上げる必要はないよ。もちろん俺は、できる限りのことをやってるつもりだ。だけど、しょっちゅう、空回りしているような気分になる。俺一人が頑張ってもどうしようもないいんじゃないかってね。あまり張り切り過ぎると、学校の中でも浮いちまうんだよ。でも俺は、子どもたちがお前らにも面倒をかけているんだと思うと、どうにもやりきれない気持ちになるんだよな。万引きした子を引き取りにいって説教したり、夜中に街で遊んでいる子を探し回ったりしてると、悲しくなってくるよ。一度なんか、子どもを追いかけて愛媛まで行ったことがある」

「愛媛って、四国の？」私が目を丸くしているのに気づき、沢口は照れ笑いとも苦笑とも取れる笑顔を浮かべた。

「行きがかり上、そうなっちまってね。たまたま夏休みだったんだけど、家出した女の子を捜して、丸四日家を空けたよ」

私は、窓の外に目をやった。どんよりとした厚い雲が、覆い被さるように広がっている。沢口の心を絵にできるなら、まさにこの秋の曇り空のようなものではないか、と思った。いくら強く息を吹きかけて追い払っても、雲は次から次へと湧いてくる。そんな光景を思い描くと、私の心も深く沈みこんだ。こんな話で、今日一日を締めくくるわけにはいかない。

「沢口さん、その初恋の人、何て名前だったんですか」

どうしてそんなことを聞くんだ、という質問が返ってくると予想していたのだが、彼は間髪入れず答えた。

「立川香里《たちかわかおり》。我が青春の香里さんだよ」

「いい名前ですね」

「当時は、結構モダンな名前だったな。モダンっていうのもまた古い言い方だけど」言葉を切り、沢口がにやりと下卑た笑いを浮かべる。「さて、俺が喋ったんだから、お前もちゃんと喋らないのはずるいと思わないか？　先輩を尋問して吐かせて、それでただで済むと思うなよ」

巧妙なやり口だ、と気づいた時には遅かった。私は、終わった恋のいきさつを、彼に話さざるを得なくなっていた。

しかし、話しながら私は、次第に気分が軽くなっていくのを感じた。相手が沢口でなければ、こんな気分にはならなかっただろう。私は、ずいぶん年上のこの友人に多くの恩義を負っていることに、改めて気づいた。

2

その電話番号は、警視庁の内線電話番号簿には載っていなかった。私はどことなく胡散臭いものを感じて受話器を手にするのを躊躇《ためら》っていたが、冴は、さっさと電話をかけるよう催促した。

「早くしなさいよ」

「何だか、嫌な感じがする」

「どうして？　相手が公安の人だから？」

「君は平気なのかよ」

「鳴沢、公安の連中があなたに何かしたの？　あなた、あの人たちに迷惑をかけられたこと、ある？　ないでしょう。先輩たちがあれこれ面白く言うのを聞いて、公安部の人間は得体が知れないって思いこんでるだけなんじゃないの」

「小野寺はずいぶん寛大だな」

冴が鼻を鳴らし、胸の前で腕を組む。机の端に座り、体を折り曲げて、座っている私への説教を続けた。

「寛大とかそういうことじゃないの。利用できるものは何でも利用するべきだって言ってるのよ。ねえ、鳴沢って、変なところで意固地だよね。自分がこうだと思いこんだら、それ以外のものは見えなくなっちゃうんだから」

「そうか？」そんなことは他人に指摘されるまでもなく分かっていたが、彼女に言われるとなぜか頭にくる。「君だって、人のことは言えないんじゃないか」

「私は、心の広い人間よ」冴が、おどけたようにぐるりと目を回して見せた。「とにかく、さっさと電話したら？　せっかく筧さんがつないでくれた相手なんでしょう」

「なんで、同じ警視庁の職員同士なのに、こんなに疑心暗鬼にならなくちゃいけないのかね」

「鳴沢」一音一音を区切るように、冴が冷たく言い放った。「いい加減にして。あなたが電話しないなら、私がするわよ」

その言葉が、最終的に私の尻を蹴飛ばした。受話器を取り上げ、内線番号をプッシュする。聞きなれた呼び出し音が聞こえてきて、少しだけほっとした。

「はい」特徴のない男の声であった。低からず高からず、機械で合成したようにも聞こえる。

「多摩署の鳴沢と言います」私は、なおも燻《くすぶ》る不信感を悟られないようにと、わざと平板な声で名乗った。しかし、声のどこかに、相手を怪しむ調子が滲み出てしまったようである。こちらの真意を推し量ろうとするように、相手が一瞬沈黙した。

「筧さんの紹介で……」

「聞いてるよ」相手の声が急に人間臭く、ぞんざいになった。「ご心配なく。筧さんの紹介だったら断れないからね」

「山口《やまぐち》さん、ですね」

「山口哲《さとし》。気になるなら言っておくけど、所属は公安一課だよ」

公安一課は、極左に関する情報収集と捜査が担当だが、霞《かすみ》のかかったような部署であり、その実態は外部の人間には分かりにくい。

「長々と自己紹介をするのも馬鹿らしいから、手っ取り早く行こうか」山口が、素っ気無い声で促す。「何が聞きたい？」

「ある事件の被害者を捜しています」

「そりゃあ、面白い話だね」本当に面白がっているような口調だった。「被害者が逃げちまって、未だに事情聴取もできないと、こういうわけか」

「筧さんから聞いたんですか」

「いや。そういうわけじゃないが」短い答えに、山口はわざとらしく謎めいた雰囲気をまぶした。俺は何でもお見通しだ、隠し事はできない、と私に思い知らせたいようである。そしておそらく彼の意図した通り、私は不愉快な気分を嚙み締めた。

「とにかく、お会いして話しませんか」

「こっちは、別に構わないよ。お茶ぐらいは奢ってくれるんだろうな」

「もちろん」

「今日か？」

「できれば」私は壁の時計を見上げた。九時。いつもならざわついている時間だが、課員のほとんどが特捜本部に取られている今、刑事部屋は閑散としている。

「だったら昼飯でも一緒にどうかね。そうだな、三鷹あたりでどうだ？」

「三鷹ですか。今、その近くにいるんですか？」

「いや。俺の居場所が、あんたに何か関係あるのかね」

無駄な質問だったようだ。それ以上追及せず、私は、山口が指定した店の名前と電話番号をメモに書き取って、昼に三鷹で会うことを約束した。電話を切った時には、掌がかすかに汗ばんでいた。

「ずいぶん緊張してたみたいじゃない」からかうように冴が言う。

「何だかやりにくいな。ランチデートを約束したけど、どうする」

「もちろん、私も行くわ」

「向こうは驚くかもしれないよ」

「どうして」

予想もしていない時に君みたいな美人が現れたら、男なら誰だって動揺する。そう言いかけ、私は言葉を呑みこんだ。どうして、こんな余計なことを考えてしまうのだろう。

立ち上がりかけ、私は舌打ちした。

「しまった」

「どうしたの」ハンドバッグを取り上げた冴が、目を見開いて訊ねる。

「問題の相手の顔、知らないんだよ」

「それは、大丈夫だと思うけど」

「どうして」

「向こうが私たちを見つけるわよ。こっちがきょろきょろしているうちに、後ろから肩を叩いて驚かすに決まってるわ。公安の連中って、そういうこけおどしが大好きだから」

三鷹に来るのは初めてだった。隣の駅が吉祥寺ということで、繁華街を想像していたのだが、実際は駅を出て北に向かって歩き始めると、すぐに住宅街になる。住居表示が武蔵野市になっているのに気づき、冴にそう言ってみると、彼女は呆れたように私を見つめ、「知らなかったの？」と訊ねた。私は素早く言い訳した。

「こっちの方は、あまり縁がなくてね」

「中央線の線路の北側が武蔵野で南が三鷹なんて、多摩に住んでる人間なら誰だって知ってることよ」

「俺以外の人間は、ね」

「東京で刑事をしてるんだから、東京のことをもっとよく知っておいた方がいいわよ。いつ、どこに転勤になるか、分からないし」

「俺の場合は、もっと奥に行くことになるんじゃないかな」

「それって、自分が仕事をしないことの言い訳だと思うけど」

鉾先《ほこさき》で突つき合うような会話がいつの間にか復活していたが、今の私には、こういうやり取りがむしろありがたかった。冴の愚痴は、重過ぎる。背負ってやるには、こちらにもそれなりの覚悟が必要だ。それよりも軽い口喧嘩の方が、よほど気が楽である。

「早かったね」

向こうが私たちを見つける、という冴の冗談が本当になった。後ろからいきなり肩を叩かれたのだ。ゆっくり振り向くと、中年から初老へ足を踏み入れかけた男が、薄い笑みを浮かべて立っているのが見えた。短く刈り揃えた髪、細い目、真四角な顎。顎の髭剃り跡が赤くなり、二、三か所に血が滲んでいる。何となく印象の薄い顔で、名刺を交換しても、次に会った時には同じことを繰り返してしまいそうなタイプに見えた。てかてかと光る素材の薄いコートを羽織っているが、前のボタンは開けたままで、地味な紺色のネクタイが、体の真ん中で揺れている。コートの袖から腕を突き出すようにして、腕時計に目をやった。

「まだ、約束の十分前だ」

「そういうあなたも十分前に来てるじゃないですか、山口さん」

山口が、隙間の目立つ歯を見せて笑った。

「俺は暇だからね。じゃ、行こうか。そこの店、ランチがうまいんだ」

すぐ目の前にある「金華飯店」の派手な赤と金色の看板を、山口が指さす。私たちを追い越すと、さっさとドアを押し開けて入って行った。

豪勢というわけではなかったが、ランチはたっぷりの量だった。サラダ仕立てにした鶏の蒸し物の前菜、メインの料理、それに点心が二皿にデザートもつく。私は塩味の海老の炒め物にしたが、冴と山口はこってりした牛肉のオイスターソース炒めを選んだ。

前菜が運ばれてくるのを待つ間、私は訊ねた。

「顔も知らないのに、どうして俺たちだって分かったんですか」

「何だか目立つんだよ、あんたたちは」山口が、鶏のサラダの皿を引き寄せ、せわしなく箸を動かしながら答えた。「特にお嬢さんは、背が高いからね」

お嬢さん、と言われて怒り出すかと思ったが、冴は穏やかな笑顔を山口に向けるだけだった。

「こっちだって、会う相手のことは事前に調べるよ。変な奴じゃないかどうか、気になるだろう」

「それで、俺たちはどうなんですか」

「今のところは、何とも判断できないねえ」言葉の裏側に、かすかな悪意と嘲笑をちらつかせながら、山口が言う。テーブルをひっくり返してやるべきかもしれないと思ったが、私は何とか怒りを呑みこんだ。横に座った冴も、テーブルの下で拳を固く握り締めていたが、まだ顔には笑みを貼りつけている。

私たちの怒りを知ってか知らずか、山口が事務的な口調で提案した。

「一つだけはっきりさせておきたいんだけど、これは、非公式な会談ということにしましょう。あくまで、私の好意による情報提供ということで。こっちには何の得もないけど、筧さんに対する義理もあるから喋るんだってこと、忘れないでもらいたいね。だから、ここでどんな話が出ても、私の名前は出さないようにして欲しい」

「こっちも、その方がありがたいですね。他の部署の人から情報を貰ったなんてことが上にばれると、まずいことになる」

「そうだね。お互いに黙っていようや」山口が、これで秘密を共有したとでも言いたそうににやりと笑い、うなずいた。

　食事の間、山口はほとんど喋らなかった。ひたすら皿と口の間で箸を往復させて、誰かと競うように食べ続ける。話を切り出せる雰囲気ではなかったので、私も冴も食事に専念した。早く食べて、本題に入ろう。そんなことを考えながら取る昼食は味気ないものだったが、冴は、食事だけは楽しもうという主義なのか、にこやかな笑顔を浮かべたまま、ボリュームたっぷりの料理に取り組んでいる。私は、財布の中身を確認していた。一人二千円、プラス消費税。署の近くの中華料理屋だったら、この三分の二の値段で済む。

「さて」山口が紙ナプキンで口を拭い、爪楊枝に手を伸ばした。満足そうな笑みを浮かべ、空になった杏仁豆腐のカップをテーブルの真ん中に押しやる。空いた場所に両手を置き、身を乗り出してきた。「被害者の件だったね」

「そちらの関係の人間じゃないかと思ってるんですが」

「そちらって、どちら」意地悪く言い、山口が爪楊枝をくわえる。私は、喉元まで出かかった怒りの言葉を何とか呑みこみ、別の言葉にすり替えた。

「過激派か、その関係者です」

「どうしてそういう話になったんだい」

「情報提供者がいたんです」岩隈の顔が頭に浮かぶ。にやにやと嫌らしく笑っている顔ではなく、私に首を絞められ、泡を吹いていた顔だ。

「そいつの名前は？」

「情報提供者ですか」

「そう」

一瞬考え、喋ってもかまわないだろう、と判断した。非公式の話だ、という山口の言葉を信じることにしたのだ。

「岩隈哲郎。フリーライターと言ってますけど、ちょっと変な人間ですね。実際は何者なのか……」

「岩隈か。そいつも極左だよ」にやにや笑いながら山口が言った。

「え？」

「知らなかったのか？」

「ええ」

山口が、馬鹿にしたように鼻を鳴らす。煙草を取り出し、火を点けると、頭をのけぞらせて頭上に広がる輪を眺めていたが、やがて真顔で説明を始めた。

「岩隈哲郎、四十五歳。革青同っていうセクトのメンバーだった」

「革青同って、この前の殺しの被害者が属していたセクトじゃないですか」冴が、緊張した声で割って入った。

「そうそう、多摩の殺し、ね」嬉しそうに顔を緩め、山口がうなずく。「もっとも、同じセクトの別の派閥なんだけどな。革青同っていうのは、実に細かく分かれていたセクトでね、例えば岩隈のいた構造改革派なんていうのは、十人ぐらいしかメンバーがいなかったはずだよ。最盛期でも二十人ぐらいだったかな。理屈ばかりこねまわしている連中だったから、外に向けて闘うというよりは、仲間内での理論闘争に熱心だったんだよ。気に食わない奴がいると、さっさと追い出すか、自分たちが出て行くか、そんなことの繰り返しばかりしてたんだ。それで、あっという間に弱体セクトに転落して、力を失ってしまったわけだがね。そうか、あいつ、今はフリーライターとか名乗ってるのか」

「それは、本業なんでしょうか」私が訊ねると、山口が苦笑を浮かべて首を振った。

「まさか。あんた、奴に金をせびられなかったか」

怒りが蘇ってきた。冴の厳しい視線を、首筋の辺りに感じる。私は大きく深呼吸して、落ち着け、と自分に言い聞かせた。

「カンパ、とか言ってましたね」

山口が、短く声を上げて笑う。

「それが、奴の昔からの手口なんだよ。それであんた、金を渡したのか」

「いえ」

「それで正解だ。あいつに小遣いをやる必要はないよ」

「まだ活動をしてるんですか」

「まさか。うちの資料では、革青同は二十年も前に実質的に消滅したことになっている。岩隈だって、今は何をして食ってるのか、分からんよ。もう監視対象でもないから、俺たちもそこまでは把握してないんだ。だけどあいつ、相変わらず昔と同じようなことをやってるみたいだな。俺たちは『こうもり』って呼んでたんだけど」

「こうもり？」

私の問いかけに、山口が唇の端で笑う。

「そう。あっちへ行ったり、こっちへ行ったり。右へ行って他人の噂を聞きこんだら、今度は左へ行ってその噂を大きくしてささやくって具合で、あちこち火を点けて回ってたんだよ」

「マッチポンプってやつですか」

「いや、そうじゃないだろう。奴は、ただ面白くてそういうことをやってたんだと思うよ。マッチポンプっていうのは、自分で火を点けて、消して回って、それで金を受け取ったりするわけだろう？　でも、あいつの場合は、それが生きがいみたいなものでね。いるだろう？　何か聞くと、他人に喋らずにはいられない奴って」

直接関係ない岩隈の話題が延々と続きそうだったので、私はギアを入れ替えた。

「問題は、岩隈じゃないんです」

「ああ、そうだったな」

「彼の情報は信用できるんですか」

「できる」あっさりと山口が断言した。「それをどう使うかという点では問題があったけど、奴の情報はだいたい当たってたな」

「公安でも利用したことがあったんですか」冴が口を挟む。追及するような調子が滲んでいた。

「時には、ね」なぜか機嫌の良い口調で、山口が答える。「ただ、いい加減な奴だったから、うちの刑事たちの間ではあまり評判は良くなかったけど」

「人間はいい加減だけど、情報は信用できるということですね？」

山口が、私の問いかけにゆっくりとうなずく。話してみろ、と言いたそうに顎をしゃくった。

「岩隈の情報では、被害者は極左の活動家だ、ということでした。逮捕歴はないようなんですが」

山口の顔が引き締まる。かすかにうなずいて、私の説明を促した。

「そいつの名前は分かってるのか」

「通称『沢ちゃん』。それだけで、本名は分かりません」

「何だと」唖然としたように、山口がぽっかりと口を開ける。長くなった煙草の灰が指先から零れ、白いテーブルクロスを汚した。私は冴と顔を見合わせながら、もしかしたら自分たちは金脈を掘り当てたのかもしれない、と思った。

山口が新しい煙草に火を点ける。昼食時で店内がざわついているので、私たちの会話は他の席には聞こえにくいはずだが、彼は一層声をひそめ、体を乗り出すようにして話した。ほとんど聞き取れないような声だったので、私も冴も、彼と同じような前屈みの姿勢を強いられた。

「被害者は、本当に『沢ちゃん』って名乗ってたのか」

「ホームレス仲間にも、そう呼ばれていたようです」と冴。

「そういう名前で呼ばれていた奴がいたのは間違いないよ」

「革青同のメンバーなんですね？」私が訊ねると、山口が重々しく顎を引き締めてうなずく。

「沢ちゃんっていうのは、もちろんあだ名だよ。ペンネームが沢峰《さわみね》っていうんだ」

「ペンネーム？」私と冴は、同時に声を上げた。

「ちょっと気取った名前だろう？　連中、機関紙にクソみたいな論文を書くのを生きがいにしてたんだが、みんなペンネームを使ってたんだ。だけど、沢峰なんていうのは格好つけ過ぎだと思わないか？　それで仲間たちも、からかい半分で沢ちゃんって呼んでたんだよ」

「間違いないですか」

「どうかねえ」急に自信をなくしたように、山口が顎を撫でる。「その沢ちゃんが、俺たちの知っている沢ちゃんと同一人物かどうか、保証はないわけだから。でも、極左の人間だっていうんだから、その可能性は高いんじゃないかな。だとしたら、厄介なことになる……」

「どういうことですか」

「沢ちゃんと、殺しの被害者——穴井宗次だっけ、二人とも同じセクトの仲間だったんだよ。革青同室井派。穴井が室井派の人間だったってことは、特捜でも把握してるはずだがね」

私は、顔からすっと血の気が引くのを感じた。店内を埋め尽くしていた話し声の波が遠ざかって行き、頭の中で雷鳴がとどろく。冴も厳しい表情を浮かべ、空中の見えない一点に視線を集中させているようだった。山口の顔も引き締まり、他人を寄せつけないような厳しいものになった。

「内ゲバ、ですか」冴が低い声で訊ねる。山口は、しばらくその質問の意味を吟味していたようだったが、結局、自分に言い聞かせるように、「いや」と短く否定した。

「どうして」低いが厳しい声で、冴が追及する。山口が、正面から彼女を睨むようにして答えた。

「さっきも言ったけど、革青同は、ずいぶん前に活動を停止している。問題の室井派の場合、消滅した時のメンバーは三十人ぐらいだったけど、その後はそれぞれ、活動とはきっぱりと縁を切ってるんだ。それに革青同は、構造改革派の連中以外も暴力的な手段にはあまり積極的じゃなかったからな」

「活動をやめた後まで監視してるんですか」冴が皮肉をこめて質問をぶつけたが、山口は一向に動じない様子で、「それが俺らの仕事だからね」と答えた。

「そういうのって、一種の人権侵害になるんじゃないかしら」

「俺たちは、それで給料をもらってるんだ」それが全ての説明になるとでも言いたそうに、山口の口調は自信に溢れていた。「それでも、俺たちなんか可愛いものだよ。公安調査庁の連中なんて、他にすることがないから、いつまで経っても連中を追いかけてる。今でも監視しているかもしれないよ」

「沢峰が、今は活動をしていないのは間違いないんですか」冴と山口の間に生じた険悪な雰囲気に、私は割って入った。

「ある時点まではね」

「ある時点？」

「俺たちだって、連中を永遠に追いかけてるわけじゃないからね。非公式には噂なんかも入ってくるけど、最近は沢ちゃんの話は聞いてないな」

「町工場で働いていたって聞いてますが」

「それも岩隈の情報？」

「いや、それは別の人から聞きました」

「当たってるかもしれないが、その話、俺は聞いたことがないな。しかし、ホームレスになってるとは、どういうことなのかね」

それはこっちが知りたい、と思った。しかし山口は、腕組みをして目をつぶり、古い馴染みの人間が転落した経緯に思いを馳せているようだった。

「追跡は、そこで終わってるんですか」と私は訊ねた。

「ああ。別に、沢ちゃんは犯罪者じゃないからね。それを言えば、昔から犯罪者じゃなかったけど。あんたが言った通りで、逮捕歴もないんだからな」

「そういう人間でも、追跡するわけですか」冴が引き起こしそうな騒動の予兆を治めるつもりだったのに、いつの間にか私の口調も、山口を挑発するようなものになってしまった。苛々した調子で、彼がテーブルを指で叩く。

「だから、これが俺たちの仕事なんだ。そりゃあ、あんたらは簡単だよ。人を殺した奴を捕まえる。これは、誰にでも分かる正義だ。俺たちの仕事っていうのは、そんな簡単なことじゃないんだよ。権力の弾圧とか、いろいろなことを言われても、黙って毎日の仕事をこなしていくしかない。だけど、そういうことで手を抜いていると、何か起きた時には手遅れになる」

「革命が起きて、日本がばらばらになる?」揶揄するような冴の問いかけに、山口はごく真剣な表情でうなずいた。

私は、どうでもいいと思っている。かつて権力者たちが恐れたように、日本が共産主義の国になったとしても、私は刑事をやっているだろうから。どんな政治体制の下でも、他人を殺す人間は存在するはずだ。そして私は、今と同じように人殺しを探し続けるだろう。

いつの間にか、山口が両の拳を握り締めていた。三人の視線がテーブルの上でぶつかり合う。今にも立ち上がり、つかみ合いになってもおかしくない雰囲気だった。

最初に睨み合いから下りたのは山口だった。ゆっくりと息を吐き出すと、小さな笑みを浮かべ、新しい煙草に火を点ける。赤い火をじっと見つめ、何かに納得したように、小刻みに首を振った。

「まあ、そんなことはどうでもいいんだ。少し、歴史の講義をしてやろうか。革青同は、元々は革共同、つまり革命的共産主義者同盟が三度目に分裂した時に零れ落ちた連中の集まりなんだ。だから、歴史だけは古い。革青同として旗揚げしたのも、かれこれ四十年近く昔のことだからな。その後は、他のセクトの例に漏れず、分裂を繰り返した。室井派っていうのは、その中の一つだよ。六〇年代後半から七〇年代の初めにかけては活発に活動していたんだが、その頃も、こっちの認識では黒ヘルの一派、という感じだったな。黒ヘルって分かるか？　要するに、でかいセクトには所属しない少数派集団だ。デモなんかでは、黒いヘルメットを被ってることが多いから、そういう名前で呼ばれてたんだが」

「具体的な活動は？　ゲリラとか、やってたんですか」冴も、いつの間にか落ち着きを取り戻していた。

「そういうのはなかったね。さっきも言ったけど、連中は暴力的な闘争にはあまり興味がなかったから。直接行動よりも、理論構築と宣伝活動が大事だっていうことだったんだろうな。仲間内での論争と、機関紙で他のセクトを攻撃するのが活動の中心だったんだよ。論客は揃っていたようだが、口だけじゃ革命は起こせない」

「どうして活動を停止したんですか」冴が続けて訊ねる。

「自然消滅としか言いようがないね。もしも、暴力的な闘争を繰り広げていたとすれば、別の方向に向かったかもしれないが。主要メンバーが逮捕されたり、大学を卒業したりで、いつの間にか機関紙も出なくなった」

「室井派が消滅した後で、沢峰が完全に活動から足を洗ったのは間違いないんですね」

私は念を押した。

「ああ」

「公安調査庁の連中も、もう追いかけてないでしょうね」

山口が、露骨に鼻を鳴らす。

「連中がどんな認識でいるか知らんが、連中の情報とうちの情報と、どっちを信じるのかね」

それは並べてみないと分からないと思ったが、口には出さなかった。

「まあ、あんたらが追いかけてる事件に関しては、内ゲバっていうのはまず考えられないな」山口が、話をまとめに入った。「当時も、革青同が他のセクトと暴力的に対立していた事実はないし、自然消滅してからは、本当に綺麗さっぱり消えてしまったんだから。消滅後に他のセクトに移った奴もいなかったはずだ。それに、どうも今回の事件は内ゲバのやり方じゃないよ。いずれにせよ、もう一度洗い直してみるつもりだけどな、そっちとは別口で」

「お互いに協力できないんですか」

私は粘ったが、山口は素っ気無い口調で「その必要はないんじゃないかな」と答えるだけだった。

山口が、そわそわと店内を見回す。潮時だと思った。私は、最後に残った質問を彼にぶつけた。

「沢峰っていうのは、ペンネームなんですよね」

「そうだよ」

「本名は……」

「沢悦雄《さわえつお》って言うんだ。あまり面白い名前じゃないね」

沢悦雄。その名前が、私の頭の中で小さな音をたてて響いた。どこかで聞いたことのある名前だ。しかし、それがどこでだったかは思い出せない。会ったことのある人間なのか、書類でちらりと読んだだけなのか。思い出せないのが気に食わない。しかし、当面、捜査を続けるための手がかりは得られたではないか、と自分を納得させることにした。


多摩地区は、やはり都心部に比べるとインフラの整備が遅れている、と感じることがある。電車で移動している時、特にその不満は強くなる。東西方向には線路網が充実しているが、南北の便が良くないのだ。三鷹から多摩センターへ戻る時も、乗り換えが面倒である。立川まで出てモノレールを使うか、吉祥寺で井の頭線に乗り換え、さらに京王線に乗り継ぐか。結局私たちは、来た時と同じように、井の頭線と京王線を使うことにした。モノレールを使った方が近いのではないか――多摩では唯一と言ってよい南北ルートなのだ――と私は主張したのだが、冴はあっさりと却下した。

「モノレールの方が近いじゃないか」

「ＪＲから乗り継ぐ時に、ちょっと歩かないといけないのよ。このルートなら、階段の上り下りだけで済むでしょう」

「俺、まだモノレールに乗ったことがないんだけど」

「子どもみたいなこと、言わないの」

冴が、母親のような口調でたしなめる。しかし、明大前での京王線への接続が悪く、冴はホームで押し黙って電車を待ちながら、自分の判断が正しかったかどうか、考えているようだった。

私は、全然別のことを考えていた。

沢悦雄という名前である。どこでその名前を覚えたのか。そのような名前の人間に会った、という記憶はない。沢という名前が、特定の顔と結びつくことはなかったから。名刺の束をひっくり返してみても、見つからないだろう。とすると、書類か何かで読んだのかもしれない。いや、仕事とは限らないだろう。たまたまテレビのニュースで見かけた名前が、頭にこびりついているのかもしれない。人間の脳というのは、案外つまらないことをいつまでも覚えているものなのだ。それに、同姓同名の別人だということもありうる。

電車に揺られながら、頭の中を引っ掻き回し続けた。やはり、具体的な手がかりは浮かんでこない。冴に「降りるよ」と声をかけられ、自分がずいぶん長い間、一言も口をきかずに考えこんでいたのだ、と気づく。

がらんとした刑事部屋で、私たちは山口との会見を振り返った。

「向こうに持っていかれちゃうかもしれないわね」冴が、鉛筆を噛みながら言う。露骨に残念そうな口調が滲んでいた。

「それはないんじゃないかな。彼だって、内ゲバとは考えられないって言ってたじゃないか。二つの事件が続いたことは、偶然だったと考えるのが自然だと思うよ」

「上に報告しておく必要、あると思う?」

一瞬躊躇った後、私は「いや」と答えた。情報の出所を聞かれたら、いろいろと困ったことになる。それに、この話が転がり始めたら、私たちが何も言わなくても、特捜本部に情報が伝わるはずである。

刑事部屋の中を見回した。がらんとした部屋は、清潔で殺風景だ。ここには、血の臭いはない。窓の外に広がるニュータウンの風景にも、やはり殺伐とした気配は感じられなかった。この街で人が一人殺され、もう一人も殺されかけたというのに、表面上は気取った住宅街の顔が見えているだけである。

プリンターが吐き出した紙を、冴が私に渡した。別れ際に山口が教えてくれた関係者のリストである。革青同室井派――歴史の中に埋もれてしまった、かつての活動家たちの名前が、そこにある。眺めていても、何も浮かび上がってこなかった。紙の上に書かれた彼らの名前は薄っぺらで、放水を浴びながらデモ行進をし、無意味だが熱い議論を交わし、革命が成就する日の到来を信じていた若者たちの姿は見えてこない。

「当たってみる？」私の様子をうかがうように、冴が控え目な調子で訊ねる。彼女らしくない、と思って顔を上げると、心配そうな表情が浮かんでいた。

「もちろん」

「本当に、上に報告しないでいい？」

「どう転ぶか分からない話を持ちこんで、一々係長を煩わせることはないよ。俺たちでやるんだ。この話を係長のところに持っていく時には、綺麗に包装してリボンをつけてやるよ」

「鳴沢、分かってると思うけど、報告は義務なんだよ。向こうがちゃんと聞く聞かないは別にして、報告したっていうアリバイを作っておく必要もあるんじゃない？」

「その義務が正しいのかどうか、俺には分からないね」

自分は骨の髄まで警察官であるつもりだが、時に服務規程が、あるいは暗黙の了解である捜査手法が鬱陶しくなることがある。報告を密にしろ、というのもその一つだ。報告する時間さえも惜しい時がある。特に、水島に代表される黴臭《かび》い悪意の存在を感じるような時には。

構いはしない。こっちで綺麗に事件を仕上げてやる。それで、上の連中の鼻を明かしてやればいいのだ。そうすることで私は、もう一度、自信を持って仕事に打ちこめるようになる。自分が何者であるのかを確認できる。

3

記憶だけが頼りだけどね、と前置きしながら山口が教えてくれたリストには、十人の名前があった。名前、出身地、最後に確認された住所と職業。山口という人間に対して、私は最後まで不信感に近いような気持ちを拭い去ることができなかったが、それでも手帳も見ずにすらすらとこれらの項目を挙げた記憶力には、感心せざるを得なかった。どこの県警にも、指名手配犯の顔写真数百人分を記憶しているような名物刑事がいるものだが、山口の記憶力だって賞賛されて然るべきものである。

それにしても致命的なのは、このリストには、肝心の沢峰の名前がないことだ。逮捕歴もない人間に対しては、追跡調査も甘くなるのだろうか。結局ここから先は、自分たちで周辺を当たって割り出していくしかないようだ。

手近なところから始めることにした。服部達郎《はっとりたつろう》。リストにある住所は八王子市になっている。と言っても、多摩市境に近い住所で、多摩ニュータウンの中だ。午後遅く、私と冴は署を後にして動き出した。

しかし私たちは、最初から壁にぶち当たった。当該の住所には確かに古いアパートがあったのだが、服部はすでにそこには住んでいなかったのだ。全室のドアをノックして回ったが、服部という名前を知っている人間は一人も見つからなかった。アパートを管理している不動産屋に電話してみると、運悪く休みである。

「勤務先に行ってみる？」

冴の提案に、私は無言でうなずいて同意したが、その時にはすでに、リストの有効性を疑い始めていた。これはいったい、いつのリストなのだろう。十年前のものだったら、ほとんど使い物にならないのではないだろうか。過激派で活動していた連中のその後の典型的な人生を私は知らないが、一か所にとどまって落ち着いた生活を送っているとは限らないだろう。そもそも沢峰本人が、流転の人生を送っていたぐらいなのだから。

「勤め先は……」私はスーツの内ポケットからリストを取り出し、服部の勤務先を確認した「塙《はなわ》モータース、八王子市大和田」とある。八王子の市街地、国道一六号線と二〇号線が交差する辺りだ。牙が車に乗りこもうとしたが、私はそれを制し、近くの電話ボックスに入った。電話帳をひっくり返してみたが、塙モータースという名前はない。ボックスを出ると、牙が覆面パトカーに背中を預けたまま「どうだった」と訊ねる。私は小さく肩をすくめた。

「なかったの？」

「ないね。何だと思う、塙モータースって？」

「中古外車の販売店。修理工場。もしかしたら、車じゃなくてオートバイかもしれないわね」

「塙っていうのは、経営者の名前なんだろうな」

「たぶん。もう一度電話帳をめくってみたら？　珍しい名前だから、個人電話帳に載っているかもしれないわよ」

「それはもう調べた。少なくともこの辺りには、塙という名前の人は住んでないね」

「八王子署に頼んでみる？」

「いや」冴の提案を拒否し、私は考えた。「直接行ってみよう」

「行くって、どこへ」

「この住所。塙モータースそのものはなくなってしまっても、何か手がかりは残ってるかもしれないだろう。誰かが服部のことを覚えている可能性もあるし」

「ずいぶん曖昧な手がかりだけどね」皮肉な台詞を吐いたが、冴はそれ以上は何も言わず、車に乗りこんだ。私が助手席に滑りこむと、すぐに車を発進させる。秋の陽射しがフロントガラスに照りつけ、彼女の顔が赤く染まった。私はその顔をぼんやりと見やりながら、いつの間にか彼女が自分の心を侵食し始めている、ということを認めた。


八王子市大和田は、国道一六号線と二〇号線の交差点付近にある住宅地だ。ＪＲの駅を中心に広がる八王子の市街地は、都心部の街にも通じる猥雑な雰囲気をかもし出しているのだが、車で十分ほどのこの辺りまで来ると、急に空が広くなり、風や土の匂いを嗅ぐこともできる。柿の老木がぽつんと庭に立っている家、伸び放題の生垣に囲まれた古い民家がある一方で、真新しいマンションや家電の量販店も立ち並び、どこにでもある郊外の風景が形成されている。

晴れているのだが、今日は埃っぽい空気が大気に満ち、夕日の照り返しを受けて、空全体が薄い黄土色に見えた。

最初に私たちは、交番に立ち寄った。八王子署に正式に協力を依頼するのは何となくはばかられたが、ここなら良いだろう、と思ったのだ。ありがたいことに、応対してくれたのは年配の巡査部長で、人の好さそうな男だった。

「塙モータース？」愛想は良かったが、私たちの質問に対する彼の反応は鈍かった。「聞いたことないなあ。珍しい名前だから分かりそうなものだけどね」

言いながら巡査部長が台帳をめくる。しばらく無言でページを繰っていたが、顔を上げると、「そういう事業所は、うちの管内にはないね。塙って名前の人もいませんね」と残念そうに言い切った。

「もちろん、警察の調査に協力してくれていない可能性もありますよね」希望にすがるように、冴が訊ねる。台帳の調査のために訪問しても、ドアを開けてさえくれない人もいる。巡査部長が、申し訳なさそうな顔つきになって首を振った。

「事業所だとしたら、そんなことはあり得ないはずなんだけどね。ここじゃないんじゃないかな」

「自治会長とか、教えてもらえませんか？」私は、より現実的な方法を選んだ。

「どうかねえ」巡査部長が帽子を取り、頭を掻く。「大和田って、けっこう広いんだよ。自治会長だって何人もいる。それに、もしかしたら、ここじゃなくて日野に住んでるかもしれないでしょう。ちょっと行けば、隣の管内だから」

「それでも、先にこっちを潰しておきたいんです」

「了解」

　巡査部長が教えてくれた自治会長を、一丁目から順番に訪ね歩いた。ようやく当たりがあったのは、三人目だった。すでに陽は暮れ、ドアを開けて玄関口で応対してくれた自治会長の家からは、濃い醬油の香りが漂い出している。昼飯を嫌というほど詰めこんだはずの冴が、とろけそうな顔で鼻をひくつかせた。

「ああ、塙さんですか」気軽な一言で、私は体の底に溜まり始めた徒労感が消えていくのを感じた。しかし、次に彼の口から出てきた言葉が、また疲れを呼び起こす。

「もういないよ。工場は畳んでしまって」

「引っ越されたんですか」冴が訊ねる。

「引っ越しっていうのかねえ」自治会長が苦笑を浮かべる。「あれは夜逃げみたいなものでしたよ。朝になったら、誰もいなくなってたんだから」

「どこに行ったか、分かりますか」冴が勢いこんで質問を続ける。

「いや、それがね」申し訳なさそうに自治会長が答える。「少なくとも私は知らないんですよ。その頃、私はまだ会社勤めをしていて、近所づき合いもあまりなかったから。夜逃げっていうのも、噂で聞いただけですからねえ。詳しい話が聞きたかったら、そこまで行ってみたらどうですか」

「そこ？」冴が首を傾げる。

「工場は取り壊されて今は空地になってるけど、近所の人たちは、普段からつき合いがあったはずだから、何か知ってるかもしれませんよ」

私たちは車を路上に放置したまま、塙モータースがあったという場所まで歩いていった。冴の足取りが軽い。私もまた、気分の高揚を取り戻していた。少しずつ、手がかりを手繰り寄せている時の快感。往々にして、その手がかりの糸は途中で切れ、引っ張る勢いで自分が尻餅をついてしまうことになるのだが、突き進んでいるうちは、そういう痛みの記憶は頭からは消えている。

塙モータースがあった場所は空地になり、太い杭と有刺鉄線で囲まれていた。ほぼ正方形の土地で、一面に雑草が生えている。草が生えずに地面がむき出しになった一角があるが、そこには地中深くオイルかガソリンが染みこんでいるのかもしれない。

「鳴沢、不動産屋の連絡先よ」冴が、有刺鉄線に引っかかった看板を指差す。傾き、色褪せていたが、何とか不動産屋の名前と電話番号は読み取れる。手帳に書きつけ、聞きこみを始めることにした。

今度は、最初から当たりがあった。空地の隣にある雑貨屋――コンビニエンスストアではなく、昔ながらの雑貨屋である――で、シャッターを閉めようとしていた女性を見つけた。腰が曲がりかけ、シャッターをひき下ろすにも苦労している。冴が手を伸ばして手伝うと、女性は皺だらけの顔に満面の笑みを浮かべ、礼を言った。警察だ、と名乗っても、その笑みは消えない。私はシャッターの上にかかった、色褪せた看板を見上げた。「木本商店」のかすれた文字が読み取れる。シャッターの横には小さな勝手口があり、そこにはもう少し読みやすい文字で「木本雅恵」の名前があった。一人暮らしらしい。

「塙さんですか？」雅恵がうなずく。「残念だったけどねえ」

「残念？」冴が手帳を広げながら訊ねる。「どういうことですか」

「ずいぶん長く、ここで商売をしてたんですよ。私らとは、古くからのつき合いで」

「木本さんは、ここでどれぐらいお店をやってるんですか？」

私が彼女の名前を口にすると、雅恵が不審そうな表情を浮かべた。看板を指差してやると、安心したように笑顔に戻る。

「かれこれ四十年になりますね。塙さんのところも、先代のお父さんが一生懸命働いて、ずいぶん立派な工場にしたんですけどね」立派というのは決して大袈裟ではないだろう。かなり大きな工場だったことは、跡地の広さを見れば簡単に想像できる。雅恵が、想い出に浸ったように目をつぶったまま、続ける。

「一時は、十人ぐらい人を雇ってね。この辺りじゃ、一番大きな修理工場でしたよ。お父さんも立派な人でね、若い人たちにも慕われてたし。それがねえ……」雅恵が溜息を吐く。「息子っていうのが、お父さんみたいに出来のいい人じゃなくてね」

「二代目、ですね」私の質問に、雅恵が小さく、素早くうなずいて顔をしかめた。

「バブルの頃、株とか先物取引とかに手を出しちゃって、大損したんですよ。先代が亡くなってからは歯止めが利かなくなっちゃったみたいで、それこそあっという間に駄目になったみたいですね。従業員もどんどん減って、結局、五年ぐらい前に、夜逃げみたいにここを出て行ったんですよ」

「その頃、服部達郎さんという人が働いてませんでしたか」

「ああ、服部さんね」冴の質問に、雅恵が気軽な調子で答える。私は、ボールペンを握る手に力を入れた。

「いましたね。結構長く働いてたと思いますよ。うちにも良く買い物に来てくれたし」

「どれぐらい前から働いてたんでしょう」私は勢いこんで質問を重ねた。

「そうねえ……」雅恵が顎に手をやる。「二十年か、もっと前からかもしれませんね。先代の時からずっといたから。飲み物やお弁当なんかを、買いにきてくれたんですよ。結構いい年だったけど、独身だったんじゃないかしら」

「今はどこにいるか、分かりますか?」

「ごめんなさいねえ、そこまでは」心底申し訳なさそうな顔つきで、雅恵が軽く頭を下げる。「工場を閉めるちょっと前に、辞めたんじゃなかったかしら。それでも、最後まで残っていた一人だったはずですよ。従業員はみんな愛想をつかして出て行ったんだけど、先代の時から働いていたから、恩みたいなものを感じていたのかもしれないですね」

「どこへ行ったかは、分からないですよね」冴が、私と同じ質問を繰り返して念を押した。雅恵はますます申し訳なさそうに肩をすぼめたが、やがて思いついたように、小声でつけ加えた。

「塙さんに連絡がつけば分かるかもしれませんけど、私は塙さんの連絡先も知りませんからね」

不動産屋だ。私は冴と目配せし、雅恵に礼を言ってその場を辞去した。雅恵はなぜか、ずっと私たちの後ろ姿を見送っていた。

車に戻り、電話を何本かかける。冴が少しだけ声を荒らげると、必要な情報はすぐに手に入った。

「あまり脅すのはどうかと思うけど」私がやんわりとたしなめると、冴が顔をかすかに赤くしてやり返した。

「丁寧にやればいいってものじゃないでしょう。今は、一刻も早く情報が欲しいんだから」

「分かった、分かった。見事なお手並みだったよ。それで？　町田だって？」

「そう」助手席に座った冴が体を捻り、後部座席に放り出してあった住宅地図を取り上げてページをめくった。「一六号線を下って、相原で町田街道に入って。そこから先は一本道だから、分かりやすいと思うわ」

「了解」短く言って、私は車を出した。

今日の私はどうかしていたに違いない。見落とすはずもない相原の交差点を見落とし、橋本駅の近くで道に迷ってしまったのだ。それというのも、冴が助手席で居眠りを始めたせいである。その寝顔に気を取られ、やはり疲れているのだな、と同情しているうちに、交差点の表示を見逃してしまったのだ。しかし、目を覚ましてぶつぶつと私を罵り始めた冴に、君の顔に見とれていた、と弁解することはできなかった。彼女は文句を言いながら、住宅地図と睨めっこして、抜け道を探し出してくれた。

彼女の主張によれば二十分のロスで、私たちは目指す服部の家を見つけ出した。桜美《おうび》林《りん》大学に近い住宅地の中の古いアパートである。前には駐車場。八台分全部が埋まっていた。部屋数も八。ということは、服部も車を持っているのだろうか。もしもそうなら、ナンバー照会をして、もっと早くここにたどり着けたはずだが、どういうわけか私は、服部は車を持っていないはずだと思いこんでいた。それは単なる先入観であり、明らかなミスである。普通なら、私の失敗に気づいて文句の一つも言うはずの冴が、今日に限っては押し黙ったままだ。

しっかりしろ、と自分に言い聞かせる。こういううっかりミスは、捜査が長引き、自分でも気づかないうちに疲労が溜まってきた時に起こりやすいものだ。しかし私たちは、疲れるほど仕事をしていない。とにかく明日は、リストに載っている全員の免許証を照会してみよう。それで、手間が省けるかもしれない。

「行くか」ダッシュボードの時計で時刻を確認してから、私は言った。八時半。冴は何いか」

も言わない。気を利かせたつもりで、私は提案した。

「それとも、飯にするか。君の食事のペースからすると、もう胃が空っぽのはずじゃないか」

「いいから、行きましょう」

「腹が減ると、怒りっぽくなっていけないよ」

「怒ってないわよ」そう言う彼女の声には、かすかな怒気が含まれている。怒りを押し隠そうとするように、人差し指を強く噛んだ。ぎゅっと目をつぶり、今度は拳を硬く握り締める。

「どうした」

「別に」そっぽを向いたまま冴が答える。

「怒ってるんじゃないか?」

「放っておいて」

「そうもいかない。これから、関係者に話を聞きに行くんだぜ。そんな苛々した状態じゃ、うまく行かないよ」そこまで言ってから、先ほど道に迷ったことが原因だったかもしれない、と思い至った。「もしかしたら、さっきのことか?」

「さっきのことって?」

「俺が道に迷ったこと」

「何言ってるのよ。そんなの、関係ないわ」冴が強張った笑みを浮かべ、私の方を振り向いた。「私は、自分に怒ってるの」

「何で」

「遠回りしてたから。免許で照会する方法があったでしょう？」

私は、思わず声を上げて笑った。冴が怪訝そうな表情で私を見る。

「何がおかしいの」

「俺も同じことを考えていたから」

「そうなの？」

「そう。リストの名前を照会しておけば、一番新しい住所が割れたかもしれない。そうすれば、昼間のうちにここまでたどり着けたかもしれないよな」

「そうか」冴が、息を吐き出す。体が小さくなってしまったように見えた。力ない笑みを浮かべ、体を捻って私の方を向く。「何だか私たち、似てるわね」

「ああ」

「いろんな意味で」

「刑事としての考え方が、だろう」

「その他にも、よ」

「例えば？」

挑みかかるような視線を、冴が私に投げかける。その目つきの意味は何だろう、と私は考えた。挑発して怒らせ、私に本音を吐かせようとしているのかもしれない。似たような人間だと認めさせることで、何かを得たいと願っているのかもしれない。安心感とか、友情とか——あるいは、愛とか。

私は、無意識のうちにシフトレバーに置いた左手を小さく動かした。それだけで空気がほんのわずか、かき乱されたのかもしれない。冴がおずおずと手を伸ばし、私の手に触れた。指先が触れた途端に、電流が走ったように、彼女が手を引っこめる。私は、指先から順番に血液が沸騰し、体中を熱湯が駆け巡るような衝撃に襲われた。案外柔らかく、華奢《きゃしゃ》な指先である。その手を取り、包みこんでやりたい、と激しく思った。シートに浅く腰かけた冴の胸が、ジャケットの下で規則的に波打つ。

横に手を伸ばした。怪訝そうに、冴が私の手を眺めているのが見える。やがて彼女は、私の手に自分の手を重ね合わせ、ぎゅっと握り締めた。そのままゆっくりと手を下ろし、シフトレバーの上に載せる。そうすることで無限の力が湧いてくるとでも信じるように、私たちはしばらく互いの体温を感じながら、フロントガラスを睨み続けた。

服部は不在だったが、長い間留守にしているわけではないようだった。郵便受けの中に夕刊は入っていたが、朝刊はない。朝方仕事に出かけ、まだ帰ってきていないだけなのだろう。

冴が夕食を仕入れてきた。車の中で食べているうちに、いつものペースを取り戻す。

「ちゃんと食べなさいよ、鳴沢」私は、彼女が買ってきた食事を見ただけでうんざりしていた。サンドウィッチを頼んだのだが、それだけで一日分のカロリーを補給することになるような組み合わせだったのだ。

「カツサンドとコロッケサンドを一緒に食べるっていうのは、どういうものかね」

「何か、悪い？」冴がもごもごと口を動かしながら、不明瞭な発音で反論した。

「カロリー過多。油べったり。コレステロールも取り過ぎだ」

「鳴沢は、少し太った方がいいよ」

「どうして」

「ラグビーを始めたんでしょう？　そんなんじゃ、折れちゃうわよ」

「まさか」笑って答えながら、もしかしたらそうかもしれない、と思った。刑事になってからは、意識して食事を控えてきた。ラグビーをやっていた頃と同じように食べていたら、あっという間にぶくぶく太ってしまうのは目に見えていたし、それは仕事に対する裏切り行為になる。いざという時のために体調を整えておくのも、給料のうちなのだ。自分でも病的だと思うようなジョギングを続けてきたのも、そのためである。

しかし練習では、彼女の言う通りに死にそうな思いをしていた。卒業して何年も経つOBたちは、確実に腹回りが太くなり、体重が増えている。重い当たりを受け止める度に、骨が軋《きし》むような衝撃を受けた。その解決策としては、自分も体重を増やすしかない。ただしそれは、適切な栄養補給とウェイトトレイニングで達成されるべきであり、カツサンドとコロッケサンドという滅茶苦茶な食事は問題外である。

「食べなさいって」冴が、三つ目の握り飯に手を伸ばしながら言った。「食べられる時に食べておかないと、後で後悔するわよ」

「そうだな」

苦笑しながらサンドウィッチの包装を破いて中身を取り出した瞬間、駐車場の隅を歩く男の姿が目に入った。冴が、半分齧《かじ》った握り飯をビニール袋に突っこむ。

「あれかな」

「そうかもしれない」私もサンドウィッチを袋に戻した。

男は、疲れた足取りで外階段を上がり、コットンパンツのポケットから鍵を取り出してドアを開けた。私たちが、「服部達郎」の表札を確認した部屋である。その姿を、私は頭に刻みつけた。小柄な男である。しかも背中を丸めているので、余計小さく、疲れた印象を振りまいていた。資料によると五十一歳のはずだが、それより十歳も老けているように見える。くたびれたブルゾンは、色だけは鮮烈なオレンジ色で、それが私の目にくっきりと焼きついた。

「何か、冴えない感じね」冴が声をひそめて感想を述べる。

「確かに、疲れてるみたいだな」

彼女が、ごく自然な調子で私の手首をつかみ、腕時計を見やすいようにひっくり返した。

「十時、か。今まで仕事だとしたら、疲れてるのも当然よね」

「俺たちはまだ働いてるんだぜ」

「私は別に疲れてないけど」

「さっき、居眠りしたからだよ」

冴の耳が、さっと赤くなる。

「見たの？」

「隣でいびきをかかれたんじゃ、嫌でも気づくよ」

「本当に？」

「嘘」

牙が、「もう」とか何とか言いながら、私の腕を叩いた。気さくな調子であり、私もそれを当然のことと受け止めた。いつの間に、私たちの間に立ちはだかっていた壁はなくなっている。決定的な瞬間はいつだったのだろう。ここで張りこみを始めてからだったのは間違いない。だが私には、彼女の心が、そして私の気持ちが大きく揺らいだ瞬間が、どうしても思い出せなかった。

もう一度私の手首をつかみ、牙が時計を見た。

「ずいぶん古い時計ね」

「ジイサンの形見なんだ」

「そうなんだ」

就職祝いにと譲ってもらった祖父のオメガは、今も規則正しく時を刻んでいる。それを思い出した途端、急に手首に冷たい重さを感じた。今や、祖父の具体的な想い出としで残っているのはこの時計だけである。祖父は、張りこみの時にこの時計を睨み、秒針の動きを目で追いながら、暇を潰していたのだろう。私も時々、同じようにしてみることがある。

「どうかした？」

冴に声をかけられ、私は我に返った。

「いや、何でもない」

「何か、ぼうっとしてたけど」

私は、両手で勢い良く頬を張った。乾いた音が狭い車内に響く。

「大丈夫？」

「ちょっと気合を入れただけだ。さあ、行こうか。早く行かないと、相手が寝ちまうかもしれないからね」


ノックを三回。三十秒待つ。今度は五回。反応がない。私は冴と顔を見合わせた。彼女が何か言おうとしたので、唇の前で人差し指を立て、黙らせる。耳を澄ますと、シャワーの音がかすかに聞こえてきた。

「こういう時って、どうする？」冴が、今にも笑い出しそうな声で訊ねる。

「音を聞く。シャワーが終わって一分したら、突入だ」

「腰にバスタオルを巻いた人を尋問するのは気が進まないんだけど」

「男は、風呂を出て一分もすれば、着替え終わってるよ」

「悪いけど、そういうことは勉強不足で」

「何でも知ってそうに見えるけどな」

頰を膨らませ、冴が手を振り上げようとした。私はゆっくりと首を振り、彼女のおふざけを押し止める。悪戯《いたずら》を見透かされたように、冴の顔がたちまち赤くなった。どうやら私たちの波長は、まだ完全に合ってはいないようだ。

この辺りは、交通量の多い町田街道から一本裏通りに入った場所なので、ひどく静かだ。風が枯葉を揺らす音、遠くで聞こえる車の排気音、隣の部屋からかすかに漏れてくるテレビの音が、時折静けさをかき乱す。しかし、それらの中から服部の部屋の生活音を聞き分けるのは、それほど難しくはなかった。

きゅっと栓を捻る音がして、シャワーが浴室の床を叩く音が止《や》む。しばらくがさがさという音が続いていたが、ほどなく浴室のドアが閉まる気配がした。私は冴の顔を見てうなずき、拳をドアに打ちつけた。

「はい?」迷惑そうな声が返ってくる。

「警察です」

「はあ?」

「警察です」もう一度同じ台詞を繰り返すと、ドアの向こうで服部が沈黙した。何か、がさがさやっている音が聞こえる。私は緊張感が途切れないようにその音に耳を傾けながら、何が起きているのかを想像しようとした。服部は、窓から外に飛び降りて逃げ出そうとしているのかもしれない。しかし、何のために？　警察という言葉は、彼の頭の中に、何か特別な記憶として埋めこまれているのだろうか。その言葉がスウィッチを入れ、逃げなくては、という衝動に駆られる。あるいは、隠したコカインを、慌ててトイレに流そうとしているとか。いや、それは外国映画の中の話だ。

ドアが開き、私の間抜けな想像は、現実の前に消えた。服部は、濡れた髪をタオルで乱暴に拭きながら顔を見せた。ランニングシャツにジャージという格好で、冷気に体をかすかに震わせる。

「警察？」薄い髭が浮いた顔をしかめ、私たちを交互に見上げる。「警察に用はないけどね」

用があるのはこっちなのだ、と言おうとしたが、冴が先に話し出したので、私は言葉を呑みこんだ。

「遅くにすみません。ちょっと、お話をうかがいたいんですが」

「そう言われてもねえ」服部が耳に指を乱暴に突っこむ。「警察に話すことなんて、何もないと思うけど」

冴が口を開こうとするのを押し止め、私は言った。「今のことじゃない。昔の話なんです」

「昔の話？」

「革青同室井派」

服部の頬が、ぴくりと動いた。何か言いかけ、口を閉ざす。やがて口を開き、溜息を吐くような調子で「上がれば」と短く言った。心底嫌そうな口調だったが、私はかえって気持ちが楽になるのを感じた。これが普通なのだ。嫌な顔をされ、憎しみの視線を浴びせかけられ、時には暴言を受ける。たとえそれらが汚物のようにまとわりついてきても、相手の本音を引き出すのが私の仕事であり、日常である。どんな汚いものであっても、日常という環境は人を落ち着かせる。

私は今、日常の只中にいた。

4

部屋の中には、煙草と、男臭い汗の臭いが充満していた。自分でもそれが気になるのか、服部が窓を大きく開け放つ。

狭いアパートだった。玄関を入るとすぐに小さな台所で、その奥に六畳の部屋が二つ。狭い家を少しでも広く使おうとしているのだろう、二つの部屋の間のふすまは開けっ放しになっていた。奥の部屋の片隅に、布団が丸めてある。汗の臭いは、そこから漂ってくるようだった。服部が、慌ててふすまを閉める。そうすると、私たちがいる六畳の部屋はますます狭くなった。

「ま、その辺に適当に座って下さい」服部が指差す「その辺」には雑誌や新聞が散乱しており、畳が見えなくなっていた。部屋の中央に置いてあるコタツの上には、缶ビールが三本。小さな灰皿には吸殻が溢れ、天板に灰が零《こぼ》れていた。広げた週刊誌のグラビアには、ビールでも零したのか、大きな染みがついている。

冴がいきなりしゃがみこみ、足元の新聞紙を乱暴に脇に積み重ねて、自分が座れるだけのスペースを作った。私も冴にならって、座る場所を確保した。服部がコタツに足を突っこむと、背中を丸めて新しい煙草に火を点ける。窓を開けているのに、部屋の中はすぐに煙で白くなった。

「で、何の話ですか」

「あなたが昔いたセクトの話ですよ」

私が言うと、服部が煙を吹き上げ、困ったような笑みを浮かべる。

「そりゃまた、ずいぶん古い話だね」

「三十年前、ですか」

「それぐらいになるかなあ」服部が、私の顔を見据える。「あんた、何歳?」

「三十ですけど」

「十年前のこと、覚えてますか? 学生時代のこととか」

覚えているとも覚えていないとも言えた。生活の断片は、はっきりと頭に、体に残っている。ラグビーの試合で刻みこまれた痛み、友だちとの無駄話、アメリカに留学していた時、毎日のように見上げた空の突き抜けるような蒼さ。しかし、四年間全体を二百字でまとめろ、と言われたらお手上げである。

「あまりはっきりしないでしょう」服部が、かすかに勝ち誇ったような口調で言う。

「そんなものだよね。だから、今更三十年前のことを説明しろって言われても、困っちまうでしょう」

「あなたの昔の仲間が殺されたのは知ってますよね」冴が顔をしかめながら話を引き取った。声がかすかに震えているようである。寒くないですか、と私が言うと、服部が素直に立ち上がって窓を閉めた。冴がほっとしたように肩の力を抜く。いつの間にか不愉快な臭いも消えていた。

服部が、探りを入れるような低い声で答えた。

「知ってますよ」

「革青同の仲間ですよね。何か、心当たりはないんですか」

冴の追及に、服部がゆっくりと首を振る。突然、はっとしたように顔を上げ、私たちを交互に睨みつけた。

「俺を疑ってるんですか？」

「まさか」私は気楽な笑顔を浮かべて見せた。「それとも、あなたがやったとでも言うんですか？」

「冗談じゃない」吐き捨てるように言い、服部がせわしなく煙草の灰を落とした。急に寒気を覚えたように、体を大きく震わせる。立ち上がって隣の部屋に行くと、トレイナーを頭から被りながら戻ってきた。コタツには入らず、何とか優位に立とうとするように、私たちを立ったまま見下ろす。

「だいたいあんたたち、令状は持ってるんですか。こんな時間に、人の家に上がりこんで」

「これは強制捜査じゃないんですよ」彼を落ち着かせようと、私はのんびりした声で言った。「話を聞かせて欲しいってお願いしたら、あなたは我々を家に上げてくれた。それだけのことじゃないですか。嫌なら、帰れって言えばいいんですよ」

帰れ、と言おうとしたのだろう。服部の口が小さく開く。しかし結局、その台詞は出てこなかった。代わりに小声で文句を重ねる。

「どうせ、今帰ってもまた来るんでしょう。だったら、さっさと済ませてしまった方がいいな」

「警察とのつき合いは慣れてるんじゃないですか」冴が皮肉っぽく言うと、服部もすかさず応戦する。

「そりゃあ、ね。逮捕されたことのないような奴は、一人前とは言えないから」

「服部さんは何回逮捕されたんですか」話に乗ってきたと見たのか、冴が同じ話題を続ける。

「二回」Vサインのように、服部が顔の前で二本の指を立てて見せた。「どっちもデモの時でね。公妨だか何だか、苦し紛れの容疑だったよ。まあ、警察のそういう手口は分かっているから、デモの時は逮捕覚悟で、ちゃんと準備はしていた。バッグの中に、歯ブラシとタオルだけは用意していたからね、不便はなかったよ」

「要するに、お泊りの準備ですか」

私が言うと、服部が大袈裟に笑った。しかしすぐさま真顔に戻り、ようやく座ってコタツに深く潜りこむ。

「あんたらが俺にそんなことを聞くのは、何か変な感じだな。あんたら、警察でしょう。俺をパクったのはそっちなんだから、そんなこと、よく分かってると思うけどな」

「それは、公安の仕事です。我々は刑事課の人間だから」

それで納得したのか、服部が真顔でうなずく。

「そうだねえ。俺は刑事課の人たちとはつき合いがなかったからね。それを言えば俺だけじゃなくて、仲間はみんなそうだったけど。それにしても、昔の仲間が事件の被害者としてお世話になるとは思いませんでしたよ」

「服部さん、穴井さんを殺した人間に心当たりはありませんか」冴が訊ねる。

「まさか」真面目な顔になって、服部が即座に否定した。「ここ何十年も、あいつには会ってない。今何をしているのかも知らないぐらいなんだから、あいつを殺した人間なんて言われても……」

冴が、じっくりと服部の顔を見つめた。服部がかすかに耳を赤くし、うつむく。柔らかな声で、冴がきつい質問をぶつけた。

「あまりショックを受けてないんですね、昔の仲間が殺されたっていうのに」

冴の質問に、服部は困ったように両手を揉み合わせた。次いで、落ち着きなく尻をもぞもぞと動かす。灰皿に置いた煙草から立ち昇る煙が、彼が体を動かす度にゆらゆらと揺れた。

「まあ、何だ」言い淀み、服部が短くなった煙草を取り上げる。深く一口吸ってから、ようやく答えた。「俺は、あいつとは特に仲が良かったわけじゃないから」

「そうなんですか」

「俺たちの仲間だって、何十人もいたからね。気の合う奴もいたし、気の合わない奴もいた。それは、仕方ないことでしょうが。どんな組織だって、人間関係からは逃げられないんだから」

「確かに仕方ないですね」私は話を引き取った。「それで、ここからが本番なんですが」

「穴井の話じゃないのか」呆気に取られたように服部が目を大きく見開き、私の顔を見る。「てっきりその件かと思ってたけど」

「違います。僕たちは、そちらの捜査には加わっていません。服部さん、沢峰さんをご存知ですよね。本名は沢悦雄さん」

「ああ、沢ちゃんか」ここでもやはり沢ちゃん、だった。そして山口が指摘していた通り、服部の口調には、かすかに揶揄するような調子が混じっている。「もちろん知ってますよ。仲間だからね。それで、あいつがどうかしたの？」

「沢峰さんも、事件の被害者みたいなんですよ」

「そうなのか?」服部が目を丸くした。

「いや、まだはっきりしたわけじゃない。しばらく前に、多摩市の公園でホームレスの人が襲われた事件があったんですが、それはご存知ですか」

「いや」

「新聞にも載ってたんですけどね」

「新聞なんて、そんなに熱心に読むわけじゃないから」言い訳するようにつぶやいてから、服部が沈黙した。短い沈黙の中で、何とか考えをまとめようとしているようだった。ややあって口を開いた時には、それまでとは一転して、沈みこむような口調になっていた。

「だけど、あいつがホームレスにね……しかも、襲われたって?　たまげたね。そんなタイプには見えなかったけど」

「じゃあ、どんなタイプだったんですか」

私が質問すると、彼が座りなおして答えた。

「あいつは、静かな男だったんですよ。議論にもあまり加わらないで、どちらかと言えば、書くことで自己主張する男だった。だから、機関紙ではエース格だったけど、それ以外は、ちょっとね。直接行動にもあまり興味がないようだったし」

「最近、会ってないんですか」

「最近どころか、あいつとはすっかりご無沙汰でね……あいつばかりじゃなくて、昔の仲間にはほとんど会ってないけど。あんたたちはどう思うか知らないけど、ああいうのは、昔の話なんですよ。こっちはこっちで何かと大変でね。工場が倒産したりして、仕事がない時期もあったし」

「八王子の自動車修理工場ですね。塙モータース」

「それも調べたんですか」服部が苦笑いした。「まあ、あんたらはそれが商売なわけだから、仕方ないけどね。だけど、あれには参ったな」

「いきなり職をなくしたわけですから、苦労もしますよね」

私の言葉に、服部が力なくうなずく。

「修理工場をやっていた塙さんっていう人は、一人で始めて商売を大きくした人でね、苦労人なんだ。俺が活動していて、逮捕歴があることも分かっていて、雇ってくれたんですよ。こっちは大学も途中で辞めちまったから、職探しって言ったってうまくいかなかったし、尻尾を巻くように田舎に帰るのも嫌だったんだよね。それを拾ってくれたのが塙さんだったんですよ。あそこには、ずいぶん長く勤めたな。とにかく働きやすかったんですよ。塙さんは話が分かる人だったし、俺たち労働者の立場も良く分かってくれて、絶対に無理は言わなかった。それを、あのぼんくら息子がねえ」長い溜息の中に、服部が憎悪の感情をこめた。「あいつがもっとしっかりしていたら、俺は、今でもあそこで働いていたかもしれない」

「今は、どこで働いているんですか」

「この近くの、同じような修理工場でね。結局、俺にできる仕事はこれだけだから。この年になって、別の仕事を探すのもしんどいからね」

それはそうだ、と思った。私も、新潟を出てきた後で迷ったことがある。夜中に布団の中で煩悶しながら、自分が別の仕事をしている姿を想像しようとした。電卓で細かい数字を計算しているとか、道路を掘り返しているとか、浮気調査で足を棒にしているとか。どの場面も、自分の顔を当てはめた途端に消え去った。結局一つの仕事しかできないという点では、私と服部は似た者同士なのかもしれない。

服部が、また溜息をつく。

「しかし、沢ちゃんがホームレスねえ」

何か納得できない、というような口調だったので、私はその疑問を口に出してみた。

「意外ですか」

小さくうなずき、服部が爪をいじりながら答える。

「うん。あいつは活動とは縁を切って、大学は中退したんですよ。その後結婚して、印刷工場で働いていたはずなんだけどな。そういう噂を聞いていたから、あいつは安定した普通の生活を送っていたとばかり思ってたんですよ。逮捕歴もなかったし、自分から昔のことを言い出さないで黙っていれば、何事もなくやっていけたはずなんだけどね。それに、身を持ち崩すようなタイプじゃなかったから、ホームレスっていうのは、どうにもピンとこない」

冴がメモ帳から顔を上げ、首を傾《かし》げながら訊ねる。

「逮捕歴が、その後の生活で、そんなに障害になるんですか」

「逮捕歴どころか、活動歴そのものが問題になるんですよ」服部が、わずかに声を荒らげた。「就職する時だって問題になるし、公安の連中っていうのは本当にしつこいからね。俺も、大学を辞めてから何年も経って、顔見知りの公安の刑事が訪ねて来たんで驚いたことがある。その時も、塙さんが追い払ってくれたんだけどね。あの時の啖呵《たんか》は、あんたらにも聞かせたかったな……それにしても、沢ちゃんがホームレスか。何か、嫌になるな。俺も、身を入れて仕事をしないと、明日はどうなるか分からないね」

俺はそうじゃなくて良かった、という安堵と優越感が滲み出た台詞だった。しみじみとした声で服部がつけ加える。

「落ちる時っていうのは、あるんだねえ」

その通りだ、と思う。人はいつでも、どんな理由でも転落する可能性を持っている。もしかしたら私だって、今ごろは、公園で雨露をしのぐために、頭の上にダンボールを被る生活をしていたのかもしれない。そう考えると、今更ながら沢口の存在の大きさが身に染みる。彼がいなかったらと考えると、背筋が凍りつくような思いがした。

それからしばらく、服部の想い出話を聞いているうちに、時間はあっという間に過ぎ
去ってしまった。私たちは彼の部屋を辞去し、署に戻ることにした。帰り際、ドアの隙
間から顔を覗かせるようにして、服部が遠慮がちに切り出す。

「もしも沢ちゃんが見つかったら、俺に連絡するように言ってくれないかな」

「どうするんですか」

私の問いかけに、服部が照れ笑いを浮かべながらうなずく。

「俺に何ができるか分からないけど、相談に乗るぐらいはしようと思ってさ。昔の仲間
のよしみってこともあるでしょう」

署に帰る車の中で、私たちはほとんど無言だった。ずいぶん長い間、話を聞いていた

のに、身のある内容だったとは思えない。服部が覚えていたのは曖昧な噂であり、沢峰の勤務先や当時の住所について具体的なことは何も知らなかった。薄《うっす》らとした疲れが、肩に降りかかってくる。

車から外の光景をぼんやりと眺めながら、ニュータウンからは車で二十分ほどの距離なのに、この辺りはずいぶん様子が違うな、と思った。何と言うか、街の様子が自然なのだ。道路脇には、コンビニエンスストアやガソリンスタンド、ファミリーレストランや車の販売店が立ち並び、その隙間を埋めるように、ラブホテルやアウトレットショップの看板が立ち並んでいる。ごちゃごちゃと好き勝手に広がり続けた街を見つめているうちに、不思議と肩の力が抜けてきた。無計画だが、これが自然な街の姿なのではないだろうか。

一方ニュータウンは、どこまでも人工的な街だ。道路を中心に広がる光景は、どこを切り取っても似たようなものである。ニュータウン通りに入ると、その思いがさらに強くなった。ゼロから新しく街を作るには、理路整然とした設計図から始めなければならないのは当然だが、計画が動き出してから三十年も経っているのに、未だに素っ気無い、人工的な感じが抜けないのはなぜだろう。もちろん、ニュータウンの中にもラブホテルの派手な看板はあるのだが、これだって、予《あらかじ》め決められた計画通りに設置されたもののように思える。

「何か、嫌な感じね」署まであと五分、というところで冴が口を開き、とめどなく漂う私の考えを現実に引き戻した。

「何が」

「服部」

「服部の何が嫌だって？」

「沢峰に対して優越感を持っているみたいだったじゃない」

「そうかな」

「そうよ」冴が語気を強める。「うまく生き残った人間が、ホームレスになった仲間を馬鹿にしているみたいに聞こえたわ」

私が感じた通りに冴も感じている。不思議な感覚だった。

「だけど、相談に乗るって言ってたじゃないか」

「あれだって、相手の惨めな姿を見て、優越感に浸りたいだけなんじゃないかしら。他人のことを心底心配して、手を差し伸べてやろうなんて人は、ほとんどいないはずよ」

「ほとんどってことは、少しはいるかもしれないわけだ。服部は、数少ないそういうタイプの人間かもしれないよ」

牙が鼻を鳴らす。長い脚を、助手席の中で窮屈そうに組み直した。

「私にはそうは思えないな。ああいう人たちって、みんなあんな感じなの？」

「ああいう人たちって？」

「過激派で活動していた人たち。あの人たちにとっての生きる価値って、何なんだろうね」

「そんなこと、俺に聞くなよ。暇な時に、連中に直接聞いてみればいいじゃないか」

私の文句を無視し、冴が言った。

「ずっと活動している人が偉いのかしら。それともあれは一時の熱みたいなもので、その後はすっぱり足を洗って、社会的に成功している人が偉い？　どっちなの」

「何で怒ってるんだ」

「怒ってないよ」

「そうかな」

冴が黙りこんだ。彼女の苛つきは、私にも理解できないでもない。が、その問題を真面目に考えるには、私は疲れ過ぎていた。冴が議論を蒸し返す前に署についたので、少しばかりほっとしたのも事実である。

特捜本部が設置された会議室からは、まだ灯りが漏れていた。かすかな嫉妬を感じる。

本当なら私も、あの中にいるべきなのだ。一ランク下の事件を二人だけで追いかけているべきではないのだ——一瞬後、私は自分の中に芽生えた嫉妬や妬《ねた》みを噛み潰した。事件にランクはない、つまらない事件など一つもないのだ。

一階で、筧と出くわした。げっそりとして、体が萎《しぼ》んでしまったように見える。私たちを見つけると、しきりに目を瞬かせ、弱々しい笑みを浮かべて手招きした。

「どうだ、疲れてるか」

「いや、大丈夫です」

私が答えると、筧が申し訳なさそうに言った。

「じゃあ、悪いけど、ちょっと運転手を頼めないかな」

「どこへ行くんですか」

「コンビニ。下着の替えがなくなった」

筧は、穴井が殺されてから、ずっと署に泊まりこんでいる。自宅は確か横浜の外れだから、毎日往復に三時間もかけるのは馬鹿らしいと思っているのだろう。しかし通勤時間を節約しても、疲労は確実に彼の体に蓄積されているようである。

私は、先に帰るようにと冴に目配せした。「明日、八時に」と声をかけると、急に疲れを自覚したように彼女がうなずく。八時まで何時間あるか、私も考えないようにした。

大儀そうに「よいしょ」と声をかけて助手席に乗りこんでくると、筧が照れ笑いを浮かべた。

「どうも年だね、俺も」

「どうなんですか、特捜の方は」筧の疲労は年のせいばかりではない、と私には分かっていた。事件がうまく転がり出さない時、日々の徒労感は解消されず、翌日に持ち越されて蓄積される。それは、刑事にとっては一番疲れる状況だ。

筧が、嫌な気分をそぎ落とそうとするように、ごしごしと顔をこすった。

「どうにもうまくないね。そっちはどうなんだ?」

「ああ、すいません、連絡しなくて。今日、山口さんに会いました」

「どうだった」面白そうに筧が訊ねる。「やりにくいだろう、あの手の人種は」

「友だちになりたいタイプじゃないですね。筧さんは、どういう知り合いなんですか」

「出だしの所轄で、俺の一年後輩だったんだよ。そういう関係は、退職するまで続くからな。お願いすれば、向こうは嫌とは言えないんだ。俺は、そういう縁に頼るのはあまり好きじゃないんだけど、まあ、今回は非常時だから」

「ご迷惑をおかけしたんじゃないですか」

「いや、別に大したことはないよ。これも仕事のうちだから、気にするな」

私は、一番近いコンビニエンスストア目指して車を走らせた。本当は、車で行くような距離ではないのだが、筧は五分歩くのも大儀なほど疲れているのだろうと思い、何も言わなかった。

私が車の中で待っている間に、筧はそそくさと買い物を済ませ、店から出てきた。車に乗りこむと、私に缶コーヒーを渡す。

「すいません」コーヒーというより、溶けた砂糖を飲んでいるような気にさせられる缶コーヒーは好きではないのだが、彼の好意なのでありがたくいただくことにした。

「それで、山口の情報は役にたったのか」

「被害者の身元は割れるかもしれません」

「ほう」筧が、自分の缶コーヒーのプルタブを起こす。一口啜ってから、小さく溜息をついた。「それで何とか転がり出しそうじゃないか。被害者が誰かっていうのが、初めの一歩だからね」

「殺された穴井と同じセクトの仲間だったんです」

「なるほど」あまり興味なさそうに言い、筧が掌の中で缶をもてあそんだ。

「内ゲバってことはないですよね」何度も頭に浮かび、冴や山口と話しあっては否定してきた可能性を、私はまた蒸し返した。

「そりゃあ、ないだろう。もしもそうなら、今ごろ公安の連中が騒いでるよ」

「だけど、同じセクトの人間が立て続けに襲われたんですよ」

「三十年も前の話だぜ？　今更って感じがしないか」

私は、新潟県警を辞めるきっかけになった事件を思い出していた。あれは、五十年も昔の事件がそもそもの発端である。はるか昔の事件が蘇り、火を噴き、何人かの人間を業火の中で焼き殺した。それに比べれば、三十年前のことなど、まだ新しい。しかし私は、筧からも否定の言葉だけを聞きたかったのだ、と思い至った。事件の構図はできるだけ簡単であって欲しい。

「だけど、被害者の身元はまだ確定していないんだろう？」

「仮に被害者が誰だか分かっても、依然として行方不明であることに変わりはないんだから、変な感じですよね。そこで事件は止まっちまうかもしれない」

「そうかもしれないな」

「そちらはどうなんですか？　何かいい材料はありました？」

「駄目だね」筧が首を振る。「あのセクトのことは調べたか？　何だっけ、革青同室井派、か」

「調べ始めたところです」

「被害者は、極左の活動とはすっぱり縁を切っていたから、そっちの線と関係ないのは間違いないね。案外普通の生活を送っていたみたいだよ。会社では古株で、肩書きは総務部長だった」

「小さな商社、でしたよね」

「商社って言っても、健康食品の輸入が主な仕事なんだ。それ専門って言ってもいいんじゃないかな」

「健康食品ですか……何かトラブルがあっても不思議じゃないような気もしますけどね。詐欺みたいなことをやってる会社もあるでしょう」

　筧が首を振る。

「いや、その辺はもちろん最初に潰したけど、被害者が勤めていた会社は、案外しっかりしていた。仕事の点でも、社内の人間関係でも、今のところはトラブルにつながりそうな話は見つかってないな」

「極左の活動をしていた人間が普通に働いているのって、何か変な感じもしますけどね」

「いや、そんなことはない」筧が、私の疑問を言下に否定した。

「それが普通だと思うよ。あの頃は、暴力的な事件ばかりが注目されたから、あんたみたいに若い人は、極左の活動をしていた人全員がそういう人間だと思うかもしれないけど、そんなことはないんだ。あの頃は、そうするのが普通、という空気があったんだから。もちろん、活動にのめりこんで、とうとう普通の社会に戻れなかった連中がいるのも事実だ。専従の活動家っていうのが、今でも千人単位でいるわけだから。でも、大多数の人は違う。デモやストで騒いだことはあるかもしれないけど、大学を無事に卒業して、その後は普通に就職して、家族を養って生活してるわけだよ。デモに参加するぐらいは、あの時代には何でもないことだったんだから。もちろん、そういう連中が警察官になろうとしても、それは無理だったけどな」

「だけど、自宅の前で殺されるっていうのは、尋常じゃないですよ」

「あのな、今東京はそんなものなんだ。新潟じゃ、こういう事件は珍しかったかもしれないけど、東京ではこれが日常なんだよ。俺たちは今、通り魔の線も洗ってる。あの辺りには、荒っぽいことをしそうな連中もいないわけじゃないんだ。住宅街だからって、隣近所に愛想良くにこにこしている人ばかりじゃないからな」

私は再び、一見安全に見える住宅街の奥底に隠された悪意に思いを馳せた。筧が、顔を掌でこすって続ける。

「とにかく、分からないことばかりなんだ、こっちの事件は。通り魔の線だって、そういう可能性もあるというだけの話だからな。まあ、しんどい思いをしてるのは、そっちも同じだろうが」

「二つの事件、つながってきますかね」

「ずいぶんこだわるな」

「何も分からない分、かえって想像してしまうんですよ」

「そうだな。まあ、それでいいんだよ。想像力っていうのは、刑事の活力みたいなものだから。たっぷり想像しろよ。その後で、想像を裏づけるのか、ぶち壊すのかは分からんが、とにかく関係者に会って、徹底的に事情を聴くことだな。そうすれば、とにかく何かは見えてくるさ」

　その何かに期待してよいのだろうか。頭上を過ぎるモノレールの軌道、その隙間から覗く暗い夜空を眺めながら、私は陰鬱な気分を噛み締めた。赤い月が、この世界の善も悪も破滅させようとするように、毒々しい光を振りまいている。

　ふと視線を地上に戻すと、ぶらぶらと歩いてコンビニエンスストアに入る一団の若者たちの姿が目に入った。片平真司がいる。私はドアを開きかけ、躊躇い、結局もう一度シートに腰を落ち着けた。

「どうした」と筧。

「いや、事件の関係で事情を聞いた奴がいたものですから」

「今の若い連中か？」筧が顔をしかめる。「こんな時間にねえ。他にやることはないのかな。こんな遅くにぶらぶらしていて、親は文句を言わんのかね。明日は平日だから学校もあるだろう」

「授業中に寝れば、大丈夫なんでしょう」

「それがけしからんと言うんだよ」筧が憤慨した口調で言ったので、私は少しばかり気恥ずかしい思いを噛み締めていた。授業中の居眠りは、私にも覚えがあるからだ。もっとも私の場合は夜遊びしていたからではなく、練習や試合の疲れが原因だった。

「帰りましょうか」

「帰ろうか、愛しの我が家へ」皮肉っぽく言う筧の言葉を、私は受け流した。湿っぽい布団。隣でいびきをかく同僚。普通に考えれば、劣悪な環境だ。しかしそこだって、帰る場所だと考えることができるだけ、ましなのではないだろうか。

少なくとも沢峰には、帰る場所がなかったのだから。

いつの間にか、頭の奥で鈍い頭痛が生まれていた。病院に特有の消毒薬の臭いが、どうにも苦手なのだ。今まで何度、こうやって病院の待合室で時間を潰しただろう。そのほとんどが、被害者の供述を取るためである。もしかしたら、消毒薬の臭いではなく、そういう気の重い作業に対する嫌悪感が、頭痛を引き起こすのかもしれない。

朝方、署で落ち合ってから、私と冴はリストの中から住所がはっきりしている人間を訪ねることにした。多摩市で開業している医者がいたので、そこを最初の標的に定める。京王線南大沢の駅から歩いて十分ほどのところにある「井澤《いさわ》病院」で、子どもや老人で賑わっていた。

私は久しぶりに、生活の臭いを嗅いだような気がした。南大沢は、都立大を中心にした学生の街でもあるのだが、生活臭は多摩センターよりも薄い。多摩地区には八十幾つもの大学があるが、その多くが、昭和五十年代以降に都心から移転してきたものだ。どれも、山を切り拓いて作った広大なキャンパスが特徴で、確かにのびのびとした雰囲気はあるが、それは、一歩大学の外に出ると何もないという環境の裏返しでもある。学生街らしい猥雑さはあまり感じられない。比較的新しく開発された南大沢では、そういう気配はさらに希薄である。

そんな中で、井澤病院は、南大沢の生活感を一手に引き受けている感があった。子どもが泣き叫び、老人たちが待合室を社交場代わりに使って、世間話をしている。

受付で、院長の井澤敏行《としゆき》に会いたいと告げると、しばらく待つように言われた。別に悪意のこもった対応ではなく、実際に仕事が忙しくて、こちらの要求を優先させる余裕がないようだった。受付の横にある小さな掲示板に目をやると、この病院には医者が二人しかいないことが分かった。井澤敏行と、井澤昭彦《あきひこ》。親子か、それとも兄弟だろうか。

待合室で時間を潰すことにした。冴は、次の人間を当たるか、どちらかが残って一人で話を聞くべきだ、と言い張ったが、私は拒絶した。事情聴取をするなら二人で。いつも馬鹿馬鹿しいと思っているルールなのだが、他人に言われると、むきになって原則を守りたくなってしまう。

病気には見えない子どもが待合室を走り回り、冴の足元で転んだ。冴が「大丈夫?」と甘ったるい声をかけ、助け起こしてやる。三歳ぐらいの男の子だったが、泣き出しそうだったのが、彼女の顔を見た途端に、上機嫌でけらけらと笑い出した。冴が、柔らかい頰を人差し指でつつくと、男の子はさらに甲高い笑い声を上げながら、彼女の腕に飛びこんでくる。二人はしばらくじゃれあっていたが、やがて彼女とあまり年の変わらないように見える母親が、蒼い顔で「すいません」と謝りながら、子どもを連れ戻しに来た。具合が悪いのは母親の方らしい。

「君の魅力は万能か?」

「え」冴が頰を赤くして聞き返す。

「子どもをたらしこむなよ」

真っ赤になって、冴が私の肩を小突く。それきり、私たちは沈黙した。捜査の内容をここで話し合うわけにも行かず、二人で黙りこんだまま、雑誌をめくる。週刊誌を全て読み終え、いよいよ子ども向けの絵本に手を出そうかと思い始めた時、受付から声をかけられた。二人同時に、ばね仕掛けのように立ち上がる。

診察室の一つに通された。何となく居心地の悪い気分を味わいながらドアを開けると、井澤敏行が椅子をくるりと回してこちらを向く。白くなった髭が顔の周囲を覆っているが、柔和な瞳のせいで、いかめしい印象はない。私には見えない白衣の乱れを直すと、一つ咳払いをして「警察の方?」と訊ねた。そうだ、と答えると、小さな丸いスツールを指差す。一つしかなかったので、冴が座った。私は、子どもの付き添いをしている父親のような心境になった。

「さて、何のことですか」そわそわした様子で、井澤が切り出す。

「最近、膝を怪我した人を手当てしませんでしたか。金属バットか鉄パイプで殴られたような傷なんですけど」冴が突然、私が予想もしていなかった質問を井澤に浴びせた。

井澤は目を細め、しばらく冴の質問の意味を噛み締めていたようだったが、急に思い出したように、うなずいた。

「確かに警察からはそういう話が来てるけど、その関係ですか？　公園でホームレスの人が襲われたとかいう事件？」

「そうです。どうなんですか」小さな椅子の上で体を乗り出しながら、冴が聞いた。

「いや、うちではそんなことはありませんでしたね。そもそも、ここは救急はやってないから、夜中に患者さんが運びこまれてくることはないんですよ」

「沢峰さんという人をご存知ですね」冴がいきなり質問を変えた。

「沢……峰ですか」井澤が顎髭を引っ張りながら天井を仰いだ。「沢峰、ね」

「革青同室井派」

私が横から口を出すと、井澤が急に真顔になった。突然過去が蘇ってきたとでもいうように、大きく目を見開く。その目に、私は恐怖の色を見た。洪水に飲まれ、溺れそうになりながら助けを求める声を上げることもできない人間の目つきではないか、と思った。

5

「仕事場でそういう話はしたくないんですがね」遠慮がちに井澤が切り出した。

「だったら家にお伺いしてもいいんですが」冴が静かな、しかし抑えつけるような口調で反論する。「井澤さんのご都合が良ければ、今夜にでも」

「うん、そうですね」家か、病院か。二つの選択肢の間で迷い、井澤が時間稼ぎをするように、また顎髭をしごいた。「どっちも困るな」

「どうしますか？　今ここで喋った方が、話は簡単だと思いますけど。いろいろ考えているよりも、話していただいた方が早く終わると思いますよ」冴が決断を迫る。その勢いに気おされたように、井澤が小さくうなずいた。それでもなお、言い訳にもならないような言い訳を続ける。

「そろそろ昼飯の時間なんだがね」

「それは私たちも一緒です」冴の声に力がこもる。彼女にとって仕事よりも大事なことと言えば、三度の食事しかないはずだ。

ようやく諦めたように、井澤が立ち上がる。隣の事務室に続くドアを開け、「しばらく頼む」と声をかけると、自分のデスクの前に座り直した。椅子を回し、私たちと正面から向き合う。

「革青同室井派の話です」私が繰り返すと、井澤が渋い顔をした。返事がないので、もう一度はっきりと、言葉を区切りながら言ってやる。「革青同室井派、です」

「そう何度も繰り返さないで。分かってますから。だけど、今ごろになってそれがどうしたっていうんですか」

「同じセクトにいた沢峰さんが、襲われたんですよ」まだ被害者を特定できる段階ではないのだが、冴が断定的な口調で言った。井澤の顔から血の気が引く。

「沢峰が襲われた?」

たっぷり時間を置いてから、冴が「ええ」と答える。

「怪我人の手配は回ってきましたよ。だけど、被害者が沢峰だっていうのは初耳だ」

「最近、沢峰さんとは会ってなかったんですか」

冴の質問に、井澤はすぐさま首を振った。少し早過ぎるかな、と思えるほど素早い反応だった。

「全然。卒業してからは、一度も会ってないですよ」

「じゃあ、沢峰さんがホームレスになっていたのもご存知なかった」確認するように私が訊ねると、井澤は小さくうなずきながら、白衣の胸ポケットからボールペンを抜き取った。机をこつこつと叩きながら、次の質問を待ち受ける。私も冴も、逆に質問を控えた。こちらが黙っていると、不安になって喋り出す人間がいるのだ。

井澤が、まさにそういうタイプだった。じれたように、机を叩くボールペンのスピードを上げ、速い8《エイト》ビートのリズムを刻み始める。やがてぴたりと手を止め、溜息をつくように言った。

「あいつがホームレス、か。分かるような気もするな」

「ホームレスになるなんて想像もできない、と言ってる人もいますけどね」冴が言うと、井澤は突然堰を切ったように喋り出した。

「私の個人的な感想ですけどね。いいですか、あいつはね、生活感のない人間だったんです。警察の人はもう知ってると思うけど、あいつの実家、広島でしてね。大地主で、実家は老舗《しにせ》の和菓子工場で、黙っていても一生金には困らないはずだった。何しろあいつの実家、一時は百人ぐらい人を使ってたそうだから。それが、ああいう活動に飛びこむ人間の、一つの典型なんですよ。親が資本家だと、何となく後ろめたい気持ちがするらしいんだな。親が搾取していた人たちに対して、罪滅ぼしをしたくなるようですね」一気に喋って言葉を切り、小さな笑みを浮かべると「まあ、私もあいつと同じタイプだけど」と付け加えた。

「実家が和菓子の工場をやってたんですか？」冴が皮肉っぽく訊ねた。革青同の連中に事情聴取をする時、彼女は必要以上に攻撃的になる傾向がある。しかし彼女の皮肉は、井澤には通じないようだった。

「うちは、和菓子屋じゃなくて、病院。個人経営だったけど、こんな診療所みたいなものじゃなくて、それなりの規模の病院だった。親父はそこの理事長兼院長で、医者と看護師、それに事務の人間を合わせて何十人も人を使っていたんですよ」

「それと学生運動と、何の関係があるんですか」冴がなおも食い下がる。井澤は、彼女の怒りをやり過ごそうとするようにあらぬ方を向いて、耳の上の毛をそっと撫でつけた。

「親父は典型的な暴君でね。雇用主としては最低の人間だった。勤務条件、給料、いろいろな面で、従業員を抑圧し続けたんですよ。子どもの頃からそういうのを見てたから、搾取する側の人間を憎むような気持ちがいつの間にか生まれたのかもしれませんね」

「だけど、あなたも医者になったわけですよね」

冴の突っこみに、井澤の表情が強張った顔つきから照れ笑いへと、徐々に変化していった。顎髭を撫でつけると、再びボールペンで机を叩き始める。

「まあ、今考えてみると、私は問題をすり替えていたのかもしれないな」

「と言うと？」と冴。

「反抗期、ですよ。高校生ぐらいの時って、何だかんだと理由をつけて、父親に反発したくなるものじゃないですか。それをどんな形で表現するかは、人それぞれでしょう？私は、父親を社会の圧制システムの象徴と見ていたんだ。いや、そういうふうに解釈しようとしていたんですね。だから、大学に入るとすぐに、運動に身を投じた……ただし、ね」ボールペンをぴたりと止め、井澤が身を乗り出した。

「そもそも、医学部に入ったってことが、私にとっては敗北だったんでしょうね。別に、文学部でも経済学部でも良かったのに、わざわざ父親と同じ道を選んだわけだから」

「敗北、ですか」今にも鼻を鳴らしそうな調子で冴が問いかける。

「そう」悪びれた様子もなく、井澤が続けた。

「最初から分かってたのかもしれないですね、こういう運動が長続きしないってことは。いつかはやめて、医者になる心積もりは、大学に入る頃からあったんだと思う。だから、留年もしたけどちゃんと卒業して、国家試験を受けたんですよ。何だかんだ言って、人の命に関わる大事な仕事ですからね。そういう仕事をしながら、自分が使う人に対してもちゃんとした扱いをしてあげれば、それでいいんじゃないかっていうのが、私の結論だったんですよ。要するに、親父と同じような人間にならなければいいわけだから」

「それで正解だった、と」

冴の質問に、井澤が我が意を得たりとばかりに大きくうなずく。

「そりゃあ、そうですよ。中途半端が一番良くない。今も活動している連中についてはとやかく言えないけど、卒業して、かつての理想を忘れて、ただ何となく毎日を送っているような奴は最低だね。そういう奴に限って、時々昔を懐かしんで、自分の逮捕歴を自慢げに喋ったりするものなんですよ。そんなことに何の意味があるのか、私には分かりませんね。少なくとも私は自分の仕事には自信を持っているし、社会の役に立っているという自覚もある。違いますか?」

「そうでしょうね」まだ何か言いたそうな冴を制して、私は話に割りこんだ。「沢峰さんも最低の奴なんですか?」

「いや」少しだけ甲高い声で否定しながら、井澤が言葉を捜す。「そうかどうかは分からない。だって私は、もう何十年もあいつには会っていないんだから。あいつだけじゃなくて、昔の仲間とは完全に縁を切ってるんですよ。あれは昔の話で、自分の中では完全に決着がついていることですからね。沢峰は……そうねえ、私から見れば、転落しそうなタイプの男だったんですよ」

「転落?」私は首を傾げてみせた。

「空理空論を振りかざして、それをどう実現するかに関しては何の手段も持っていない人間って、いるでしょう? 頭でっかちって言うのかな。あいつは、機関紙では活躍できても、実際にデモの先頭に立って汚れ仕事をするような人間じゃなかった。口先だけの人間は、いずれこぼれ落ちる。そういうのって、学生運動だけじゃなくて、どんな仕事でも同じでしょう？　結局沢峰は、実社会に溶けこむことができる人間じゃなかったということなんでしょうね。理屈だけじゃ飯は食えないし、家族を養っていくこともできないんだから」

「実家にも帰らなかったようですね」

「そこはそれ、プライドだけは高い男だったから。親には頼らない、ということだったんでしょうね」

　私は次の質問を捜した。冴は、膝の上で揃えた拳をかすかに震わせている。私が背中に掌を当てると、すっと背筋を伸ばし、体を硬くした。私は、薄いブラウスを通じて伝わってくる彼女の体温を掌で受け止めながら、このまま大人しくしていてくれ、と願った。

　願いが通じたのか、彼女は口をつぐんだままだった。それで一安心して、私は同じ質問を繰り返した。

「本当に、卒業以来、沢峰さんとは会ってないんですね」

「今あいつの顔を見ても分からないかもしれませんよ。何しろ、三十年も会ってないんだから」言いながら、井澤が右手に持ったボールペンで左手の甲を叩いた。規則正しく、強く。さながら、隠し通してきた己の罪を罰しようとしているようでもあった。膝も小刻みに揺れている。

「もしも沢峰さんのことで何か思い出したら、連絡をいただけますか」

私が頼みこむと、井澤が髭面に穏やかな笑みを浮かべた。

「いいですよ。私は別に、警察に恨みがあるわけじゃないですからね。できる範囲で協力します」愛想良く請け合った直後に、わざとらしい仕草で、壁の時計を見上げる。

「おや、もうこんな時間か」

冴が立ち上がる。私が予想していたよりも素っ気無く、あっさりした態度だった。

しかし、振り向いた冴の顔には、怒りとも諦めともつかない表情が浮かんでいた。


「そんなに怒るなって」

「怒ってないわよ」

「世間では、そういうのを怒ってるって言うんだけどな」

冴が言葉を切り、深く息を呑んだ。一瞬唇を噛み締めた後、一気に言葉を吐き出す。

「何か気に食わないのよ。何が気に食わないのか、自分でも分からないけど。井澤に話を聴いているうちに、何だかむかついてきちゃって」冴が、交差点で必要以上に勢い良くハンドルを切った。体が大きく振られる。曲がり切る直前に思い切りアクセルを踏みこむと、タイヤが悲鳴を上げ、覆面パトカーが小さく横滑りした。私は慌ててドアに手を突っ張った。

「悪いけど、そういうことは自分の車でやってくれ」

「タイヤがもったいないから、自分の車じゃやらないわよ」

「落ち着けって」

「落ち着いてる」自分に言い聞かせるように冴が言う。「落ち着いてるけど、嫌になるわね」

「どうして」

「自分をコントロールするのって、難しいと思わない？　平気なふりをしていても、顔や態度に出ちゃうのよね。あなたはそれができるみたいだけど」

「そんなこともないけどね」

「いつも平気な顔をしてるじゃない。つまらないぐらいよ」

「顔だけだよ。こういうのが、一番ストレスが溜まるんだ。たまには爆発した方が、精神衛生上はいいかもしれないいな」

「だけどあなた、お酒も飲まないし、どうやってストレス解消してるの？　走って、ラグビーをやって、それですっきりしちゃうの？　何だか、中学生か高校生みたいね」

「さあ、どうかな」それは、自分でも分からなかった。体を動かしている時は、確かに悪い気分はしない。しかし夜になって、体に居座った疲れや痛みを感じている時には、自分の年齢を思い知らされて、かえって落ちこむこともある。

「結局、何も分からなかったね」疲れた声で冴が言う。「午後から、また別の人を当たろうか」

「そうだな」

「何か、気になる？」

「さっきの『顔に出る』って話だけど」

「それが何か？」

「普段、井澤がどんな顔をしているのか知らないけど、今日はちょっと落ち着きがないように見えた。ボールペン、見たか？ ドラムでも叩いているみたいな感じだった」

「ああいう癖の人、よくいるじゃない」

「それならいいんだけど」私は、井澤の貧乏揺すり、それに時折見せた、質問に対する早過ぎた反応を思い出していた。

これは単なる印象である。普段の井澤を知らない以上、今日の彼が緊張していたのか、怒っていたのか、判断することはできない。しかし、第一印象を大事にしろというのは、私たちにとっては基本なのだ。

もう一度、今度は家でじっくりと話を聞こう。そう決めて、私は腕組みをして目を閉じた。途端に冴が、また強烈にアクセルを踏みこむ。横を向いて睨みつけてやったが、彼女は涼しい顔をしていた。嫌らしいぐらい、涼しい顔を。


試合に出よう、と思った。

特に理由があったわけではない。強いて理由を挙げるとすれば、自分がどれだけ動けるか、試してみたかっただけである。走ってぶつかって、八十分間が終わった後も無事に立っていられるか。それができれば、何かの証明になるかもしれない。

木曜日の午後、署の近くのファミリーレストランで遅い昼食を取りながら、私は冴に自分の小さな決心を打ち明けた。フォークを口に運ぶ途中で止め、彼女がまじまじと私を見つめる。

「本気？」

「もちろん、出番がなければ仕方ないけど。こっちが出してくれって頼んでも、却下されるかもしれないからね」

「私、観に行こうかな」

「え？」

「ラグビーって、まだ生で観たことがないのよ」

「それじゃ、ルールも知らないだろう？　ラグビーって、ルールが分からないと、全然面白くないんだ」

「ふうん」冴が、空になったハンバーグの皿を押しやる。テーブルの空いた場所に肘をつき、拳の上に細い顎を乗せて、面白そうな表情で私を見つめる。「本当は、観に来て欲しいんじゃないの？」

「何だよ、それ」

「誘ってるみたいに聞こえたけど」

「そういうわけじゃないよ」言いながら私は、耳の後ろが熱くなるのを感じた。これではまるで、高校生ではないか。

「試合、何時？」冴が手帳を取り出し、開いた手帳越しに私を見ながら答えを待った。

「三時」

「場所は？」

「うちの大学のグラウンド」

「三時か……」冴が渋い顔をする。

「そう。都合は？」聞いてしまってから、私は後悔した。これでは本当に、ガールフレンドをデートに誘うような口調である。

「用事は別にないけど」冴が唇を捻じ曲げ、天井を見上げる。「二時、ねえ」

「何か約束でも？」

「仕事でない限り、土曜日の二時は昼寝の時間なのよ」

私は思わず吹き出した。冴が、恐い顔で睨みつける。

「何よ」

「何だか子どもみたいじゃないか」

「土日ぐらい、たっぷり寝ないと死んじゃうのよ。あなたは大丈夫なの？」

「あまり眠らなくても平気な方でね」

「私は、駄目ね。平日は何とか我慢できるけど、土曜日だけは死ぬまで眠らないと、体がおかしくなっちゃうのよ」溜息をついてつけ加える。「もしかしたら、気持ちも」

私は、彼女の台詞をわざと無視した。体のことはともかく、気持ちの問題を持ち出されても、答えようがない。

「昼寝って、どれぐらい？」

「朝は十一時まで寝て、お昼を食べて、一時から五時までまた寝て」

「それ、昼寝じゃないだろう。短期間の冬眠みたいなものだよ」

「そうね」咳払いを一つしてから、冴が話題を引き戻した。「ねえ、試合って、いろんな人が観に来るの？」

「たぶんね。そんなに厳しい試合じゃないから、遊びがてら、子どもや奥さんを連れて来る人も多いみたいだよ」

「そうか」ほっとしたような表情を浮かべ、冴が手帳を閉じる。「観客が私一人だけだったら、何か馬鹿みたいじゃない」

「それは大丈夫だ」

「じゃあ、今週は昼寝はパスするわ」

「お礼を言うべきなのかな」

冴が肩をすくめる。

「後で馬鹿にするために行くのかもしれないわよ。足がもつれたとか、怪我したとか、そういうのって、あなたをからかう材料になるんじゃない？」

「勘弁してくれよ」苦笑しながら、私は水を一口飲んだ。「馬鹿にするんだったら、来ないでくれ」

冴が急に、声の調子を落とした。

「私、あなたという人がつかめないのよ」

「何だよ、それ」

「あなたがどういう人間なのか、今もよく分からない。本音を言わないし、いつも何か隠してるみたいだし。スポーツしてる時って、案外本性が出るものじゃないかしら」

「だけどそもそも、俺のことを知る必要があるのか」

冴が小さく首を傾げる。

「知らないよりは、知っていた方がいいんじゃない？」

彼女は、一歩を踏み出そうとしているのだろうか。張り巡らした固い殻を破って私の中に入りこみ、心に触れようとしているのだろうか。

少し前までの私だったら、そんなことはしないでくれ、と叫んでいただろう。生の心に触れて欲しくない。近づいて欲しくもない。しかしなぜか今は、拒否する気になれなかった。


このところ、夜になると一人で多摩南公園を訪れるのが日課になっている。一日の捜査が終わり、冴と別れてからだから、いつも日付が変わる時間帯だ。さほど意味はない。一つだけ気になっていることがあるとすれば、あの事件以来、神経質になって寝ずの番を続けているホームレスたちの存在である。

この夜も私は、缶コーヒーを詰めこんだビニール袋をぶら下げて公園を訪ねた。ささやかな差し入れをするのも習慣になっている。そんなことを続けるうちに、脇田たちとは、ごく自然に話ができるようになっていた。もっとも、ほとんどが雑談であり、中身のある会話とは言えなかったが。

今夜は、脇田が一人でテントの外に立っていた。腰丈のブルゾンが、いつの間にか膝まである裏地付きのベンチコートに変わっている。ここ数日、冷えこみが厳しく、夜になると息が白くなるほどなのだ。しかも今夜は静かに雨が降っているので、ストーブも使えない。寒そうに両手をこすり合わせていた脇田は、私を見つけると、困ったような笑みを浮かべた。

「そんなに毎日来ても、何も話すことはないよ」

「いいんですよ、俺も暇潰しなんだから」言って、ビニール袋を差し出す。脇田が小さく頭を下げて袋を受け取り、テントの住人たちに配って歩いた。テントから顔を覗かせた住人たちが、私に向かって軽く頭を下げる。脇田が、自分の分の缶コーヒーを手に、私のところへ戻ってきた。

「あんたの分は？　いつも飲まないけど」

「コーヒーは控えてるんですよ」

「何で」

「体に悪いから」

「そうかねえ」訝しげに言い、脇田がプルタブを開ける。白い湯気が、控えめに立ち昇った。一口飲んだ後、缶を包みこむようにして手を温める。

「今夜は、何で一人なんですか」

渋い顔をして、脇田が、立ち並ぶテントの方を見やった。

「今日も一人いなくなっちまってね。やっぱり縁起が悪いと思ってるのか、それとも恐いのか」

「見張りのローテーションが組めなくなったんですね」

「そういうこと。まあ、いつまでこんなこと続けていても意味はないのかもしれないけど。あの事件、結局何だったのかね」

「まだ分かりません」

「沢ちゃん、相変わらず見つからないんですか」

「ええ」

「でも、捜してるんでしょう？」

「もちろん」

「そいつは大変だ」小声で言って、脇田は透明なビニール傘から流れ落ちる雨粒を見つめた。私はオイル引きのコートを着ているから体は濡れていないが、髪はじっとりと湿っている。それを見て、脇田が「中へ入りませんか」と声をかけてくれた。

脇田のテントは、最初に訪れた時よりも小綺麗になっていた。小綺麗というよりも、引っ越し前の整理をしているといった様子なのだ、ということにすぐに気づいた。以前よりも、ダンボール箱の数が増えている。

「脇田さんも引っ越すんですか」

「どうしてもここにいなくちゃいけないっていう理由はないからね。そういう点では、気楽なもんだから」

脇田が、折り畳み式の椅子に腰を下ろす。私は立ったままだったが、雨に濡れないだけでもありがたかった。

「流浪の生活っていうのかね、こういうのも慣れちまえば、何ということはない。背負ってるものを一つずつ捨てていけば、案外簡単に楽になれるんですよ。一人で生きていくだけなら、何とでもなるし」

「沢峰さんもそんな感じでしたか」

「沢峰……ああ、沢ちゃんね。名前なんか聞いたことがなかったから、何か妙な感じがするな」脇田が手を伸ばし、テレビのスウィッチを切った。音楽が消えたテントの中で、屋根を叩く雨の音が、やけに大きく響く。「俺、最近、沢ちゃんのことをよく思い出すんですよ」

「どんなふうに？」

「そうねえ」脇田が、しばらく缶コーヒーをじっと見つめていたが、やがて顔を上げる。「初めて会った頃は、えらく落ちこんでる感じだったな、とか。刑事さんなんかには想像できないかもしれないけど、俺たち、あんまり深刻にはならないんですよ。だけどあいつは、何かいつも渋い顔をしててね。思いこんでるっていうか、悩んでるっていうか」

「それは、いろいろあったんでしょう。結婚してたようですけどね」言いながら私は、ここがポイントになるはずだ、と思った。沢峰の結婚生活については、まだ何も分かっていない。妻とは離婚したのか、子どもはいるのか。それが分かれば、現在の沢峰の居場所に近づけるはずだ。

「結婚してたって？　それは知らなかったですね。家族の話なんか、一度もしたことがないんですよ」

脇田の答えに、私は少しばかりがっかりした。期待していたのだ。彼が何か思い出し、それをきっかけに一気に目の前が開けるような証言を引き出せるのではないか、と。

「そもそも家族がいるような雰囲気じゃなかったですね。俺たち、たまには家族のことをしんみり話すこともあったけど、そういう時に限って、沢ちゃんは話に加わってこなかったからね。避けてるみたいだったけど、何だか恐い顔をしている時もありましたね」

「何だったんですかね、それって」

「思い出したくないことでもあったんじゃないかな。それは、刑事さんも想像できるでしょう」

「どうかな。私は、想像することが商売じゃないですからね」

「そりゃあ、そうだ」脇田が小さく笑う。「夢想癖のある刑事さんっていうのは洒落にならないわな」

「そうですね」彼につき合って私も小さく笑い、手をこすり合わせた。寒さが足元から這い上がってきている。「その他には？」

「今考えてみると、最近は、何か用心深くなったような感じもしてたな」

「どういうことですか」

脇田が驚いたように目を見開く。たぶん、私の声は一段真剣さを増し、低くなってもいたことだろう。

「いや、どういうことって、今言った通りですよ」

「脇田さん、これは大事なことかもしれませんよ。もしかしたら沢峰さんは、自分が襲われるのを予想していたのかもしれない」

「まさか……いや、そうなのかな」

「どうなんですか」

「いや、はっきりしたことは言えませんね。聞いても何も答えない男だったし、具体的なことは分からない」

「そうですか」言いながら私は、これはやはり重要な手がかりになるのではないだろうか、と期待した。沢峰が何を恐れていたかが分かれば、一気に事件が動き出す可能性もある。

　急に寒気を感じて、思わずコートの前をかき合わせる。

「冷えますか？」

「秋ですからね」

「刑事さん、生まれは？」

「新潟」

「じゃあ、寒いのには慣れてるでしょう」

「いや、東京の方が寒いですね」これは本当だ。「新潟って、そんなに寒いわけじゃないんですよ」

「あんなに雪が降るのに？」

「風が吹かないせいじゃないかな。こっちの方が風が強いから、寒く感じるのかもしれない。少なくとも新潟市は、ここよりは暖かいですよ」

「そんなもんかね。ねえ、新潟って、いいところでしょう？」

「ええ」簡単に答えてしまってから、私は口をつぐんだ。故郷を捨ててしまった人間には、その土地を誇らしく語る資格などないのではないだろうか。

「一回行ってみたいねえ」それこそ故郷の光景を物語るような口調で脇田が言う。

「俺は、会社勤めをしていた時はずっと営業だったから、日本中あちこちへ行ったけど、新潟には不思議と縁がなくてね。もう、これからも行くことはないだろうけど」

「チャンスがないわけじゃないでしょう」

脇田が力なく笑う。

「まさか。雪が降る所には住めないよ」

「そうじゃなくて、仕事で」

「仕事」はっと気づいたように、脇田が自分の両手を見下ろす。「仕事、ね」

「もしかしたら、また営業の仕事に戻って、あちこちを旅するようになるかもしれないでしょう」

「まさか、そんなこと、あり得ない」自分を嘲笑うように彼が鼻を鳴らしたが、それも一瞬のことで、すぐに真顔になった。

「いや、そうでもないか。俺たち、別にここで死ななくてもいいんだよな。這い上がることだってできるかもしれない。そうしちゃいけないって法はないですよね」

「もちろん」

「そうだよな」一人うなずきながら、脇田が自分に言い聞かせるようにつぶやく。「一度落ちてしまったからっていって、それで終わりにしなくてもいいわけだ」

立ち上がり、脇田が狭いテントの中を行きつ戻りつし始めた。しばらく無言でそうしていたが、やがて立ち止まり、私に向かって小さな笑みを浮かべて見せた。

「新潟って、ブリが美味いんですよね」

「それは富山です」

「そうか。じゃあ、お勧めは何ですか」

「これからの季節だったら、甘エビですかね。刺身でも寿司でもいいし、頭を味噌汁に入れると美味いですよ」

「ああ、いいねえ。甘エビはとろりとして美味しいからね。新潟へ行って甘エビを食う。ささやかな目標だけど、第一歩としては悪くないかな」

「悪くないですよ。新潟の甘エビはお勧めです」

誰だって、立ち直る権利はある。

もちろん、人を殺した人間は別だ。誰かを殺した瞬間、人はそれまで立って、生きていたのとは別の場所に瞬時に移動してしまう。そういう人間は、自分も殺されるか、また誰かを殺すか、殺したという事実に一生苛《さいな》まれながら生きていくしかない。そこから逃れる術《すべ》など一つもないのだ。

真司たちが遊んでいた広場に足を向ける。木の洞《うろ》を見てみたが、中はすでに空になっていた。広場の端まで歩く。ここからは、市街地が眼下に見下ろせる。この公園に来る楽しみの一つがこれなのだが、今夜は雨に煙って街の灯りは見えない。寒気もするし、諦めて帰ろうと思ったときに、後ろから聞き覚えのある声をかけられた。

「久しぶりだね」

振り向くと、岩隈が寒そうに背中を丸めて立っている。懲《こ》りない奴だ。私はまた、彼の首を絞めたい、という衝動に襲われた。今度はやりそこなうことはない。止める人間は誰もいないのだから。

「また首を絞められたいんですか」

「ご冗談」引きつった笑みを浮かべ、彼が一歩後ずさる。「今日はサービスだよ」

「サービス？」

「無料で情報を提供しようかな、と思ってさ」にやりと笑い、岩隈が煙草をくわえる。火を点けようとしたが、ライターは小さな火花を打ち出すだけだった。舌打ちして、煙草をパッケージに戻す。

「沢峰さんのことなら、結構ですよ」

「ようやく名前を割り出したか」

「あなたのこともね」

面白そうに、岩隈が私を見つめる。

「それは、そんなに大事なことなのかな」

「何ですって？」

「俺は確かに、セクトの活動家だったよ。でも、それを隠したことはない。秘密でも何でもないんだ」

「カンパの名目なら、人から金を貰うことも何とも思わないんでしょうね。それは、活動していた頃からの習慣ですか？」

岩隈が肩をすくめる。彼の中では折り合いがついているのだろうが、私は何となく釈然としなかった。

「だけど、どうして俺にまとわりついてくるんですか。この前の一件で、もう懲りたでしょう」

「あんなこと、別に何でもないさ」

私は岩隈の顔を覗きこんだ。強がりで言っているわけではなさそうだった。

「まあ、今日は本当にサービス。あんたは、買収とかが嫌いみたいだから」

「嫌いじゃなくて、そういう手段は認めていない」

「最近珍しいよね、そういう人は。ちょっと見直したんだよ」

「あなたに見直されても、何にもなりませんよ」

突き放すように言ってみたが、岩隈は気にもならない様子で続けた。

「何か知りたいことはないか？　俺が知ってることだったら、今回に限って、無料で情報提供するよ」

冗談だろう、と思った。が、物は試しである。私は、リストに載っている人間の名前を挙げ、所在が分からない何人かについて、居場所を知らないか、と訊ねた。岩隈がにやにやと笑いながらうなずく。

「なるほど、室井派の連中だな。屁理屈をこねまわすのが大好きな奴ら」馬鹿にしたように鼻を鳴らし、彼が肩をすくめる。

「今は、分からないな。それこそ、公安の連中の方が把握してるんじゃないか」

「さすがにそこまでは分からないみたいですね」

「ちょっと時間をもらえれば、調べることはできると思うけど」

「当てにしないで待ってますよ」私はさっさと歩き出し、彼の横を通り過ぎた。

「おいおい、これで終わりかい？　ずいぶんあっさりしてるな」

「やっぱり金が欲しいんですか」

「サービスだって言っただろう」

私は振り返らなかった。どうせ、岩隈の情報など当てにはならない。

「この事件には、あんたが知らないこともたくさんあるんだぜ」

確かこの前も同じようなことを言っていた。芝居がかった喋り方、曖昧な情報、この男の存在自体が、私にとっては鬱陶《うっとう》しい。振り返り、私は岩隈に言葉を投げつけた。

「それがどういうことなのか、今すぐ説明してもらえますか？　もったいぶった言い回しはうんざりなんだ」

　岩隈が何か言っていたが、もう私の耳には入らなかった。悪寒《おかん》が背中を駆け巡り、同時に彼に対する不信感で吐き気さえ感じていたのだ。

6

　風邪を引いたのは何年ぶりだろう。目覚めた瞬間、全身の軽い痛みと気《け》だるさにうんざりしながら、私は自分の不注意を呪った。どこかで油断して、気持ちが緩んでいたのだろう。そして昨夜、雨に濡れたことが決定打になったに違いない。

　今日は休もうかと、ソファの上で長い間ぐずぐずと考えていたが、結局意を決して、厚着して出勤することにした。食欲はなかったが、暖めたミルクとトーストを一枚、無理矢理胃に流しこむ。悪寒だけで咳は出ていないが、念のため、マスクも用意した。

　今日も雨だ。サンデッキから見下ろす街は、薄い灰色に煙っている。霞の向こうに辛うじて駅舎が見えるだけで、風景からは色が消えていた。野球部の早朝練習に向かう高校生が、背中にバットケースをかつぎ、傘を斜めにさしかけながら自転車をこいでいく。

吐く息は白く、明るい紺色のブレザーとグレイのパンツは、雨を吸いこんで黒くなっていた。背中を丸め、一こぎごとにリズムを取りながら、私の家の前のかなり急な坂道を勢いよく上って行く。

少しばかり自信をなくしかけていた。風邪のせいばかりではない。そもそも、捜査が順調に進んでいれば、風邪をひいている暇などなかったはずである。

署で冴と打ち合わせを終え、ようやく覆面パトカーに乗りこんだ時には、すでに午前中が終わったような気分になっていた。マスクも緩衝材にはならないようで、パトカーに乗りこんだ瞬間、冴が、露骨に迷惑そうな顔をする。

「風邪が伝染《うつ》るじゃない。こういう時は、休んでくれた方がありがたいんだけど」

「君一人じゃ仕事にならないだろう」

「馬鹿にしてるの？」

「そうじゃなくて、捜査は二人一組で、が原則だ」

それで風邪に関する議論を打ち止めにし、私たちは本来の目的――リストに載った室井派の人間の中で、まだ事情聴取を終えていない人間に会うこと――のために車を走らせた。今日最初に目をつけた相手の住所は、相模原である。車で三十分ほどだ。

「寝てれば？」

冴の申し出に素直に従うことにして、少しシートを倒した。すぐに意識がなくなる。目覚めた時には、もう小田急線の相模大野駅の近くまで来ていた。反射的にダッシュボードの時計に目をやると、署を出てからすでに一時間が経っている。

「ずいぶんよく寝るわね」冴が皮肉っぽく言う。「車の中でこんなに熟睡する人、初めて見たわ」

「ずいぶん時間がかかったな」

「渋滞してたから」

しかしその渋滞は、私にはありがたかった。一時間、意識を失ったように寝ていたおかげで、体がずいぶん楽になっている。朝食の後で飲んだ薬も効いたのだろう。滅多に薬を飲まないせいか、たまに飲むと、体質が一変してしまったかと思えるほどの効果があるのだ。

冴は、独自の方向感覚を持っているようで、目的地に向かうのに、一度も迷ったことがない。今日も、勝手知ったる街のように、狭い住宅街の中を迷うことなく走り続け、あっさりと目指す家を見つけ出した。真新しい一戸建ての家が立ち並ぶ新興住宅地で、どこからともなくペンキと有機溶剤の臭いが流れてくるようだった。

車を停めると、冴が窓を開け、目の前の家の表札を確認した。大友洋二《おおともようじ》とある。家族の名前はなかった。周囲の家よりずいぶん古く、表札は雨に打たれて黒ずんでいる。丸いプラスティック屋根の車寄せには、自転車が一台、置いてあるだけだった。

「いないかな」私がつぶやくと、冴が「行ってみましょう」と言って車のドアを先に開ける。冷たく重い空気が忍びこんできて、私は思わずコートの前をかき合わせた。厚いウールのコートを着てきて正解だったが、これから始まる長く冷たい冬を思うと、げんなりした気分になる。

冴がインタフォンを鳴らす。家の中で涼しげな音が鳴っているのは聞こえたが、返事はない。

「まさか、中で死んでるってことはないわよね」

「あまり面白くない冗談だな」

冴が私を一睨みし、ドアに手をかける。乱暴にノブを回してみたが、すぐに諦めた。もう一度チャイムを鳴らす。やはり、応答はなかった。

「勤務先は？」

「この近くね」冴がバッグの中から紙を取り出し、広げた。濡れないよう、傘を差しかけてやる。彼女が小さく微笑み、目にかかった前髪の隙間から私をじっと見て、「ありがとう」と言った。やけに素直で、心のこもった一言だった。

「近くの運送会社で働いてるみたいね」

「その情報、合ってると思うか？」

この情報は、昨夜遅く、岩隈が教えてくれたものだった。ソファに横になった瞬間に携帯電話が鳴ったので、少しばかりむっとしたが、とにもかくにもリストが補強されたのだから、その場では文句は言わずにおいた。

「行ってみれば分かるわよ」言うなり、冴がさっさと車に乗りこむ。私は傘を差したまま、大友の家を見上げた。小さな二階建ての家で、道路から見える窓には全てカーテンがかかっており、中の様子はうかがえない。全体に黒ずみ、壁には雨の筋が醜く貼りついている。車寄せの中に入り、屈んでみたが、ガソリンの臭いはしなかった。車は持っていないのだろうか。プラスティックの屋根に当たる規則正しい雨の音が、眠気を誘った。

「行くわよ」冴が車の窓から顔を突き出し、今にもクラクションを鳴らしそうな勢いで私を呼んだ。

「今行く」

答えながら私は、この家には何かがありそうだ、という予感を抱いた。それが何なのかは分からない。根拠もない勘としか言いようがないが、それでも私はなぜか、ここから離れがたい気持ちになっていた。何かが起こるまで待つべきではないか、と。

「大友さん？　ああ、先月辞めましたよ」

「辞めた？」

気色《けしき》ばんで冴が詰め寄ると、運送会社の総務課長が慌てて身を引いた。

「どういうことですか」冴の声が、トラックの排気音にかき消される。二人が、騒音が消えるのを待っている間、私は総務課長の名札を読みとった。鈴木、とある。プレハブ建ての事務所の隣にある倉庫で、誰かがオーライ、と叫ぶ声が聞こえた。冴が口を開くより先に、私は彼の名前を呼んだ。

「鈴木さん」

「ええ」急に名前を呼ばれて、彼が怪訝そうな表情を浮かべる。

「辞めたって、どういうことなんですか」

「リストラですよ」その言葉が、あらゆる不幸や失態に対する万能の言い訳になるのだとでも信じているような口調で、鈴木が答える。「この商売も不景気でね、先月、何人かに退職してもらったんですよ。大友さんもその一人でしてね」

本当だろうか、と私は訝った。倉庫の中では、ぱりっと糊の効いた清潔な制服を着た若い社員が、荷物を山積みした台車を押して忙しそうに走り回っているし、事務所にもひっきりなしに人の出入りがある。倉庫の中を横切って事務所に来る間にも、「何でこんなに忙しいんだ」という文句を聞いたぐらいだから、人手が足りているわけがない。そこまで考えた後、ここには若い社員しかいないのだ、ということに気づいた。一番年長に見える鈴木だって、四十歳を超えたか超えないかぐらいだろう。

一方大友は、資料が信用できるとすれば五十三歳である。体が資本の職場で社員を切る話が出れば、上から順番にというのが自然だろう。岩隈の情報は正確ではあったが、ほんの少し古かったのだ。

「警察の方ですよね」鈴木が、机の上に置いた私と冴の名刺を交互に見比べる。その様子から私は、この会社は過去に警察と何らかの形で関わったことがあるのではないか、と疑った。交通の連中は、時折見せしめのように、運送会社に的を絞って、過積載違反などを摘発するものである。逃げ道を捜すように目線をあちこちに動かしながら、鈴木が不安げな声で訊ねる。「大友さん、何かしたんですか」

「いや、そういうわけじゃないんですけど」私が曖昧に逃げると、鈴木が安心したような笑みを浮かべ、急に身を乗り出してきた。

「あの人、昔はいろいろやってたんでしょう？　飲み会の席で、逮捕されたことがあるとかって言ってましたからね。何か、自慢するような口調で」

「それは、三十年も前の話ですよ」

「何だ」私の答えに、鈴木はあからさまにがっくりと肩を落とし、口をすぼめた。「じゃあ、大したことじゃないんですね」

「良くある話です」

「そんなことはどうでもいいんです」話が雑談に流れつつあると思ったのか、冴が苛々した声で割りこんできた。「リストラで辞めたんですね、大友さんは」

「そう」渋い顔で鈴木が答える。「うちも苦しいんですよ。大友さんはずいぶん長い間勤めてくれてたけど、年も年でしょう。こういう時は、給料の高い順にっていうのが常識ですからね。そうなると、次は私かもしれないけど」

　鈴木の笑いが、虚しく宙に溶けた。私は、小さく咳払いをして質問を続けた。

「辞めてからどうしてるか、ご存知ないですか」

「職安に通ってるはずですよ」今度は心底申し訳なさそうな顔になって、鈴木が答える。「この前、うちにも相談に来たけど、これぱっかりはねえ。不景気なのはどこに行っても同じだから」

　先ほど大友の家で感じた予感が、泡のように消えた。どうやら大友は、自分のことで精一杯のようである。仮に沢峰と連絡を取り合っていたとしても、面倒をみるだけの余裕はないのではないだろうか。

それにしても、革青同室井派のメンバーの三十年後はどうだろう。医者として成功している者、リストラで職を追われた者、膝を潰され、行方不明になった者——そして、殺された者。あまりにもはっきりとした明暗のコントラストが、私の脳裏でちかちかと瞬いた。社会改革の熱意に燃え、夜を徹して議論を交わし、デモで警官隊とぶつかり合っていた頃の彼らは、三十年後の世界の、あるいは自分の有様を、どのように想像していたのだろうか。

結局私たちは、夕方まで大友の家で張りこむ羽目になった。交わす言葉もほとんどなく、だらだらと時間が過ぎるのを待つ。近づいては離れる私たちの心は、打ち寄せる波にも似ている、と思った。今日は体の接触どころか、言葉の触れ合いさえない。冴はなぜか不機嫌だったし、私は私で、眠気と体の節々の痛みを我慢するのに必死で、お喋りを楽しむような気分ではなかった。昼飯時に、コンビニエンスストアでガムや喉飴を買いこんでいろいろと試してみた。一番効果があったのは、鼻に張るテープだった。鼻の穴を広げ、空気の通りを良くするもので、一気に目が覚める。試合で使えば、呼吸が楽になりそうだ。

　雨は、日暮れまで降り続けた。車の中にいても、体が濡れてしまったように感じる。結局、大友が帰ってきたのは五時過ぎだった。小さなビニール傘を差し、肩をすぼめながら、急ぎ足で歩いてくる。ドアを開けようとした瞬間、私と冴は同時に車から飛び出した。それに気づいて、大友がびくりと体を震わせる。警察だと名乗ると、さらにおどおどして、助けを求めるように辺りを見回す。

「何ですか」

「沢峰さんという人をご存知ですね」

　冴が訊ねると、大友が口の中で何かもごもごとつぶやく。

「何ですって？」冴が声を硬くして詰め寄る。「もう一度、言って下さい」

「知ってるよ」雨の音に消えそうな声で大友が認めた。「だけど、あいつにはずっと会ってない」

　私は、冴と顔を見合わせた。聞いてもいないのに、こちらが予想していた通りの答えが返ってきた。もしかしたら予感は正しかったかもしれないと思いながら、私は質問を継いだ。

「沢峰さんには会ってないんですね」

「かれこれ三十年も、ね」

「電話とか手紙で連絡を取ったこともないんですか」

「ありません」

「本当に？」苛ついた声で冴が突っこむ。何となく、かつての自分を見るようだ、と私は思った。私はしばしば、事情聴取の最中に相手を怒らせたものである。本音を吐かせるためにわざとやっていたことなのだが、新潟にいる頃は、先輩の刑事たちからよく注意された。しかし、冴と組んで動き回るようになってから、そういう質問の仕方は減ったはずである。たぶん、私の強引な一面は、彼女が引き受けてしまったのだ。となると、私は柔らかく応対せざるを得なくなる。二人揃って相手を怒鳴りつけていたら、それこそ相手は黙るか、怒って扉を閉ざしてしまうのだ。そんなことを考えながら私は、わざとらしいほど穏やかな口調で訊ねた。

「沢峰さんが襲われた――」

「知らない」

答えが早過ぎる。私の質問が終わる前に、彼の口からは否定の言葉が飛び出していた。私が冴の腕をつつくと、彼女は不満そうに振り向いたが、結局うなずいて一歩後ろに下がった。

「いろいろ大変ですね。何かいい仕事は見つかりましたか」

「そんなこと、警察の人には関係ないでしょう」

「車は売ったんですか」

「それも、関係ない」

言い捨てると、大友は引きちぎるようにドアを開けた。追いかける間もなく、私たちの鼻先で、音をたててドアが閉まる。

「ちょっと、過敏過ぎるわね」私たちを拒絶するように閉まったドアを睨みながら、冴がぽつりとつぶやいた。

「ああ」

「どうする？」

「待とう」

傘を叩く雨の音を聞きながら、私たちは何かが起こるのを待った。ほどなく、家の中から怒鳴り声が聞こえてくる。彼以外に誰かいるのだろうか、と思ったが、相手は電話のようだった。内容までは聞こえないが、苛々した口調は、壁を通してもはっきりと伝わってきた。

「何か、怒ってる感じね。何を喋ってるのかしら」

「それより問題は、誰と話してるか、じゃないか」

私たちは車に戻った。何かが起こる、と具体的に期待していたわけではないが、どうにも離れがたい気分だった。闇が深くなり、行き交う人が少なくなる。八時を回った頃、一台の車が雨の中を静かに走ってきて、私たちの車を追い越した。ヴォルヴォのワゴンだった。大友の家の前で、つんのめるように急停車する。同時に家のドアが開き、鍵を閉めるのももどかしい様子で出てきた大友が、車に飛びこんだ。ヴォルヴォが、タイヤを鳴らして急発進する。冴が慌ててエンジンをかけ、車を出したが、交差点を二つ曲がり、大通りに出たところで、他の車にまぎれたヴォルヴォを見失ってしまった。悪態をつきながら彼女がハンドルを叩くと、クラクションの間抜けな音が響く。

「ナンバーは」苛々した口調で冴が訊ねる。私は、彼女の顔の前で、ナンバープレートを控えた手帳を広げてやった。

「調べてみよう」

「何か、怪しいわね」

「ああ」私は彼女の言葉に同意した。何かが動き出す時の、空気が揺れるような気配が感じられた。「十分、怪しい」

翌日、土曜日。私たちは朝から動き回った。ナンバーを照会した結果、ヴォルヴォは井澤のものだとすぐに分かった。となると、どうしても彼に話を聴いておかなければならない。

まだパジャマ姿で、寝ぼけ顔で玄関に出てきた井澤は、昨夜は一日中家にいた、と言い張った。

「相模原に行きませんでしたか」冴が鋭く迫ると、井澤は今にも欠伸しそうな調子で前言を覆した。

「ああ、行きましたよ」

「今、どこにも行ってないって言ったじゃないですか。私たちに嘘をついたんですか」

冴の追及に、井澤がぼやけた表情のまま首を振る。それで全ての説明が済んだとでもいうように、何の言い訳もしなかった。

「大友さんと会ってたんですね」

「そう」認めて、びっくりしたように目を見開いて見せる。私には芝居じみた、わざとらしい仕草に見えたが、彼は落ち着いた声で訊ねてきた。「何でそんなこと、知ってるんですか」

「そんなことはどうでもいいんです」冴が、井澤の言葉を頭から抑えつけた。「大友さんとは何の話をしてたんですか」

「ああ、あいつ、失業したって言うんでね。相談に乗ってたんですよ。今、いろいろと大変らしいから」

「それだけですか」

「それだけです」急に顔を強張らせて、井澤が強い調子で言った。「何なんですか、いったい。昔の友だちと会ったらいけないっていう法律はないでしょう」

冴がなおも食い下がろうとしたが、私は彼女の腕をつかんで引き下がらせ、代わりに質問を継いだ。

「何か、大友さんの役にたてましたか」

「いやあ、私もそういうコネはないですからね、残念ながら。結局一緒に飯を食って、昔話をして別れただけですよ。まったく、大変ですね」

「そう、大変です」

井澤が大きくうなずく。

「大変なご時世ですよ」

「分かりました。朝からすいませんでしたね」

「いえいえ。土曜日だっていうのに、大変ですね」井澤が、如才ない笑みを私に投げかける。

　車に戻り、ドアを閉めるか閉めないうちに、冴が私に嚙みついた。

「何でもっと突っこまないのよ」

「突っこむ材料がないだろう。だって、向こうはこっちの質問を認めたんだから」

「もっと聞けば、何か漏らすかもしれないじゃない。そもそもあの男は嘘をついてたんだから。署に引っ張ってみたら？」

「それはまだ早い。任意同行をかける理由もないよ」私は首を振った。「でも、君の言う通りだ。あの男は、やっぱり嘘をついている」

「やっぱりって？」

「この前会った時、井澤は、昔の仲間とは全然会っていないって言ってただろう。三十年間、一度も会わなかった仲間が、急に就職の相談をしてきて、わざわざ家まで迎えに行って会ったりするものかね。たぶんあいつらは、これまでにも連絡を取り合っている」

「それはそうかもしれないけど……それで、どうするつもり？」

「根競べだな。ただし、今夜から」

「どうして今夜なの」

「昼間は試合があるから」

冴がむっとした顔を私に向けた。

「ラグビーなんかより、仕事の方が大事でしょう」

「分かってないな、君は。ラグビーは、約束を守る紳士のスポーツなんだ。試合の日を決めたら、雪が降ろうが雷だろうが、絶対に試合をやる。これより優先的なことなんて、世の中に一つもないんだよ」

冴が、信じられないと言いたそうな顔つきで私を見る。確かに、彼女には分からないかもしれない。そして、こういうことが分からないと、彼女は私という人間を永遠に理解できないかもしれない。

朝方まで残った雨に濡れた芝が、濃い緑色に輝いている。午後になって少し気温が上がってきたのが気がかりだったが、とりあえずはまずまずのコンディションである。沢口が、イーグルスのユニフォームを用意してくれていた。

「十七番。レギュラーの座は遠いな」沢口が軽い調子で私をからかった。

「そのうち、実力で分捕りますよ」

「とにかく、今日はリザーブだ。後半にでも行ってもらうかもしれないが」

私は黙ってうなずいた。まだ体調は万全ではない。一晩寝て、仕事に差し障りがないぐらいに体調は回復したのだが、わずかに体の軸に熱が残っているようだったし、関節を動かす度に、どこかで軋むような音がした。今日は出番がなくても仕方ない、その方がありがたいとさえ思った。

着替え、軽く準備運動をしながら、私は無意識のうちに冴の姿を捜していた。来ないかもしれない。今朝、気まずい思いで別れたばかりなのだ。グラウンドの周りには、選手たちの家族の姿がちらほらと見える。ピクニック気分で、弁当のバスケットをぶら下げた親子連れもいた。なぜか、急に侘《わび》しさが襲ってくる。

その直後、グラウンドに隣接する道路で、タイヤを鳴らしながら冴のインプレッサが急停車した。怒ったような表情を浮かべた彼女が車から降り立ち、乱暴にドアを閉める。周囲をきょろきょろと見回していたが、私を見つけると、さらに表情を硬くして、大股で近づいてきた。その場の雰囲気を何とか和らげようと、私は小さく手を振ってやったが、彼女には通用しなかった。

「来たけど」私の目の前で立ち止まると、彼女が無愛想に言葉を吐き出す。コピーを取ってやったとか、買出しにいってやったとか言うのと同じ、素っ気無い口調だった。

「ああ」ありがとう、という言葉を私は辛うじて呑みこんだ。

「私、どこにいればいいの？」

周囲を見回した。グラウンドの周囲を取り囲む一面の芝は、晴れた日ならピクニックに格好の場所である。が、今は、座った途端に尻が濡れてしまうだろう。結局私は、小さなスタンドを指差した。

「あそこが特等席だよ」

「一人で？」

「試合中はね」

何か文句を言いたそうに、冴が唇を尖らせる。が、結局何も言わずに、濡れた芝の上でくるりと踵を返すと、ほとんど小走りにスタンドに向かって行った。私は、ジーンズに包まれた形のいい尻を、半ば呆然としながら見送るだけだった。

「彼女か？」からかうような口調で沢口が訊ねる。

「まさか」少し大袈裟かなと思えるぐらい勢い良く、私は顔の前で手を振った。

「会社の同僚ですよ。俺が恥をかくのを観に来ただけです」

「わざわざ？　土曜日なのに？」沢口の笑顔が大きくなる。

「どうでもいいじゃないですか」

私は声を荒らげて、沢口の質問を封印した。彼は、にやにや笑いながら、冴の後ろ姿を目で追っている。小さく溜息をついて、首からぶらさげたホイッスルをいじった。

「大事にしてやれよ」

「違うって言ってるでしょう」

「お前、嘘をつくの、本当に下手だな。顔に書いてある」

思わず、顔に手をやりそうになった。それを見て、沢口が声を上げて笑う。

「相変わらず馬鹿正直だな」

「馬鹿だけ余計です」

「悪い、悪い」笑いを嚙み殺しながら沢口が言った。「今日はせいぜい、いいところを見せてやれよ」

「出番、ありますか？」

「どうしようかと思ってたけど、ファンが来たんだからやっぱり出てもらおうかな。ただし後半からだぜ」

私は、自分の体の内部から発せられる危険信号に、慎重に耳を傾けた。準備運動を終え、多少体が軽くなった気もしたが、それでも何となく息苦しい。

「用があったら呼んで下さい」

「どこにいるんだ？」

「前半は、スタンドにいます」

「そうだな」沢口が視線を上げて、ちらりとスタンドを見る。ちょうど、冴が腰を下ろしたところだった。「行ってやれよ。彼女も一人じゃ寂しいだろう」

にやけているように見えないだろうかと心配しながら、私は笑顔を浮かべてうなずいた。沢口の勝手な勘違いが、私の胸の中に暖かな炎を灯した。彼女、か。小さくつぶやきながら、私は冴が待つスタンドへ向かった。


冴は、すぐにラグビーの楽しみ方を把握してしまったようだった。イーグルスがディフェンスラインを切り裂いて前へ進む時には立ち上がらんばかりに身を乗り出し、スクラムの時は、じっくりと腰を落ち着けて、拳を握り締める。

「要するに、ボールを前に投げちゃいけないっていうだけでしょう?」

「普通の人は、そのルールでまず引っかかるんだけどね」

「だけど、ルールってそんなものじゃない。手を使ったらいけないとか、ベースは一塁から順番に回らなくちゃいけないとか。理不尽だけど、単なる決まりごとでしょう? そういうことに一々引っかかってたら、スポーツなんて楽しめないわよ」

「それは、そうだ」

「もちろん、ルールは大事なんでしょうけどね」

「人を殺しちゃいけないとか？」

　冴が渋い顔をした。

「そういう話はやめましょうよ、こんな時ぐらい。それより、今日は試合に出るの？」

「後半からって言われてる」

「風邪は大丈夫？」

「昔は、風邪をひいた時の一番の特効薬はラグビーの練習だったんだけどね。もう年だから、今日は危ないな」

「馬鹿言ってないで、体をほぐしたら？　アキレス腱を切ったあなたを担いで帰るのは嫌だからね」

　言われて私は、苦い物を飲みこんだような気分になった。幸運なことに、現役時代には大きな怪我をしたことはないが、ラグビーというスポーツは、常に怪我と背中合わせである。将来を嘱望された選手が膝の靱帯《じんたい》を断裂し、背骨を折って脱落していく姿を、私は一度ならず見ている。勝ち負けがさほど大事ではないこんな試合で、再起不能の大怪我を負うようなことだけは避けたかった。

　前半終了を告げるホイッスルを機に、私は立ち上がった。

「じゃあ」

「頑張ってね、とか言って欲しい？」

「照れるからやめてくれ」

冴が手を差し出す。軽く握り、笑顔に真面目な顔で応えてから、私は走り出した。

後半から、私は試合に合流した。ポジションは現役時代と同じ、フランカーである。沢口も後半から出場し、やはりフランカーのポジションに入った。フォワードであってもスクラムのきつさを味わうポジションではないが、相手の攻撃には真っ先に反応して、タックルに行かなければならない。最初の一発が肝心だ、と自分に言い聞かせる。ボールに絡むか、相手を倒すか、とにかく試合が動き出して最初のワンプレイには必ず参加しよう。そうすれば、波に乗れる。昔の試合勘を取り戻すことができる。

懸念していたのだが、案外簡単に試合に溶けこむことができた。後半開始のホイッスルから十五秒で、相手ボールでのスクラム。スタンドオフが突っこんでくるところをつかまえ、そのまま引きずり倒した。その拍子に相手の肩が顎を強く打ち、一瞬目が眩《くら》んだが、それがきっかけになったようにアドレナリンが血管の中を走り回り、力が湧き出してくる。走り、倒し、ぶつかり、時には密集の下敷きになる。最初にぶつかった顎が次第に腫れ上がってくるのを感じたが、さほど気にならなかった。こんなものなのだ。

試合中は、必ず体のどこかに痛みを抱えている。それでも今日は、周囲を見るだけの余裕もあった。密集からボールを引っ張り出し、サイドを抜けて突進した時には、冴がスタンドで「行け！　鳴沢！」と叫ぶのが聞こえたほどだ。思わず笑いがこみ上げ——その直後、久しぶりの衝撃が襲ってきた。

体が二つに折れ曲がりそうなタックル。肺の中から空気が全て押し出され、一瞬、目の前が暗くなる。次いで、もう一つのショックが横からやってきた。二人がかりのタックルを受けて私は芝の上に倒れ、その拍子に頭を激しく打った。目に痛いほど蒼い芝が真っ白になり、頭の中で星が飛び回る。どこか遠くで、ホイッスルの音が響いたが、その音はひどく歪み、永遠に鳴り止まないようにさえ思えた。

頭が痛い。目が回る。天井が波打って見えた。

天井？　私はグラウンドにいたはずである。今は何時なのだ？　何曜日なのだ？　急に不安になり、時計を探そうとしたが、首を上げようとした途端に激しい眩暈《めまい》に襲われた。腕時計を見るために左腕を持ち上げようとしたが、手首に錘《おもり》でもついているように、びくとも動かない。まずい。頭を打ったことは何度もあるが、これほどひどい状態は経験したことがなかった。

やがて頭の下に、柔らかい物の存在を感じた。枕だろうか。それにしては暖かく、ざらざらした木綿の感触がする。しかし、不快ではなかった。どこか安心するような、眠りを誘うような心地良さだった。

「大丈夫?」

冴の声だ。よし、それが分かるぐらいなら平気だろう。安心して目を強く閉じ、また開ける。その途端に、目の前に彼女の顔が出現し、私は思わず跳ね起きた。体が真っ直ぐになると同時に、尻の下でソファが揺れる。良く知っている感触である。そう、私の家のソファだ。そして、横には冴がいる。何も、手がかりをつないで必死に推理を働かすまでのこともない。私は家にいて、冴の膝枕で寝ていたのだ。

目をきつくつぶり、頭を振る。目を開けて、恐る恐る横を向いてみたが、硬い笑みを浮かべた冴は、やはり私の横に間違いなく存在していた。冴が勢い良く立ち上がり、私の正面に立つ。柔らかな指で頰をそっと一撫ですると、「大丈夫?」ともう一度訊ねた。ゆっくりとうなずく。頭がぼうっとしているのは、脳震盪のせいばかりではないようだ。

「何か飲む? 気付けにアルコールにしてみる?」冴が、高価な酒がぎっしりと詰めこまれたキャビネットを見やった。ワイン、日本酒、ウィスキーと、三日三晩パーティを続けてもまだ余裕がありそうな量である。私は首を振った。学生時代、まだ酒を飲んでいた頃も、頭を打ったり怪我をした後だけは、アルコールは控えていた。

「キッチンにココアがある」

「ココア？」

「君も飲まないか？」私は台所に向かいかけたが、足がふらつき、ソファにへたりこんでしまった。

「私がやるわ」

「悪い」

だらしなくソファに座りこんだまま、私は額をゆっくりと揉んだ。二人から同時にタックルを受けて、きちんと受身が取れないまま、地面に頭を強打したのは覚えている。その直後、真っ白になった芝を見たことまでは、記憶にあった。しかし、そこから先は飛んでいる。ようやく、壁の時計に目の焦点が合った。五時。あれからずいぶん時間が経っている。みっともない話だ。頭を打って、意識不明のまま試合が終わってしまったことはある。しかし、その後まで記憶がなくなったようなことはなかった。三十歳、と口の中で何回か繰り返す。ブランクのせいもあるだろうが、若い頃なら、あれぐらいのタックルに対しては、簡単に受身を取ることができたはずである。そもそも、相手につかまることもなかったはずだ。

冴が、マグカップを二つ持ち、そろそろと歩いてきた。私に一つ渡すと、自分はサンデッキに出た。私は用心深く立ち上がり、眩暈がしないのを確かめてから、彼女の後を追った。南西の方向から陽射しが射しこみ、サンデッキは暑いほどである。彼女の後ろに立ったまま、ココアを一啜りした。私の好みからすると少し甘過ぎたが、それでも体の奥底に巣食った痛みと疲労がすうっと消えていくように感じる。

「ここまで運んでくれたのか?」

「沢口さんと一緒にね」冴が、街の光景に目をやったまま、答える。「それも覚えてないの?」

「全然」

「あなた、いろいろ喋ってたんだけど」

「マジかよ」耳の後ろが赤くなるのを感じ、私は思わずマグカップを強く握り締めた。「全然覚えてないな。変なこと、言ってなかったよな」

「まあ、そうね。私が聞いた限りでは」冴の声は、笑いを押し殺したように聞こえた。「沢口さんて、いい人ね」

「ああ」

「先輩なんだ」

「先輩というより、兄貴かな。年はずいぶん離れているけどね」

「あれから、試合は大荒れだったのよ」冴がココアを一口飲み、顔をしかめた。

「大荒れって？」

「沢口さん、激怒しちゃって。あんなタックルはないって、相手の選手に殴りかかったのよ。止めるのに、両チームの選手総出だったわ」

「本当に？」

にわかには信じられなかった。沢口は、試合中は常に冷静で紳士的だ、というのが私の印象である。もちろん、現役時代の彼は観ていないのだが、そういうことは練習でも気楽なOB戦でも分かる。どちらかと言えば、喧嘩が始まると止めに行くタイプであり、たとえ密集の中でわざと踏みつけられても、首にタックルをくらっても、自分から相手に殴りかかるような選手ではなかったはずだ。

微妙な違和感を私は感じた。沢口が変わってしまったとすれば、いったい何が原因なのだろう。

「あなたのこと、本気で心配してたわよ。まだ試合に出すのは早かったかもしれないって。何かあったら自分の責任だって、蒼い顔してたわ」

「そういう人なんだよ」

「今時、滅多にいないタイプね」

「ああ」

冴がマグカップをティーテーブルの上に置き、アイヴィーの鉢の上に屈みこむ。滑らかな線を描く背中が、セーター越しに浮き上がった。

彼女は、どうしてここにいるのだろう。さっさと帰ってしまっても良かったはずだ。それを、わざわざ膝枕で私を眠らせてくれた上に、今も帰ろうという気配を見せない。じっと屈みこんだまま、アイヴィーの葉を撫でている。まるで何かを待っているように。

私は、カップの中身を零さないよう気をつけながら、彼女の背中にそっと触れた。何かのスウィッチが入ったように、冴がゆっくりと立ち上がる。私がカップを置くのを待って、そのまま背中を預けてきた。柔らかな重みを感じながら、私は、刑事としての本分を踏み外していないだろうか、性急過ぎはしないだろうか、と自問した。

答えは出てこない。ただ、新潟での私は、ある意味慎重過ぎたと思う。愛する人の気持ちを慮《おもんぱか》るばかりに、自分の気持ちを押し潰し、欲望を包み隠し、結局は全てを失ってしまった。

良いか悪いかという点から考えても、結論は決して出てこないだろう。ただ私は、二度と同じ失敗を繰り返したくないと強く願っていた。

7

冴が、手の甲で口を抑えながらくすくすと笑った。その笑いは長く尾を引き、私の肌を、心を柔らかくくすぐる。一瞬体を震わせると彼女がシーツを引き上げ、裸の肩を覆った。それからまた小さく笑って、私の鼻をつまむ。

「よせよ」

「良かったじゃない、体は大丈夫みたいだし」

「大丈夫じゃない。ふらふらだよ」

「でも、試合の続きみたいだったわよ。女の子は、もっと優しく扱わないと」

「検討しておくよ」実際、どちらの骨盤が頑丈なのかを競い合うようなセックスであり、私は試合で背負った痛みとは別の痛みを、体のあちこちに抱える羽目になった。しかし、締めつけるような頭痛はいつの間にか消えている。

ごろりと横になって天井を見上げた。冴が、私の肩に頭を載せる。髪が広がり、白いシーツを黒く染めた。暖かい吐息が、私の首筋をくすぐる。

「変なことになっちゃったね」私の気持ちを見透かしたように、彼女がささやく。

「そうか？」彼女の言葉は、そのまま私の疑念でもあったのだが、私は言葉を濁した。

「違う？」

「分からない」

「私は、何となくこうなるような気がしてたけど」

「いつから？」

「もしかしたら、あの事件で、最初に公園で会った時から」

「すごい予知能力だ」

「そういうことって、何となく分かるでしょう」

「じゃあ、俺が今何を考えているか、分かるか？」私は左手を伸ばし、冴の太腿に指を這わせた。先ほど、火傷の跡だという傷跡を確認したばかりの場所である。赤黒いその傷は、目立つことは目立つが、彼女の肌の眩《まぶ》しさを貶《おとし》めるほどのものではない。しかし彼女は、絶対にミニスカートははかないだろう。

「ちょっと、やめてよ」冴が、さっと体を引く。「少し休憩」

「違うよ」

「じゃあ、何考えてるの？」

「こういうことになった後でも、今夜俺たちは張りこみに行くんだなって」

「本気？」

「当たり前だ」

冴が深く溜息をつく。

「やっぱり、あなたが何を考えてるか、分からないわ」

「そりゃあそうだ。そう簡単に読まれたんじゃや、困るよ」

一瞬、冴が目を細めて私を睨む。が、次の瞬間には気だるい雰囲気を吹っ切るように立ち上がり、ベッドを抜け出した。素早く下着を身につけると「シャワー貸してね」と言って寝室のドアに手をかける。

「ちょっと待った」

「何？」

「もう少し、眺めさせてくれてもいいと思うけど」

冴が小さな笑みを浮かべ、くるりと一回転してみせた。形の良い乳房がふわりと揺れ、白い肌が目に焼きつく。

「じゃあね」

「それで終わり？」

「何も今じゃなくても、まだ、機会はあると思うけど」

冴はそれを望んでいるのだろうか。私はと言えば、この関係を永続的なものにしたいのかどうか、自分でも分からないままだった。

何もなかったことにしよう、と口に出して約束したわけではなかったが、少なくとも冴は、何もなかったように振る舞っていた。自分のインプレッサをいつもと同じように乱暴に運転して井澤の家の近くまで来ると、車を路肩に寄せて停める。すでに八時を回っている。食事も終えたし、後は長い夜をやり過ごすだけである。長くあって欲しくない、少なくとも何か動きがあって欲しいと私は願った。じりじりと時が過ぎるのを待つだけの張りこみには、いい加減うんざりしている。

「体、大丈夫？」冴の声は、以前と比べて少しだけ柔らかくなっている。

「今のところは」事実、頭を打った後遺症もなければ、風邪の症状さえ消えていた。冴の香りに包まれ、互いの体温を感じ合っていた時間は、私の体調に何らかの良い影響を与えたようである。「それよりこの場所、あまり具合が良くないな」

「そうね」唇を噛みながら、冴がハンドルの上に体を乗り出す。「見通しが悪いわね」

井澤の家は、腰の高さまでの低いブロック塀と、その上に植栽されたゴールドクレストの生垣で囲まれていて敷地の中が覗けない上、路地の行き止まりにあるので、張りこみには不向きだ。この路地に車を停めている限り、井澤が車を出したら、簡単に見つかってしまう。私は周囲を見回し、家の裏手が小高い丘になっているのを見つけた。何とかよじ登ることはできそうである。フロントガラス越しに丘を指さし、冴に告げた。

「俺は、あっちの丘に登る。あそこからなら、何か動きがあっても見えるだろう。君は、大通りの方で待機していてくれるか」

「一人で大丈夫？」

「時々電話でもしてくれ。居眠りすると困るから」

「了解。いつまで粘る？」

「灯りが消えるまで。でも、そんなに遅くまでかからないんじゃないかな。動き出すなら、もっと早い時間だろう」

「それから？」

「それからって？」

冴が、感情を隠すような曖昧な笑顔を浮かべ、照れたようにうつむく。

「あのベッド、寝心地が良かったわね」

「そうだな。俺も初めて寝たけど」家主のベッドを使ってしまったことに対して、私は何となく気まずい思いを感じていた。

「明日は日曜日でしょう」

「朝まではサボっていい、というわけか」

私の問いかけには答えず、冴は肩をすぼめるだけだった。急に積極的になってしまった彼女の態度にかすかな戸惑いを覚えながら、私は車を降りて、ささやかな登山に挑戦することにした。

前日の雨で斜面はぬかるんでおり、革靴のソールがずるずると滑る。悪態をつきながら、斜面にしがみつくように生えている松の幹をつかみ、少しずつ体を上に運んだ。ようやく丘の中腹に出ると、今度は慎重に斜面を横切り、井澤の家を見渡せる場所を捜した。丘の中ほどに立っている松の老木が、適当な場所のように見えた。木の陰に体を寄せると、井澤の家の玄関と車庫が二十メートルほど先に見える。冴に電話を入れ、観察場所を見つけた、と報告した。それから、ごつごつした松の幹に寄りかかり、静かに周囲の木に同化しようと努めた。

何も動きがない。井澤の家の窓からは灯りが漏れているが、中の音までは聞こえてこなかった。何が起きているのか、あるいは起きていないのか、ここにいるだけでは想像するしかない。

事件は、少しも動いていないのだ。被害者の名前さえ、まだ確定できていない。沢峰を襲った人間となると、それこそ影さえ見えない状況である。そんな中で私たちは、沢峰の昔の仲間の生活に踏み入って、時には相手を怒らせ、時には不愉快な気分にさせているだけなのだ。私たちが相手にしている人間は、全員が、かつての極左の活動家である。当時、警察に対する不信感は、一般の人とは比べ物にならないほど大きかった――というよりも、明らかに「敵」だったはずだし、三十年という歳月を経た後も、そういう感情が完全に消えているとも思えない。虎の入った檻を、鉄棒でがんがん叩いているようなものである。

気になることが何点かあった。井澤が嘘をついていたことがそうだし、井澤と大友が接触していた理由についても引っかかる。もちろん井澤の言う通りで、二人が大友の就職について話をしていた可能性も、ありえないことではない。が、それが嘘だということは、私には分かっていた。一つ嘘をついた人間は、そこから先、全てを嘘で固めざるを得なくなるものである。とすると、革青同のメンバーが、今でも頻繁に会っている可能性も捨てきれない。しかし、何のために？　同窓会を開いて、あの頃を懐かしんでいるとは思えなかった。逆に、他のセクトに対する支援活動をしているとか、彼ら自身が社会の中に溶けこみながら、今でも革命のチャンスを狙っているということも、ありそうもない。それなら、現在でも公安のマークを受けているはずだ。公安の連中が、一度目星をつけた人間の行動を見逃すとは考えられなかった。

時間はじりじりと過ぎ、私は自分が石ころか木にでもなってしまったように感じた。冴は三十分おきに電話をかけてきたが、二言三言、言葉を交わしただけで切るようにした。この辺りは静かで、車さえ通らない。自分の喋る声が井澤の耳に届くのではないか、と私は恐れた。

冷たい風が木々の間を吹き抜ける。空気は、再び湿り気を帯び始めたようだ。体が固まらないように時々手足を動かしながら、私は次第に、自分のやっていることが正しいのかどうか、自信が持てなくなっていた。こんなことをしていて、沢峰を襲った犯人に行き着けるのだろうか。もしかしたら完全に筋を読み違えて、犯人はとうに、私たちの手の届かない場所まで逃げてしまっているかもしれない。

もう一つの疑問が、頭に忍びこんでくる。穴井が殺された事件と沢峰の事件との関係だ。今のところは、二人の被害者が、三十年前に同じセクトのメンバーだった、ということしか共通点はない。二人のその後の人生は、平行線のように交わっていないはずだし、共通の敵がいるとも思えなかった。

穴井殺しの捜査も暗礁に乗り上げており、たまに顔を合わせる筧の表情にも、焦燥感が浮かぶようになっている。

ざまあみろ、と自分が考えているのに気づき、私は愕然とした。自分が関わっていない事件の捜査など、どうでもいい。いや、むしろ失敗した方がいい。それはすなわち、私を遠ざけ、陰で噂をしていた刑事たちの失点になるからだ。

以前なら、こんなことは考えもしなかった。認めたくない。認めたくはないが、私は変わってしまったのだ。祖父を見殺しにしてしまって以来、物事を単純に割り切ることができなくなった。

私が祖父の自殺を赦したことは、ある意味、強い確信を持って犯人を撃ち殺した冴の行為よりも始末が悪いかもしれない。冴のやったことは、警視庁という組織の中では、誰もが知っていることだ。しかし、彼女が今でも刑事を続けているということは、その行為はもう赦されているということに他ならない。もちろん、決して止めることのできない人の噂や、彼女が不満を持っている処遇の問題はあろうが、それでも彼女は、この組織の中で、あるいは社会の中で、これからも生きていけるはずだ。

私は、赦されていない。全てを覆い隠したのは他ならぬ私なのだから。そんなことをしておきながら、自分はまだ、刑事を続けている。

赦されざるべきなのは、私ではないか。転落して、誰かに殺されるような人生を送るべきなのは、鳴沢了というちっぽけな存在なのではないか。

ぎこちなさが消え、同時に言葉も消える。私たちは、探りを入れるように互いの体に手を伸ばし、大事なことが確認できたと確信した瞬間に、再び激しい動きを取り戻した。それは、間違っても柔らかく優しい愛の交換とは言えなかった。二人が体を激しくぶつけ合うことで、互いに生きている証を見出そうとする行為に過ぎない。

ひんやりとしたシーツに包まれ、私たちはぼんやりと天井を見上げていた。冴の脚が、私の脚に絡まってくる。私は彼女の体を引き寄せ、その熱を貰って、冷えた体と心を暖めようとした。

どうにもうまくいかない。

「後悔してないか」

「何を？」

こうやって二人で裸で抱き合っていることだ、と言いかけた瞬間、私は、自分の疑問はそんなことではないのだ、と気づいた。冴には聞いておかなければならないことがある。彼女にしか答えられない問題だ。

「撃ったこと」

冴が唾を呑み、体を硬くする。私はさらに強く彼女の体を抱きしめた。

「分からない」今まで聞いたことのない硬い口調であり、表面の強気の膜が割れて、戸惑いが透けて見えた。

「分からない？　自分のしたことは間違ってなかったって言ってたじゃないか」

「そう。いろいろと言うことはできると思うわ。あれで、絶対に更生できない人間が一人死んだわけだから、社会にとってはプラスになったはずだとか、私の処分は終わったんだから、大手を振って歩いていいはずだ、とか。そんな風に、自分で自分に言い聞かせてたの」

「実際、そうじゃないか」

「人を撃ち殺すことって、リアリティがなかったわ」冴が私の方に向き直り、汗で冷たくなった乳房を押しつけた。「首を絞めたり、ナイフで刺したりすれば、自分の手で人を殺したって実感できるかもしれない。でも、拳銃は違うのよ。撃った時の反動があるでしょう？　あれを感じたと思った直後に、離れた場所にいる相手が倒れてるんだから。だからかもしれない、私があの件に関して、整理しきれていないのは。本当に自分が殺したのかなって、疑問に思うこともあるぐらいなのよ。でも、私が殺したのよね。それは間違いない」

冴が、跡が残りそうなほどきつく、私の腕をつかむ。私は、心地よい痛みを感じながら、彼女が次の言葉を吐き出すのを待った。

「分かってる。私が殺したの。百万だって理屈をつけることはできるけど、私が殺したという事実は変わらない。だけど、そんなことが理由で、私は下りるわけにはいかないのよ」

「下りる？」

「生きていくことから。ねえ」冴が私の上にのしかかり、正面から顔を見つめた。「あなたは？」

「俺がどうしたって」

「あなたは何を隠してるの？」

私は答えなかった。何とでも言うことはできると思う。しかし、系統だてて、冷静に喋ることは不可能に思えた。ばらばらと言葉を吐き出して、彼女を混乱させたくもない。違う。私は、己の罪を彼女に告白したくないだけなのだ。自分に良く似た人間だと確信し、今こうやって肌を合わせている相手に対してさえ、喋れないことがある。あるいは私は、単なる卑怯者なのかもしれない。自分に対しても相手に対しても正直になれない、ぐずぐずした人間なのかもしれない。

数時間前、刑事を続けている自分は卑怯者かもしれない、と私は考えた。しかし今は、それこそが自分に科した罰なのだ、と思い直している。冴と同じように、私も生きていくことからは下りられない。生きていくことで、祖父を見殺しにした悲しみ、事件を封殺してしまった罪の念を感じ続けることになる。生きていくことこそが、私にとっては贖《あがな》いになるのだ。罪を背負い、自分の中にある暗い気持ちを見つめながらも、自分がやるべきことを探し、細いロープの上を渡るように、毎日冷や汗をかきながら歩いていくしかない。私の場合、それはまさに、刑事の仕事をこなしていくことと同義である。

こんなことを喋っても、冴には面白くないはずだ。自分の事情を喋らない私を、彼女は卑怯だと思うかもしれないが、私は沈黙を守ったまま、闇と眠気が、二人を短い安息に引きずりこんでくれるのを待った。

寒さで目が覚めた。傍らの時計に目をやると、まだ六時である。レースのカーテンの隙間から射しこむ薄い朝の光が部屋に満ち、それに気づいた途端に、私の意識は鮮明になった。冴は、死んだように眠っている。休日の惰眠が彼女の唯一の楽しみだとすれば、私は昨日、それを奪ってしまったのだ。このまま寝かせておこうと決めて、そっとベッドを抜け出した。エアコンのスウィッチを入れ、部屋を暖めるようにしてから階下に下り、ジョギングウェアに着替える。昨日の試合の痛み、それに風邪の症状が残っていないことを確認してから、ゆっくりと柔軟体操をして体をほぐし、走り出した。

多摩ニュータウンのジョギングは、かなりハードなものである。どこを走るにしても、長い坂道を覚悟しなければならないからだ。今朝の私は、できる限り平坦なルートをたどることにした。家を出てから、多摩センターの駅へ向けて真っ直ぐに下る。そこまで一・五キロぐらいだ。駅の周辺だけは平地なので、ニュータウン通りに沿って、少しスピードを上げて走る。重い疲労が体の底に残っているが、それでも途中で脚を止めるほどではない。駅の近くにたどり着く頃には体がほぐれ、昨夜から頭に去来し続けた様々な思いも消えて、頭の中がすっきりしてきた。道路沿いに立ち並ぶコンビニエンスストア、ラーメン屋、車のディーラーや靴の安売り店を視野に入れながら、風が頬を叩く感触を楽しむ。分厚い雲は低く垂れこめ、湿気で体が重くなってきた。二キロほど走って、交差点を渡って折り返し、今度は道路の反対側を走って戻るコースを取る。日曜日の早朝で、車の行き来もほとんどない。時々、犬を連れて散歩する人を追い越すぐらいで、私は、自分がこの街のたった一人の住人になってしまったような孤独を嚙み締めた。

駅前まで戻り、そこでスピードを緩める。これで、家を出てから五キロぐらいだろう。いつもよりは短い距離だが、体調が万全でない時に体を痛めつけるのは正しいトレイニング方法ではない、と自分に言い聞かせて立ち止まった。歩道の上でゆっくりと膝の屈伸をし、アキレス腱を伸ばしてやる。異常なし。三十歳という年齢をことさら意識することなどないのだ、と自分を納得させた。

帰りの坂道は、ゆっくり歩くことにした。薄い灰色のヴェイルがかかったようだった街が、次第に明るくなってくる。食べるものが何もなかったなと思い出し、途中で買い物をした。ふと思いついて、冴のためにチョコレートバアを買ったが、彼女は朝からこんなものを食べるのだろうか。そう言えば、香水も何もつけていないはずの彼女の体は、ほんの少し、あまやかな香りがする。まさか、主食のようにチョコレートを食べ続けているせいでもないだろうが。

冴はいなかった。

ダイニングテーブルに書き置きを残していくだけの余裕はあったようだが、ベッドの乱れは完全には直っていなかった。私は、まだ彼女のぬくもりが残るベッドに腰を下ろし、書き置きに視線を落とした。「帰ります。今夜、署で」と生真面目な文字で書いてあるだけである。私はその言葉の裏に潜む意味、密かなメッセージを読み取ろうとしたが、何一つ浮かび上がってこなかった。

私はまた、失敗したのだろうか。大事な人を抱きしめることもできず、黙って去っていくのを止められなかったのだろうか。苦い思いを嚙み締める一方、これで良かったのだ、という気にもなってくる。彼女も、話をややこしくしたくなかったのかもしれない。そのためには、どこかでけじめをつけなければならなかったのだろう。

そう思いながら私は、少しだけ惨めな気分を味わっていた。気持ちの切り替えなど、何とかなる。いざ現場に出れば、甘く柔らかな記憶をすぐに頭の片隅に追いやることだってできるだろう。しかし、もう少しだけ、一緒にいたかった。食事をし、ぼんやりとテレビを眺め、意味のないお喋りをして、日曜の朝を彼女とだらだら過ごしたかった。

冴のために買ってきたチョコレートバアを口に押しこんだが、固い粘土を嚙み締めるような感触しか伝わってこなかった。

「ごめんね」夜、署で落ち合った時の冴の第一声がこれだった。「けじめのつもりだったから」

「あんなふうにしなくても、けじめはつけられたんじゃないか」心底申し訳なさそうに言う彼女の言葉を聞きながら、私は幾分ほっとしていた。

「あなたはそうかもしれないけど、私はそれほど器用じゃないのよ。それに、一人でゆっくり寝たかったし」

何があっても、人の習慣は簡単には変わらない。笑みが這い上がってくるのを抑えることができなかった。冴が、怪訝そうに私を見つめる。

「何？」

「何でもない。いや、何でもなくはないか。これからどうなることかと思ってただけで——」

「どうなるかは、私にも分からない。この事件が終わったら、その時に考えるわ」

「了解」

「井澤の家に行く？　それとも別の手で攻めてみる？」

私はちらりと腕時計を見た。六時。夜は長くなりそうだが、その前に一か所、気になるところを当たってみてもいい。

「井澤の家には行くけど、その前に多摩南公園に行こう」

「現場百回ってこと？」

「ちょっと、気になることがある」

私の懸念は当たっていた。脇田は、テントを畳んで姿を消していたのだ。本来彼は、事件の証人であるし、勝手に行方をくらまされては困る。しかし、自分本来の居場所を持たない彼らに対して「動くな」とは言えないのだ。そう言えば、公園の不法占拠を認めてしまうことにもなる。自立支援センターのような組織もあるが、それだって本人が拒否すれば、入所も難しい。

事件が起きた時は十個ほどもあったテントは、今では三つに減っている。私は、顔見知りになったホームレスたちと二言三言言葉を交わしたが、予想していた通り、脇田がどこへ行ったのかは誰も知らなかった。

「何か手を打っておくべきだったかもしれないわね。彼は、貴重な証人なんだから」冴が悔やむように言ったが、私は首を振ることしかできなかった。彼に公園を出るように私が誘導したようなものなのだから。

ミスではないのだが、ミスしたような気分になって車に戻ろうとした時、公園の一角から、何かをこするような金属的な音が聞こえてきた。私は冴と顔を見合わせ、そちらの方に歩いて行った。

片平真司が、一人きりでいた。ローラーブレードで、円を描くように滑っている。ゆっくりと、何かを確認するような滑り方だったが、時に体を屈めてスピードを上げ、髪を風に委ねる。声をかけようかどうしようか迷っていると、彼の方で私たちに気づいた。立ち止まり、どうしたものかと困っているような様子だったが、何を思ったのか、私たちの方に滑ってきた。二メートルほどの距離を置いて立ち止まる。彼の目が、細く黒い線のようになった。

「どうかしたのか」私が笑顔を見せてやると、真司も目を見開き、何とか笑おうとした。が、表情は硬いまま、凍りついてしまう。

「いや、別に何でもないけど」

「今日は、仲間はいないのか」

「一人」つぶやいたその言葉は、孤独と同義語に聞こえた。ふと思いついて、私は革青同のメンバーの写真を何枚か、彼に見せた。念のためにと、隠し撮りしておいたものである。

「何、これ」

「この中に、見覚えがある奴はいないか」

トランプのカードをシャッフルするような手つきで、真司が写真を眺めていく。が、一枚の写真に差しかかった時、手の動きが止まった。目を細め、何かを思い出そうとするようにとっくりと眺める。

「これは……」

「誰だ？」私は、彼が差し出す写真を受け取った。井澤だった。急に鼓動が早くなり、手が震える。隣から覗きこんだ冴が、一瞬息を呑んだ。私は、真司の顔の前に写真を突きつけると、「間違いないか」と念を押した。

「たぶん」自信なさそうに真司が答える。「見たことある、かもしれない」

「どこで？」

「ここで」真司が、右手の親指を下に向けて、地面を指さした。

「何をしてた？」妙だ。この公園は、南大沢にある井澤の家からはずいぶん遠い。想像が、私の頭の中で勝手に走り、あっという間に筋書きができ上がった。粗い筋書きで、所々が欠落しているが、全体を見れば筋が通らないわけではない。

「あの、テントの辺りで」真司が、植えこみの向こうのテントを指差す。以前は、意図的に揃えたように青一色に染まっていたのに、今ではまばらになっていた。「誰かと話してた。あの、たぶん、襲われた人かな？」

「間違いないか？」私が詰め寄ると、真司は顔を蒼ざめさせながら一歩後ろに下がった。冴が私の手を抑え、柔らかい声で質問を続ける。

「いつ頃だった、それ？」

「あの事件の一週間か、十日前。でも、良く覚えてないよ」急に不安な顔つきになって、懇願するような口調で真司が言った。「ねえ、これ、俺は関係ないよね」

「関係ないどころか、誉めてやるよ」私は写真をまとめて真司から受け取りながら、答えた。「もしかしたら、君が突破口を開いてくれたかもしれない」

　私と冴の推理はこのようなものだった。かつて革青同のメンバーだった井澤と沢峰の間に、何らかのトラブルが起きる。例えば沢峰が、何かを材料にして井澤を強請《ゆす》ったのかもしれない。それが何だったのかは想像もつかないが、追い詰められた井澤が、危険を排除しようとして沢峰を襲った――。

　井澤の家の近くに車を停めると、冴がすぐに私のゴルフに乗り移って来た。張りこみから追跡に移行する可能性もあるので、車を二台、用意してきたのだ。彼女は、一人で運転している間もずっと推理を転がしていたようで、すぐに結論を叩きつけてきた。

「やっぱり、穴だらけの推理ね。沢峰を排除しようと思ったら、幾らでも手はあるでしょう。そもそも、膝を叩き潰して、それで終わりにするのは変じゃない？　脅しのつもりだったのかしら」

「脅しにしては、ずいぶん荒っぽいやり方だしな」

「井澤には合わない感じね」

　私はうなずき、冴の言い分に全面的に賛同した。

「それに何も、あんな住宅密集地の中で襲わなくてもいいわけだし」

「金で解決できたかもしれないわよね」

「シロ、かな？」

「グレイね。井澤がやったんじゃないにしても、何か関係があったって考えたいわ。彼は、いろいろと嘘をついているわけだし、完全にシロだとは思いたくない。それで、どうする？　井澤に直接当たってみる？」

冴はそうしたいような様子だったが、私はもう少し慎重な方法を選びたかった。

「今夜、また張りこんでみよう。それで動きがなければ、明日もう一度、井澤に会って圧力をかけてみる」

「ちょっと慎重過ぎない？」

「焦って失敗するよりはましだ」

冴はまだ何か言い足りない様子だったが、結局は少し不機嫌な声で「了解」と言って、私の提案を認めた。

彼女が素直に賛成しなかったことで、私はむしろ、ほっとした気分になっていた。馴れ合いとか、いい加減という言葉が頭に浮かぶ。しかし今のところ、そのようなものは私たちには無縁なようだ。彼女は、自分の中できっちりけじめをつけているようである。

私は、どうだろう。

昨夜、靴を汚してしまったので、今日は予《あらかじ》め汚れるのを覚悟した服装を選んできた。ジーンズにセーター、腰までの長さのオイル引きのコートに、履き古したジョギングシューズ。丘の斜面は相変わらず濡れており、つるつると滑ったが、それでも何とか昨夜と同じ張りこみ場所にたどり着き、十数時間ぶりに監視を再開した。

一時間もしないうちに、車庫のシャッターが開く音が響いた。すぐにヴォルヴォが出てきて、大通りの方に向かって走り出す。井澤一人しか乗っていないようだった。冴に電話をかけながら、自分も丘を下りる。途中、何度か滑りそうになったが、登る時の半分以下の時間で下りると、自分のゴルフを停めた場所まで全力疾走した。シートに滑りこみ、エンジンをかけると同時に、冴から電話がかかってくる。

「ヴォルヴォはニュータウン通りの方に向かってるわ。車が少ないから、すぐに追いつくと思うけど」

「とりあえず、そっちを目指して行く。方向が変わったら、また電話してくれ。君の車を見つけたら、こっちから電話する」

「了解」

大慌てでアクセルを踏みこみ、ゴルフを急発進させる。住宅街の中の曲がりくねった道路を駆け抜け、南大沢の駅前まで出た。右か、左か、どっちへ行ったのかと迷って車を路肩に停めた瞬間、私の迷いを見透かしたように、冴が電話をかけてくる。「左」とだけ言って彼女が電話を切ると同時に私は車を出し、円形の歩道橋がぐるりと覆い被さっている駅前の交差点を左折して、ニュータウン通りを西へ向かった。

ほどなく、冴のインプレッサのテールランプが見えた。その二十メートルほど先を、井澤のヴォルヴォが走っている。交通量が少ないので、間に他の車を挟んで尾行することはできないが、井澤はこちらには気づいていないようだった。冴がヴォルヴォの真後ろに着き、私は追い越し車線に入って、彼女から少し遅れて尾行に参加する。

一六号線に入ると、井澤がヴォルヴォのスピードを上げた。そのまま北上し、JR横浜線の片倉駅の近くで急にウインカーを出して車を路肩に寄せる。冴が何気なく井澤の車を追い越し、先の小さな交差点を曲がった。私は、井澤の車の五十メートルほど後ろで車を停めた。何をしているか、確認しようと目を細めた途端、誰かが歩道から車道に降り、助手席のドアに手をかける。ドアが閉まるか閉まらないうちに井澤が車を発進させ、八王子の市街地へ向かった。私は冴に電話をかけ、今度は入れ替わって私の後からついてくるように、と告げた。走行中の携帯電話はご法度だが、今回ばかりは特別である。

しばらく走ると、後ろから素早く二回、パッシングされた。バックミラーに、冴の真剣な顔が映る。私は一人うなずくと、運転に集中した。

ずいぶん長い追跡になった。井澤は八王子の市街地に入る前、京王片倉の駅の手前で北野街道に入り、八王子バイパスから一六号線を経て、中央高速に乗った。西へ向かう。ゴルフのガソリンタンクは満タンだったが、どこまで行くのか考えると、少しばかり不安になった。

井澤は県境を越え、上野原で高速を下りた。二〇号線をしばらく走ってから、狭い県道に入る。車が少なくなってきたので、気づかれないかと心配したが、井澤の方では、尾行に気を遣うよりも、もっと気がかりなことがあるようだった。乱暴にハンドルを切り、タイヤを軋ませながら、カーブの多い緩い坂道を登っていく。途中からは山肌を縫うようなワインディングになったが、彼は常軌を逸したスピードを緩めようとしない。他に車の姿もなく、これ以上の尾行は難しそうだと思った途端、井澤が路側帯にすっと車を寄せる。私は、中を覗きこみたいという欲望を押し殺しながら、ヴォルヴォを追い越した。百メートルほど走ったところで次の路側帯を見つけ、車を停める。暗闇の中ではっきりとは分からないが、左側は崖で、こすれ合う葉の音に混じってかすかな水音が聞こえてきた。冴に電話を入れようと思った瞬間、彼女のインプレッサのヘッドライトが、後ろから私を照らし出した。

車から降りると、冴が運転席の窓を開け、肩をすくめた。

「これ、どういうこと？」

「少なくとも、ピクニックじゃないな。行こう」

車を置いたまま、私たちは道路を引き返した。ヴォルヴォの中には人がいない。見ると、井澤ともう一人の男が、右側にある山の斜面を攀《よ》じ登ろうとしているところだった。もう一人の男は――大友だった。二人は、木の幹に手をかけ、時折足を滑らせながら、何かに追われるように焦った様子で森の中に分け入っていく。

私は冴と顔を見合わせてうなずくと、二人の跡を追うべく、細い道路を横切った。終焉が近いのだろうか、それともこれは何か別の事件の始まりなのだろうか、と訝りながら。

8

二人に対する追跡は困難を極めた。あまり近づくと気づかれてしまうし、かといって、距離を取り過ぎると見失ってしまう。結局私たちは、二人の荒い息、雑草をかき分ける乾いた音を頼りに、安全だと思えるだけの距離を保ったまま、後を追い続けた。

冴は、決して助けを求めようとしなかった。きつい斜面では、先に上った私が手を差し伸べても厳しい表情を浮かべて断り、近くの木に手をかけて、自分で体を持ち上げる。何度かそんなことを続けているうちに、彼女の「けじめ」はかなり厳しく、はっきりしたものなのだ、ということが分かってきた。私はと言えば、ふと気づくと、闇の中に白く浮かび上がる彼女の裸体を頭に思い描いているというのに。

藪を手ではらい、跳ね返る小枝に顔を叩かれながら十分ほども斜面を登っていくと、斜面が緩やかになった。前方で、何かを捜すように、懐中電灯の灯りがちらちらと瞬いている。後ろに手を伸ばして冴を立ち止まらせ、その場で屈みこんだ。冴が私の横にしゃがむ。闇に目を慣らそうと目を細めているうちに、乱暴に雑草をかき分ける音に、人の声が混じって聞こえてきた。

「……この辺りか？」

「分からん。ずいぶん様子が変わってる」

誰かの問いかけに、苛々した口調で井澤が答える。枯れた枝を踏みしだく足音は、何人分だろう。少なくとも、井澤と大友の二人だけということはないようだった。こちらに近づいてくるなよ、と祈ったが、ほどなく彼らは何かを見つけ出したようで、枯れ枝を払う音が消えた。沈黙が闇に溶けこみ、続いて地面にスコップを突き立てる音が聞こえてくる。無言のまま作業が続き、やがて彼らは、目的のものを見つけたようだった。しかし、二十メートルほども離れている上、途中の雑草や木立が邪魔になって、ほとんど何も見えない。誰かが激しく吐く音が聞こえてくる。冴が顔をしかめた。

ただ一つ分かるのは、懐中電灯の光の中に浮かび上がる彼らの顔が、嫌悪と恐怖の入り混じった複雑な表情であるということだ。さながら死霊が地上に降り立ち、スコップを小道具に無様なダンスを踊っているようにも見える。

三十分ほどが過ぎただろうか。彼らは、無言のまま山を降り始めた。来る時にはなかった大きな荷物を、引きずるようにして運んでいる。

「捕まえようか？」冴が提案した。それも一つの手である。しかし私は、一番慎重な方法を選ぶことにした。

「一度引き返そう。奴らが何をしていたか調べたいけど、たぶん、鑑識の連中の手助けが必要だ。穴を掘り返すにしても、俺たちが勝手にいじらない方がいい」

「何を掘り起こしていたと思う？」

「死体、とか」

冗談で言ったつもりだったが、冴からは笑いも否定の言葉も返ってこなかった。悪夢に襲われたように手を握り締め、結んだ唇の隙間から、舌先を覗かせる。私は、かすかな腐臭を嗅いだようにも思った。

来た道――私たちが踏みしだいて作った獣道だが――を引き返し、森を出る直前で脚を止める。先に道路に出ていた井澤たちは、ヴォルヴォのトランクを閉めるところだった。中に何を入れたのかまでは分からない。人数は五人。無言のまま、井澤のヴォルヴォと、いつの間にかその後ろに停まっていたアコードに分乗し、砂利を蹴散らしながら去って行く。街灯の灯りは届かず、アコードのナンバーも読み取れない。私は奇妙な疲労を感じ、冴に言葉をかけるのも忘れていた。

鑑識の出動を要請するのは容易ではなかった。具体的な容疑があるわけではないし、現場は管轄外の山梨県である。帰り道、私と冴はアイディアをぶつけ合った挙句、結局は彼女が提案した非公式な方法を取ることにした。上司には、特に水島には、まだ知られたくなかったのだ。

冴は、月曜日の朝、署に出てくるとすぐに、鑑識の係官でその日非番の松田元《まつだげん》に電話を入れた。以前新宿署で一緒だったので、少しは話が通じる、絶対に出てきてくれるはずだというのが彼女の説明だった。何やら秘密兵器があるような口ぶりだった。

冴の言う通りで、松田は貴重な非番の日を潰して、しかも非公式に現場に出ることを約束してくれた。昼前に署の駐車場で落ち合うと、すぐに上野原を目指す。松田は妙に機嫌が良かった。もしかしたら冴との間に何かあったのではないかと想像し、私は落ち着かない気分でついアクセルを深く踏みこんでしまった。

しかし実際には、彼女は松田を買収しただけだった。

「食べ放題ですよ、先輩」後部座席に松田と並んで座った冴が、顎の下をくすぐるような声で言う。

「よしよし」松田は、口笛でも吹きそうに上機嫌だった。「中華の食べ放題か。そこ、味は確かなんだろうな」

「間違いありません。私も、八王子であんな店を見つけられるとは思ってませんでしたから」

「そんなに美味いのか？」

「新宿から西で、一番かもしれません。特に海鮮料理が絶品です」

「素晴らしい。エビは？」

「マヨネーズ和えと、ニンニクを効かせた醤油炒め。エビチリもいけます」

「いいねえ」バックミラーを覗くと、松田はぷくぷくと膨らんだ頬を赤く染め、今にも舌なめずりを始めそうな様子だった。たかが食べ物で買収され、休日を返上する人間がいるという事実は、私にはどうにも信じられない。二人が食べ物談義を続けているのを意識して頭から追い出すように、私は運転に集中した。

午後早く、現場についた。日中だと、夜とはずいぶん様子が違って見えたが、昨夜、自分たちが登ったルートに目印を残してきたので迷うことはなかった。冴が、手帳のページをちぎって木の枝に結びつけておいたのだ。蝶の化石のように見える白い紙片を一個ずつ回収しながら、私たちは緩い斜面を登った。松田は、小太りの割には身軽な動きで、遅れずに私たちについてくる。

昨夜は直接覗けなかった現場に足を踏み入れる。井澤たちが地面を掘っていた場所はすぐに見つかった。木立が途切れて小さな広場になっている。埋め戻した跡に草を被せたようだが、土の色がはっきり変わっているので問題の場所はすぐに分かった。掘り起こした跡は、長さ二メートル、幅一メートルほどの長方形で、足で踏むと、土が柔らかく沈みこんだ。

私と松田がシャベルを握り、土を掘り起こした。色が変わっている場所のさらに周辺から始め、一回り大きな穴を掘っていく。シャベルが土に突き刺さる音が規則正しく森に木霊《こだま》する中、私たちは無言で作業を進めた。冴は、私たちのすぐ側に立って、その様子を見守っている。

木々の隙間から午後の陽射しが降り注ぐ。額に汗が浮かんできたので、上着を脱いで冴に渡した。松田の青い作業服の背中は、汗を吸って黒くなり始めている。彼があまり文句を言わない男でよかった、とつくづく思った。時折手を休め、分厚い眼鏡を押し上げて額の汗を拭うほかは、機械のように規則正しく、シャベルを動かし続けている。

「どうなの」掘り始めてから三十分ほども経った頃、冴が心配そうな口調で訊ねた。

「もう、ずいぶん掘ったんじゃない？」

「もう少し」私は、額の汗を拭いながら答えた。

「私も手伝おうか？」

「一人ぐらい、体力を消耗しない奴がいたほうがいいよ」

「そうね」素っ気無い口調で冴が同意した。

それからさらに三十分、私と松田は無言で土を掘り続けた。

「ほうほう」突然、松田がシャベルを放り出してしゃがみこんだ。

「どうしました？」私も手を休め、彼の後頭部に話しかける。

「鳴沢、ここに何か埋まってたのは間違いないみたいだぞ」

私は、穴の縁に手をかけ、体を引っ張り上げた。すでに一メートルの深さまで掘り進んできたが、これまでのところ、何も見つかっていない。少し土の色が変わってきたかな、というぐらいで、流した汗に見合った収穫が得られたとは思えなかった。しかし松田は、一センチ刻みで目線を動かし、何かを捜し続けた。

「ちょっと待ってろよ」松田が、這いつくばるように地面に顔を近づける。手伝おうか、と言いかけたが、それは鑑識の連中にとっては禁句なのだ、ということに気づいて口をつぐんだ。連中にとって、私たち刑事は、専門知識を持たない力仕事専門のような存在に過ぎない。たとえこういう非公式な場面でも、手を出さない方が無難だろう。

じりじりと時間が過ぎる。木立を通して降り注ぐ陽射しが、きつい白色から薄いオレンジ色に変わった。何事もないように、スズメが甲高い鳴き声を上げながら、木々の間を縫って飛び交う。汗が引き、かすかに寒気が背中を這い上がってくるのを感じた。冴から上着を受け取り、袖を通す。その瞬間、松田がいきなり立ち上がった。手袋をした指先で、小さな布のような物体をつまんでいる。

「何ですか」私は松田の側に近寄り、彼がつまんだ物体に目を凝らした。良く見えるようにと、彼が私の目の前に突きつける。土臭さが漂ってきただけで、何なのか、まったく判別がつかなかった。

「これはねえ」松田が眼鏡を外し、目から五センチのところまで指先を近づけて、自分が見つけ出した物体に見入った。

「クリーニング屋のタグ、じゃないかな」

「名前は入ってませんか？」

「肉眼では見えないね。ちょっと調べてみるよ。本当は、掘り起こした土を篩《ふるい》にでもかけられればいいんだけど、今はちょっと無理だからね」

私は冴と顔を見合わせた。彼女が自信に溢れた表情でうなずく。私も、小さな自信が湧きあがってくるのを感じたが、焦るな、期待するなと自分を戒めた。クリーニング屋のタグではないかもしれないし、仮にそうであっても、名前が書いてあるという保証はない。書いてあっても、今まで土の中に何十年も埋まっていたとすれば、判読できるとは限らないのだ。考えられるあらゆる可能性を消していって、結局何でもなかった、ということに落ち着くかもしれない。

「何とかなりますか」

私が恐る恐る訊ねると、松田が怒ったような表情を浮かべて眼鏡を押し上げる。

「失礼な」

「すいません」

「お願いしますって、それだけでいいんだよ。仕事だから、俺は全力を尽くす。それだけだ」

「分かりました」

「しかし、これは非公式なものだからな。仮に何かが分かっても、大きな声では言えないぞ」

「それも分かってます」

「鳴沢、こいつは殺しなのか？」

「そうかもしれません——たぶん、そうだと思います」

穴の中から私を見上げ、松田がうなずく。額に浮いた汗が、夕日の照り返しを受けて輝いた。彼が穴の中を見回し、独り言のようにつぶやく。

「こんな穴の中に埋まってたなんて、可哀想じゃないか。鳴沢、絶対何か見つけてやるからな」

一人、穴の底に向かって合掌する松田の姿を見ながら、私は背筋に冷たいものが流れるのを感じた。

冴はすっかり元気をなくしていた。中華料理の食べ放題という松田との約束は後回しにし、東京へ戻ってから、二人でファミリーレストランに入ったのだが、彼女にしては珍しく、食欲が湧かないようだった。食事の途中でナイフとフォークを置き、コーヒーのお替わりを頼む。私は、自分の分のステーキをゆっくり食べ終えた。見ている冴の表情が、次第にうんざりしたものに変わってきた。

「あなた、何で平気なの」

「君はどうして平気じゃないんだ」

「何か、とんでもないことに足を踏み入れているような気がするのよ」

「だから？」

「正式に応援がいるんじゃないかしら。そもそも、あそこを勝手に掘り起こしたのだって、後で問題になるかもしれないでしょう」

「やっちまったことを後悔しても仕方ないよ。それに、特捜で忙しい上の連中に一々報告する必要もない」

「そうね。何も、係長を煩わせることはないわよね」

冴が怒ったように皮肉を吐き捨て、乱暴にスプーンでコーヒーをかき回した。まだ文句を言い足りない様子で口を尖らせたが、言葉は出てこない。

私は、以前の自分を見るような思いで、彼女の整った顔を眺めていた。一年前、新潟県警にいた頃なら、私も彼女と同じように、上司に反発していたかもしれない。正義は自分の中にこそあり、それを理解できない人間は、全て一線を引いた向こう側にいる敵なのだ、と確信していたから。

今は——違うかもしれない。少なくとも、馬鹿な上司に皮肉を言われたぐらいで怒る気にはなれなかった。それよりも、私にはやるべきことがある。目の前にあるのは動いている事件であり、その尻尾を逃すわけにはいかないのだ。

私は肉の最後の一片を飲みこみ、ナイフとフォークを置いた。それを待っていたように冴が切り出す。

「それで、これからどうするつもり？」

「布切れの方は松田さんに任せて、井澤に圧力をかけよう」

「どうやって」あまり乗り気ではない口調で冴が聞いた。

「張りこみ。尾行。事情聴取。何でもいい。あいつらは、絶対に何か隠してる。圧力をかけ続ければ、必ずぼろを出すよ。そんなに強い人間とも思えないし」

「あの中では、井澤が一番固そうだけど」

「医者だから？　そうとも限らないよ」

「大友の方が簡単に音《ね》を上げそうじゃない？　失業中で参ってるはずだし」

「精神力と職業の間には、比例するような関係はないんだよ。井澤みたいなタイプに限って、締め上げればすぐに崩れるものじゃないかな。それに、一番固そうに見える人間を最初に落とせば、他の連中もべらべら喋るようになるかもしれない」

冴が顔を上げる。目に、わずかながら力強い光が戻っていた。

「やってみようか」

「そうだ」私は伝票をつかんで立ち上がった。「考えてる暇はないぞ。考えるなら、あいつらを突ついて、何か動きがあった時に考えるべきだな」

「お説教はごめんよ」反発しながらも、彼女の目は笑っていた。

井澤の家に向けて車を走らせながら、冴がぽつりとつぶやいた。

「だけど、このまま続けてたら、本当にまずいことになるかもしれないわね」

「ああ」

「私たち、かなり暴走してる。松田さんには無理を聞いてもらったし、係長に付け入る隙を与えちゃったんじゃないかしら」

「だけど、動かないことには何も始まらないんだぜ」

「分かってるけど」冴が拳を固め、口元に持っていった。珍しく、不安と自信のなさがはっきりと表情に表れている。

「話を整理しようか」これは、どんな時でも有用な方法だ。話が行き詰まってしまった時、手繰り寄せようとしている糸がこんがらがってしまった時、これまでに揃っている材料を関連づけて一つ一つを検証していくことで、思いもよらない構図が見えてくることがある。

「第一の被害者は沢峰悦雄、本名は沢悦雄」私が先に始めた。「まだ行方不明だ。怪我の程度も分からない」

「沢峰の仲間は、かつて革青同室井派として活動していた」冴が話を引き取った。「沢峰とは音信不通だった、仲間同士でも連絡を取り合っていなかったと言ってるけど、これは嘘だった。実際には、こそこそ会っている」

「連中は、上野原の山中に何かを埋めていた。それが何かは分からない」

「それに加えて、同じ革青同室井派の穴井宗次という男が殺された。今のところ、二つの事件に関係はない、という線で捜査が進んでいるわけよね」

「要するに、まだ何も分かってないわけだ。ひどい話だね。結局、全部の事件が互いに関係はなくてばらばらというのが、一番ありそうな話じゃないかな」

「そしてどの事件に関しても、はっきりした手がかり一つない」冴がまた拳を口に押し当てた。「何なのよ、これ」

「でも、突破口がないわけじゃない」私は、冴と自分の双方を元気づけようと言った。「どうして革青同の連中が嘘をついているか、それが分かれば、事件が動き出すかもしれない」

「もしかしたら、古い事件を引っ張り出して終わりになるだけかもしれないわよ」

冴は、話の流れでさりげなく言ったつもりなのだろうが、その台詞は私の胸を鋭く突き刺した。一年前、私は五十年前の事件を掘り出し、その結果、祖父を失った。同じようなことが二度あるとも思えないが、長年土の中で眠っていた事実が思いがけず掘り起こされることで、傷つく人間がいるかもしれない。死ぬ人間もいるかもしれない。

「そもそも、二人だけでやれっていう方が無理なのよ」珍しく、冴が弱音を吐いた。

「これじゃ、何年かかっても解決しないわよ」

「そう言うなって」冴は、突っ張った顔の裏側に柔らかい内面を隠しているのだろうか、と私は訝った。長い夜、ふと本音が漏れ、傷つきやすい柔らかい素顔が覗く。自分は冴の素顔を見ることのできる数少ない人間なのだろうと思うと、くすぐったいような気分にもなった。長い間裸で抱き合うよりも、ふと漏らした一言が、相手を理解する手がかりになることもあるものだ。

「何か取っかかりがあれば、ね」悔しそうな口調で冴が言う。「何でもいいんだけど……山の中で見つかったあの布切れ、手がかりにならないかしら」

「そうだな。あれに名前でも書いてあれば――」

名前。頭の中で、何かがかちりと音をたてた。いや、それほどはっきりとした音ではなかったが、とにかく、遠くで警鐘が響くように何かが聞こえてきたのは事実である。何か、名前なのだ。どこかで聞いたことのある、あるいは読んだことのある名前。

「ちょっと待った」

私が言うと、冴がゆっくりとブレーキを踏みこんで、車を路肩に寄せた。

「何？」怪訝そうな顔で訊ねる彼女の声が、耳を素通りしていく。私は必死に頭を絞り、突然頭の中で生じた疑問の正体は何なのか、思い出そうとした。目をきつくつぶり、腕組みをして、しっかりしろ、と自分を励ます。脳細胞が死ぬような年ではないはずだ。一度覚えたことは忘れるな。いや、忘れているわけではない。ただどこかにしまいこんでいるだけなのだ。それを引っ張り出しさえすれば――。

突然、記憶が蘇る。それは、一枚の紙の上に記載された、命のない文字であった。その文字に今、生命と、重大な意味が吹きこまれる。それで全てが解決に向かうわけではないだろうが、少なくとも、重い歯車は回り出すはずだ。

「署に戻ってくれ」

「え？」

「署だ。探し物だよ」

「何を」

「ヒント」答えながら私は、言いようもない不安を感じていた。その不安はさわさわと背中を這い上がり、私の頭の中で待ち受けている懸念にバトンを渡そうとしている。

ここ数か月、私が一番長い時間を過ごしたのが、刑事課の資料室だ。埃と、封印された事件の記憶がこもった場所である。冴が露骨に顔をしかめ、「何のつもり」と文句を言った。

「このところずっと、体を動かしてばかりだったから、今夜は頭を使うことにしよう」

「だから、何よ」

「沢悦雄」

「沢峰、でしょう」

「そっちがペンネームだよ。本名は沢悦雄だ」

「ああ、そうか」照れたように、冴が鼻の頭を掻く。「とにかく、沢ちゃんね」

「名前を探すんだ」

私は、捜査資料がぎっしりと詰まった棚を見渡した。暇な時——ということはほとんどの時間だが——私はこの資料室にこもって、古い事件の記録に目を通していた。その結果、迷宮入りしていた事件が陽の目を見て解決するようなことはなかったが、少なくとも私の頭の中に、ここ十何年分の事件の記録が刷りこまれたことは間違いない。

「名前って、何の名前？」冴が、長い脚を組んで棚に寄りかかり、今にも溜息をつきそうな声で訊ねる。

「沢悦雄の名前」

「どういうこと？」冴が棚から背中を離し、私の方に向き直った。「彼の名前がここにあるの？」

「何かの書類で見た記憶があるんだ。間違いない」

「それは、ここは資料室だから、いろいろな書類があるでしょう。昔の活動歴の記録でも読んだんじゃないの」

「違う。革青同の連中の資料は、本庁で公安の連中が保管しているはずだ。それに俺は、公安の記録なんか読まないよ」

「じゃあ、別の事件の関係者？」

私は目をつぶり、記憶の底をさらった。

「少なくとも、被疑者じゃないはずだ」

「当たり前じゃない。それだったら、とっくに身元が割れてるはずよ。指紋も保管されてないんだから、被疑者ってことはないでしょう」

「だから、それ以外で出てきた名前なんだ。被疑者じゃないとすると、被害者か、事件の関係で事情聴取を受けた人間かもしれない。それがはっきりしないんだけど」

「分かった」冴が、手近なファイルに手を伸ばす。「あなたは、沢悦雄の名前をどこかの書類で見たのを覚えてたのね。それを今になって思い出した、と」

「そういうことだ」

「じゃあ、やりましょう」冴が迷いもせず、ファイルを何冊か抜き出した。「私、こっちの棚から始めるから」

「いいのかよ、俺の記憶をそんなに簡単に信じて」私だったら、まず疑ってかかるだろう。それに、この膨大な資料の山を目の前にしたら、素直に調べてみようという気にもなれないはずだ。

冴が真面目な顔でうなずく。

「あなたの記憶を信じてるんじゃなくて、あなたを信じてる」

「何か変だぞ、それ」

冴が、ファイルを胸に抱えたまま、小さく笑う。

「ちょっと前までの私だったら、誰も信じなかったかもしれない。もちろん今でも、ほとんどの人を信じてないいんだけどね。でも、誰も信じられない人生っていうのは、悲しいじゃない」

「それはそうだ」

「だからあなたも、私を信じることね」冴が、私の顔をまっすぐ覗きこむ。「信じて欲しいと思う」

「ああ」

「私を信じることができたと思ったら、いつか、今まであなたがどうやって生きてきたのか、教えてね」

それは知らない方がいいと思うと言いかけ、私は言葉を呑みこんだ。冴に、私の人生を背負って欲しくない。もちろん冴の方では、私がすでに彼女の人生を背負っている、と信じているかもしれない。そんなことはないはずだが、それを訂正する権利も、私にはないのだ。


日付が変わり、夜が深くなり、やがて弱く白い朝の陽射しが資料室に射しこみ始めた。

私は、背中から首にかけて、さながら鉄板が入ったように固くなったのを感じながら、資料に目を通し続けた。ファイルを閉じ、鼻梁《びりょう》を強くつまむ。ここ一時間ほど、手を休めることが増えてきた。別に、急いでやることはないのだ。こんなことで徹夜して、体力を消耗するのは馬鹿げている。しかし、今日はこれぐらいで終わりにしようという弱音は、どちらの口からも出なかった。

冴は、私の向かいに座り、姿勢をまったく崩さずにファイルを読み続けている。時折、ずり落ちそうになる眼鏡を直すだけで、ひたすら書類に没頭しているように見えた。前髪が眼鏡の上に落ちてきて、おそらく無意識のうちに手を伸ばし、かき上げる。その仕草が私には好ましく思えたし、埃っぽい朝の空気を二人で共有していることにさえ、かすかな幸せを感じた。

「鳴沢」突然、冴が顔を上げる。見つめていたことに少しだけ後ろめたさを感じ、渋い顔をして見せたが、彼女はまったく気にしていないようだった。

「疲れたか？　コーヒーでも淹れようか」

「そうね。濃いのが欲しいところだけど、その前にこれ、見てくれる？」

冴が、机の上でファイルを滑らせる。私は、しばしばする目を無理矢理開け、書類に目を落とした。

しかし、事務的に淡々と書かれた書類の中で、沢悦雄という名前だけが、大きく、太く浮き上がってくるのだった。

沢峰は、いや、沢は、被害者として私たちの前に登場してきた。被害者というのは、この場合正確ではないかもしれない。書類の主役は、彼の娘だったのだ。

沢の娘、水絵《みずえ》は、七年前に拉致《らち》事件の被害に遭ったことがある。高校に入学した直後のことだったのだが、ある日、何の連絡もなしに帰宅しなかった。夜のうちに警察が捜査に乗り出したのだが、結局彼女は翌日解放され、無事に家に戻ってきた。帰宅途中、自宅近くで拉致され、そのまま一晩、アパートかどこかの一室に監禁されていたのだという。報告書によると、性的な暴行はまったくなかった。身代金の要求もなく、犯人の狙いは分からないままだったようである。警察は、当初はかなり力を入れていたようだが、結局何の手がかりもないまま、捜査は間もなく実質的に打ち切られていた。

その書類は、沢に関する情報の宝庫だった。当時の住所、家族構成、職業、当面必要な情報の全てが記載されている。後はこれを一つ一つ潰していけば、少なくとも多摩南公園で襲われた男が沢悦雄である、ということは証明できそうだ。

「あなたがもっと早く思い出してくれれば、ね」

冴がコーヒーを啜りながら、恨めしそうに言う。

「今までどれだけの時間を無駄にしたと思う？」

「責められても困るよ。とにかく、これで手がかりはつかめたじゃないか」

「彼がホームレスになったのって、娘さんの事件と何か関係があるのかしら」

「そうかもしれないな」

娘が拉致された事件をきっかけに、家族関係にひびが入り、それが仕事にも影響して、後は坂道を転がるように公園でのテント生活にまで落ちていく。それは簡単に想像できた。

しばらく目を閉じ、私は眠気が体から出て行くのを待った。目を開けると、「行こうか」と冴に声をかける。コーヒーを飲み干し、彼女が立ち上がった。その足取りは力強く、固い決意に満ち溢れているように見えた。冴のような自信は、力強さは、私にもあるのだろうか。

第三部　凍りつく雨

1

住所が一つ分かれば、そこから先、引っ越しの履歴をたどっていくのは難しくはない。時間はかかったが、私たちはその日の午後には沢のかつての妻、美佐子《みさこ》の現住所を割り出していた。

人は、人生をすっかり変えてしまうことはできない。心機一転巻き直そうと決心しても、仕事や住む場所を大きく変えることはないものだ。水絵の拉致事件があった時、沢一家が住んでいたのは多摩市である。離婚して人生をやり直そうとした美佐子が選んだのは、隣の府中市であった。

そして沢も、かつて自分が住んでいた街で、テント生活を送っていた。

仮眠を取った後、美佐子が住む小さなマンションに着いたのは夕方遅くになってからだった。ノックの音には返事がない。近所で聞きこみをしてみると、昼間は勤めに出ていて、帰りはいつも七時過ぎになるという。出直すわけにもいかず、そのまま待つことにした。徹夜で埃を吸いこみながら資料を読みこんだ後で、ひたすら相手が帰ってくるのを待つだけの時間は、無限の長さに感じられる。二時間ほど眠ったとは言え、まだ体の芯にだるさが残り、眠気を追い払うためには車の暖房を切って窓を開けなければならなかった。

七時五分前、五十絡みの女性が、自転車に乗ってマンションの玄関ホール前を通り過ぎた。私は冴にうなずきかけ、先に車を降りる。女性は、敷地の片隅にある駐輪場に自転車を停めると、スーパーのビニール袋をがさがさ言わせながら、大股で建物の中に消えていった。なぜか、怒ったように肩をそびやかしている。

私はエレベーターを待つ女性に追いつき、声をかけた。

「沢さん、ですね」

女性が、睨みつけるように目を細めながら振り向く。すぐに、彼女は別に怒っているわけではなく、これが本来の顔つきなのだと気づいた。あるいは、ずっと何かに対して怒り続けているうちに、それが素顔になってしまったのかもしれない。

「沢美佐子さん、ですね」なだめるように柔らかな口調で冴が確認する。

「昔はそうでした」

ちらりと横を見ると、冴が美佐子を安心させようとするように、最高の笑顔を浮かべていた。大抵の人間はこの笑顔で警戒を解くはずだが、冴の口から出た次の言葉が、美佐子を凍りつかせてしまった。

「警察です」途端に美佐子の顔から血の気が引き、本物の怒りと恐怖が表れた。ビニール袋を取り落とすのではないかとも思ったが、実際には彼女は、袋の持ち手がよじれるほどの力で拳を握り締めた。

「何ですか、一体」語尾が冷たい空気の中に消える。余計なことを言いたくないのか、口紅を引いていない唇に、右の拳を強く押し当てた。

「ちょっとお聞きしたいことがあるんです」彼女の頭に去来しているであろう不吉な想像を消し去るために、私は慌ててつけ加えた。「ご主人……あなたの、別れたご主人のことなんです」

「沢、ですか」顔の赤みが消え、美佐子の口調は、赤の他人のことを喋るように淡々としたものに変わった。「沢が、どうかしましたか」

どこかぼんやりとした口調だった。このまま会話が途切れてしまってもおかしくない雰囲気が流れ出したので、私は慌てて質問を続けた。

「ある事件で被害に遭ったらしいんですが、現場から逃げ出したまま、行方が分からないんです。あなたなら、ご存知じゃないかと思って」

「知りませんよ」美佐子が顔をしかめる。「私たちは、もうずいぶん前に別れてるんですから。今はもう、赤の他人です。何年も会ってないし」

「沢さんの居場所について、何でもいい、手がかりが欲しいんです。話を聞かせてもらえませんか。どんなことでもいいんです」

「お話しするのは構いませんけど」美佐子が、ハンドバッグから鍵を取り出した。「私の話が役に立つかどうかは分かりませんよ」

最初の壁を何とか乗り越えたので、私は胸を撫で下ろした。美佐子の怒りや頑なな態度は、あくまで沢に対するものであり、私たちに向けられているのではないはずだ、と自分に言い聞かせる。

部屋に入り、美佐子がお茶を用意するのを、私たちは無言で待った。ソファは座面が低く、平均身長をかなり上回る私と冴にとっては、ひどく座り心地が悪い。折り曲げた膝の間から、部屋の中を見渡すような格好になる。八畳ほどのリビングダイニングには、あまり生活臭が感じられなかった。小さな食器棚、二人がけのダイニングテーブル、一体型のオーディオと小型のテレビを載せたオーディオラックなどが、雑然と置いてあるだけである。首を伸ばしてオーディオラックの中を覗きこんでみたが、ＣＤもヴィデオもなかった。オーディオは、もっぱらラジオ専用なのだろう。

美佐子は無言でガス台の前に立ち、お湯が沸くのをじっと待っていた。ガスの具合を見続けることこそが大事な仕事で、私たちの相手は二の次だ、とでもいうような態度である。五分ほどして、ようやくお茶の準備ができると、美佐子はひどくゆっくりとした動作で、私たちの前のテーブルに湯飲み茶碗を置いた。自分の分はない。

フローリングの床に正座したまま、美佐子が無言で私たちの言葉を待った。冴が先に喋り始める。

「お勤めはどちらなんですか」

「近くの予備校で、事務の仕事をやっています」

「じゃあ、これから受験シーズンだから、大変ですね」

「試験を受けるのは私じゃありませんから」無愛想というよりは疲れた声で、美佐子がぼそりとつぶやく。

「いつ頃からお勤めなんですか」

「離婚してすぐ、です。だから、五年ぐらい前になりますね。私だって食べていかなくちゃいけなかったから。あの人には、慰謝料や生活費なんて期待できませんでしたからね」

「離婚した理由は……」

冴の質問に、美佐子が苦しそうな笑みを浮かべる。

「そういうことを聴くのも仕事なんですか?」

「すいません」冴がぴょこりと頭を下げる。少しばかりひょうきんなその仕草が、美佐子の緊張をやわらげたようだった。ぴんと伸ばしていた背中をほんの少し丸め、口元を緩める。それを見届けて、冴が真剣な口調に戻って続けた。「直接関係ないことかもしれませんけど、自分が話を聴く人のことは、何でも知っておきたいんですよ」

「仕方ないですね、警察の仕事って、そういうものなんでしょうから」ゆっくりと深呼吸してから、美佐子が覚悟を決めたようにはっきりとした声で喋り出した。「離婚したのは、五年前です。うちの娘が、誰かに拉致された事件はご存知ですよね」

私と冴が同時にうなずくのを見届けてから、美佐子が続ける。

「あの事件は、今でも訳の分からないことばかりで……娘は、高校へ入学したばかりだったんですよ。引っこみ思案な娘だったけど、新しく友だちもできて、毎日楽しそうにしていました。事件があったのは、高校に入学してちょうど一月後です。ゴールデンウィーク明けの日だったから覚えているんですよ。部活動もしていなかったから、普段は四時過ぎには家に帰って来てたんですけど、その日に限って……遅くなる時は、必ず電話してくれたんですけどね」

「警察に届け出たのはその日ですか？」訊ねながら、冴が手帳を広げる。

「ええ。夜になってすぐに相談に行きました。捜索願も出したんですけど、実際に動いてくれたのは次の日になってからです。警察で、高校生になれば、夜遊びしていて朝帰りするのも珍しくない、一晩様子を見てからでもいいんじゃないかって言われて。でも、今考えてみるとひどい話ですよね。すぐに探してくれても良かったのに」

美佐子の気持ちは理解できた。同時に警察の対応も、私にはある程度は納得できるものである。これが小学生だったらすぐさま近所の捜索を始めたはずだが、高校生となると状況が違う。しかし今は、美佐子の言い分が正しいと思った。彼女の言う通りで、早く動き出せば、犯人にたどり着けたかもしれない。

美佐子が身を乗り出し、テーブルの上に肘をついた。右手で左の手首を握り締め、天板に目を落とす。最初に受けた印象よりもずっと年取り、疲れているように見えた。溜息と一緒に言葉を押し出す。

「結局、何だったんでしょうね。今でも不思議なんですよ。結局、犯人は分からないままでですよね」

「残念ですけど。沢さんの方では、何か心当たりはなかったんですか」

冴の質問に、美佐子がきっと顔を上げ、射るように鋭い視線を投げ返す。しかし、質問に答える口調はむしろ弱々しく、自信なさげなものであった。

「ないです……一日だけでしたけど、あれは神隠しみたいなものだったでしょう？　私はてっきり、犯人は変質者じゃないかと思ったんですよ。あの頃、多摩や府中ではそういう事件が多かったから。でも、戻ってきてからあの子の話を聞いても、そんな様子じゃなかったし」

私は、報告書が物語る事件を頭の中で再現した。水絵は調布にある高校へ通っていたが、その日は、自宅の最寄駅である聖蹟桜ヶ丘の駅前にある喫茶店で、帰宅方向が同じ友だちと話しこんでいた。拉致されたのは店を出てからで、徒歩で家に向かう途中、いきなり車の中に押しこめられたという。クロロホルムか何かを嗅がされたようで、それから翌朝まではほとんど記憶がなかったようである。意識が戻った後も、目隠しをされたままだったので、自分がどこにいるのかも判然としなかった。畳の部屋だということだけは分かったようだが、警察も、それ以上具体的な供述を引き出すことはできなかった。

犯人は、おそらく一人。しかし、水絵と直接会話を交わすことはなかった。しかも犯人は黒いミラーサングラスにマスク、黒い野球帽という格好で完全に顔を覆い隠していたので、そもそも男か女かについても、水絵には確証がないようだった。

拉致されたのは、午後七時過ぎ。再び車に乗せられ、自宅近くの路上で解放されたのは翌日の午後三時ごろだった。

警察は、性的な暴行の有無について、かなりしつこく水絵に確認したようだが、彼女は完全に否定した。拉致された部屋で意識を取り戻して以降、車に乗るまでは、犯人は彼女に手も触れようとしなかったと言い張ったのだ。

「結局、あれだけの手がかりじゃ、警察もどうしようもなかったんでしょうね」美佐子の言い方は、私たちに確認すると同時に、自分を納得させようとするものだった。

「身代金の要求もなかったんですよね」冴が念を押すと、美佐子が寂しそうに笑った。

「私たち、身代金を払えるほど裕福じゃなかったんですよ。家のローンもあって、生活していくだけでやっとでしたからね。誘拐なんかしようとする人は、それぐらいのことは調べるんじゃないですか？　お金のない人を狙っても仕方ないですからね。とにかく水絵は無事に帰ってきて、その後は元気になりましたから、私としては事件のことは早く忘れたかったんですよ。嫌な想い出ですから」

「今、水絵さんは……」

私の質問が、美佐子の暗い記憶に光を当ててしまったようである。彼女が両手をきつく握り締め、唇を噛んだ。呼吸が荒くなっている。落ち着かせようと、冴が穏やかな声で「大丈夫ですか」と訊ねた。美佐子は顔を上げ、冴と私の顔を交互に見たが、今にも泣き出しそうに唇が細かく震えていた。

「水絵は死にました」

呆気に取られ、私は美佐子の顔をぼんやりと見るだけだった。彼女が立ち上がり、隣の部屋との間のふすまを開ける。薄い暗闇の中に、小さな仏壇が浮かび上がっていた。

「どういう……ことなんですか」しゃがれた声で冴が訊ねる。

「本当に、人間って一分一秒先がどうなるか、分からないですよね。そのうち事件のこともようやく忘れて、娘は無事に高校を卒業して大学に入りました。でも、その後すぐに、交通事故で死んだんです」

「交通事故」感情の抜けた声で、冴が鸚鵡《おうむ》返しに言った。美佐子がうなずき、続ける。

「本当に、呆気ないぐらいでした。大学に入ってから、ハンバーガー屋でアルバイトをしてたんですけど、仕事が終わってバイクで家に帰る途中、トラックに引っかけられて。ほとんど即死でした。今になれば、苦しまなくて済んだのがせめてもの幸いだったかな、と思いますけど」

淡々と話す美佐子の口調が、かえって彼女の悔しさと悲しみを強調した。このまま話が袋小路に入りこんでしまいそうな予感を感じたので、私は思い切って話題を引き戻してみた。

「沢さんとは……」

「その頃は、もう離婚してました」娘のことを話すよりはよほど楽なのか、美佐子の声に少しだけ元気が戻っていた。「最後に会ったのは、水絵のお葬式の時ですね」

「どうして離婚されたんですか」私は、刺《とげ》のついた言葉を、わざとむきだしのままでぶつけてみた。美佐子は一瞬、私を激しく睨みつけたが、すぐに視線をテーブルに落としてしまった。

「水絵の事件で、何だか夫婦の間に溝ができちゃったんですよ。それまでも、仲が良かったとは言えないんですけどね……私は、水絵が無事に帰ってきてくれたから、それで後はどうでも良かった。犯人なんか、捕まらなくてもいいと思ってたんですよ。とにかく事件のことは早く忘れて、元通りの生活をしたかったんです。だけど、主人はどういうわけか、ひどくむきになってしまって。警察に頼らないで、自分で犯人を探すんだって馬鹿なことを言い始めたんです。仕事も放り出して自分で聞きこみをしてみたり、私立探偵まで雇ってたんですよ。水絵も、事件のことを思い出すから嫌だって泣いたんですけど、沢は自分の殻に閉じこもってしまったようでした。急にお酒の量も増えて、仕事も休みがちになって……」

私も冴も無言を貫き、美佐子の口から次の言葉が零れてくるのを待った。

「結局、あの人が家を出て行く形になったんです。私も、ローンなんかとても払いきれないから家を売り払って、水絵と一緒にここに移ってきました。それが五年前です」

「沢さんは、ホームレスになっていました」

私が告げると、美佐子が目を見開き、はっと息を呑んだ。が、それは衝撃でも何でもないのだ、自分にはすでに関係のないことだと気づいたのか、淡々とした口調で「そうですか」と言うだけだった。

「多摩市の公園で、テントを張って暮らしていたんです」

「そんな近くにいたんですか？」

「遠くへ行く気になれなかったのかもしれませんね」

私の推測に、美佐子は力ない笑みを浮かべた。

「いい気味……とか言った方がいいのかもしれないけど、それじゃ、私がひどい人間みたいに聞こえますよね。それで、沢がどうかしたんですか」

「襲われたらしいんです」ようやく本題に入ったと思いながら、私は答えた。

「襲われた?」今度は本気で驚いたようで、美佐子が背筋を真っ直ぐに伸ばした。「被害に遭ったって、そういう意味だったんですか?」

「襲われた直後に、その場を逃げ出したようなんです。だから今も事情聴取できないまで、困っているんですよ」

「何でそんなことに」

「それこそ、本人に聞いてみないと分かりません」

「ホームレス」美佐子がぽつり、と言う。「そうね、そんなことになってもおかしくないかもしれないわ。昔から、ちょっと弱いところがあった人だから」

「そうなんですか?」冴が体を乗り出すようにして訊ねた。

「あの人、昔は活動家だったんですよ。分かりますか、活動家。学生運動をしていたんです」

私と冴がうなずくのを見て、美佐子が自嘲気味な口調で話を続ける。

「結局大学は中退して、そういう活動からは縁を切ったようですけど、酔うと時々、昔のことを話してましたよ。どういうわけか、怒ったような調子で」

「そうなんですか」冴が硬い声で相槌を打つ。革青同の話を聞いているうちに、彼女が攻撃的になるのではないかと私は恐れた。

「自分のやってきたことは中途半端だった、自分は落ち零れた人間だって、よく愚痴を零してたんですよ」

学生運動に関わったほとんどの人間は、デモも、警官隊との衝突も、過去の想い出と割り切って今を生きているはずである。そもそも、過去を悔やんでも時を巻き戻すことはできないのだし、たいていの人は、いつかはその事実に気づいて開き直るものだ。しかし、中には沢のように過去の呪縛から逃れられず、己を責め続ける人間もいるのだろう。

「あの人にも、昔は理想や夢があったんだと思いますよ。それを途中で投げ出したのが、自分でも許せなかったんでしょうね。私にはよく分からないけど、そんなものかもしれませんよね。沢は、結構傷つきやすい人間だったんだと思います。それが私には、妙に危なっかしく見えたんですよ」

「沢さんが、昔の仲間と会うようなことはありませんでしたか」

私が訊ねると、美佐子が突然、声を上げて笑った。

「まさか。だってあの人は、人づき合いもあまりよくなかったし、趣味らしい趣味もなくて、家でお酒を飲むのだけが楽しみな人だったから。休みの日も、いつも家でごろごろしていたし、昔の仲間に会ってたなんて、考えられません」

「昔の仲間じゃなくても、困った時に頼っていくような人はいませんでしたか」私がなおも食い下がると、美佐子は困惑したように顔をしかめた。

「今も言ったけど、ほとんど人づき合いのない人でしたから。広島のご両親は亡くなって、親戚とのつき合いも途絶えていましたしね。結局、水絵の事件から一年ぐらいして工場も辞めてしまったから、それからは昔の同僚と会うこともなかったはずです」美佐子が天井を見上げ、小さく溜息をつく。その時期——沢が会社を辞め、離婚するまでの時期は、家族にとって苦痛以外の何ものでもない時間だったはずである。

「でも、一人も友だちがいなかったわけじゃないでしょう」冴が、念を押すように同じ質問を繰り返す。美佐子が唇を嚙み、古い記憶と格闘を始めた。ようやく何かに思い当たったようで、冴に向かってうなずきかける。

「そう言えば、昔からの友だちで、時々電話で話している人はいましたね」

「誰ですか？　学生運動をしていた頃の知り合いですか」内心の興奮を押し隠すように、冴がことさら低い声で訊ねた。

「いや、学生運動をしていた人かどうかは知りませんけど、学生時代の知り合いなのは間違いないと思います。同じ大学を出て、俺は印刷工場で真っ黒になって働いてるのに、あいつは医者かよ、なんて愚痴を零していましたから。そんなこと、人のせいにしても仕方ないのに」

「井澤敏行さん、ですね」私が言うと、美佐子の表情が微妙に変わった。

「井澤……そうかもしれません。ちょっと待って下さいね」

立ち上がり、美佐子が隣の部屋との間のふすまをもう一度開けた。ふすまの隙間から、柔らかい黄色の灯りが漏れてくる。その中に浮かび上がる水絵の遺影は、写真に撮られることを意識した気取った笑みを浮かべ、ふっくらとした頰が印象的だった。しばらく、何かをがさがさとひっくり返すような音が聞こえてきたが、程なく彼女が手紙の束を持って帰ってきた。しんどそうに私たちの前に腰を下ろすと、束ねていた輪ゴムを外し、トランプ占いでも始めようとするように、手紙をテーブルの上に広げる。

冴が先に見つけた。さっと手を伸ばして一枚の葉書をつかむ。年賀状だった。

「案外捨てられないんですよね、こういうものって」美佐子が、冴から年賀状を受け取る。目を細め、差出人の名前を読んだ。「井澤敏行さん……そうそう、この人です。もしかしたら、沢のたった一人の友だちかもしれませんね」

重い歯車が回り出すようなゆっくりとした速度だったが、美佐子との会談は、私たちを新しい局面に押し出した。帰りの車の中では二人とも無言だったが、それでも私は、興奮を互いにやり取りしているような気分になった。

　署の駐車場に車を入れると、ようやく冴が口を開いた。

「井澤は、やっぱり嘘をついていたわね。それも、決定的な嘘よ」

「そして、彼は医者だ。膝を折った人間の手当てはできると思うか？」

「もちろん。町医者だから、何でも一通りはこなせるんじゃないかしら」

「今でも沢をかくまっている可能性はあるかな」

「あの豪華な家には、余分な部屋の一つや二つはあるはずよ」

「じゃあ、戦闘開始だ」

「今から？」

「いや」急に眠気が忍び寄ってきて、私は欠伸を嚙み殺した。「明日にしよう。気分を変えて、明け方に突撃するのも効果的じゃないかな」

「生ぬるくない？　それともあなた、自分を甘やかしてるの？」言いながら、冴も欠伸を嚙み殺した。照れたように笑い、両手を広げて口を覆う。「そうね、明日でいいわね」

「少し休憩が必要だよ、俺たち」一瞬戸惑ってから、私は誘いの台詞を口にした。「うちのベッドは寝やすいんだよな」

冴がさっと唇を舐め、顔をしかめる。挑発的な表情ではなく、内心の迷いがそのまま顔に出たようだった。何とか笑いを搾り出すと、かすれた声で答える。

「今夜はやめておくわ」

「どうして」

「けじめ」

「そうか」

「それで納得しちゃうの？」自分から言い出したことなのに、冴は私の答えに渋い表情を浮かべた。

「ここで、主導権の話を延々と続けて、また疲れた方がいいか？」

冴が弱々しく首を振る。結局私たちは、疲れた笑みを交換し合って、そのまま駐車場で別れることにした。自分の車に乗りこむ彼女の細い背中を見送ってから、私はもう一度刑事課の大部屋に戻った。

筧が自分の机に両脚を載せ、居眠りをしている。私の机は、彼の斜め向かいだ。起こさないようにと静かに動いたつもりだったが、油の切れた椅子を引く音で、彼は目を覚ましてしまった。

「おう」真っ赤な目をこすった後、筧がにやりと笑う。髭の浮いた顎を乱暴に掌でこすりながら、ゆっくりと机から脚を下ろした。目を細めて腕時計を見やる。「どうした、こんな時間に」

「ちょっと、調べ物があるんです。筧さん、沢水絵っていう女の子が拉致された事件、知りませんか？」

「うちの管内かい？」

「ええ」

「悪いけど覚えてないな」

「七年前なんですけど」

「じゃあ、無理だね。俺の頭の記憶容量には限界がある。五年以上昔の事件は、自動的に抜け落ちちまうんだよ」私たちは短く声を上げて笑ったが、筧はすぐに真顔になった。「そもそも、俺がこの署に来たのは二年前だぜ。七年も経てば、所轄の人間は全員入れ替わっちまうだろうが。覚えてる奴なんか、誰もいないよ」

「まあ、そうでしょうね」

「そんな古い話がどうかしたのか？　それよりお前ら、また妙なことをやってるそうじゃないか。山梨まで鑑識を引っ張っていったって聞いてるぞ。大丈夫なのか？」

「冗談やお遊びでそんなことはしませんよ。まるで根拠のない話でもないんです」言い訳してから、私は、上野原での穴掘りの件を無視して、水絵の拉致事件を説明した。筧の顔が、次第に硬く引き締まる。私が話し終えると、渋い顔で小さく溜息をついた。

「それは、よく分からんな。その辺の変態野郎が犯人だったんじゃないのか」

「そうかもしれません。母親もそう思っていたようですが」

自分を納得させるようにうなずきながら、筧が低い声で言った。

「いずれにせよ、古い話だな。今更どうしようもないだろう」

筧が煙草に火を点ける。しばらく目を閉じたまま、腹の前で手を組み、煙草が灰に変わっていくのに任せていた。

「その娘が、沢峰——沢か、そいつの娘なんだな」

「そうです」

「何だかひでえ話だよな」筧が、ほとんど吸っていない煙草を灰皿に押しつけ、乱暴にもみ消した。煙が一筋立ち昇り、やがて空気の中に消えていく。「娘は拉致事件の被害者で、その後交通事故で死亡。いつの間にか夫婦仲もおかしくなって、旦那は仕事も辞めてホームレスになった、と。それでとどめは公園で襲われるっていうのは、どういう人生なんだろうね」

それはこっちが聞きたいと思ったが、私は別の疑問を彼にぶつけた。

「一つ分からないのは、娘の事件がきっかけになったような形で、二人が離婚したことなんです。奥さんの方は、夫婦で温度差があるようなことを言ってましたけど、そんなものなんですかね」

「独り者には分からんだろうけどな」筧が馬鹿にするように笑い、新しい煙草に手を伸ばす。どうしたものかとしばらく指でつまんでいたが、結局箱に戻した。たぶん、今日五十本目の煙草だったのだろう。夜はまだ長いというのに。「理由なんか何でもいいんだ。それこそ、飼ってる犬が病気になったとか、植木に水をやり忘れたとか、そういうことだって離婚の原因になる。問題が娘のことなら、それこそ事態はずっと深刻だよ。些細なことがきっかけになって爆発するだろうな。私がこんなに真剣に娘のことを考えているのに、あんたは――ってこともあるだろうし、その逆だってありうる。それに、育て方が悪かったって、お互いに責任をなすりつけ合うこともあるだろうしね」

「この件は、こっちの事件には直接関係ないかもしれませんけどね」

「まあね。ただお前さんが、一人の男の転落の歴史を知ったってことだけかもしれんよ。それよりな、井澤って男はどうなんだ」急に元気を取り戻したように、筧が身を乗り出す。「実は、特捜の方でも当たってみたんだ。念のために、革青同の連中を洗い直してるんだよ」

どきりとした後には、苦い物がこみ上げてきた。遅かれ早かれ、特捜本部が革青同の連中に手をつけるだろう、ということは予期していた。かつての過激派としての活動と事件は関係ないという見方が支配的だったとしても、捜査が行き詰まれば、どんなことにでも手を出してみたくなるはずだ。だから、私たちが洗っている線が、いずれ特捜本部のそれとぶつかるというのは、ある程度予想できたことである。激しい焦りを覚えた。私はどこかで特捜本部を出し抜きたい、出し抜けると思っていたから。

「関係ないんじゃないですかね」私は嘘をついた。その嘘が、私を庇い続けてくれた筧にばれないように、と願いながら。「最初から、内ゲバの可能性はないっていう話だったじゃないですか」

「うん、いずれにせよ、けっこう我慢強い連中だね。相当しつこく聴いたんだが、何も出てこない」

「本当に、何も知らないからじゃないですか」

「だけどお前さん、奴らを山梨まで追いかけて行ったんだろう？　それこそ何か疑ってたから、そんなことをしたんだろう。何か出てこなかったのか」

「今のところは」

「こっちと一緒にやる必要はないのか」

「たぶん」

私を試すように、筧がじっと見詰める。私は、真っ直ぐ彼の顔を見返した。我慢比べなら負けない。結局、先に折れたのは筧の方だった。私たちの行動など、彼は全て知っているはずなのに、それ以上追及しようとはしなかった。

「まあ、仕方ねえな」筧の言葉には、様々な感情がこめられていた。「どうも長引きそうだよ、この事件は。とにかく、何か分かったら絶対に上に報告するんだぞ。お互いに殻に閉じこもって知らんぷりをしてたら、絶対に行き詰まりになる。俺たちが意地の張り合いをしていて、犯人を逃してしまったら、それこそ本末転倒じゃないか」

その通りだ、と思った。しかし、思うことと、実際にやることは違う。私はこの手で、事件の筋を明らかにしたかった。それができなければ、私はいつまでもこの署の中で、警視庁の中で、ゴミのような存在というレッテルを貼られたまま終わってしまう。

ちょっとサボってただけだからな、みんなには黙ってろよ、と照れ笑いを浮かべて言い残し、筧が三階に設置された特捜本部に上がっていった後、私はまた資料室に戻った。最初に刑事課に上がってきた目的は、資料を読み返すことだったのだが、さすがに限界だ。目は潰れそうに痛んで視界が霞むし、欠伸が止まらない。数時間でいい、意識を失ったように寝てから熱いシャワーを浴びれば、しゃんとするはずだ。

しかし、そんな余裕はない。数時間の休憩が、事件の解決を遠ざけてしまうかもしれない。私は、再び水絵の拉致事件のファイルに目を通し始めた。

最初は、警察もかなり力を入れて取り組んでいたことが分かる。事情聴取を受けた人間は、数十人に上っていた。高校に入って知り合った友人、先生。中学校時代の友人たちにも事情聴取の輪は広がっていた。一方で、かつてこの件を担当していた刑事たちは、変質者の犯行という線を疑っていたようだ。当時、多摩署管内で婦女暴行事件が相次いでいたのだが、被害者がいずれも高校生、あるいは中学生だったのだ。拉致するというのはこの犯人の手口ではなかったが、それでも関連を疑うのは自然なことだ。

別のファイルを探し、その一連の婦女暴行事件の犯人がその後検挙されたことを、私は知った。担当の刑事たちは、犯人をかなり厳しく締め上げたようだが、水絵の拉致事件との関連は結局浮かび上がってこなかったようである。

最初は、刑事たちがかなり頑張った形跡がうかがえる。しかし数か月もすると、ぱたりと動きが止まり、報告書の日付の間隔も開いた。被害者の水絵は、怪我をしたわけでも、性的な暴行を受けたわけでもない。母親のケアで、嫌な記憶が順調に薄れていたとなれば、捜査に入れる熱も冷めようというものだ。

もう一度、ファイルを最初から読み直す。書類の行間から、読み取れなかった何かが浮かび上がってくるのではないかと願いながら。

浮かび上がってはこなかった。ただ、見落としていた文字が、突然はっきりと目に飛びこんでくる。沢口裕生。一瞬どきりとしてその名前の前後を読み返し、ようやく胸を撫で下ろした。まったくの偶然だが、沢口は警察に事情を聴かれていた。というよりも、彼が警察に情報を提供していたのだ。水絵が拉致された時間帯に不審な人間を見た、という内容である。

彼に話を聴いてみるのも手かもしれない。もちろん、今更水絵の事件を調べても、何の意味もないかもしれないが、謎が謎のまま残っていることに、私は痒《かゆ》いところに手が届かないような不快感を感じていた。

それにしても、変なところで知り合いの名前にぶつかるものである。苦笑いしながら、私はファイルを閉じた。

沢口と私は、意識して警察の仕事の話はしてこなかったように思う。喋ったとしても、ごく表面的なことか、抽象的なことばかりだ。同じ公務員として、彼は私の立場をよく理解してくれていたはずだし、話してはまずいことがある、ということも分かってくれているはずである。聴かれれば、気まずい笑顔を浮かべて首を振るしかないことも多い。

そして沢口は、私が気まずい思いをするのを望まないはずである。困っている時には黙って手を差し伸べてくれるが、こちらが望まないと見抜けば、すっと一線を引いて、その後ろに引き下がってしまう。

得がたい人だ、と思う。一生のうち、彼のような人間に何人出会えるだろう。彼が近くにいた僥倖《ぎょうこう》に、私は密かに感謝すると同時に、水絵の不幸を思った。沢口のような教師に出会っていれば、あんな事件は避けられたのではないだろうか。

「おはようございます」

朝の挨拶に対して返ってきたのは、私たちを凍りつかせようとするような冷たい視線だった。

井澤は、病院の駐車場にヴォルヴォを停めると、大股で建物に歩いて行った。強張った表情に怒りをこめ、真っ直ぐ正面を向いて、私たちを黙殺しようとする。私と冴は先回りして通用口の前に立ち、彼の行く手を塞いだ。井澤の怒りの表情が激しくなる。

「これから仕事なんだが」

「その前に、少しだけ」冴が、井澤に劣らぬ厳しい表情を浮かべて言う。

「いい加減にしてくれないかな」井澤が腰に両手を当て、威圧するような声で告げた。

「しつこいね、あんたらも」

「仕事なんで、すいません」私は精一杯愛想良く言ってみたが、固まった彼の表情を溶かすことはできなかった。

「別の刑事さんも来ましたよ。何のつもりなんですか。まるで、人を極悪人みたいな扱いをして」

「違うんですか」

私がぶつけた一言に、井澤の顔が見る間に赤くなる。

「失礼な。こっちは、弁護士にも知り合いがいるんだ」井澤が真顔で私を脅迫にかかった。「不当な弾圧に対しては、喜んで闘う連中だよ。あんたらも、面倒なことになったら困るだろう」

「その弁護士も、昔の仲間ですか」

「どうでもいいじゃないか、そんなことは」

「あなたは、私たちに嘘をついた」

「何だと」気色ばんで、井澤が私に詰め寄る。ほんのわずかな間隔を置いて立ち止まり、私の胸に人差し指をつきつけた。しかし、決して触れないように細心の注意をはらっている。「あんたに嘘つき呼ばわりされる覚えはない」

指をへし折ってやりたいという欲望を押し潰すために後ろで手を組み、私は彼に質問をぶつけた。

「大友さんとは、ずっと会っていないという話でしたよね」

「そうだ」井澤の声には、少しの揺らぎもなかった。

「日曜日にも会いましたね」

「いや」短い言葉の方が強い印象を与えられるとでも思っているのか、素っ気無い口調で井澤が否定する。

「大友さんを車で拾ったでしょう」

「知らん」

突っこむことはできた。何しろ私たちは、その現場を見ているのだ。しかし私は、同じ質問を掘り下げることを避けた。質問、否定、さらなる質問に対する再度の否定。それを繰り返すうちに、最初の質問はどこかに消えてしまう。

「沢さんともずっとつき合いがあったんじゃないですか」

「まさか」

「電話をかけたり、年賀状も出していましたよね。そういうのは、つき合いがあるって言わないんですか」

井澤の顔色は少しも変わらなかった。この自信がどこから来るのか、私には理解できない。何とかほころびを、表情の変化を見極めようとしたが、心の揺れを示すような兆候は何一つ見えてこなかった。

「井澤さん、正直に行きましょうよ。昔の仲間とつき合いがあったって、何も悪いことはないでしょう」

「もちろんだ」吐き捨てるように井澤が認める。「問題は、それをあんたら権力側にいる人間が突っついてくることだ。私たちは何もしてない。それを、昔の問題を蒸し返すようなことをして、何のつもりなんだ。不当捜査じゃないか」

「昔の話なんか、蒸し返していませんよ」私は、彼の言葉を正面から否定した。「我々が知りたいのは、今現在の話です。沢さんの行方なんです」

「だったら、私に聞くのはお門違いでしょう。沢には、三十年以上も会ってないんだから」忘れているのかわざと無視しているのか、井澤は電話や年賀状のことには触れずに強弁を続ける。

「あなたが沢さんを治療したんじゃないんですか。膝を怪我した沢さんが頼れるのは、昔の仲間の井澤さん、あなたしかいなかったんじゃないかな」

「知らない。あいつには会ってもいない」冷静を装いながら、井澤の口調はいつの間にかひどく頑なになっていた。このまま続けても良かったが、朝一番から診察を受けようと病院にやってきた人たちが、こちらの様子をうかがっているのに気づいたので、私は口を閉ざした。井澤も、黙りこむ。ややあって、小さく咳払いをして話し出した時には、完全に冷静さを取り戻していた。

「とにかく、お話しすることは何もありませんから」

「そのうち、話してもらいますよ」冴が念を押す。井澤が彼女を睨みつけ、私たちの間を体を斜めにして通り抜けた。乱暴に通用口のドアを閉め、怒りと拒否の空気をその場に残していく。

私は冴と顔を見合わせた。

「何か、ある」と彼女がぽつりと言う。言われなくても、私もそれをはっきりと確信していた。

2

沢口とは、練習が終わった後にいつも二人で立ち寄る喫茶店で待ち合わせた。遅れてやってきた彼は、挨拶もそこそこに、腰を下ろしながら「何だい、話って」と切り出してきた。その質問には答えず、私はうなずいて彼を見やった。分厚い紺色のジャケット、赤と銀のレジメンタルタイは、どちらもくたびれて皺が寄っている。埃っぽくなったローファーを見ていると、顔が映るまで磨いてやりたいという強い欲求に駆られた。私から見て、沢口の唯一の欠点は服装である。ラグビージャージ以外の服の手入れと着こなしに関しては、明らかに落第だ。

「昔の話なんですけどね」

「お前さんとの昔話はいつでも大歓迎だけど、わざわざ学校に電話して呼び出すほどのことなのか？　それともこれは、事情聴取か何かなのかい」沢口が、一瞬、怯えたような表情を浮かべてみせる。「いや、それは冗談だけど」

冗談ですよ、と応じて良いのかどうか、私には分からなかった。勤務先の中学校に電話を入れ、仕事が終わった後で会いたいとだけ言って電話を切ってしまったのだから、彼が疑心暗鬼になるのも分かる。もう少し柔らかい口調で言っておくべきだった、と後悔もした。そうすれば、私生活の相談だと思いこんでくれたかもしれない。しかし、本題に入る前に彼が持ち出した話題は、まさに私の私生活に関するものだった。

「災難だったな、この前の試合は」

「ああ」私は、耳の後ろが赤くなるのを感じながら、髪をかきあげた。「すいません、みっともないところをお見せしちゃって」

「いやいや、仕方ないよ。あれは事故みたいなものだから。俺から見てもきついタックルだったぜ。何がどうなったか、覚えてないだろう？」

「家に帰って目を覚ますまでの記憶が飛んでます」

「それは、結構ヤバかったな。頭をぶつけるのは慣れてると思ったけど」

「何回ぶつけても、頭蓋骨《ずがいこつ》が固くなるわけじゃないですね」

沢口が声をあげて短く笑ったが、すぐに真顔になった。

「でも、昔とは違うからな」

「やっぱり弱くなりましたかね」

「そりゃあ、そうだよ。人間の体力的なピークは二十六歳ぐらいだし、試合からもずっと離れてたんだから、仕方ない」

「それにしても、面目ないです」

「いやいや、お前だけじゃない、みんな同じだよ。体は動かなくなってるのに気分は若い時のままだから困るんだ。監督としては無理しないようにいつも注意してるんだけど、いざ試合になるとみんなむきになるからな。毎回冷や汗ものだよ」

「試合なんだから、むきになるのは当然ですよ」

「まあね。お前は特に頑張ってたから、相手から目をつけられてたんだよ。そういうの、分かるだろう？　ちょっと目立つ奴にはきついタックルをお見舞いしてやれっていうのが、さ」

「実際、痛かったですね」

「もう嫌になったか？　怪我の心配をしてたんじゃ、仕事にも差し障るだろう」

「いや、俺の力量が足りないって言うんなら別ですけど、そうじゃないなら、また試合には出させてもらいますよ」タックルされてから数時間の記憶は飛んでしまっているのだが、試合の時に感じた快感は、頭にしっかりと焼きついている。それを自分から捨て去る理由は何もない。ふと、冴の言葉を思い出した。「沢口さん、あの後、相手をぶん殴ったんですって？」

カップを口元に持っていこうとして手を止め、沢口が困ったような笑みを浮かべる。

「ああ、まあ、可愛い後輩のためだ」

「そうなんですか？」

沢口が首を振り、無言でこの話題はこれまでだ、と打ち切った。

「それより、良かったよ。びびってるんじゃないかと思ってたんだ」

沢口が、何となく話をはぐらかした。その件についてはもう少し聞いてみたい気もしたが、彼が喋りたくない様子だったので諦めることにした。

「沢口さんこそ、監督としてびびったんじゃないですか。いきなり選手が倒れて」

「俺が？　まあ、責任者としては、正直やばいと思ったね」沢口が短く笑う。さらに大きな笑顔を浮かべ、続けた。「それより、彼女の方がもっと心配してたぞ。冴さん、だっけ？」

「ええ、まあ」いきなり核心を突かれ、私は言葉を濁した。

「俺が面倒を見るって言ったんだけど、自分が一緒にいるからいいって。そういう関係なんだな？」

「そういう関係って、どういう関係ですか」私は、熱くなった耳の後ろを指でそっと撫でた。

「お前の体を心配してくれるような関係じゃないか。なかなかいい娘《こ》だよな。お前にはもったいないぐらいだ」

「彼女は刑事ですよ」それで全てが分かるはずだ、と願いながら私は言った。「同僚なんです」

「職場結婚っていうのもあるだろうが。公務員は特に多いし」

「それは、話が飛び過ぎです」

「そうか、そうか。ま、あまりしつこく言っても何だからな。これじゃ、ただのお節介オヤジだ」照れ笑いを浮かべながら沢口がうなずき、一瞬間を空けてから、「で、今日の用件は何なんだ」と訊ねた。

「沢口さん、水絵っていう子を知ってますよね。沢水絵」

その名前を聞いた途端、沢口の表情が硬くなった。口を真一文字に引き結び、嫌な記憶を潰してしまおうとするように、両の拳をきつく握り締める。ようやく口を開いた時、その声からはいつもの快活さが失せ、かすれた弱々しいものになっていた。

「ああ」

「例の拉致事件の」

「おい」突然思いついたように、沢口が私の腕を握らんばかりの勢いで身を乗り出す。

「まさか、犯人が見つかったのか？」

「いえ」

私が短く答えると、沢口は呆然と口を開けて、力なく背中を椅子に預けた。助けを求めるようにコーヒーカップをつかもうとしたが、手が震え、なみなみと注がれたコーヒーは受け皿に零れてしまった。コーヒーを諦め、一つ溜息をついてから、悲しげな笑顔を浮かべる。

「そうだよな、そりゃあ、無理だ。ずいぶん昔の話だからな」

「それにしても、よく覚えてますね」

「教師から見れば、あれは絶対に許せない事件なんだ。どうせどこかの変態野郎がやったんだろうが、子どもを預かってる身とすれば、ああいう事件は本当に嫌なんだよ。何もなかったのは幸いだったけどな」沢口は、被害に遭ったのが自分の教え子であったかのように、激した口調でまくしたてた。

「そうでしょうね……沢口さん、あの時、警察に協力してくれたんですよね、不審者を目撃したって届けてくれて」

「できるだけ協力したかったからね」沢口が正面から私の目を見据えた。「こういう時代だし、自分の教え子がいつあんな目に遭うかも分からないだろう。だから、とにかく早く犯人を捕まえて欲しかったんだよ。結局俺の話は役にたたなかったみたいだけど」

「でも、ありがたい話ですよ。今は、何か知ってても係わり合いになるのを嫌がって、警察に協力してくれない人が多いから」

「まあ、俺も他の事件なら警察に行く気にはならなかったかもしれないが、あれは特別だったんだ」

「不審者って、どんな感じだったか覚えてますか」

沢口が、昨日のことのようにはっきりと不審者の様子を描き出した。目撃したのは、水絵が友人と話しこんでいた喫茶店の近く。沢口はたまたま、聖蹟桜ヶ丘の駅前に買い物に来ていたのだが、そこで濃紺のセダンのシートに背中を預け、周囲の様子をうかがっている中年の男を見たというのだ。痩せ型で、真っ黒なサングラスに野球帽。マスクはしていなかったが、それはむしろ当たり前だろうと私は思った。いくら何でも、水絵を拉致する前に顔をすっかり隠すような格好をしていたら、逆に怪しまれる。

決定的だったのは、男の右手の甲にあったあざである。甲の面積の半分ほどを占める大きなあざで、水絵も犯人の顔は見ていなかったが、そのあざだけは良く覚えていた、という。

「せめて、車のナンバーを覚えていれば良かったんだが」自分が罪を犯しでもしたように、沢口が唇を嚙む。

「それは仕方ないですよ。怪しい奴だっていうのは、後から思い当たったんでしょう」

「そうなんだ」沢口が頭を搔く。「普段街を歩いている時は、そういうことに目を配ってるわけじゃないからな。新聞で事件のことを読んで初めて、その男のことを思い出したんだよ。やっぱりあれが犯人だったのかな」

「そうかもしれません」

「それで鳴沢、何でこんな昔のことを調べてるんだ？」沢口がコーヒーを一口飲んで訊ねた。「あの事件、また動き出しそうなのか？　時々あるじゃないか、全然関係ないことがきっかけで、昔の事件が急転直下解決したりすることが」

「いや、俺が調べているのは、別のことなんです」少しばかり心が痛むのを感じながら、私は彼に告げた。

「違う？　じゃあ、何で長々と昔の事件の話を？」

「俺が調べてるのは、彼女の父親のことなんですよ」

「父親？　ええと……」沢口が顎に手を当て、天井を仰ぐようにした。「沢悦雄さん、だっけ？」

「知ってるんですか？」

「新聞に名前が出てただろう」

何か変だ。いくらあの拉致事件が沢口にとって強烈な印象を残したもので、自分から進んで警察に情報を提供したという状況があっても、七年も前の新聞記事の内容をこれほどはっきりと覚えているものだろうか。

「よく覚えてますね」

「当時は気になって、新聞も暗記するほど読んだんだよ」

「そう、ですか」

私は次の質問を考えあぐね、窓の外に目をやった。店に入る頃から冷たい雨が降り出し、窓ガラスに細い筋がついている。沢口のスカイラインも雨に濡れ、ひどく弱々しく見えた。はるか向こうに、私が卒業した大学のキャンパスが煙って見える。二十年前、大学が都心から移転してきた頃は、周辺には何もなかったらしい。一番近い駅からの通学路は舗装もされていなかった、というまことしやかな伝説が残っているぐらいだ。学食がやたらと立派なのは、若者の凶暴な食欲を満たすためだという噂だったが、今ではその役割も外の店が引き受けているはずである。大学の周辺にはファストフード店やファミリーレストラン、コンビニエンスストアが立ち並び、外でも食事ができるようになった。そう言えば図書館もやたらと大きく、蔵書数では全国の大学でも一、二位を競うものだ、と聞いたことがある。もっともそれが、学生の知識欲を満足させるためだったのかどうかは分からないが。

「どうした」

沢口の声で、私は現実に引き戻された。

「実は、沢悦雄さんが、ある事件の被害者になっている可能性があるんです」はっきり言えないもどかしさを感じながら、私は彼に告げた。ここまで来てもなお「可能性があ

か？」

「あの事件と何か関係があるのか？」


る」という段階なのだ。

「どういうことだ」沢口の口調に緊迫感が加わった。「あの事件と何か関係があるのか？」

「それは、ないと思います……たぶん、ないはずです」

「何だよ、お前らしくないな。もっとはっきり言えよ」

「言えれば苦労しないんですが、それだけの根拠がないんですよ」

「そうか」沢口が緊張を解き、椅子にだらしなく背中を預ける。

「とにかく俺は、沢悦雄という人を捜しているんです。その過程で、彼の娘が行方不明になっていることが分かった。それで、関係者に話を聞きなおそうと思ったんですよ。何か関係があるかもしれませんから」

「それは俺には分からんけど、親子二代でひどい目に遭ったものだな」意識せずに言った皮肉のきつさに気づいたのか、沢口の耳が赤くなる。

「そういうことです。水絵という娘は、その後交通事故で亡くなってるんですよ」

「亡くなった？」溜息をついてから、沢口がコーヒーをすする。「そんなひどい話もあるんだな。たまげたよ」

「事件の後で、両親は離婚したんですよ」

「そうなのか」

「ええ」

「要するに、家庭崩壊ってわけか」なぜか、沢口が拳を握り締める。

「そういうことです」言葉を切って沢口の顔を見つめる。怒りとも無念ともつかない表情が浮かんでいた。他人の痛みを本当に感じることなどできないはずだが、彼を見ていると、そういうこともありうるのではないかと思ってしまう。

「申し訳ないが、俺の話は役にたたなかったんじゃないかな。でも、お前もずいぶん困ってるんだな。俺なんかに頼ってくるぐらいなんだから」

「沢口さんのことは、いつでも頼りにしてますよ」

「馬鹿言うな。それで、沢さんがどうしたんだ」

「襲われたらしいんです」

「襲われた？」沢口が、頭の上から抜けるような声を出した。慌てて声を低くし、身を乗り出しながら続ける。「何だよ、それ」

私は、簡単に事件の内容を説明してやった。その事件だったら覚えている、と沢口は言った。

「あの事件か。確か、新聞にも載ってたよな」力なく沢口が首を振り、まるで身内が不幸に遭ったように深刻な口調で続けた。「覚えてるけど、まあ、踏んだり蹴ったりってのはこういうことじゃないか？　沢さんがホームレスにねえ……いろいろあったんだろうが、彼も辛かったんだろうね。もしかしたら、離婚がきっかけだったのかな？」

「あるいは」

「犯人が捕まっていれば、また状況も違ってたんじゃないか？　やっぱり、車のナンバーを覚えていなかったのが失敗だったな」

それはあなたの責任ではないと言いかけ、私は言葉を呑みこんだ。ごく稀に、沢口のように、他人の不幸は全て自分の責任であると思いこんでしまう人間がいるものである。そういう人間は、古い時代には聖人と呼ばれたはずだ。しかし、世の中は本質的に汚いものだと多くの人が意識している今の時代には、単なる道化として認識される。

　少なくとも私だけは、彼を道化などとは思うまい。私は、沢口に救ってもらった人間の一人である。彼の記憶は、碑銘に彫りこまれ、私の中に永遠に残されるべきなのだ。

「うまく走り出したと思ったんだけどね」冴が不鮮明な声で言う。落ちこんでいるのではなく、口一杯に食べ物を頬張っているせいだった。

八王子の市街地で聞きこみを始める前に、私たちは腹ごしらえをしていた。古民家を模したうどん屋で、大きな土間の中ほどに、巨大な囲炉裏《いろり》が切ってある。名物だという釜揚げうどんはたっぷり二人前はありそうで、冴は嬉々として箸を動かしていたが、私は先ほどの沢口との会話が重い澱《おり》のように心に沈みこんで、食事が進まなかった。

「その海老天、食べないの？」

私は、天ぷらの盛り合わせが載った皿を彼女の方に押しやった。冴は二口で大きな海老の天ぷらを食べてしまうと、箸で尻尾をつまみ、振って見せた。

「食べ物で遊ぶな」

私の注意を無視して、彼女が面白そうに言った。

「海老の尻尾を食べる女、どう思う？」

「今まで、俺にそんなことを質問した人は一人もいないよ」

「これ、美味しいのよ。キチン質は体にもいいし」言うなり冴が、尻尾を口に放りこんだ。ばりばりと快い音が響く。やがて彼女は、白い綺麗な歯を見せて微笑んだ。釣られて私も、小さく笑ってしまった。

「君の歯が丈夫だってことは、良く分かった」

「ありがとう」お茶を一啜りして、ようやく冴の凶暴な食欲は収まったようだった。

「それで、昼間の沢口さんとの会見はどうだったの？」

「あまり役に立つ話はなかったな。沢口さん、水絵のことは覚えてたけど」

「ああ、そうでしょうね」

「そうでしょうねって、どうして？」

冴が真顔でうなずく。

「そういう人だと思ったから。あの人、子どもを大事にしそうな感じだから。自分の教え子じゃなくても、きっと気にするわよ」

「そうかな」

「あの試合の後の行動を見て、私には分かった」

「ああ」

「沢口さん、あなたのことを死ぬほど心配してたわよ。他人のことであれほど真剣になれる人、初めて見たわ。だから、相手に殴りかかったんだと思うし」

彼は他人を殴るような人間ではないと思ったが、口には出さずにおいた。私も納得はできないのだが、何となく、沢口には突っこんで聞けなかった。

「昔から、自分のことより他人のことに夢中になっちまう人なんだ」

「でも、彼との会見は、ヒントにはならなかった」

「彼が良い人だということとは、別の話だからね」

「そうか」

沈黙が流れる。私は火箸を取り上げ、囲炉裏に積もった灰に何度も突き刺した。冴が、私の手元をじっと見つめる。

「井澤はどうするの」

「また、行くさ」

「それで今日は、別の人間にプレッシャーをかける、というわけね」

「そういうこと」

「特捜の連中、きっと怒ってるわよ」実際、私たちの耳にも、そういう噂は入っていた。特捜本部も、革青同の連中に対する事情聴取を続けている。向こうは、つまらない事件を担当している私たちが、自分たちの邪魔をしている、ぐらいに思っているのだろう。

「面と向かって怒鳴りつけられたわけじゃないだろう。放っておけばいいさ」

冴が肩をすくめ、「そうね」と短く同意する。

金を払おうと立ち上がった時、私の携帯が鳴り出した。腰を浮かした冴を手で制して、店の外に出る。霧のような雨が、不愉快に体にまとわりついた。

「鳴沢さんかい？」

「はい？」

「俺だよ、岩隈」

「何だ」私は、自分でも気づかぬうちに苦笑を浮かべていた。久しぶりに聞く岩隈の声は相変わらず軽薄で、真剣さの欠片《かけら》も感じられない。

「何だ、はご挨拶だね」

「こっちは、あなたに用があるわけじゃないですから」

「そう言うなって。この前の情報は、役に立ったんじゃないか」

確かにそうだった。そう思うと、彼には借りがあるのだということを強く意識せざるを得ない。しかし私は、その借りを金で返すつもりはなかった。

「まあ、ね。だけど、情報料を払う気はないですよ」

「で、捜査の方は上手く行ってるのかい」

「何とも言えませんね」

「あんた、本当に喋っていて面白くない人だね」岩隈が、「本当に」を強調しながら言った。

「冗談を言って犯人が捕まるなら、明日からお笑い芸人でも目指しますよ」

少しわざとらしいと思えるほど、岩隈が大きな声で笑った。が、すぐに真面目な声に戻る。

「今日は別の話なんだ。俺、しばらくここを離れることにした」

「ここって、そもそもあなたはどこに住んでるんですか」

「そんなこと、どうでもいいよ。いずれにせよ、俺は東京を出る」

「一々俺に報告しなくてもいいですよ」

「そうかな」一瞬、岩隈が戸惑った声を出した。「あんたには言っておくべきじゃないかと思ったんだけど」

「どうして」私は、次第に苛つきを覚えていた。相変わらず、持って回ったような言い方である。彼は、それが劇的な演出になるとでも考えているのかもしれないが、今まで成功したためしがあるとは思えなかった。重々しい声で、岩隈が告げる。

「それは、電話では言えない」

　私の苛々は頂点に達した。

「いい加減にして下さい。切りますよ。あなたのわざとらしいお芝居につき合ってるほど、俺は暇じゃない」

「まあ、待って」慌てて岩隈が言葉を継いだ。「とにかく、会ってもらえないかな。直《じか》に会って話したいんだよ」

「構わないけど、何をびびってるんですか」私は、岩隈の声の奥に、何かを恐れるような調子を嗅ぎ取っていた。それは演技ではなく、本心からのもののようだった。

「ああ、そうだよ、俺はびびってる。正直、何も言わないで逃げ出しても良かった。だけど、そういうわけにはいかないだろう。俺にだって、良心や正義感はあるんだから」

そいつをどこにしまいこんでいるのだ、と問いかけようとして、私は言葉を呑みこんだ。確かに岩隈は軽薄で、信用できない人間である。しかし、何かが引っかかった。たぶん、彼の言葉のどこかに感じられる、かすかに真剣な調子である。いつも冗談ばかり言っている人間が真面目に話し出すと、つい耳を傾けたくなるものだ。

「分かりました。今から？」

「そう」

それから彼は、細かく条件を指定してきた。馬鹿馬鹿しい、スパイ映画か何かと勘違いしているんじゃないかと思えるような条件だったが、私は黙って彼の言葉に従うことにした。ようやく満足して彼が電話を切った時、私のレインコートは、じっとりと雨で濡れていた。

「何で、私がこんなところに入らなくちゃいけないの」冴がぶつぶつ言う声が、背中の方から聞こえてくる。

「仕方ないだろう。一人で来いって言うんだから。俺一人で行くか、君にそこにいてもらうか、どっちかしかないんだ」

「こんな目に遭うんだったら、あなた一人でも良かったかもしれないわね。どうせろくな情報じゃないと思うわよ。もしかしたらまた、あなたから金をせびり取ろうとしてるんじゃない？」

「そんな話だったらぶちのめしてやるよ。で、君はどうするんだ？　帰るか？　それともこのままカーゴスペースの中に隠れてるか？」

冴が何かぶつぶつと言うのが聞こえたが、私が「まだ何か？」と静かに畳みかけると、結局黙りこんでしまった。

岩隈の出した条件は、ひどく奇妙なものだった。たとえ覆面パトカーであっても、警察の車は使わないように。一人で来るように。落ち合う場所は京王八王子の駅前で、自分を拾い上げて欲しい。話は車の中でする。どこで盗聴されているか分からないからな――と最後につけ加えた。車の中なら盗聴器をしかけられる心配はない、というのが彼の言い分である。あまりにも用心し過ぎているように思えたし、今までの彼の言動を考えると、全てが冗談ではないかとも思えたが、今夜はなぜか、笑い飛ばす気分になれなかった。

冴は、一緒に行くと言い張った。しばらく言い争いをした結果、彼女はインプレッサのカーゴスペースに潜りこんで毛布をかぶるという私の提案に渋々同意した。ワゴン車なのでカーゴスペースはかなり広いのだが、それでも手足の長い冴にとっては、拷問のようなものらしい。何とか落ち着くまで、ごそごそと手足を動かしていたようだが、そのうち音がしなくなった。

しかし、信号待ちの度に、後ろからぶつぶつと文句を言うのは忘れなかった。

「この中に入るの、近くに行ってからでもよかったんじゃない？」

「岩隈はどこで見てるか分からないぞ」

「あなた、彼の性格が伝染《うつ》ったんじゃないの？」

「まさか」

「だって、こんな芝居がかった計画に乗ってるんだから。馬鹿げてるわよ」

「馬鹿げてるかどうかは、会ってみなくちゃ分からないだろう」

冴が沈黙した。後で私を論破しようと、あれこれ策を練っているに違いない。しかし私は、全ての状況が大掛かりな芝居のように思えてきて、笑いをこらえきれなかった。彼女が横にいなくて良かった、と思う。助手席にいたら、彼女は間違いなく、長い手を伸ばして私の顎にパンチを入れるだろう。

京王八王子の駅前は、駅ビルと小さなロータリーを中心にして、ささやかな商店街が広がっている。同じターミナル駅でも、ＪＲ八王子駅の周辺に比べれば、ずいぶん規模が小さい。賑やかさの比較で言えば、都心の繁華街と寂れた地方都市ぐらいの差はある。

一方通行の多い道を何とか迷わずに走り、駅前のロータリーからさらに細い道に入って、バスの発着場の脇に車を停めた。エンジンを切ろうとイグニションキイに手を伸ばした瞬間、助手席のドアが開く。どこに隠れていたのか、慌《あわただ》しく岩隈が飛びこんで来た。

「遅い」

言われて私は、反射的に腕時計に目を落とした。毎朝時間を合わせている祖父のオメガは、夜遅いこの時間になっても三十秒と狂わない。

「時間通りじゃないですか」

岩隈の目の前に腕時計を差し出してやると、彼は私の手首を覗きこんで時刻を確認した。

「おかしいな。俺の時計じゃ、五分遅れなんだが」

「そっちが狂ってるんですよ」

「気が気じゃなかったよ。びくびくものだったぜ」

「あなたは大袈裟なんですよ」私は、ハンドルに手を置いたまま、静かに言った。「いったい何が起きるっていうんですか？　誰かがあなたを狙っているとでも？」

「そうかもしれない」

「ライター稼業も大変ですね。命と引き換えに特ダネ、ですか」

私の皮肉は、彼にはまったく通じていなかった。岩隈は一つくしゃみをすると「やっぱり誰かが噂してるんだ」と真顔で言い、早く車を出せ、と催促する。嫌がらせのつもりで、私はわざとゆっくり車を出した。冴は、うまく気配を消している。もっとも、車が走っている限り、少しぐらい彼女が動いても、岩隈は気づかないだろう。

「で、どこまで行くんですか」

「どこでもいい。電車に乗れるところなら。降りたら、そのまま行くよ」

「じゃあ、俺はタクシー代わりってことですか」

「そうじゃない」岩隈が、急に大声を出した。が、すぐに風船が萎《しぼ》むように、元気をなくしてしまう。「そうじゃないんだ。逃げないとやばいのは本当なんだから。その前に、あんたに話をしておきたい」

私は、横を向いてちらりと彼の顔色をうかがった。

「こういうことじゃないんですか」私はフロントガラスに視線を戻し、想像しながら話し始めた。「あなたは、いろいろな人に情報を渡している。何か、都合の悪い情報に突き当たったんですね？　誰かに知られたらまずいような情報なんでしょう。だから、俺を保険代わりに使おうとしている。俺に喋っておけば、自分の身に何かあった時も、犯人を捜すヒントになりますからね」

「まあ、そんなところだ。あんた、やっぱり鋭いね」車が走り出したせいか、岩隈の声は少しだけリラックスしてきた。が、神経質そうに度々後ろを振り返っては、尾行を気にし続けている。

「大丈夫ですよ」

「何が」

「尾行を気にしてるんでしょう？　尾《つ》けてくる車があれば、すぐに分かります」

「そうは言っても、心配なんだよ」

一六号線を走り、岩隈が指示した通り、八王子インターで高速に乗って都心を目指す。そこまで来てやっと、彼は心底安心したようだった。小柄な体を助手席の中で伸ばし、溜息を漏らす。

「それで、今回の情報は何なんですか」

「あんた、井澤のこと、調べたか」

「ええ」

「変な動きをしてるだろう」

「捜査の内容は漏らせませんよ」

「いや、別にあんたらの捜査の内容を聞きたいわけじゃない。とにかく、あいつらは今でも会ってるみたいだな」

「昔の仲間ってことですか？」

「そう、革青同の連中が、また集まってるんだよ」

「らしいですね」

「何だ、知ってたのか」気が抜けたように、岩隈が吐息を漏らす。私は、大袈裟に鼻を鳴らしてやった。

「俺だって、あなたからの情報が来るのを、指をくわえて待ってるだけじゃないんですよ」

「そりゃあそうだが、あいつらが何をやってるのかまで、知ってるかい」

知っている。わざわざ山梨まで出かけていって、地面を掘り起こしているのだ。しかしそれを岩隈に言ったら、捜査の内容を漏らすことになる。挑発的な彼の物言いを、私は何とか聞き流した。

「そこから先は言えませんね」

「捜査の秘密ってやつか」

「そういうことです。それで、あなたは何を知ってるんですか」

「そうだねえ」岩隈が呑気な声で言って、煙草に火を点けた。たちまち車内に煙が充満する。冴が咳きこむか、逆上して後部座席を乗り越え、岩隈の首を絞めるのではないかと心配になった。彼女は煙草が嫌いだ。自分の車で煙草を吸われたら、逆上して何をするか分からない。恐怖を感じながら待ったが、岩隈が窓を開けたので、煙はすぐに薄れて行った。彼が何か言ったが、百キロ近いスピードで走っているので、車内に渦巻く風の音に邪魔され、何も聞こえない。私は少しだけアクセルを緩め、車を左車線に入れた。

「……だから」

「何ですか」

岩隈が顔をしかめ、窓を閉める。再び煙草の煙が充満した。

「奴らが会って、何をしてるか、知ってるか」

「いえ」

「相談だよ」

「相談？」

「ああ、いろいろね」

「いろいろ、じゃ分かりませんね」

「それぐらい、調べられないのかね」

むっとして、私は口をつぐんだ。岩隈は、こういう喋り方しかできないのだろうか。それとも、私を怒らせることで、何かを狙っているのだろうか。そのうち私は、頬が緩んでくるのを感じた。これは、以前私がよくやっていた方法であり、今は冴が得意にしている対話術でもある。しかし私は、自分に対してはこの方法が通用しない、ということを良く分かっていた。もちろん、相手が馬鹿にするように喋れば頭にくるが、私は、その怒りを自分の中に封じこめることができる。

「もったいぶってないで、教えて下さい」

「昔の話だよ」

「革青同として学生運動をしていた頃の話ですか？」

「連中の昔って言えば、それしかないさ。過去の栄光ってところかな」

それはあんたも同じだろう、という台詞が喉元まで上がってきた。私の気持ちを知ってか知らずか、彼が呑気な声で続ける。

「何か、腹が減らないか？」

「何言ってるんですか。それどころじゃないでしょう」

「俺、夕飯食ってないんだよね」

「たかりは禁止ですよ」

「細かいこと、言うなよ」

また怒りが込み上げてくる。が、車の中では手を出せない。もしかしたら岩隈は、それを見越して私を挑発しているのかもしれない。彼は、ハンドルを握る私の手をじっと見つめた。

「ああ、そうだったな」岩隈が、助手席で肩をすくめる。「あんたを怒らせると、恐いことになるからね」

車は東へ進み、国立府中インターチェンジを通り過ぎた。依然として話は前に進まず、私の苛々は頂点に達しつつあった。

その時、一条の光がバックミラーの中で爆発して私の目を突き刺した。光に悪意があるとすれば、それをたっぷりと含んだような輝きだった。

3

「何だよ、おい」岩隈が、落ち着かない様子で後ろを振り向く。私は、バックミラーの中で光の点が大きくなるのに比例して、嫌な予感が膨れ上がるのを感じた。

「尾けられてたのかもしれない」

「あんた、大丈夫だって言ってたじゃないか」私に責任を押しつけようとする岩隈の声は、恐怖でかすれていた。

「何でも絶対ってことはありませんよ。それで、尾けてきてるのは誰なんですか」

「そんなの、決まってるだろう」

「革青同の連中？」

「他に誰がいる」

「連中が私たちを追いかけ回す理由が分からないな。別の人間じゃないんですか」

「冗談じゃない。俺だって、無闇に敵を作ってるわけじゃないんだぜ」

「あなたみたいに、あちこちで人の噂をばらまいてきた人は、誰に恨みを買っているか、分かったものじゃない」

当たらずとも遠からずだったのか、岩隈がむっつりと黙りこむ。敵というほどではないにしても、岩隈に対して不快感以上の感情を抱いている人間は少なくないはずだ。

私は目を細め、バックミラーを睨み続けた。井澤のヴォルヴォではないかと想像したのだが、追跡してくる車は光の中に溶けこみ、判然としない。狙いは何なのだろう。どこまでも付いてきて圧力をかけようというのか、それともタイミングを見計らって岩隈を奪還しようとでもいうのか。アクセルをゆっくりと踏みこんでいるうちに、スピードメーターの針が、いつの間にか百四十キロ前後を指していた。アクセルに載せた足が緊張する。右手、それから左手の順番で、ズボンの腿の辺りで汗を拭った。

「大丈夫かよ」岩隈が不安げにつぶやく。「さっさと逃げようぜ」

「これ以上は無理ですよ」もちろん、インプレッサの限界能力はこんなものではないのだが、私の能力が車に追いつきそうもない。

「スピード違反と命と、どっちが大事なんだよ」岩隈が不平をぶちまける。

「命まで取られるような話なんですか」

「そうじゃなけりゃ、あいつらは何をやってるんだ？」

急に、後ろの車がスピードを上げた。追突を避けるため、素早くシフトダウンしてアクセルを踏みこむ。強烈な加速が背中をシートに押しつけ、全身で血液が沸き立つようだった。岩隈が何か叫ぶ。口を押さえてやりたかったが、自分のことで精一杯だった。

頻繁に車線を変えてジグザグに走ってみたが、相手はなおも離れない。今のところ、何をされたというわけではないが、無言の圧力に、私は次第に焦りを感じ始めた。冴はどうしているだろう。自分なら振り切れると思って、歯噛みしているだろうか。あるいは状況が分からず、カーゴスペースで不安に打ち震えているだろうか。後部座席を乗り越え、話しかけて欲しいと切実に願った。彼女なら、的確なアドバイスを与えてくれるはずだ。いや、しっかりしろと怒鳴りつけてくれるだけでもいい。しかし、走っている最中に、カーゴスペースから後部座席に乗り移るサーカスのような動きを期待することはできないのだ。自分で何とかしなくてはならないのだ。追跡を振り切るぐらい簡単ではないかと、自分に言い聞かせる。

もっとも、そんな自己暗示は長くは続かなかった。尋常ではないスピードでの運転、それに焦りが加わって、正常な判断力も鈍っている。よほど、一一〇番通報しようかと思った。パトカーが追跡してくれれば、相手も諦めるだろう。しかし、そんなことをしたら話がややこしくなるだけだと思い直し、再び運転に集中した。タイヤが鳴るほどのスピードで車線を変更し、時にはスピードを落としてペースを変えてもみたが、相手は依然として一定の車間距離を保っている。

「早く何とかしてくれよ」震える声で岩隈が懇願する。ちらりと横を向くと、額に脂汗が浮かんでいるのが見えた。彼の恐怖が、私にも伝染する。いつまでも、高速道路で追いかけっこを続けているわけにはいかないのだ。首都高に入って渋滞にでもぶつかれば状況は変わるかもしれないが、そこまで自分の神経が持つかどうか、自信がない。高速を降りてしまおう。信号や交差点のある道路の方が、逃げ切れる可能性が高くなるはずだ。

追い越し車線からダブルレーンチェンジを敢行し、左車線に入った。一気に百キロ近くまでスピードを落とす。狭い視野の中で流れるようだった周囲の光景が、急にはっきりと見えるようになった。調布インターまで二キロ。一分かそれぐらい我慢すれば、次の局面が開ける。バックミラーで反射するヘッドライトの光が、また大きくなった。大丈夫だ、と小声でつぶやいてみる。相手は何も、こちらの尻に追突しようとしているわけではないだろう。ただ追跡を続け、冷や汗をかかせようという狙いのはずだ。

私に対する嫌がらせなのか？　いや、標的は岩隈であるはずだ。彼はやはり、尾けられていたのだろう。相手は、情報を盗んだ岩隈をずっと監視し続け、チャンスを狙っていたに違いない。京王八王子の駅前から車に乗りこむ場面も、当然見ていたはずだ。問題は、向こうが私を警察官だと認識しているかどうか、である。

悪意のこもったパッシングで目が眩む。瞼《まぶた》をきつく閉じ、目の前でちかちかする星を追い払ってからアクセルを踏みこむ。目を開けると、後ろの車は、ほとんどインプレッサのバンパーに嚙みつかんばかりの距離まで迫っていた。ブレーキを思い切り踏みつける。あわや追突という瞬間、向こうもブレーキを踏んだ。やはり、そうだ。相手は、自分の車を犠牲にしてまで、私たちを高速道路のゴミにしようとしているわけではない。

五百メートル。待て。ぎりぎりまで待って、最後のチャンスに賭けよう。ハンドルを握り直し、アクセルを踏む力をほんの少し緩めた。ゆっくりと息を吐き、吸い、呼吸を整える。

今だ。

インターチェンジに続く道路が走行車線と完全に分離する直前、私はハンドルを思い切り左に切った。目の前を、コンクリート壁が斜めに横切っていく。右目の端で、私たちを追跡してきた車がそのまま走行車線を走り去るのをとらえた。岩隈が、長く尾を引く耳障りな悲鳴を上げる。ハンドルを切り過ぎたのか、左側の防音壁が目の前に迫ってきた。慌ててハンドルを戻して姿勢を立て直す。後ろから、怒りのこもったクラクションの音が追いかけてきた。私は、一つ小さく深呼吸してから、ゆっくりと右足をアクセルから下ろし、震える指でハザードランプのスウィッチを押した。

全身が痺れたような感じが続いていたが、何とか国道二〇号線に出ることができた。用心して周囲を見渡したが、もう誰にも尾けられていないようだった。最初の信号で国道を左折して武蔵境《むさしさかい》通りに入り、路肩に車を寄せてハンドブレーキを引く。ハンドルを両手で抱えこんで下を向いた。空気を求めて、胸と腹が大きく上下している。吐き気を何とか呑みこみ、顔を上げた。隣を見ると、岩隈は真っ青な顔で、ヘッドレストに頭を預けている。呼吸が荒い。恐怖を嚙み砕こうとして、喉の途中で引っかかってしまったに違いない。

岩隈が、震える手をドアに伸ばした。

「ちょっと待って。どこへ行くんですか」

「ここでいい」

「こんなところで降りても駅なんかないし、タクシーもつかまりませんよ」私は左手を伸ばし、岩隈の肩をつかんだ。彼が、泣きそうな顔で首を振る。

「どうでもいいよ。車から降りた方が安全じゃないか？　この車のナンバーだって、きっと覚えられてるだろう」

「追ってきたのは、革青同の連中なんでしょうね」

「それは、間違いないと思う」

「あなたは、連中の秘密を握っていて、向こうはそれでは困ると思っている。そういうことなんですね」

「ああ、たぶん」

「その秘密は、何なんですか」

岩隈が、ドアに伸ばした手を引っこめ、座り直した。顔はまだ真っ青だが、呼吸は落ち着いている。ヘッドレストに頭を預け、目を閉じたまま喋り始めた。

「連中は昔、とんでもないことをやったんだよ。それが今でも尾を引いてるんだ」

「そういう抽象的な言い方をされても困ります。はっきりしましょうよ」

「三十年前からずっと流れていた噂だけど、確かめる方法もなかったからね。それに、仮にその噂が確認できたとしても、情報として使えるとは思えなかったから、放っておいたんだ」

「今は利用できるんですか」

「そうだと思ったから、いろいろ調べたんじゃないか」

岩隈が何をしようとしていたのかは、想像がついた。俺は、お前たちの秘密を握っている。それを表に出されたくなければ、俺の活動のためにカンパをお願いできないだろうか——要するに、恐喝である。

「あなた、連中と接触したんですか」

「いや」

「じゃあ、これから話をするつもりだったんですね」

「ああ。だけど、やめた」

「どうして」

「奴らにはもう感づかれてるみたいだし、そうだとしたら、俺一人でどうこうできる問題じゃないからさ。金儲けをするチャンスだと思ったんだが、相手は何人もいるし、俺を消しちまえば、情報は永遠に葬り去られたままになる。命と引き換えにしてまで金が欲しいわけじゃないからな。せめてあんたには教えておこうと思ったんだよ、知らない仲じゃないし」

「それが保険、ということなんですね」

「ああ」喘ぐように息をしながら、岩隈が言葉を押し出した。「ただし、この情報を知っているのは俺だけじゃないがね」

「噂になっていたって言いましたよね。他のセクトの連中も知っているということですか？」

「違う」

「じゃあ、誰が知ってるんですか」

「とにかく、奴らはここのところずっと、妙に用心していた」岩隈が話をはぐらかしたが、締め上げるわけにもいかず、私は彼に話を合わせた。

「三十年前の事実が明るみに出ると困る、というわけですね」

「そう」ゆっくりと、岩隈が私のほうを向いた。「あいつらは、戦争を始めようとしているんだ」

「戦争？」

「戦争っていう言い方がおかしいなら、内ゲバ、ゲリラ、何でもいい。とにかくあいつらは、自分たちを守るためなら、何でもやるつもりだ」

「沢峰さんの襲撃事件と、穴井さんが殺された事件も、その件と関係があるんですか」

「たぶん、ね」

「三十年前の情報を知った誰かが、復讐をしようとしているとでも？」

岩隈が小さくうなずいた。喋ろうとしないので、肩をつかむ手に力を入れると、苦しそうに顔を歪める。

「どういうことなんですか」

私の追及に、岩隈が泣きそうな表情を浮かべて首を振った。

「残念だけど」

「本当に知らないんですか？　情報の出し惜しみをしてるんじゃないでしょうね」

「この期《ご》に及んで、そんなことはしない」

「知ってることがあるなら、隠さないで話して下さい。早く事件を解決しないと、私もあなたも、本当に危なくなる」

意を決したように、岩隈が私の顔を正面から睨みながら打ち明けた。

「あいつらは人殺しだ。どんな立派な主義主張を振りかざしていても、実態はただの人殺しなんだよ。それは、三十年経とうが変わらない。俺は、とんでもない連中と係わり合いになってしまったのかもしれない――とにかく、あんたともこれでお別れだ。俺の身に何かあったら、連中をパクってくれ。適当な名目をでっち上げるのは、警察の得意技だろう？」

言うなり、岩隈がドアを開けて飛び出す。追いかけようとして私もドアを半分開けたが、後続の車に激しくクラクションを鳴らされ、手を止めざるをえなかった。その間に、彼は短距離走者のようなスピードで歩道を走り抜け、闇に消えていく。

人殺し。岩隈の言葉にこめられた憎悪と恐怖は、彼の過激派としての活動歴や、現在の立場とはまったく関係ないように感じ取れた。そう、主義主張など、何ほどの意味もないのだ。革青同の連中が何を主張しようが、何をしようが、私は気にしない。しかし、殺しとなると話は別だ。殺しだけは、どんな理由があっても許されない。彼らがどんな理屈をつけようが、死んだ人間が生き返ることはないし、罪が許されることもないのだ。

「鳴沢」

カーゴスペースから、弱々しいうめき声が聞こえてきた。体を乗り出して後ろを振り返ると、冴が震える手を伸ばし、後部座席のヘッドレストにつかまろうとしているところだった。

「吐きそう」

「生きてるか?」

私は慌てて車を飛び降り、リヤゲートを跳ね上げた。額に汗を浮かべた冴は、それでも何とか笑おうとしている。手を貸して外へ出すと、ふらふらと私の腕の中に倒れこんできた。恐怖が去った後、愛する人間の体温を感じることができれば、急に力が抜けるのも仕方ない——そう思って私は、冴の体を抱きしめようとしたが、彼女は私の気持ちに冷水をかけるように、耳元に口を寄せて低い声で囁いた。

「今度こんなことに私を巻きこんだら、殺すからね」

チョコレートバア二本とコーラという吐き気を増長するような賄賂《わいろ》で、彼女の機嫌はずいぶん良くなった。歯が溶けてしまいそうな組み合わせなのに、時折笑った時に見える彼女の歯は、まばゆいほどに白い。彼女には、私が知らない、あるいは理解できない秘密が幾らでもありそうだ。もしも一緒に暮らすことにでもなったら、毎日が驚きの連続になるだろう――いや、まさか。私は頭を振り、その妄想を追い出した。

「ああ、すっきりした」冴が、チョコレートの最後の一かけらを口に押しこみながら窓を開け、包装紙を放り捨てた。バックミラーの中で、後続の車のヘッドライトに照らされた包装紙が一瞬きらめくのが見えたが、すぐに遠くに消えてしまった。彼女が窓を閉めるのを待ち、忠告する。

「道路にゴミを捨てちゃいけない」

「うるさい」冴の機嫌は、まだ完全には直っていなかった。「私はずっと、トランクの中に押しこめられてたんだからね。こうやってストレスを解消する権利ぐらい、あると思わない？」

「道路をゴミで汚せばストレス解消になるのか？」

「私、本気で怒ってるのよ」

自分が彼女の怒りの対象になる謂《いわ》れはないと思ったが、私は言葉を呑みこんだ。放っておけばいい。そんなことで彼女の機嫌が治まるなら、私は幾らでも罵声を浴びよう。しかし乱暴な言葉を吐き出したせいか、彼女はようやく冷静さを取り戻したようだった。

「今夜は収穫が多かったわね」

「だけど、可能性がいくつか出てきただけじゃないかな。革青同の連中が三十年前に何かやったって言っても、岩隈がそう言ってるだけのことだ。俺は、あの男のことはまだ信用できない」

「でも私たちは、上野原で彼らを見ている。あの連中は何をしてたの？　まさか、山を開墾してたわけじゃないわよね」

「何かを掘り起こしていた」

「それは――」

「死体」上野原で彼らの動きを監視していた時にも、私は同じ言葉を口にした。しかし今、その言葉の意味はさらに重くのしかかってくる。

「話が、どんどん変な方向に転がってる感じがするんだけど」

「いや、筋は通るんじゃないかな。革青同の連中は、三十年前に何かをやった。たぶん、殺しだ。内ゲバだったかもしれないし、あるいは彼らの活動とは関係のないことだったかもしれないけど、とにかく、永遠に隠しておきたいことだったんだろう。殺しだったら、そうしたくなるのも無理はないよ。それに気づいた誰かが、今になって連中に復讐しようとしている」

「三十年も昔の事件なのに？　ちょっと、間が空き過ぎてるんじゃないかしら」

「いや」

「おかしいわよ。人間って、そんなに執念深いものじゃないでしょう」

そんなことはない、五十年前の事件に執念を燃やし続け、ついに犯人にたどり着いて復讐を果たそうとした男がいたのだ、と私は喋りそうになった。私が新潟を離れるきっかけになった事件は、その男の復讐にかける執念が引き起こしたものだった。私の腕の中で命の最後の炎を燃やし尽くした男は、五十年前の出来事を、自分の胸の中に、消すことのできない刻印として刻みこんでいた。それに比べれば、三十年という歳月など、何ほどのことがあろうか。

私は、自分と冴の間にそびえる高く分厚い壁の存在を、改めて意識した。

国立府中で高速道路を降りると、タイミングを見計らったように携帯電話が鳴り出した。車を路肩に寄せ、電話に出る。冴が、疑り深そうに私を見た。ハンドルを握りながらでも電話ぐらいできるのに、とでも言いたそうな様子だった。確かにそうかもしれないが、私は違う。

「鳴沢かい?」

「松田さんですか?」

意外だった。こんなに気安く私を呼ぶのは沢口ぐらいのものである。非公式にだが一緒に仕事をして、松田も少しは私に心を許す気になったのだろうか。

「ああ。今、どこにいるんだ?」彼の声はどこか弾んでおり、一仕事やり遂げた達成感に溢れているように聞こえた。

「署に向かう途中です」

「そりゃあよかった。ちょっと、俺のところに顔を出さないか?」

「まだ署にいるんですか?」

「仕事だからな」少しむっとしたような声で松田が言った。サボっているとでも指摘されたような口調である。「とにかく、来いよ。面白いものを見つけた」

「何ですか」

「それは見てのお楽しみだ。いいな、すぐに来いよ」

「じゃあ、三十分後に」

「二十五分で来い」

言うなり、松田は電話を切ってしまった。私はしばらく電話を見つめていたが、冴が不審そうにこちらを見ているのに気づいたので、小さな笑顔を浮かべてやった。

「松田さん、何だって？」

「署に寄れってさ」

「どうせ戻る途中じゃない」

「俺たちに見せたいものがあるらしい」

「何？」

「秘密だってさ。もったいぶってるんだよ。君、電話して彼を説得してくれないか？　君の魅力なら、松田さんも、あることないことべらべら喋るだろう」

冴が腕を伸ばし、私の肩を思い切り叩いた。私は、事件がようやく転がり始めたことによる期待と快感を覚えると同時に、なぜか嫌な予感が胸の中で膨れ上がるのを感じていた。それは、今の段階では何とも説明しようのない不安である。一度だけ、同じような気分を味わったことがあった。まさに、新潟の事件に取り組んでいた時のことである。あの時と同じような経緯であって欲しくない、誰一人傷つくことなく終わって欲しいと、私はぼんやりと願った。

「よう、来たね」松田が、満面の笑みで私たちを迎える。両手を揉み合わせ、おべっかでも口にしそうなほど上機嫌だった。

「何ですか、いったい」私は、デスクに尻を載せてふんぞり返っている松田に先を促した。

「これだよ、これ」松田が、机に放り出してあった小さなビニール袋をつまみ上げた。彼の太い指の先で、照明を鈍く照り返しながら、ビニール袋がゆらゆらと揺れる。中に小さな布切れが入っているのが見えた。「分かるか？」

「それって、上野原で……」

「そうそう」冴の質問を、松田が途中で遮る。「さて、現代科学の力を、古いタイプの刑事さんたちにお見せしようか」

もったいぶった松田の口調に、私と冴は顔を見合わせて苦笑を漏らした。彼がハンカチからウサギを取り出すか、ステッキの先に花でも咲かせるのではないかと思ったが、実際に仕事の話に入ると、ごく真面目な口調になった。

「こいつは、相当古いものだな」松田が、ビニール袋をデスクに置いた。私と冴は、彼の横に立って恐る恐るビニール袋を覗きこむ。息がかかるだけで塵になってしまうのではないか、と私は恐れた。その慎重さが気にいったのか、彼は満足そうな笑みを浮かべて続ける。

「しかも、かなり傷んでいる。ずいぶん長い間、あそこに埋まっていたんだろうな。十年、二十年、もっと長いかもしれない」

「何なんですか」冴がせかすように訊ねたが、独演会に水を差されたと思ったのか、松田が唇を歪めて皮肉に言った。

「まあまあ、小野寺君、焦らず」

冴がむっとした表情を浮かべたが、私は彼女の腕にそっと触れて黙らせた。

「この布切れが何なのか、はっきりしたことは分からない。ただ、何が書いてあるのかは推測できる。たぶん、人の名前だな」

本当に、という台詞を、私は辛うじて呑みこんだ。見た限り、布切れは泥と水で茶色に染まり、何かが書かれているようには見えない。しかし、松田は間違いなく手がかりを見つけたのだ。これまで、鑑識の魔法のような力に舌を巻いたことは、一度や二度ではない。彼が、分厚い眼鏡を人差し指で押し上げ、胸を張って続ける。

「一昔前なら、とても分析できなかったと思うが、今はこういう技術も進んでいるからね。間違いない。油性のペンで、はっきり書かれている」

「その名前は？」業を煮やしたように、冴が苛々した口調で訊ねる。松田は、一瞬むっとした表情を浮かべたが、すぐに真顔に戻って続けた。

「立川、だね」

「立川市じゃないんですか」

冴の疑問を、松田は自分に対する侮辱と受け取ったようだ。ビニール袋を指でつまみあげ、ぶらぶらと揺らす。

「あのな、小野寺、茶化すなら俺はこいつをゴミ箱に捨てちまうぞ。何でこんな布切れに立川市って書いてあるんだ。それに、『市』の字は見えない」

「すいません」私は素早くフォローした。「人の名前、ですよね」

「そう。そういうわけでこれは、最初に俺たちが想像した通り、クリーニング屋のタグである可能性が出てきた。今はあまり使ってないけど、一昔前までは、首筋にこういう小さな布切れを縫いつけてたもんだよな。お若い二人は知らないかもしれないけど」

「いや、知ってますよ」実際、私が新潟で利用していたクリーニング屋は、ワイシャツに布のタグをつけていた。

「まあ、いい。とにかく、あの穴の中には、このタグが埋まっていた」

「重要な手がかりです」

私が合いの手を入れると、松田が満足そうにうなずいた。

「そしてもう一つ、手がかりがあるんだ。このタグには血痕が残っている」

「血液型は？」

私の質問に、松田は肩をすくめた。そこまでは分からなかった、と言葉で認めるのが悔しいのだろう。

「とにかく、タグだけが土の中に埋まってるっていうのは変な話で、服も一緒だったと考えるのが自然だろうな。その服が見つかれば、もう少し詳しいことも調べられると思うが」

「その服はどうしたんですか」

冴の問いに、松田が露骨に鼻を鳴らした。

「それを調べるのは刑事さんの役目じゃないのかね。俺は、もっと科学的に、論理的に調べるのが仕事で、脚を棒にして歩き回ることで給料を貰ってるわけじゃないんだよ。もっとも、穴掘りは嫌いじゃないから、もう一度あそこを掘り返すことになったら、喜んで参上するけどね」松田が笑い、突き出た腹を、音を立てて叩く。三人しかいない部屋で、その音はやけに甲高く、不快な残響を残しながら私の耳に届いた。

「明日まで待とうか」

「どうして」私の提案に、冴が不満そうに反論した。

「こんな時間に特捜本部に乱入する勇気はないよ」

「だけど、明日になればまた状況が変わるかもしれないじゃない。早く動いた方がいいわよ」

「変えさせないようにすればいいじゃないか」

「どうやって」

「井澤を監視するんだよ。それに、奴のヴォルヴォがどうなっているか、確認したい。戻ってなければ、奴が俺たちを追いかけていた可能性も高くなる」

「それでどうするの？　無理矢理引っ張ってくるつもり？　スピード違反とかじゃ、駄目よ」

「だったら、公妨でやってみるか。公安の連中の手口を真似するのも手だよな。それなら、奴らも慣れてるだろうから」

「井澤には逮捕歴はないでしょう。慣れてるも何もないわよ。そもそも車を調べてみても、私たちを追いかけ回したのが彼かどうかは分からないんだから」冴が冷たく言って、自動販売機からコーヒーを取り出した。この時間、警察署の一階部分はひどく静かだ。多少なりとも人の気配がするのは、スピード違反か何かで捕まったらしい若い男がぶつぶつと文句を言っている交通課だけで、当直の署員たちは警務課に集まって、居眠りしないように互いを監視し合っている。上で、特捜本部の連中が疲労と戦いながら、血眼《ちまなこ》になって事件の手がかりを探っているのが信じられないような、静かでだらけた雰囲気だった。どこからか流れこんでくる冷え冷えとした空気が、私の気持ちを凍りつかせる。

「今晩は、俺が井澤を監視する。君は休んでくれ。明日の朝一番で上に報告しよう」

「それでヴォルヴォを押収して、トランクを調べる、と」

「いや」私は、ココアがなみなみと入ったカップに目を落とした。疲れを追い払うために甘いものが飲みたかったはずなのに、実際に手にしてみるとその気が失せてしまった。カップの中に入っている茶色い液体が、泥のように見えてくる。「死体遺棄で逮捕状を取ろう」

「そこまで一気に行ける？」

「一気に行かないと、奴らに逃げる余裕を与えてしまう」

「そうかしら」

「そうだ」もしかしたら自分は危ない橋を渡ろうとしているのかもしれないと思いながら、私はココアに口をつけた。甘ったるい味が口の中に広がる。いつもなら安心できるその味も、今夜はなぜか、喉に貼りつくような不快感に満ちていた。

井澤の家に車があるのかないのかは、結局分からなかった。ガレージのシャッターが閉まっているので、確認しようがなかったのである。こんなことは、事前に分かってい て然るべきだ。自分の観察力と記憶力の甘さに舌打ちし、それでも何かが起こるのを待って、私はシートに深く背中を埋めた。

ゴルフのエンジンが冷える音が聞こえる。住宅街は静まり返っており、ラジオをつけるのも憚《はばか》られた。腹の上で手を組み、しばしばする目を大きく見開きながら、遠くに見える井澤の家のガレージを凝視する。井澤の家も、元々この辺りの地主なのだろうか。そうでないとすれば、あの診療所はかなり儲かっているに違いない。周辺の家に比べて一回り大きい上に、リモコン式の車庫のシャッターや、玄関の防犯カメラ――これはダミーかもしれないが――など、あちこちに金をかけている。

革青同の過去、そして現在を思った。理想に燃え、私たち警察に代表される国家権力の弾圧と戦うことに若さを捧げた時代の結束、そしてその後、散り散りに別れた人生。今再び彼らは集結し、何かをしようとしている。岩隈が凶事と恐れる何かを。しかし、三十年の歳月を経た後、かつての仲間たちが昔のようにまとまれるとは思えなかった。

それが一体になって動いているとしたら、彼らが守らなければならないものがあまりにも大きいからに違いない。秘密が明るみに出ると職を失い、すでに職を失っている者はさらに低い泥沼に落ち、最悪の場合は獄につながれることにもなるようなことだ。

犯罪、それも殺人に匹敵するような犯罪としか考えられない。

丘に上り、そこから井澤の家を観察しようかと思ったが、そうしても、たぶん朝までの時間を無為に過ごすことになるだけだろう。そう考え、今夜は張りこみを中止することにした。必要があれば、何時間でも何日でも続けることはできるが、今がそうすべき時だとは思えなかった。冴が一緒だったら、寂しさと退屈さを紛らすことができるし、二人で無駄なお喋りを続けているうちに、何か別の糸口が見つかるかもしれないが、今夜の私は一人なのだ。

私は、ほぼ完全な静寂と孤独の中にいた。話す相手もなく、静けさに飲みこまれて夜の冷たさを嚙み締めている。この場を離れるのは、その孤独に負けてしまったからだとは思いたくなかった。

南大沢の井澤の家から私の家に帰るには、幾通りかのルートがある。ニュータウン通りに出て、多摩センター駅まで真っ直ぐ車を走らせるのが一番近いのだが、今夜は都立大を通り過ぎ、ニュータウン通りと平行に走る野猿《やえん》街道を使うルートを選んだ。こちらの方が少しだけ遠回りになるのだが、信号が少なく真っ直ぐな道路が続くニュータウン通りを走っていると、途中で居眠りしてしまいそうだったのだ。道幅が細く、信号も多い野猿街道は、運転に気は遣うが、その分居眠りする危険性は低くなる。

欠伸を噛み殺しながら車を走らせる。五年落ちで買ったⅢ型のゴルフは、すでに十年選手になろうとしているが、まだまだ元気だ。新潟ではずいぶん手荒く扱ったのに、エンジンは快調だし、足回りもへたっていない。私の身長では、車内が少しばかり狭く感じられることだけが難点だが、それ以外では特に不満もない。ごく真面目に作りこまれ、運転していて極端に面白いところもないが、とにかく壊れずに信頼できるというところが私には合っている。いや、冴が言っていた通りで、私がこの車に合っているのかもしれない。つまらない男、面白みのない三十歳。ゴルフとの違いは、私は世界中で愛されるスタンダードには決してなり得ない、ということである。

大学の側を通り過ぎる。この辺りは多摩市ではなく八王子市なのだが、住居表示は違っても街の匂いにはほとんど差がない。自宅へ続く細い道路に入ろうと、交差点で車を右折車線に寄せたところで、左手の空が赤く染まっているのに気づいた。

火事だ。

それだけなら、無視してしまっても良かった。もしも死者が出るような火事になれば、鎮火した後で出番があるかもしれないし、特に、刑事課の大多数を特捜本部に取られてしまっている今は、私にお呼びがかかる可能性も高いのだが、何も燃え盛っている時に野次馬のように現場に駆けつけて消火作業の邪魔をする必要はない。それに、煤けた臭いが充満した空気を吸うような気にはなれなかった。あの臭いを嗅ぐと、後で必ず頭が痛くなるのだ。

しかし、何かが引っかかる。数時間前、誰かが不幸になるのを見たくない、と考えていたことを思い出したのだ。まさか。いや、可能性はある。

嫌な予感が膨れ上がる。火事は、沢口の家の付近だった。あの周辺には、沢口の家以外には公団住宅かマンションしかない。そして、火事に関する私の経験から言うと、鉄筋コンクリートでできた建物は、あんな燃え方をしない。ただ煙を上げ、周囲の空気を黒く染めるだけだ。むしろ木造住宅の方が、炎を上げて激しく燃える。

急ハンドルを切って、後続の車に激しくクラクションを鳴らされた。そのクラクションは、怒りの発露と言うより、急げ、と私の背中を後押ししているように聞こえた。

4

最悪の予想が現実になった。燃えているのは、四階建ての公団住宅三棟に囲まれるように建っている――建っていた沢口の家だった。火の粉が散り、街路樹のケヤキの枝に降り注ぐ。時折思い出したように炎が高く上がり、夜の闇を赤々と染め上げた。

想い出が焼け落ちていくのを、私はなす術《すべ》もなく見守るしかなかった。学生の頃、私はこの家に入り浸っていた。その頃は沢口の両親も健在で、まだ断酒していなかった私は、体中のネジが緩んでしまうのではないかと思えるほどの酒を飲まされたものである。沢口は昔から酒を飲まないので、父親にしてみれば、私は格好の酒の相手だったのだろう。毎度の二日酔いには悩まされたものだが、それでもこの家の居心地の良さは何物にも替えがたかった。家が燃えているのを見ているうちに、今まで味わったことのない苦味が胸の中で広がっていく。新潟の実家が焼け落ちれば、こういう気分になるかもしれない――この家は、私にとってもう一つの実家なのだ。

あらかた骨組みだけになった家を、炎が舐め回す。顔が熱い。飛び散る火の粉が足元に落ち、野次馬の中から悲鳴が上がる。反射的に腕時計に目を落とすと、真夜中近い時間だった。朝の早い沢口は、この時間ならもう寝ているはずである。無事に逃げ切れたのだろうか、そう考えると頭に血が昇り、心臓が爆発しそうになる。野次馬に向かって、大声で叫びたくなった。見世物じゃないんだ、さっさと失せろ、と。

広報担当の消防署員を捕まえて話を聞いたが、逃げ遅れた人間がいるかどうかまだ分からない、ということだった。何とかしたいと気持ちだけは焦ったが、消火活動は専門的な作業であり、素人の私が手伝えるようなものではない。落ち着け、と自分に言い聞かせる。それでもじっとしていることができず、野次馬をかき分けるようにして沢口の姿を探し続けた。

しかし、彼の姿は見当たらなかった。

ようやく火勢が治まった時は、午前一時を回っていた。鼻の奥にきな臭い臭いが染みつき、靴は濡れて黒くなり、靴下まで湿っている。完全に炎が消えるタイミングを待っていたかのように、鑑識の一団が揃って到着した。疲れきった表情の松田が、いち早く私に気づく。

「何だ、もう来てたのか」

「帰る途中だったんです……ここは、知り合いの家なんですよ」

分厚い眼鏡の奥で、松田の目が糸のように細くなった。

「マジかよ」

うなずくのがやっとだった。今すぐにも現場に入り、中の捜索を手伝いたいと思ったが、恐怖で脚がすくんでしまう。焼け跡を掘り起こして沢口の焼死体に対面することを、私は恐れた。焼け焦げ、あるいは溶けた服が体に張りついて硬直してしまった焼死体は、時に人間とは別の生物の死骸のように見える。脂肪が溶け落ちた手足は枯れ木のようになり、もっとひどければ、炭化して、触っただけでぼろぼろと崩れ落ちてしまう。筋力トレイニングを生涯の友としていた逞《たくま》しい沢口の、そんな姿は見たくはなかった。

思いついて、家に寄り添うように建っているガレージを調べた。家に面した壁面は黒く煤けていたが、ガレージそのものは無事である。シャッターの鍵はかかっていた。

鑑識の連中に声をかけ、ここに車が入っているかどうか確認すべきだ、と進言した。すぐさま鍵が取り壊され、シャッターがこじ開けられる。中は空だった。私は、その場にくずおれてしまいそうなほど、膝の力が抜けるのを感じた。たぶん、今日に限って彼は帰りが遅くなっているのだろう。火事に気づいて逃げたとは考えにくい。彼は確かに律儀な男だが、わざわざガレージの鍵を閉めてから逃げるとは思えなかったし、車を無事に避難させれば、家に戻ってくるはずである。

その場を消防と鑑識に任せて、私は現場から離れた。嫌な予感は少しは薄まっていたが、まだ完全には安心できない。車に戻り、沢口の携帯電話を呼び出したが、つながらなかった。いったいどこにいるのだろう。夜遊びとは思えなかった。もしかしたら、生徒が何か問題を起こして、駆けずり回っているのだろうか。

何でもいい。とにかく無事でいて欲しいと、私は心から願った。

眠れぬままに夜を過ごし、私は早朝、署へ出向いた。相当焦っていたのだと思う。昨夜放水で濡れた服もソファに放り出したままだったのだから。

家でまだ寝ぼけていた冴に電話し、井澤の逮捕状の件を少しだけ先送りにする、と告げた。彼女は不満そうに私を攻撃してきたが、沢口の家が火事になったのだと言うと、言葉を呑みこんだ。

「どういうことなの？」

「まだ分からない」

「だったら逮捕状の件、仕方ないわね」

「ああ」

「じゃあ、私は午前中、井澤の監視をしてるわ」

「一人で上に話すなよ」

「手柄は二人で分けたいの？」

「いや」君一人だったら、暴走して解決の芽を潰してしまうかもしれないからだと言いかけ、私は口をつぐんだ。結局私たちは、二人で一人前というところなのだろう。互いに相手を監視し合い、ビーンボールを投げようとするのを押し止め、何とか試合終了まで持っていく。

「とにかく井澤たちのことは、火事の件にある程度決着がついてからにしたいんだ」

「分かった。連絡してね」

「了解」

電話を切り、彼女の最後の言葉は妙に優しかったな、と思った。寝ぼけてかすれた甘ったるい声。その声を毎朝聞くためなら、何でもするという男は少なくないだろう。お前もそうなのか？　自分の問いかけに対して、私は答えることができなかった。

「放火？」

火事の現場で落ち合った松田に、私は思わず詰め寄った。たじろいだように、彼が一歩下がる。

「たぶん、ね」

「間違いないですか」

「たぶんって言っただろう。たぶんっていうのは、確証がないってことだよ。とにかく、家の中から火が出た形跡がないんだ。外から誰かが火をつけないと、こんな具合には燃えない。ただし、まだ何も見つかっていないから、どうやって火をつけたのかまでは分からない。古い家だったから、火の回りは早かっただろうけどな」

言って、松田が焼け跡を見渡す。焼け焦げた家具や家電製品は、かつて応接間があった辺りに積み上げられており、その他の場所で現場検証が続いていた。まだ所々で立ち昇る煙が風に流され、目に染みる。ふと、革の焦げた臭いが漂ってきた。眼をこらすと、黒焦げになったラグビーボールが幾つか、転がっているのが見える。沢口のコレクションだ。記念になる試合に限って、どういう手段を使ってか、彼は試合球をくすねてきたものである。幾つものボールが、主人然とした顔でリビングルームの一角に鎮座していた。

「あんたの知り合いだったな」

松田に呼びかけられ、私は我に返った。

「ええ」

「行方が分からないそうじゃないか」

実際、沢口は行方不明だった。朝一番で学校に電話したのだが、今日は出勤していないし、何の連絡もないと言われ、どこにいるか知らないか、と逆に質問されてしまったほどである。昨日、五時過ぎに学校を出て以来、彼に最後に会ったのは私、ということになるようだ。喫茶店での会話の一つ一つが、妙に鮮明に蘇る。あの時は、特に変わった様子はなかった。これからどこかへ行くと言っていなかったか? いや、そんなことはない――違う、そもそもそんな話題は出なかった。

いったい何人、私の周辺から人が消えるのだろう。その人たちは、同じ場所を目指しているのだろうか。それとも、別々の道を通って、それぞれの目的地に向かっているのだろうか。

「何で駄目なんですか」今にも水島につかみかかりそうな勢いで、冴がデスクの上に身を乗り出した。

「何で、じゃないだろう」水島は、椅子の上でそっくり返るふりをしながら、冴との距離を広げた。「クリーニング屋のタグ一枚で引っ張れっていうのかよ。そんな無茶苦茶な話、聞いたことがない」

「もっといい加減な証拠で引っ張ったことだってあるでしょう。証拠なんて、後で何とでもなりますよ」冴は一歩も引かなかった。「私たち、連中があそこを掘り起こしてるのを見てるんですよ」

「あのな、焦る気持ちは分かるよ、お嬢さん。だけど、現場で声をかけなかったのがそもそもの失敗だろうが。それなら現行犯で挙げられたかもしれない」言い合いには飽き飽きしたとでも言いたそうに、水島がボールペンをデスクに放り出した。「そういうチャンスを逃したら、逆に慎重になるべきなんだよ。逮捕状が欲しかったら、もっとがっちりと証拠を固めてこい」

「お嬢さんっていう言い方は、セクハラですよ」冴が冷酷な声で告げる。水島の顔が少しだけ引きつった。まずい。このままでは冴は水島を攻撃し続け、その結果、肝心の事件の話がどこかに飛んでしまう。私は、二人の間に割りこんだ。

「係長、せめてガサをかけさせてくれませんか。車を押収すれば、トランクを調べることができる」

「そのトランクに死体を詰めて運んだって言うんだろう？　肝心のその場面は見たのかよ」相手が代わったせいなのか、水島の口調はまた皮肉な調子を取り戻していた。しかし、言っていることは全面的に正しいので、反論もできない。確かに私たちは、「その場面」を見てはいないのだ。

「いや」

「だろう？　いいかい、タイミングが合えば、一気に逮捕状まで持っていくこともできる。お前らはそれを逃しちまったんだから、じっくり証拠を積み重ねなくちゃ駄目なんだよ。とにかく、隙を見せたらこっちの負けだ。相手にばれないように証拠を集めて、全部まとめてからぶつけないと駄目だぜ」

「特捜も、手をこまねいているみたいじゃないですか」

「何だと」私が言うと、水島の目の色が変わった。

「革青同の連中に対する事情聴取も不調だったんでしょう」

「まだ終わったわけじゃないぞ」

「泳がせてるとでも言うんですか」

「お前には関係ない話だ」

私はぎりぎりと拳を握り締めた。爪が掌に食いこみ、その痛みがさらに怒りを増幅させる。

「革青同の件は俺たちの事件にもつながってくる可能性があるんですよ」

「俺たちの事件？　おいおい、事件を私物化するんじゃないよ。何だったら、外してもいいんだぞ」

「それこそ、私物化じゃないんですか」

「何だと」

「係長」

　振り返ると、筧がこちらへ向かってゆっくりと歩いてくるところだった。穏やかな表情で、決裁の判でも貰いにくるような様子だったが、彼は私と冴の間に割って入り、水島のデスクに両手をついた。

「いいじゃないですか、やらせてやりましょうよ」

「筧さん、こんな曖昧な証拠じゃどうしようもないでしょうが」年長の部下という微妙な関係にある筧に進言され、困ったように水島が小さな声で反論する。

「じゃあ、もう少し詰めればいい。そういうことですよね？　連中の動向を監視して、尻尾をつかんでやればいいわけだ」

「そりゃあ、そうだが」

「二人でここまでやってきたんだから、もう少しやらせてやったらどうですか。鳴沢の言う通りで、革青同の関係で、特捜の方にもつながってくるかもしれませんよ」

「筧さん、その線は考えられないよ」

「困った時はいつでも、出発点に戻って考え直すようにしないとね。それに、どこから手がかりが出てくるか分からないんだから、少しでも関係のあることなら、調べさせてみればいいじゃないですか」

私と冴の間に割りこんだ筧が首を左右に振り、冴を、次いで私の顔を順番に見上げる。厳しく顎を引き締めているが、目は笑っていた。

「お前らも、それでいいな」

いいも何も、うなずくしかなかった。筧が、気合を入れるように、私の肩を思い切り叩く。

「まったく、世話の焼ける連中だ」私と冴は、筧に追い立てられるようにして、空いている取調室に入った。筧が窓辺に立ち、ブラインドに指で隙間を作って外を見やる。私と冴は、何となく、取り調べ用の机の前に立っていた。厳しい表情を浮かべて筧が振り返り、後ろ手を組んだまま、机を挟んで私たちと向き合う。

「ああいうやり方は駄目だって言っただろうが」

「すいません」私は素直に頭を下げたが、冴は胸の前で腕を組んだまま、そっぽをむいていた。腕をつかんで、私の方を向かせる。

「小野寺」

「何よ」

「筧さんにお礼を言え」

「何で私がお礼を言わなくちゃいけないの」

「筧さんが言ってくれなかったら、今ごろ俺たち、係長に嚙み殺されてたぞ」

「まあまあ」苦笑を浮かべて、筧が私たちに声をかけた。「お前ら、本当にうまくいってるのか？　聞きこみの最中も、喧嘩ばかりしてるんじゃないだろうな」

冴が耳を赤く染めて下を向く。小さく笑いながら、筧がうなずいた。

「まあいいけど、係長に喧嘩を売ったって、何の得にもならないぞ。ああいうのは、時間の無駄だ」

「だけど、係長の態度はただの嫌がらせですよ」冴が唇を尖らせ、筧に抗議した。「あれぐらいの証拠があれば、普通、逮捕状は取れるじゃないですか」

筧が、私に顔を向ける。

「鳴沢、お前もそう思うか」

「ええ」

「それで、井澤を完全に落とせる自信はあるのか」

「なければ、あんなことは言いません」逮捕してこの取調室で向き合えば、井澤は案外簡単に落ちるのではないか、と私は思っていた。一般的に、インテリほどきつい取り調べには弱いものである。それに、井澤が学生運動を経験していたといっても、逮捕歴がない以上、取り調べに対する免疫は強くないはずだ。

「で、井澤の他には誰がいるんだ」

「もう一人、大友という人間が現場で一緒にいたのは分かっています」冴が答える。

「同じ革青同のメンバーだった男ですが」

「ああ、大友か。そいつだったら、俺たちも調べたよ。何か、おどおどした感じの男だろう？」

「ええ」私と冴が同時に言った。

「そいつも上野原に行ったわけだな」

「そうです」と私。「あと二人ほどいたはずですが、そっちはまだ、割れてません」

「じゃあ、とりあえずは、残りの二人を割り出すのが先決だな。もしもお前らが想像している通り、これが殺人・死体遺棄事件だとしたら、ずいぶん大がかりな話じゃないか。たぶん、革青同の昔の活動と関わっているんだと思うが……」

「内ゲバですかね」私が訊ねると、筧がなぜか辛そうに唇を噛んだ。

「いろいろあったらしいからね、あの頃は」彼がまた窓辺に近づき、ブラインドの隙間から外を見やった。さながらその隙間からは、過去のあらゆる事件の真相が透けて見えるとでもいうように。「俺はまだ駆け出しの頃だったから、詳しい事情は知らないが、ひどい事件も少なくなかった。それはお前らも知ってるだろう？　よど号乗っ取りやあさま山荘事件、その後には内ゲバが延々と続いた。仲間だけで固まって、閉ざされた輪の中で生きていると、だんだん気持ちも行動も捻じ曲がっちまうんだろうな。俺は、あの時代に起きた事件が全て解決したとは思っていない。闇に葬り去られて、警察が知らない事件もあるんじゃないかな」

「そうなんですか」冴の問いかけに、筧がこっくりとうなずいた。なぜか、ひどく年老いてしまったように見える。私は、岩隈の言葉を思い出していた——あんたたちが知らないこともたくさんある。

「公安の連中だって、全てをつかんでいたわけじゃないと思う。実際、組織犯罪の捜査は簡単じゃないんだぜ。四課の事件なんかも似たようなものかもしれないな。連中も、マル暴の情報が取れているようで取れていない。実際、マル暴の間であった殺しで、表に出ていないものなんて、何件もあるんじゃないかな。内部で決着がついて、堅気の人間に迷惑がかからなければいいという考え方なんだろうが、俺たちはそうはいかないよな」

筧が振り返り、私と冴が同意するのを確認する。それでいい、と言いたげに、彼も首を縦に振った。

「お前さんたち、へこんでないな」

「もちろん」私は、声が上ずらないように気をつけながら答えた。

「じゃあ、ケツを上げて、さっさと連中の尻尾を捕まえてこい」

言われた通りに取調室を出て行こうとすると、筧の声が追いかけてきた。

「二人ともずいぶん焦ってるみたいだけど、どうしてなんだ？　手柄が欲しいのか？」

答えないでいると、筧が低い声で忠告した。「刑事である以上、自分で事件を解決して自慢したい気持ちになるのは当然だけど、そういう時こそ用心しろよ。時間はたっぷりあるわけじゃないけど、焦って失敗したら元も子もないからな」

分かってます、と同時に答えて、私と冴は取調室を出た。筧の問いかけに、はっきりと答えられなかったのはなぜだろう。不確かではあるが、私と冴は、元革青同の連中が何かを始めようとしていることを知っている。それを食い止めるためには、より多くの人手が必要になるかもしれない。本当なら、水島を理性的に説得して応援をもらい、彼らの計画を突き止めて、必要ならば頓挫させるべきなのだ。それこそが、警察としての正しい対処方法である。面子《めんつ》や自分の手柄にこだわっている場合ではない。

やはり私たちは、焦っているのだろう。この事件に関わり始めた最初の頃、冴が言った言葉を思い出す。見返してやろうよ、私たちの力を思い知らせてやろうよ、と。その思いがずっと、私をここまで引っ張ってきた。自分で納得できるまでやってやる。失敗したら、その時はその時だ。責任を取ればいいだけの話ではないか。

私は、一度辞表を出した人間だ。二度目はもっと簡単だろう。

私が助手席のドアを閉め切らないうちに、冴がパトカーのアクセルを踏みこむ。その衝撃が、私の中で眠っていた何かを呼び起こした。

「待った」

「何よ」怒鳴るように言うのと同時に、冴が思い切りブレーキを踏んだ。まだシートベルトをしていなかった私は、ダッシュボードに手を突っ張って、体が投げ出されるのを防がなければならなかった。

「どうしたの？」

「いや」

記憶は突然、蘇るものである。急に目の前に写真を示されたように、私はあることを思い出していた。

「何なの」苛ついた声で冴が言う。「さっさと連中の尻尾を捕まえに行くんでしょう」

「ああ」

「はっきりしないわね。もう、行くわよ」

「ちょっと待ってくれ」

「だから、何なの?」冴が、軽くハンドルを叩いた。クラクションに触れてしまったのか、間抜けな音が響く。やめてくれ、と叫びたかった。何かちょっとした刺激で、頭の中に浮かび始めた記憶が溶けて流れ出してしまいそうだった。何だったか……何が引っかかっているのか。

名前だ。

「立川」

「立川って、あのタグの名前よね」冴が素早く反応した。

「そう」

「何か、思い当たる節でもあるの?」

「いいから、黙っててくれ」

私が低く言うと、冴が不機嫌に黙りこんだ。遠慮がちにハンドルを指で叩いていたが、私の沈黙が圧力になったのか、やがてそれもやめてしまった。

名前だ。沢の名前を思い出した時と同じように、立川という名前が、私の頭の中でどこかにつながろうとしている。書類か？　沢の時と同じように、何かの書類の中に埋もれていた名前が引っかかっているのだろうか。たぶん違う。立川、という言葉は文字のイメージとは結びつかない。とすれば、書類で読んだのではなく、誰かと話しているうちに出てきた言葉だったのかもしれない。

突然、全てが一本の線でつながった。同時に、糸の先につながる暗い結末が、私の心を蝕《むしば》み始めた。しかし、この結末を避けて通ることはできないし、他人に奪われるくらいなら、自らの手で決着をつけた方が、まだしも救いがある。

しかし、自分には救いが必要なのだろうか。そもそも私は、救われる価値のある人間なのだろうか。

冴に待つようにと言い残し、私は再び資料室に戻った。この黴臭い部屋で過ごしていた時間は無駄ではなかったのだ。推論を裏づける材料を見つけるのに、さほど時間はかからなかった。事件は決して死なない。埃を被った資料の中で、早く見つけ出してくれ、救ってくれとかすかな悲鳴を上げているのだと、私は改めて思った。

私はその声に耳を傾けた。

大友は、今日も自宅にいなかった。職安かもしれないと思い、そちらにも行ってみたのだが、職員は、今日は見かけていないと素っ気無く言うだけだった。あるいは大友は、革青同の連中と落ち合い、何かを企んでいるのかもしれない。結局私たちは、彼の家まで戻ってきた。

「このまま、ここで張りこんでいた方がいいんじゃないかしら」と冴が提案する。

「戻ってくる保証はないんだぜ。時間の無駄になるかもしれない」

「井澤たちと何か相談していると思う？」

「たぶん。岩隈の言葉を信じれば、だけどね」

「でも、それは難しいんじゃないかしら。連中、特捜本部からも事情聴取を受けているわけでしょう。そんな状態で、あちこち動き回ることができるかしら。こっちが警戒していることは、連中には十分分かっていると思うけど」

「じゃあ、亀みたいに首を引っこめて、家の中でじっとしていると思うか？　実際、大友は家にいないじゃないか」

「でも、何人も集まっていたら、かえって目立つでしょう」

「それはそうだけど」

「鳴沢？」

「ああ？」

冴が、体を捻って向き直り、私の顔をまじまじと見つめた。

「どうかしたの」

「いや」

「さっきから変よ。私の話を聞かないで、一人でぶつぶつ言ってるし」

「そうか？」

「こういう時なんだから、秘密はなしにしましょうよ」

「秘密なんか、何もないよ」そう、秘密はない。あるのは嘘である。「君に隠し事をしても、仕方ないいじゃないか」

「本当にそう思ってる？」

「ああ」

「じゃあ、あなたの気持ちを聞かせてよ」

言葉に詰まった。こんな時に、こんな場所で持ち出す話題ではない。そう思って、わざとおどけた口調で切り返してやった。

「よせよ。仕事中だぜ」

「分かってるでしょう」挑みかかるような冴の視線が、私の首筋の辺りに突き刺さる。

「あれから何もないけど……」

「何かあって欲しいのか」

「鳴沢、性格悪くない？」

「ああ、そうなんだろうな。よく言われるよ」

「何で、そういう素っ気無い言い方しかできないのかな」

「仕事中だからだよ。君じゃないけど、俺にだってけじめが必要なんだ」

冴がシートに座り直し、真っ直ぐ前を見た。乱暴にサイドブレーキを引き、だらしなく背中を曲げてハンドルを両手で抱えこむ。エアコンの風に吹かれて、長い髪がふわふわと揺れた。それを見ているうちに、私の気持ちはあちこちを彷徨《さまよ》い、ばらばらになった。

首を振り、失われた集中力を取り戻そうとした。目を細め、狭くなった視界の中で、動きのない大友の家に神経を集中させる。そうしているうちにようやく気持ちが落ち着き、冷静に話すことができた。

「とにかく、そのことは事件が終わってからだ」

「それが、あなたのけじめなのね」

「そうだよ」

「分かった。事件が終わってからね」冴が、案外あっさりと引き下がった。「だけど、今、何を考えているかぐらいは教えてくれてもいいんじゃない？　何か思い出したんでしょう。大事なことなんじゃないの？」

「どうしてそう思う？」

「いつもと様子が違うから」

「俺はいつも、こんなものだよ」

「そうかな」

「そうだよ」

冴が黙りこむ。幾分ほっとして、私も口をつぐんだ。このまま喋り続けていれば、いつかは彼女に自分の推理を話してしまうだろう。今はまだ、早い。いや、永遠に喋ることはないかもしれない。真相は明らかになるかもしれないが、真実を明らかにしたくはないのだ。特に私の口からは。自分の胸の中にしまいこんだまま、誰にも知られたくない。

沈黙と停滞は、人に余計なことを考えさせる。このまま耐えられるか、無事に夜が更けていくのを待つことができるか、自信はなかった。が、私にもまだ幸運が残っていたのか、冴との会話が途絶えてから十分ほどして、大友が家に戻ってきた。私が先にドアを開けて飛び出す。冴が後に続いた。

私たちに気づき、大友が玄関先で凍りついた。私が右から、冴が左から彼を挟みこむ。大友は体を強張らせ、両手を腹の前で硬く組み合わせた。

「大友さん、何してるんですか」

私の質問に、大友はさらに体を硬くし、自分の殻の中に閉じこもろうとした。自転車で通りかかった子どもが二人、不思議そうな顔つきで私たちを見ている。

「何してるんだ」私は彼の肩に手をかけた。服の上からぎりぎりと指を食いこませ、顔を起こそうとする。大友が顔を引きつらせ、ゆっくりと私の方を向いた。

「大友さん、あなた、上野原で何をしてたんですか」

「知らん」

「知らないわけがないでしょう」

「上野原なんかには行ってない」

「俺は、この目で見てるんですよ」私は彼の前に立ち、両肩を強くつかんだ。大友がそっぽを向こうとするが、顎をつかんで正面を向かせる。彼は泳ぐような目つきで私を見たが、その顔にははっきりとした恐怖の色が浮かんでいた。

「あなたは嘘をついている」

「……違う」大友の言葉が、冷たい空気の中に消えた。「俺は何もしていない」

「ふざけるな」私は、彼の肩をつかむ手に力を入れた。このまま押し潰し、アスファルトの中に塗りこめてしまいたい、と本気で思った。「じゃあ、俺が見たのは何なんだ。あなたは、上野原で何をしてたんだ」

「人違いだ」

「いつまでそう言ってるつもりだ」私は彼の胸倉をつかみ、ぎりぎりと締め上げた。シャツのボタンが弾けとび、大友の顔が蒼くなる。「すぐに尻尾をつかんでやる。逃げられると思うなよ」

「やめろ――」大友の声がしゃがれ、喉から空気が漏れた。

「この場で喋った方がいい」

「鳴沢」冴の冷静な声が、遠くから聞こえてくる。「鳴沢、やめて」

　彼女の長く細い指が、私の肩に触れる。反射的に、私は腕を振るった。直後、彼女がアスファルトに倒れこむ音が聞こえてくる。それで我に返り、私は大友のシャツから手を離した。彼が激しく咳きこみ、道路にへたりこむ。周囲を見回すと、近所の人たちが集まって、私たちを不審そうに見ていた。ざわめきの中に、好奇の眼差《まなざ》し、非難めいた視線も混じっている。

心臓が爆発しそうになるのを感じながら、私は手帳を取り出し、かざして見せた。

「警察です」

それで少しだけ、ざわめきが落ち着いた。が、野次馬は散ってはくれない。私は冴に手を貸して立たせると、足早にその場を立ち去ろうとした。

「警察の暴力かよ」悪意のこもった声が、礫《つぶて》のように私を打つ。背中に当たって跳ね返るはずのその言葉は、私の体に染みこみ、じわじわと心を締めつけ始めた。暴力の本当の恐さとは、誰かを傷つけてしまうことではない。己の心の醜さを露見させてしまうことなのだ、と私は気づいた。

5

「鳴沢、私は大丈夫だから」冴が、はしゃぐようにわざと陽気な声で言った。「何でもないわよ。怪我もしてないし」

私は、容疑者に限りなく近い立場の人間を路上で締め上げ、同僚を突き飛ばした。結果として捜査を中断させ、冴に怪我を負わせてしまうところだった。どう考えても、素直に「すまない」と謝るべきである。

しかし、喉の途中にしこりができたように、声が出ない。

「気にしないでよ」気を遣っているのは冴の方だった。おどけた様子で、ハンドルから手を離して万歳をしてみせる。「ほら、全然平気だから」

私は慌てて手を伸ばし、ハンドルをつかんだ。

「危ない」

「大丈夫よ」冴が万歳していた手を下ろし、右手でハンドルを、左手で私の手を握った。そのまま、左手をアームレストの上に置く。彼女の手が上になった。血液が凍りついてしまったように冷たかったが、その冷たさが、かえって気持ちを落ち着かせてくれる。小さく深呼吸し、ようやく言葉を吐き出した。

「悪かった」

「ストップ」

「ストップ？」

「それ以上、言わなくていいわ。私は別に平気なんだから、頭を下げる必要なんてないわよ」

「それでいいのか？」

「良くないわよ、この馬鹿力」冴が、気安い調子で私の肩を小突いた。「あなた、人より体も大きいし、力もあるんだから、気をつけないと駄目よ」

「普段は注意してるんだけどな」

「じゃあこれからは、今まで以上に気をつけることね」冴が念を押した。

「了解」

「何であんなことをしたの？　かっとなったからだ、なんて言わないでね」

「ああ」

「追いこんだつもりだったんだよね、大友を」

もう一歩とは言わないが、私たちはかなり前進していたはずである。今まで接触した革青同のメンバーの中で、一番不安定なのが大友だ。突つけば慌てて動き出すのではないか、それをきっかけにして何かが露見するのではないかと期待していたのは事実である。私が渋い顔をしているのに気づいたのか、冴が小さな笑みを浮かべた。

「あの男なら気も弱そうだし、落とせると思ったんでしょう？」

「ああ」

「それにしても、言葉だけで十分だったんじゃないかしら。手を出したのは、やっぱり良くないわよ。こっちにとっては、後々弱みになるかもしれないし」

私は肩をすくめて冴の追及をやり過ごそうとしたが、今日に限って、彼女は手を緩めようとしなかった。

「今、警察は立場的に弱いんだから。ちょっとした失敗でも大騒ぎされて、世間からは親の敵《かたき》みたいに言われるのよ」

「分かってる」一時は彼女自身、そういう騒ぎに巻きこまれていたのだ。過敏になるのも無理はない。「確かに、やり過ぎだった」

私が失敗を悔いたと確信したのか、ようやく冴の口調が穏やかになった。

「それで、大友は動き出すと思う?」

「たぶんね。かなり動揺しているはずだから、じっとしていられないだろう」

「予感なんだけど、何となく、今夜動き出しそうな気がする」

「ああ」冴の言葉に、私は小さくうなずいた。「俺もそう思ってた」

「気が合うじゃない、私たち」

合い過ぎるのかもしれない。互いの考えが手に取るように分かれば、確かに仕事はしやすいだろう。しかし、これがプライベートな問題となると話は別だ。互いの気持ちが読めないからこそ、人は言葉をぶつけ合う努力をするものである。そして、男と女の間では、それは時に恋と呼ばれる。

「じゃ、行こうか」

「行くんじゃなくて、引き返すんだ」

「言葉は正確に、ね」笑いを含んだ声で言い返して、冴がハンドルを切った。交差点で、右折の信号を利用してUターンすると、アクセルを深く踏みこみ、恐怖と猜疑心に怯えて震えているはずの男の家へと走り始める。

大友の家の灯りは消えていた。それを確認してから家の前を通り過ぎ、少し離れた場所に車を停める。私は、外に出て伸びをした。助手席に座っていただけなのに、狭い箱にずっと押しこめられていたように体が凝り固まっている。

「どうするの」窓を巻き下ろして顔を突き出し、冴が訊ねる。

「俺は、反対側で張りこむ。君は車で待機していてくれ」

冴が私に人差し指を向けた。

「歩いてどこかに行こうとしたら、あなたが追いかける」

「誰かが大友を車で迎えに来たら、俺を拾ってくれ」

「間に合わなかったら？」

「ダッシュしてくる。十メートルまでの距離だったら、車には負けないよ」

「了解」右手を額に当てて敬礼し、冴が特大の笑みを浮かべる。離れがたい、と思わせる笑顔だった。

電柱の陰に身を隠し、大友の家の玄関に意識を集中した。張りこみの時には、なるべく頭の中を真っ白にするようにしているのだが、一人になると、つい余計なことを考えてしまう。大友に対する一瞬の殺意、冴に申し訳なく思う気持ち、そして何より、この事件の行き先が重くのしかかってきて、頭の中が様々な色で染め上げられた。冬の始まりを予感させる冷たい風が吹きつけてくるが、冷静になることはできない。

そのまま張りこみが一時間以上続いたら、私は発狂してしまったかもしれない。しかし幸いなことに、三十分を過ぎた頃、大友が玄関を開けて出てきた。しばらく立ち止まり、コートの襟を立てて顔を隠すようにしながら周囲を見回していたが、すぐに駅の方に向かって歩き出す。街灯の灯りだけでは彼の姿を追いきれなくなった頃合を見計らい、冴に電話をかけた。

「大友は駅の方に向かってる」

「一人？」

「ああ」

「あなた一人で大丈夫？」

「もちろん。君は、適当に流していてくれ。行き先が分かりそうになったら電話する」

「ここに車を置いて、私も一緒にいった方がいいんじゃないかしら」

一瞬、迷った。一人だと、相手を見失う可能性が高くなる。しかし、自分でも理由は分からなかったが、ここは一人で行くべきだと思った。

「いや、俺一人でいい。もしもの時のために、君は車に乗っていた方がいいと思う」

「じゃあ、なるべく頻繁に電話して」

「分かった」

「ああ、鳴沢?」

電話を切ろうとしていた私は、慌てて耳に押しつけた。

「何だ」

「気をつけてね」

「分かってる」

「言葉で言うだけじゃなくて、本当に気をつけて」

「ああ」

「後で私に泣きつかないでね」

一瞬、何と答えたものか迷ったが、結局は「泣きつかないよ」と真正面から答えるしかなかった。冴は「了解」と短く返事をして、電話を切ってしまった。その時初めて、彼女の声がひどく緊張していたことに気づき、私も背筋が伸びる思いをした。

大友はずっと、落ち着かない様子だった。相模大野駅から小田急線に乗り、町田で横浜線に乗り換える。町田では、小田急からＪＲへ乗り換えるのにしばらく歩かなければならないのだが、人の流れに巻きこまれるのを避けるように、二つの駅をつなぐ通路の端の方を歩いていた。時折、怯えたような表情を浮かべて振り返る。私には気づいていない様子だが、あまりにも頻繁に振り向くので、私以外にも彼を尾行している人間がいるのではないかと思えてきた。

ＪＲのホームに出ると、大友は柱を背にして立った。二十メートルほど離れた場所でその姿を視界に入れたまま、私は冴に電話をかけた。途切れがちな通話の中で、彼女の声がざらざらと耳障りに響く。

「今、どこ？」ひどく焦った声だった。

「町田。横浜線のホームにいる。大友は八王子へ向かうつもりじゃないかな」

「じゃあ」冴の声が一気に緊張した。

「そうかもしれない」

「私も、八王子の方へ向かうわ」

「とりあえず、一六号線を北へ走ってくれ。それなら、方向もそれほど大きく外れないと思う」

「了解。彼が電車を降りるか、乗り換えるかしたら、また電話して」

電話を切り、目線を上げて大友を捜した。いない。一瞬顔から血の気が引いたが、彼が先ほどよりも一層強く、柱と同化しようとするように背中を押しつけているのがすぐに分かった。それで、背後からは細い体がほぼ完全に見えなくなる。昔読んだ、特捜検事の回顧録を思い出した。「特捜の鬼」とも呼ばれたその検事は、誰かに突き落とされるのを恐れて、ホームではいつも柱を背にしていたという。大友は、いったい何を恐れているのだろう。

電車がホームに滑りこんできて、大友が用心深く左右を見渡しながら乗りこんだ。私は、一つ離れたドアから電車に乗り、大友の姿を確認した。発車を待つ間、私はずっとドアの近くに立っていた。ぎりぎりで大友が飛び降りるのではないか、と恐れたからである。しかし、彼もそこまで用心していたわけではなく、空いた席に腰を下ろすと、腿の上に拳を置き、大人しく発車を待っていた。

夜の横浜線は、ほどほどに空《す》いて、ほどほどに混んでいる。尾行には適した状況だ。大友は、相変わらずひどく緊張した面持ちで、時折思い出したように左右を見回している。特に電車が駅に着く度に緊張感が高まるようで、刺客が乗りこんでくるのを恐れるかのように、何度もドアに目をやっては車内を見渡した。何事もないと分かると、今度はへたりこむようにシートに腰を埋め、顎を胸にくっつける。先ほどの私の脅しが効いているのか、それよりもずっと大きな圧力や恐怖に潰されそうになっているのかは分からないが、精神的にげっそりしているのは間違いない。今こそチャンスなのだ。こんな時に取調室に連れて行くことができたら、こちらが何か質問する前に、べらべらと喋り出すだろう。

大友は橋本で電車を降り、京王線に乗り換えた。予想していた通りになったので、かえって緊張感は高まった。冴に電話したが、まだ淵野辺《ふちのべ》の辺りを走っているという。私の方がずいぶん先行してしまったが、この時間なら道路も空いているからさほど遅れずに追いつくだろう、と自分に言い聞かせた。

人気《ひとけ》の少ない京王線の中で、大友は車両の一番端にあるシルバーシートをわざわざ選んで座った。そこからなら、車内全体が見渡せる。私は彼と同じ側で少し離れたシートに腰を下ろし、隣に座った大学生らしい若い男を隠れ蓑にした。小柄な男で、しかもだらしなく両脚を投げ出しているので、彼の陰に隠れるには、私もシートからずり落ちそうな姿勢を取らざるを得なかった。こんな姿勢のどこが楽なのか、私にはさっぱり分からない。尻と腰が痛くなってくるだけである。ちゃんと座って壁になれ、という説教の言葉が、喉元まで上がってきた。

体の節々が悲鳴を上げ始める頃、電車が南大沢の駅に滑りこんだ。体を起こし、大友の方をうかがう。居眠りをしているようだ。だが、発車のブザーが鳴り響いた瞬間、彼はそれまでの疲れきった様子からは想像もできないような素早さで跳ね起きるとドアに駆け寄り、ホームに出た。私も慌てて立ち上がり、閉まる寸前のドアを何とかすり抜ける。大友はすでに、小走りで改札の方に向かっていた。乗降客が少ないので、ある程度距離を置かざるを得ない。しかし、見失うことはなさそうだった。

改札の手前で追いつく。大友はかなり急いでいる様子だったが、それでも私が普通に歩くよりも遅い。通路の端を歩き、時々立ち止まって間隔を開けるようにした。

階段を上がって駅の外に出ると、大友は左に折れ、さらにスピードを上げて歩き出した。タクシー乗り場を横目に見ながら、駅前の通りに向かう。私も後に続いた。

冴に電話を入れると、彼女は訝しげに訊ねた。

「南大沢って、井澤のところ?」

「ちょっと変だな。あそこまで歩いていくのは大変だけど、奴は車を拾う気配がないんだ。君は今、どこにいる?」

「もうニュータウン通りに入ったから、あと五分で着くと思うわ」

時計に目を落とす。五分で着ける距離ではない。

「無茶な運転、するなよ」

「無茶って、どういうこと？」彼女が言う背後で、車のエンジンが悲鳴を上げ始めた。忠告しても無駄だろうと思い、私は「気をつけてくれ」とだけ言って電話を切った。

その瞬間、大友が、左折して駅のロータリーに乗り入れようとしたタクシーを呼び止めた。体を乗り出して運転手に行き先を告げるのが見える。私は慌てて周囲を見渡し、駅前の通りに走り出た。大友が向かったのと反対方向に走っているタクシーを強引に停め、自分でドアを開けて乗りこむ。運転手の顔の横に手帳を突きつけ、Uターンさせた。

「前の車を追って下さい」大友の乗ったタクシーのテールランプが、見る間に小さくなっていく。

「お巡りさん、無茶はごめんですよ」胡散臭いものを見るように手帳を見やりながら、運転手が渋い声で言う。

「大丈夫。危ないことはありませんから」言った後、小さな声で、たぶん、とつけ加えた。運転手が嫌そうな顔で振り向いたが、私はそれを無視して、フロントガラスの向こうでどんどん小さくなる前のタクシーの尻を睨み続けた。

運転手が懸念していたような「危ないこと」は何一つなく、追跡は十分ほどで終わった。大友の乗ったタクシーは、井澤の診療所があるのとは反対方向、八王子の南の外れにあたるニュータウンの中を北上し、野猿街道沿いにある公団住宅の前で停まる。私は金を払ってすぐにタクシーを飛び降り、肩を丸めて歩き出した大友の跡を追った。公団住宅の脇を通り抜け、小さな神社の前に出る。エンジンをアイドリングさせたまま待っていたミニバンに、大友が素早く乗りこんだ。車を手放してしまったことを、私は悔やんだ。この辺りには、流しのタクシーはいない。が、幸いなことに、大友が乗りこんだ後も、ミニバンは発進しなかった。

神社の境内に入り、植えこみの陰に身を隠す。固い葉を掌で押し広げ、隙間から車の様子を覗いた。車内灯がついており、大友の顔がぼんやりと見える。運転席には井澤が座っていた。さらに二人か三人が乗っているようだが、顔までは判別できない。何が起きるのかは分からないが、とにかくこの追跡は当たり、だった。私は冴に電話を入れ、目印になる公団住宅を教えた。彼女はその場所がすぐに分かったようで、あと五分で着く、と請け合った。

電話を切った途端、ミニバンから井澤と私が知らない男が降りたち、真っ直ぐこちらに向かってくる。気づかれていたのだ、と直感した。冷や汗が背中を伝ったが、逃げるわけにはいかない。もしかしたら、立小便をしに来ただけかもしれないではないか。

そんなわけがない。

植えこみの奥で下を向き、じっと身を潜めていた私の額に、一瞬固いものが触れた。ゆっくりと顔を上げる。目の前で、私の命を吹き飛ばそうとするように、銃口が揺れていた。


ミニバンの車内は、重苦しい沈黙に包まれていた。どうやら私は、彼らにとっても厄介な荷物になってしまったようである。放っておくわけにもいかず拾ってしまったが、どう始末していいのか分からない、といったところだろう。

いずれは殺されるかもしれない。それは簡単に予想できたが、私は自分でも驚くほど冷静だった。そう、私は殺されるかもしれないが、牙がいる。牙の後ろには警察という組織がある。たとえ私たち二人が、普段は冷たい視線で見られていたとしても、同僚が殺されたとなったら、組織としての警察は途端に本気になるものである。

なって欲しいと願った。

私は、七人乗りのミニバンの一番後ろの座席に押しこめられていた。サイズの合わない棺桶のように狭い上に、とてもリラックスできるような状況ではない。横には、一度事情聴取をしたことのある服部達郎が座り、私の肘の辺りに銃口を突きつけているのだ。

ハンドルを握っているのは井澤。助手席には大友が座っている。さらに二人が、二列目のシートに陣取っていた。

気になったのは、シートの間の狭い通路に無造作に置かれた鉄パイプである。車に関係したものではない、ということはすぐに分かった。人の頭をボール代わりにして、バッティング練習をするには適した長さなのだ。その他に、油紙に包んだ細長い物体も置いてある。でこぼこした形から、中身が何なのかは、容易に想像がついた。

「どこへ行くつもりだ」車に乗りこんでから初めて、私は口を開いた。その言葉に、革青同の元メンバーたちは、一斉に過剰ともいえる反応を見せた。井澤が、運転席から「黙れ」と怒鳴りつける。服部は、私の肘にぐいぐいと銃口を押しつけた。構わず、私は喋り続けた。小口径の銃だし、脇腹を撃たれても即死するようなことはないだろう、と自分に言い聞かせながら。

「立川香里、だな」

大袈裟な反応はなく、全員が頭から水をかけられたように静まり返った。

「上野原の山の中に埋められていたのは、立川香里なんだな」繰り返すと、肘に当たった銃口が細かく震え出した。一瞬、そのまま服部に襲いかかって銃を奪おうかとも思ったが、辛うじて思いとどまった。

立川香里。沢口が、遠い目をして、自分の初恋の人だと打ち明けた女である。大学に行って以来、自然と疎遠になってしまったという女。その理由は、彼女が大学に入学したからというだけではなく、革青同との関係があったからである——名前を思い出してから、私は山口を拝み倒して、当時の革青同のメンバーを確認してもらった。正式なメンバーというわけではないが、彼女の名前は確かにリストに残っていた。

「彼女は、あんたらの仲間だったんだろう。内ゲバか？　殺して上野原に埋めたんじゃないのか」

「そんなものじゃない」井澤が、食いしばった歯の隙間から息を吐き出すように、かすれた声で反論する。

「でも、仲間だったのは間違いない」私の言葉は、彼らを確実に揺さぶった。

「あの女は、俺たちの周りでうろうろしていただけだ」井澤が搾り出すような声で言う。おそらく、シンパ、というやつだったのだろう。

「とにかく、殺したことに変わりはない」そこまでの確証はなかったが、誰も反論しなかったので、私の疑惑は確信に変わりつつあった。「どうして殺した」

私の頭の中では、血なまぐさい内ゲバ事件が、映像となって流れていた。釘を植えこんだバットで頭を殴りつける。コンクリートのように凍てついた大地を掘り起こして生き埋めにする……革青同は、内ゲバには縁のないセクトだと私は思いこんでいたが、岩隈の言う通りで、公安が極左の動きを全て把握していたわけでもないだろう。

誰も何も言わなかった。動機は何だったのだろう。理論上の相違だろうか。粛清、内ゲバ、六〇年代から七〇年代にかけて起きた様々な事件のきっかけは、当人たち以外には理解できない活動方針の違いだったりする。それとも男と女のことか。閉ざされたグループの中に男女がいた場合、人間関係がねじれて、ほんのちょっとしたきっかけで愛が憎悪に変わり、それが爆発することもある。

しかし、そんなことを詮索するのは今でなくてもいい。私が無事に生還して、この男たちを逮捕することができれば、じっくりと供述を引き出すことができるのだ。

不思議と落ち着いた気分だった。目の前にいる男たちは、人殺しである。つまり、私にとっては慣れた状況なのだ。車内を見回し、二列目のシートに座った男の足元に置いてある杖に気づいた。

「あんたが沢だな。それとも沢峰と呼んだ方がいいのか」

沢は、沈黙で私の質問を無視した。

事件の構図は単純なのだ。恋人を殺された男が、数十年後に事件の真相に気づき、復讐を企てる。幾つか見つからないパーツがあったが、いずれは埋められると私は確信していた。もちろん、生きて帰ることができればの話だが。

「俺をどうするつもりだ」

答えはなかった。彼らも、私の存在を持て余しているのだろう。自分たちの計画に迷いこんできた闖入《ちんにゅう》者。結局、全てが終わった後には、私を殺さざるを得なくなる。

まだ時間はある。チャンスもあるはずだ。そのチャンスをつかみ、生き残りたいという強い願望が芽生えていることに、私は気づいた。死ぬのが恐いわけではない。ただ、真実を知らないままで死ぬわけにはいかない、と思った。


井澤は、冷静に、慎重に車を走らせた。レンタカーなのだろうが、ナンバーを控えておかなかったことを心から後悔した。車は野猿街道を東へ走り、堰場《せきば》の交差点で右折して、ほどなく多摩センター駅の近くに出る。ちらりと腕時計を見ると、時刻は十二時近い。私は、銃口の圧力を時に強く意識しながら、服部に気づかれぬよう、手足を小刻みに動かした。いざという時、体が痺れてしまっては話にならない。

車は駅前を通り過ぎ、郵便局の先で左折して、多摩中央公園の下の道路に入った。公園の東側に回りこんだところにある歩道橋の下で、井澤が車を止める。サイドブレーキを引き、エンジンを切ると、完全な静寂が訪れた。この辺りは駅からも遠く、一方で公団住宅が固まっている地域までも距離がある場所だ。人通りはなく、車さえ通らない、一種のエアポケットである。彼らはそれぞれ、自分の足元に置いた武器を手に外へ出た。私は、服部の銃口に背中を追い立てられ、最後から二番目に車を下りた。

井澤たちは、無言で公園に向かって歩き出した。付近には人気もなく、街は死んだように静まり返ったままだった。走り出そうか、と考えた。とりあえず十メートルほど引き離して、道路の反対側に渡ってしまえば、そのまま逃げ切れる可能性も出てくる。この連中に、脚で負けるとは思えなかった。しかし、様々な危険性と可能性を天秤にかけた結果、私は最後まで彼らにつき合うことにした。この後に待っている結末を見届けるために。

一行は、南側から多摩中央公園に入った。だだっ広い芝生の広場を中心に広がっている公園も、今は完全な闇に包まれ、見捨てられた古代遺跡のように静かである。ニュータウン通りを行き交う車の音が遠くで聞こえるほかに、耳に入ってくるのは風の音だけだ。一行は無言で、芝生の感触を確認するようにゆっくりと歩いていく。時折、鉄パイプや銃が揺れ、金属的な音がかすかに響くだけで、彼らが呼吸する音さえ聞こえない。先頭を行く井澤が脚を止めた。誰かが号令をかけたように、他の連中がぴたりと立ち止まったので、私もそれにならう。井澤が振り向き、目の前にある植えこみに向けて顎をしゃくった。井澤のすぐ後ろにいた男がうなずき、鉄パイプを横に振りながら、大股で中に入って行った。

二分ほどして、偵察に出かけた男が戻ってきた。井澤に向かってうなずくと、一行はその場で円を描くように固まったまま、困ったように顔を見合わせた。井澤が、神経質そうに腕時計をちらちらと見る。私は周囲を見回したが、芝生が広がっているだけで、自分たち以外に生きるものの気配もない。冷たい風が吹き抜け、私の体温と気力を奪った。

「ここに沢口さんが来るんだな」

私は、自分の言葉に含まれた残酷な意味合いを噛み締めた。革青同の連中を攻撃している人間が沢口だという根拠は、彼の恋人だった立川香里が上野原に埋められていたらしい、という曖昧なものだけである。しかし私の言葉に対して、十個の目が激しく反応した。井澤が唇を噛み締め、手にした散弾銃の銃把《じゅうは》をきつく握り締める。

「黙れ」

「沢さん」私は、杖を頼りに立っている沢に向き直った。服部が、慌てて銃口を私に押しつける。首を捻って、後ろにいる服部をちらりと睨み、逃げるつもりはないよ、と目で訴えてやった。

もう一度沢の方に視線を投げたが、彼はうつむいて私と目を合わさないようにした。

「あなたの娘さんは拉致された」

急に電源が入ったように、沢がはっと顔を上げた。

「……知ってるのか?」冷たい空気に消え入りそうな声だった。

「その件は、あなたの方が良く知っているはずでしょう」

「からかってるのか」沢が、脚を引きずりながら私の方に詰め寄る。

「いや。俺は、真実を知りたいだけだ」

私はどこまで真相に近づいているのだろうか。今のところは、古い記録をひっくり返して、幾つかの事実にたどり着いただけである。そもそも立川香里が行方不明になった時、捜索願を出したのは沢口だった。立川香里の両親は、彼女が大学に入学した後、父親の転勤に伴って福岡に引っ越し、その後すぐに、交通事故で二人とも亡くなっている。捜索願を出す人間は沢口しかいなかったのだろう。

沢口は、私に嘘をついていた。少なくとも自分が捜索願を出していたという事実を伏せ、立川香里の名前を美しい想い出の中に閉じこめたように見せかけていたのだ。その裏で復讐の準備を進めていた彼の気持ちは、私にはまったく理解できないものである。

いや、恋人の死を、死でもって償わせようとした気持ちは分からないではない。問題は、彼が平気な顔で私に嘘をついたことなのだ。

　私は、沢に顔を向けた。目を細くし、右手で握った杖に己の全てを預けているようにも見える。

「沢さん、娘さんが一晩監禁された時は、どんな気分だったんですか」自分の口調の残酷さにぞっとしながら、私は沢に言葉を投げつけた。「立川香里がいなくなった時も、あなたと同じような気持ちを味わった人がいたんですよ」

「お前は、沢口のことを話しているのか」井澤が、憎しみをたっぷり盛りこんだ台詞を吐き出した。「沢の娘を拉致したのはあいつなんだぞ」

「それは、俺は知らない」言いながら、たぶん井澤の言う通りなのだろうと思った。沢口の復讐は、革青同の連中を直接攻撃することではなく、その周辺から始まったのだ。

　家族、である。

　いつでも家族に危害を加えることができる。そうやって圧力をかけることこそが、沢口の狙いだったのだろう。ご丁寧にも彼は、偽の目撃情報を警察に提供さえしていた。捜査をかく乱させる目的だったのだろうが、彼にしてみれば大きな冒険だったはずである。もしも証言が嘘だということが分かれば、彼は真っ先に疑われるのだから。

だが、沢口は成功した。結果として、沢を離婚、失職、ホームレス生活に追いこんだのだから。数年の間隔を置いて、今度は沢を直接襲い、次いで穴井宗次の襲撃にも成功した。考えてみれば、何年にもわたって沢を悩ませ続けてきたのだから、沢口のやり方は残酷なものである。そして今、復讐は最終局面を迎えようとしているはずだ。沢が集中的に狙われたのは、彼が香里の事件で主犯格だったからかもしれない。

「あんたらは沢口のことを知ってるはずだ」井澤が食い下がる。「警察は、しつこく食らいついてくる。知っていて、交渉材料にしようとしてるんだろう」

「交渉?」無意識のうちに、私は声を荒らげていた。「交渉なんてないんだよ。あんたらは、違法な武器を持ってここに集まっているだけだ。それだけで、凶器準備集合罪になるんだ。交渉する余地はない」

「だったら、どうするつもりだ」井澤が、馬鹿にしたように唇の端を持ち上げた。「ここで、俺たちが沢口を殺すのを見てるか?」

「どういうことだ」喉が貼りつき、酸っぱいものがこみ上げてくる。

「奴は来る。圧力をかけてやったからな」井澤が自信たっぷりに言い切った。

「沢口さんの家を燃やしたのはお前らなんだな?　あれで逆襲したつもりなんだろう」

「あの後で、沢口の方から接触してきたんだよ。こっちとしては、願ったりかなったりだ。一気に決着をつけてやる」

「それで、武器を集めて昔の仲間と一緒に繰り出したってわけだ。こんなことをして、ただで済むと思ってるのか？」

「そうだな。まずは、あんたが邪魔だ。まあ、あんたのことは、決着がついた後でゆっくり考えるよ」

「逮捕する」馬鹿な台詞だと思いながら、私はついそう言ってしまった。「凶器準備集合罪と銃刀法違反の現行犯だ」

井澤の顔が奇妙に歪んだ。やがて、笑みが顔一杯に広がる。ほどなく笑い声が転がり出し、それが他の連中にも伝染していった。笑っていないのは私だけだった。

「阿呆か、お前は」井澤が、ようやく笑いを引っこめた。「生きるか死ぬかって時に――いや、死ぬって決まってる時に、そんなことを言ってどうする」

「俺はまだ死んでいない」私は即座に反論した。今なら、躊躇《ためら》わずに言える。この数か月間、どこかに置き忘れていた刑事としての矜持《きょうじ》が埃を振り払って姿を現し、強くあれ、と私に命じる。「生きている。生きている限り、刑事なんだよ。だから、目の前で犯罪が起これば、必要な手を打つ。当たり前のことじゃないか」

「もう、当たり前の状況じゃなくなってるんだよ」低い声でそう言う井澤の目の中で狂気の光が小さく煌くのを、私は見つけた。沢を見る。こちらの顔に浮かんでいるのは、かすかな怯えだ。娘を拉致され、その結果、その後の自分の人生を狂わせた人間を許すことはできない。そう確信しているのは間違いないはずだが、一方で、こんなことがうまく行くはずもないと疑っているのも明らかだった。

私は、井澤に声をかけた。

「あんたは、医者として成功している。そういう生活を捨てることになるんだぞ」

私の言葉に、井澤は鼻を鳴らした。

「関係ない。何もしなければ、全てを失うことになるんだ」

私は、冴を思った。彼女はどうしているのだろう。神社のすぐ近くまで来ていたのだから、見失ったはずがない。彼女の助けが必要だ——しかし、ここに来て欲しくないと願っているのも事実である。この狂った一幕の芝居に、彼女を巻きこむわけにはいかないのだ。もちろん私は、死ぬつもりはなかった。しかし、この窮地から脱出するために、彼女の身を危険にさらすことはできない。

自分一人で何とかするのだ。

しかし、適当な方法は何一つ見つからない。ただ、俺は間違っていない、いかなる形であれ、この事件の決着をつけるのだ、と強く思いながら、十一月の冷たい風を浴びているだけである。裏づけのない突っ張りは、こんな状況では何の役にもたたない。

「沢口さんは何時に来るんだ」

井澤が腕時計に目を落とす。

「もうすぐだな」

私も手首を捻り、自分の腕時計を見た。間もなく一時になる。ふと、ほんの数週間前までの日々を思った。昼間は埃にまみれながら書類をめくり、夜は街をうろつきながら、独り善がりの夜警を続けていた。そして一時という時刻はいつも、私の無為な一日の終わりを告げるタイミングだったのだ。つまり、一日の中で数少ない、ほっとできる時刻である。今は神経が張り詰め、寒さがゆっくりと体を蝕むのを、甘んじて受け入れているしかない。

一行は、袖から鉄パイプを引き抜き、油紙を解いて拳銃を取り出して、その瞬間に備え始めた。冷たい風が、ぴりぴりとした緊張感を高める。

「あんたを人質にするのもいいかもしれんな」井澤が、冗談とも本気ともつかない口調で言った。「沢口とは知り合いなんだろう？　まさかこんなところにいるとは思っていないだろうから、きっと驚く――」

気分を軽くするための軽口だったのだろうが、私はその言葉を最後まで聞くことはできなかった。一陣の強い風が吹き抜けたように思った直後、背後から衝撃が襲う。殴りつけられ、私は咄嗟に頭を庇って体を丸めた。反射的に、芝生の上に身を投げ出す。風景がひっくり返る中、怒号と、肉を叩き潰すような鈍い音が聞こえてきた。

6

逃げろ。逃げられなくても、とにかく身を隠せ。私は背中の痛みをこらえながら芝生の上を転がった。上下左右が交錯する中、沢口の姿を探す。見つからない。やがて肩が何か固い物にぶつかった。痛みで頭が白くなるのを何とかこらえながら、這いつくばって低い姿勢を保つ。

ぶつかったのはケヤキの根元だった。大きく息を吸いこんで何とか立ち上がり、木陰に身を隠す。五メートルほど先では、乱闘が始まっていた。止めに入ろうかと、木陰から脚を一歩踏み出した瞬間、誰かに肩をつかまれる。

「鳴沢」

後ろを振り向くと、冴が厳しい表情を浮かべて立っていた。大丈夫だと微笑もうとしたが、顔が強張ってしまう。

「怪我は？」

背中の痛みを除けば、今のところは無傷である。自分でそれを確認するために首を振ると、冴が私の腕をきつくつかんだ。

「沢口さんなの？」

「そうだ。それより君、ずいぶんゆっくりしてたな」

私の皮肉に対して、冴が落ち着いた声で弁明した。

「気づかれないように注意してたから時間がかかったのよ。そんなことより、沢口さんを止めないと」

沢口は、鉄パイプ一本で五人を相手にしていた。上段に振りかぶって肩口に殴りかかり、低い位置で横に払って膝をへし折る。人数的には革青同の連中の方がずっと有利だし、飛び道具も持っているのに、沢口の勢いに押されたのか、まともに反撃できない。沢に至っては、脚を引きずりながら逃げ出そうとしていた。沢口が目ざとく気づき、一歩踏みこんで、後ろから沢の腿を鉄パイプで打ちすえた。沢が悲鳴を上げて膝を抱え、芝生の上を転げまわる。

「沢口さん！」私は思わず声を張り上げ、隠れていた木陰から飛び出た。

「鳴沢」沢口がゆっくりと視線を動かし、私に向かってうなずきかける。息切れしていたが、声は落ち着いていた。いつの間に奪ったのか、手には拳銃を握っている。私は咄嗟に周囲を見渡し、何とか状況を把握しようとした。倒れているのは、沢を含めて三人。井澤が散弾銃を腰だめに構え、もう一人が自分を守ろうとするように、顔の前で鉄パイプを握っている。

「沢口さん、やめて下さい」

「止めるな」

「駄目です」一歩前に出たが、沢口は躊躇わずに私に銃口を向けた。その隙を突くように、井澤が散弾銃で沢口を狙う。沢口が素早く反応して、私を視線でその場に釘づけにしたまま、銃口を井澤に向けた。

「鳴沢、止めるな」低い声で沢口が繰り返す。私は、激しい自責の念に駆られた。彼には、決して返すことのできない恩義がある。それは学生時代から始まり今へと続く、長く、太いものだ。東京へ舞い戻ってきた私に家を紹介してくれたし、余計なことを考えてぐずぐずしているよりは体を動かせと、イーグルスに誘ってもくれた。未だに新潟の事件を忘れたわけではないが、何とかこうやって生きているのは彼のお陰だ、とさえ思う。一方で私は今まで、彼のために何をしてあげただろう。恋人を殺され、その恨みを晴らすためだけに生きてきた男の苦悩を、どこかで察してやるべきだったのではないか。

知っていさえすれば、私にも何かができたのではないか。

「殴って悪かったな、鳴沢」

彼の言葉に、背中がまた痛み出した。

「そんなことはどうでもいいんです。とにかく、銃を下ろしてください」

沢口が首を振る。まるで試合中のような表情だ。どんなことをしても、この試合には絶対に勝たなくてはいけない。彼が一度そう決めたら、心変わりさせることは不可能である。経験的に、私はそれを知っていた。

立川香里が殺され、上野原の山の中に埋められてから、三十年近くが経っているはずである。沢口は、どこかでその事実を突き止め、牙を研ぎながら機会を狙っていたに違いない。少なくとも七年前、水絵を拉致した時には知っていたはずだ。私は、学生時代には見たことのなかった沢口の暴力的な一面を知ったばかりである。復讐の計画を進めていくうちに、彼の性格は自分でも意識しないうちに歪んでしまったのだろうか。

沢口が、ゆっくりと井澤の方に目をやった。

「お前たちは、人を殺した。それは全員の責任だ」

「分かった、それは認める。だけど、ここには警察の人間もいるんだから、任せればいいだろう」井澤が、吹き抜ける風に消えるような、震える声で言った。散弾銃があるにもかかわらず、依然として優位に立っているのは沢口である。

「警察は、お前たちを殺せない。人を殺しておいて、何年か自由を奪われただけでまた社会に戻って来るなんて、俺は許さない。絶対に」

沢口が断定すると、反論も、命を請う声も聞こえなくなった。私は、沢口が銃口を上げ、その場にいる全員に冷たい弾丸を撃ちこむ様を想像した。あるいは鉄パイプで頭を叩き割る光景を。沢口も、人殺しの仲間入りをしてしまったのだ。この事件は、復讐のために複数の人間を殺した特異なケースとして、犯罪史に刻みこまれることになる。普段は真面目な教員が、何十年も前に恋人を殺された復讐の念に駆られ、過激派の元活動家たちを殺した——新聞や雑誌のスキャンダラスな見出しが、頭の中を飛び交う。

彼は、こんなことをすべきではなかった。世間に叩かれ、恐怖の眼差しで見つめられる化け物のような存在になるべきではなかった。

「沢口さん、やめてください」私の声は弱々しく、たぎるような沢口の怒りを静めることなどできそうもなかった。彼が、ゆっくりと視線を私に戻す。

「邪魔するな、鳴沢」

「します」

「お前なら、分かってくれると思ったんだがな」

「分かりません。俺は、刑事だから」

「そうだったな」沢口が自嘲気味に笑う。「お前とつき合っていて良かったのかどうか、俺には分からんよ」

「良かったんです」本当に？　自問しながら、私は繰り返した。「良かったんですよ、俺にとっては」

「刑事の友だちがこんな人間だっていうのも、皮肉な話だよな。だけど、お前には止められない。これは、俺一人の戦いなんだ」

「警察に任せて下さい。あなたは、こんなことをしちゃいけない」

「いや、俺は自分の手で決着をつける。誰にも頼らない」

「警察が――俺たちがいるじゃないですか。もっと早く届け出てくれていたら、香里さんも、上野原の冷たい土の中で三十年近くも一人きりでいることはなかったんだ」

薄い膜に包まれたように濁った沢口の目が、一瞬だけ光ったように見えた。

「そう。彼女は、そんな目に遭うべきじゃなかった。そんなことをしたのは、こいつらなんだぞ」激しい口調で吐き捨てた後、一転して沢口が懇願するような口調で言った。

「鳴沢、頼む、見逃してくれ」

「駄目です」

「俺を逮捕するつもりか？　やっとここまで来たのに？」ずるずると這うように後ずさる井澤を、沢口の視線が捕らえた。大儀そうに銃口を向け、無造作に引金を引く。井澤の足元で芝がえぐれ、彼が短く甲高い悲鳴を上げた。井澤は、手にした散弾銃の存在をすっかり忘れてしまったようである。

「こいつらが香里さんを殺したって、どうして分かったんですか」

「わざわざ教えてくれた人がいたんだ」沢口の唇が歪んだ。「鳴沢、情報は金で買えるものなんだな。ありがたい話だよ。このためなら、俺はいくらでも金を出したと思う」

誰ですか、と質問しかけ、私は真相にたどり着いた。岩隈だ。あの男は、革青同の連中と沢口の間を飛び回り、情報をささやいては金を稼いでいたに違いない。そして、こういう破滅を予想して、自分だけさっさと逃げ出したのだ。「金になると思った」という彼の言葉が、私の想像を裏づける。火を点け、油を注ぎ、自分だけは安全な場所で舌を出している。本当に責められるべき人間は、岩隈なのだ。

「岩隈という男ですね」私はようやく声を絞り出した。「岩隈哲郎。フリーライターとか名乗っている人間でしょう」

沢口が小さくうなずいた。

冴が飛び出し、私の横に立つ。ほとんど叫ぶような声で沢口に呼びかけた。

「やめて下さい、沢口さん」

「ああ」沢口の唇が歪んだ。笑おうとして笑えないのだ、ということはすぐに分かった。

「この前のお嬢さんか」

「沢口さんは、こんな人じゃないはずです」冴が震える声で言った。

笑顔を浮かべようとしていた沢口が、途端に表情を強張らせる。

「こんな人じゃない？　じゃあ、俺はどんな人間なんだ。どうだ、鳴沢、俺は狂ってるか？　恋人を殺された恨みを、三十年もかかって晴らそうとする人間は狂っているか？」

私はゆっくりと首を振った。恨みは、決して消えることはない。たった一つの歪みが、人生さえも簡単に変えてしまうのだ。惨《みじ》めな生活を送っていれば、その原因を復讐の対象に求めるようになるし、たとえ成功して物質的には満ち足りていたとしても、一点の染みのような恨みが消えることはありえない。

だから、見逃すべきなのか？　彼が井澤たちを殺し、復讐を完遂するのを見届けてやるべきなのか？　彼の性格から言って、目的を果たせば自ら命を絶つような気がしていた。そして、そのような選択肢を残しておくのは、友人としての思いやりかもしれない。

だが、刑事としては、それはできない。この事件は全て、きちんと解決されなくてはいけないのだ。たとえ捜査資料に、沢口の怒りや恨みが記されないにしても、手続きを踏んで処理し、司法の判断を仰ぐべきなのだ——いや、報告書は私自身が書く。可能な限り彼の気持ちを汲んで、後々、私のように報告書を読みこむのが趣味である刑事が出てきた時に、この事件を正しく理解する一助とするのだ。

「鳴沢、もうすぐ終わりなんだ。最後までやらせてくれ」

「いや、終わってるんです。これで終わりにして下さい」

沢口が、額に脂汗を浮かべ、震える手で何とか散弾銃を持ち続けている井澤に軽蔑の眼差しを向けた。

「こいつらはただの人殺しなんだぞ。香里を殺したことだけは絶対に許せない」

「こんなことをしても、香里さんは生き返らないんですよ」言いながら私は、その死体はどこに消えてしまったのだろう、と想像を巡らした。それを知るためにも、井澤を死なせてはならない。明るみに出すべきは、井澤たちの犯罪なのだ。

「鳴沢、もうやめにしよう」疲れた声で、沢口が言う。「お前には分かって欲しかった……刑事にこんなことを分かれって言っても無理か」

「いや」

「分かってくれるか、俺の気持ちを」

私が無言でいると、沢口は寂しそうな笑顔を浮かべ、井澤に銃口を向けた。その時、沢口の背後で倒れていた服部がそろそろと立ち上がり、やにわに沢口の背中に体当たりしていった。沢口はバランスを崩したが辛うじてその場に踏みとどまり、振り向きざま、銃把を服部の頭に振り下ろした。鈍い音がして、服部が膝から崩れ落ちる。しかしその一撃は致命傷にはならず、服部はなおも沢口の脚にすがりつき、倒そうと試みた。

私は、揉み合う二人目がけて突進した。沢口の背中に肩からぶつかって行く。沢口が前に突き飛ばされ、服部の上に覆い被さるように倒れた。二人がもつれ合いながら芝の上を転がる。散弾銃が発射される音が響き、二人のすぐ横で土を抉《えぐ》っていった。

「やめなさい！」冴が、良く通る声で叫んだ。瞬間、全ての動きが止まる。振り返ると彼女は、誰かが落とした拳銃を両手で構え、井澤に狙いをつけていた。

「銃刀法違反の現行犯よ」声を低くして、冴が井澤に告げる。一瞬、彼女が言葉だけでこの場の混乱を収拾してしまうのではないかと思ったが、そうはならなかった。くぐもったような銃声が背後で聞こえる。振り返ると、沢口が拳銃を下に向けたまま、ゆっくりと立ち上がるところだった。芝の上に服部が倒れている。だらしなく伸びた右の手先がぴくりと揺れたが、すぐに動かなくなった。闇の中で目を凝らすと、彼の目の下が醜く抉れ、芝生の上に血と脳味噌が撒き散らされているのが見えた。

「沢口さん」

「俺が殺したんだ」自分に言い聞かせるように彼が言う。動揺してもいないし、後悔している気配もない。そのまま銃を井澤に向ける。井澤が、脇に垂らした散弾銃を慌てて構え直そうとした。

冴が飛び出し、井澤を庇おうと体を投げ出す。彼女が腕を広げようとしたのと、沢口が引金を引くのとが同時になった。冴が右肩を押さえ、芝生の上に転がる。一瞬全ての動きが止まり、音が消え、風だけが吹き抜けていった。静寂の中、私は彼女に駆け寄った。

冴のジャケットの右の肩口は爆破されたように大きくちぎれている。私はジャケットを引き破り、肌を露出させた。肩の付け根から血が噴き出し、焼け焦げた臭いが漂っている。背中側を見ると、銃弾は綺麗に貫通していた。

「大丈夫だ」私は震える声で言って、ハンカチを傷口にきつく押し当てた。冴は痛みよりもショックで呆然としているようで、私が傷口に触れた時にも、痛みに顔をしかめるわけではなく、呆けたように口を開けたままだった。

「鳴沢……」冴の手が、私の腕をつかむ。細く長い指は震え、爪先が食いこんだ。「私は大丈夫だから」

「大丈夫じゃない」

「大丈夫よ。大したことないわ。貫通してる?」

「ああ。すぐに救急車を呼ぶ。待ってろ」ワイシャツのポケットから携帯電話を取り出そうとする私の腕を、彼女は思いもかけない強い力でひき下ろした。

「追って」

「え?」

「彼を追って」言われて顔を上げると、沢口が脚を引きずりながら、公園を駅の方に向かって逃げて行くのが見えた。

「君を置いていけない」

「駄目」冴が、青白い顔で私の目を覗きこむ。「行って」

「冴」

「行って、お願いだから。行かないと、殴るわよ」

「馬鹿言うな」

「行って、了」思いもよらぬ力強い声で冴が言う。死ぬことはないだろうが、傷ついたままの彼女を残していったら、私は絶対に後悔する。万が一のことがあったら、私はまた、重い自責の念を一つ余計に背負いこむことになるだろう。

しかし、それより悪いこともある。

彼女はそれを知っている。あなたも知っているはずだと、ぼんやりした目で、冴が私に訴えかけた。

彼女の指を腕から引き剝がし、私は立ち上がった。後ずさり、力なくへたりこんだ冴の姿を目に焼きつける。井澤は呆然と口を開けたまま、逃げ出す気配も見せない。

「了」冴がつぶやくように言う。私は急いで駆け寄ろうとしたが、彼女は震える手を上げて私の動きを制し、自分の側に落ちている拳銃に向かって顎をしゃくった。「それを」

迷った。が、結局私は拳銃を拾い上げた。もう一度冴を見ると、彼女が小さくうなずいた――いや、そんな気がしただけかもしれない。だが私は、それで自分を奮い立たせて走り出した。おそらくは破滅というゴールを目指して一直線に走り続ける沢口の背中を追いかけて。

沢口には簡単には追いつけなかった。今になって、殴られた背中の痛みが激しくなり、まともに走ろうとするだけで、ひどくエネルギーを消耗してしまう。

公園の西の端を横切り、沢口は駅の方に向かっていた。冗談じゃない。この時間でも、駅の近くには人がいるかもしれない。そんなところで銃を乱射でもされたら。沢口は、ただ逃げようとしているだけなのだと思いたかった。どこかに用意してある車目指して、一直線に走っているのだと信じたかった。

公園の北の端にある大きな池を横目に見ながら、私はスピードを上げた。芝生を取り囲むように植えられたクスノキが風に吹かれ、さわさわと乾いた音をたてる。死んだように静かな公園の中で、辛うじて命の存在を感じさせるのは、その音しかなかった。

沢口の背中がどんどん小さくなり、早くも公園の外れにさしかかろうとしていた。多摩中央公園は小高い丘の上にあり、駅へ続くペデストリアンデッキとの間は、長い階段で結ばれている。沢口は、その階段に向かい、公園の一番端にある、アーチとも門柱ともつかない奇妙なオブジェの下を通り過ぎるところだった。顔を上げ、私はまずい状況に気づいた。こんな時間だというのに、サッカーボールを蹴りあっている若者が数人いる。沢口にも私にも気づいていない。冷たく輝く金属製のアーチの下でサッカーに興じる若者たちの姿は、さながら神に捧げる踊りに夢中になっている古代の異教徒のように見えた。

呼びかけるべきかどうか迷い、結局無言で跡を追った。息が乱れ、拳銃を握り締めた右手が重くなる。沢口が、若者たちの間を、ステップを踏むようにすり抜けた。若者たちは、呆然と彼を見送るだけだった。階段に足を載せたところで、沢口はようやくスピードを落とした。一歩一歩を確かめるように、階段を下りていく。行きたくない、という気持ちが急に膨らんできた。彼はすでに、自らの最期を選んだはずだ。何も私が、無理に決着をつける必要もないのではないか。

すぐに追いついた。私の足音を聞いたのか、沢口が驚いたように口を開けて振り返り、汗で光る顔に恐怖の表情を浮かべる。

「沢口さん」叫んだ言葉が力なく空気に溶ける。彼は、何事かを悟ったかのように表情を消し、私に銃を向けた。

その瞬間、周辺からあらゆる音と色が消えた。沢口が、一瞬も躊躇わずに引金を引く。鋭い乾いた音が耳のすぐ側を通り過ぎ、同時に焼けた鉄を押しつけられたような痛みが走った。頬に、生暖かい血が流れ出す。まずい。上には若者たちがいる。反射的に私は銃口を沢口に向け、引金を引いた。一発、二発。三発目で、彼の体がくるりと回転する。それで十分なはずだった。しかし私の指は、「やめろ」と叫ぶ脳の命令を無視し、さらに引金を引き続ける。私の銃から放たれた銃弾の一発一発が、確実に彼の命を削り取っていった。弾が当たる度に、操り人形の糸が切れたように、沢口の体が不自然に動く。やがて全ての糸は切れ、彼は動かなくなるだろう。そう、彼は何者かに操られていたのだ、と考えたかった。自分の意志では抗《あらが》うことのできない強い存在が、彼を支配していたのだと思いたかった。しかしそれが、運命とか宿命という決して目に見えないものであると気づいた時、私の絶望は頂点に達した。

沢口が膝から崩れる。拳銃が手からこぼれ、階段の上を転がり落ちて冷たい音をたてた。彼の手が、何かをつかもうとするように宙を彷徨う。しかし虚空は、彼の鍛え上げた体を支えることはできなかった。ゆっくりと、頭を下にして、彼の体が転落する。あちこちにぶつかり、無用な傷を増やしながら、長い時間をかけて階段の一番下まで落ちていった。

肉塊を乱暴に叩きつける音が響き、それきりまた、全ての音が消えた。耳の上の傷が疼《うず》き始め、痛みが意識を押し流しそうになる。私はゆっくりと下を向いて階段に腰を下ろし、引金のところで固まってしまった右手の指を左手で引き剝がした。まだ熱い銃身を左手でつかみ、そっと傍らに置く。

沢口は、最期を私に委ねたのだ。全てを自らの手でやり通してきた男が、自分の死だけは他人任せにしたのだ。

雨が降り出す。最初、一粒二粒が体に当たるだけだったが、ほどなく、この世界をどこかに押し流してしまおうとするほどの強い雨脚になった。私は、体が濡れる不快さに耐えながら、数十メートル下で奇妙に手足が捻じ曲がった格好で倒れている沢口を見つめ続けた。雨が彼の広い背中を打ちすえ、流れ出した血と入り混じる。

冴、君はどうやってこれを乗り越えたんだ。乗り越えていないにしても、毎日を生きていく力をどうやって手に入れたのだ。ふと、傍らに置いた拳銃が目に入る。それはひどく甘美な声で私を誘惑した。簡単だよ、楽なものだよ、と。人を殺した人間は、それ相応の罰を受けなければならない。そして、他人の手で汚されることなく、自ら決着をつける方法もあるのだと、ごく単純な構造のその凶器は教えてくれた。

震える手で拳銃を取り上げる。傷の上辺りに銃口を押し当て、冷たい感触をしばらく味わっていた。無限の時間が過ぎたように思った後、遠くでサイレンが聞こえ始めた瞬間に、私は決断を固めた。引金を引く。かちりと小さな音が、情けなく聞こえただけだった。急に力が抜け、私は右手を体の横にだらりと垂らした。弾切れだ。

死ぬことさえも赦されない。しかし、私にはそのような罰こそが相応《ふさわ》しいのだ、とも思えてくる。全てを背負い、自ら命を絶つこともできず、どこにあるか分からないゴールを目指してよたよたと歩き続けていくことこそが、私に科せられた罰なのだ。

両手を広げ、天を仰ぐ。雨が顔を打ち、その冷たさが、私に罪を強く意識させた。何か叫んだはずである。喉が痛く、頭の中ではガラスが割れるような音が響き続けていたから。しかし私は、自分の声を自分で聞くことさえできなかった。

ようやく意識がはっきりし、自分の置かれている状況が把握できたのは、病院での手当てが終わってからだった。

処置室のベッドでぼんやりと横になっていると、筧が入ってきた。今まで見たことのない、厳しい表情を浮かべている。問われるままに今夜の一部始終を彼に説明したのだが、言葉は滑り、何を喋ったのかも覚えていなかった。話し終えると、何かまずいことを言ったのではないか、誰かを不利な立場に追いこむようなことを無意識のうちに口にしたのではないか、と私は恐れた。

耳の上が引きつるように痛む。何とか転落せずにベッドから下り立ち、固く冷たい床に裸足の足をつけた途端、体がぐらりと揺れた。関節が全て外れ、自分の力で自分の体を支えることができなくなってしまったようである。筧が、私の脇の下に自分の腕をすっと差し入れると、思いも寄らぬ強い力で支え、真っ直ぐに立たせてくれた。

「しゃんとしろ」

筧の言葉に、何とかうなずいたつもりだったが、頭を振った途端に吐き気がこみ上げてきた。目をつぶり、唇を嚙んで、苦いものを飲み下す。しばらく重心を保つことに集中していると、ようやく気分が落ち着いてきた。筧の肩を借りて、私は処置室の外の廊下にあるベンチに腰を下ろした。大丈夫、何でもない、と自分に言い聞かせる。吐き気も痛みも、生きている証拠に過ぎない。

「大した怪我じゃないな」横に座った筧が、体を斜めに倒すようにして、私の顔を覗きこむ。「犠牲は髪の毛百本ぐらいだ。耳の上を綺麗にかすっていったらしいよ。もしかしたら、変な傷跡になるかもしれないけど、それだけだ。しっかりしろ」

「大丈夫です」また吐き気が襲ってくるのではないかと恐れ、私は真っ直ぐ前を見詰めたまま、唇だけを動かして答えた。大丈夫だった。自分が大丈夫だと分かると、今度は別の不安がどっと押し寄せてくる。「小野寺は無事ですか?」

「今手術中だ」筧がひどく素っ気無い口調で言う。「心配するな。命に別状はない」

「この病院にいるんですか」

「ああ」

「誰か、ついてやってるんですか」

「いや」

「行ってやらないと」私は壁に手をついて立ち上がろうとしたが、激しい眩暈に襲われ、倒れるようにベンチにへたりこんでしまった。

「無理するな」

頭を壁にもたれかけさせ、目を閉じたまま天井を見上げる。気分が落ち着くのを待っているうちに、筧の質問が追いかけてきた。

「さっき喋ったことで、間違いはないんだな」

「俺、何か喋りましたか」

「とぼけるなよ」

「別にとぼけてませんよ」

舌の付け根が乾き、目がちかちかと痛んだ。何を喋ったのだろう。大したことではない、と自分を納得させようとした。沢口はもういない。革青同の連中は、服部以外は生き残ったはずだが、あんな連中がどうなろうが、私の知ったことではなかった。

「沢口って男、お前の大学の先輩だったんだな」

「ええ」

「こんなことを言うべきじゃないかもしれんが、気の毒なことになったと思う」

「ええ」

「最初から警察に任せておけば良かったんだよ」

「一本気な人なんです」

「そうか」

「真面目な人でもあるんですよ」

「そんな人が、こんなことをするか？」

「そんな人だからこそ、こんなことをするんじゃないんですか。何か問題があれば、他人に頼らず、自分で解決しようとする。最短の道順を選んでね。考えてみれば、彼がそうしようとしたのは、まったく自然なことだったんだ」

「日本の法律では、敵討ちは赦されてないんだよ」

「分かってます。だけど、もう誰も沢口さんを罰することはできないんだ」

私の挑みかかるような口調に、筧が黙りこんだ。ややあって、ようやく口を開く。

「普通の人間だったら、警察に届けてるよ。彼はそうしないで、自分の手で決着をつけようとしたわけだ。今回は、下手をすると、一般市民が巻き添えになっていたかもしれないんだぞ。それは、赦されることなのか？　復讐するなら、もっと別の方法もあったんじゃないか」

叱るような口調だったが、声に芯が通っていない。実際には彼も、私を叱責すべきかどうか迷っているのだろう。

「まあ、あんたの行動は、仕方なかったんだと思う。向こうが先に発砲してきたんだし、撃たなければ、殺されていたかもしれん。この際、生きて捕まえられなかったのは仕方ないと思うよ」

　慰めの言葉をかけてもらっても、私の気持ちは晴れるどころか、ますます落ちこみ、吐き気がしてくるほどだった。それを察したのか、筧が尻ポケットからバーボンの小さな瓶を取り出し、私の顔の前に差し出した。

「勤務中にいつもこんなものを持ち歩いているわけじゃないんだがな」言い訳するように筧が言う。「今夜ばかりはこいつが必要じゃないか？　あんたが酒を飲まないのは知っているが、今は飲んだ方がいい。明日になればまた忙しくなるんだから、今夜は酔っ払って、さっさと寝ちまえよ。わざわざ買ってきたんだぜ」

　自分でも驚いたことに、私はごく自然に酒瓶を受け取った。キャップを外し、鼻先まで持っていって匂いを嗅ぐ。何年も嗅いだことのなかった、刺すような、それでいて神経を麻痺させるような甘やかな香りが鼻腔一杯に広がる。ふと思いついて顔を上げた。

「手術室はどこですか」

「何だよ、急に」

「小野寺、一人じゃ可哀想でしょう。誰かがついててやらないと」

「何も、お前さんがその役目を引き受ける必要はないんだよ。怪我してるんだから。手術が終わるまでは、俺が待っててやる」

「いや」筧の言葉に首を振りながら、私は自分が何をしたいのか、何を言いたいのか分からなくなってしまった。酒瓶をじっと見つめる。私の手の中に隠れてしまうほどの小さな存在だが、たぶん今夜一晩の安眠を約束してくれるだろう。

こんなものは、いらない。

立ち上がり、私は酒瓶を向かいの壁に投げつけた。鈍い音とともに瓶が割れ、バーボンが壁に茶色い染みをつける。筧が、唸るような声を出した。

「鳴沢」

「すいません」

謝りながら私は、自分がしたことは正しいのだ、と確信していた。酔ってはいけない。何かに逃げてはいけない。私は完全に素面《しらふ》のままで、自分がしたことの意味を見つめながら、これからどうすべきか、考えていかなくてはいけないのだ。それは、割れたガラスを敷きつめた道を歩くような、あるいは巨大な石塊を永遠に押し上げ続けるような痛みや苦しみを伴う道程かもしれない。

それでも私は、生きていく。生きて、自分の行為の意味を考え続ける。

手術室を捜して、私は歩き始めた。眩暈も痛みも消え、視界ははっきりしていた。物事が良く見えるというのはなんと辛いことだろう、と私はぼんやりと考えていた。

7

数日来続いている雨が、今日も街に煙幕を張っている。私はサンデッキに椅子を持ち出して、もう二時間近くもぼんやりしているのだが、目に映るのは曇ったガラス窓だけだ。傍らのテーブルに置いたカップの中では、ココアがすっかり冷えている。冴が腕を包帯で吊るした格好で、私の後ろに立っていた。かすかな消毒薬の臭いが漂い、鼻をくすぐる。彼女が二、三歩脚を踏み出すと、素足の下でウッドデッキがきしきしと音を立てた。

「何も見えないね」

「ああ」短く答え、私はカップを手に取る。見えないのは景色だけではない。私たちの行く末も、濃い霧の向こうに沈んでいた。

私は、二日休んだ後で捜査に復帰した。以前と違って無視されることはなく、同僚の刑事たちは何かと声をかけてくれたが、今度はどこか、警戒するような態度が感じられた。危険人物、鳴沢了。

捜査が一段落すると、私は正式に自宅待機を言い渡された。上に報告を上げず、勝手に捜査を進めたというのが理由だったが、いつまで待機していればいいのか、今もって説明はない。自宅でぼんやりと過ごす時間は、すでに一週間にも及んでいた。これほど長く、無為な時間を過ごしたことは、かつてない。自分が壮年期を一気に通り越し、老人になってしまったような気分を毎日のように味わっていた。そして、暇な時間に思い起こすのは、事件の行く末である。行く末は——見えてこなかった。

井澤たちは、掘り起こした立川香里の白骨死体を真鶴《まなづる》で海に捨てたと供述したのだが、遺骸はまだ発見されていない。事件はやはり過去に埋もれ、全てが明るみに出ることはなさそうである。香里は正式なメンバーではなく、シンパのような存在だったのだが、彼女も組織内の路線闘争に巻きこまれたらしい。それに男女問題が絡み、最悪の結果を招いた——私は香里を直接は知らないのだが、どうやら彼女は、革青同の連中の目には、組織の秩序を乱してしまう存在と映ったようである。路線闘争も、恋の駆け引きも、全て彼女が原因で起こったことであり、組織の秩序と団結を守るためには彼女を排除するしかなかった、というのが彼らの言い分だった。

馬鹿馬鹿しい。私は直接取り調べに当たらなかったが、もしもその役目を割り振られていたら、誰かの首を絞め上げていたかもしれない。

沢口は、こんな解決を望んでいたのだろうか。

新聞もテレビも、この事件を一時は熱狂的に取り上げた。沢口は、私が懸念した通り、連続殺人犯、そして聖職にあるまじき非道な人間として扱われた。一方で、私が発砲したことについては、批判めいた記事は一切載らなかった、と記憶している。警察官が襲われる事件が相次いで、発砲に対するメディアの論調が昔に比べれば緩くなっていることが影響したのだろう。警察側も、発砲は正当なものだった、と繰り返し主張し続けた。多摩中央公園にいた若者たちも、先に発砲したのは沢口だったと証言してくれた。

マスコミの熱狂は長続きしなかった。なにぶん古い話である上、肝心の犯人が死んでしまったのである。曖昧な想像や供述を裏づけようにも、取材が思うようにできないのだから、一瞬燃え上がった炎がすぐに消えてしまったのも当然だ。

そしてこの日、冴が突然訪ねてきた。

彼女が退院して家で療養していたということは聞いていたのだが、私の家を訪ねてくるとは予想もしていなかった。歩けるようになったし、暇だから、と彼女は玄関先で照れ臭そうに笑ったのだが、その笑みは決して心からのものではなかった。私も、彼女の顔を見た途端に、居心地悪い気分になった。冷蔵庫の中を引っかき回して、何とか食べられそうな食材を探し出し、二人で遅い昼食を取ったばかりなのだが――この家で二人で食事を取るのは初めてだった――私たちの間にはずっと、ぎこちない空気が流れている。

「怪我は大丈夫なのか」私は初めて、その質問を口にした。

「私は、最初から傷物だから」冴の冗談は冗談になっていない。白い肌に浮かんだ火傷の跡、それに先日新たに加わった醜い傷を思い浮かべると、私は自分の傷口を擦られるような痛みを感じた。しかし、彼女は平然としている。「火傷の他に、ちょっと傷が増えただけよ」

「傷跡、残るのか」

「それは、あなたが心配することじゃないでしょう」意識してか、冴が硬い声でつぶやく。「私の体なんだから。それとも、あなたが心配することなのかしら」

私は無言で、カップを口元に持っていった。冷めたココアは妙に甘ったるく、口の中がべとべとする。ふと、思い出した。この事件が終わったら、と冴が言っていたことを。

事件は終わったのだ。

しかし、私は何も言えなかった。冴は、黙って私の言葉を待っている。長い時間が流れた後、ようやく諦めたように彼女が先に口を開いた。

「無理だと思う」

「そうか」

「私たちが結婚でもしたら、世間からは暴走夫婦、なんて言われるわよ」

「そうだな」

「それは……嫌だよね」振り向くと、冴が困ったような笑顔を浮かべていた。

「君と一緒にいるのが嫌なわけじゃない。一緒にいたいとは思う」

「じゃあ、何が問題なの？」

「一緒にいたら、俺たちは不幸になるかもしれない」

冴の顔が、さっと蒼ざめる。

「どういうこと」

「俺たちは、似過ぎてると思う。あまりにも似た人間同士が一緒にいたらどうなるか、分かるだろう？　結果は二つに一つしかないんだ」

「最高に気が合ってうまく行くか――」

「正面衝突して二人とも爆発するか、だ」私は彼女の言葉を引き取った。冴はなおも引き下がらない。

「だけど、実際にそうなるかどうかは分からないじゃない」

「俺には分かる」

「試してもみないで、諦めるつもり？」

「臆病者だと言われても仕方ないけど、何も今、傷つくのを承知で冒険する必要はないんじゃないかな。たぶん俺たちは、もう十分傷ついている」

冴が冷めた声で言った。

「そう」

いや、そんなことを言いたいのではない。私が何を考えているか、彼女もたぶん気づいているはずだ。

「正直言って、私も、あなたとずっと一緒にいると、しんどいんじゃないかと思う」冴が、努めて明るい声で切り出した。「だってあなた、几帳面過ぎるし、真面目過ぎるんだもの。趣味らしい趣味もないし、一緒に暮らしたら、一週間で疲れちゃうと思うわ」

「趣味はあるよ。靴磨きだ」

冴が、声を上げて短く笑った。

「私の靴も磨いてくれる？」

「靴磨きは、自分でやらないと面白くないんだ。正しい靴の磨き方だったら、いつでも教えてあげるよ」

「やめておくわ」小さな溜息と一緒に、冴が言葉を押し出した。「私は、そんなことしてたらおかしくなっちゃいそうだから」

長い沈黙が二人を引き裂く。冴が全面ガラス張りの引き戸に歩み寄り、ゆっくりと開けた。雨と、十一月の冷たい風が吹きこんでくる。が、その冷たさこそが、今の私には似合いなのだ。顔が濡れるのも気にせず、冴が体を乗り出す。

「結局、ここからの夜景、一度も見られなかったね」

「これからもないよ」

冴がさっと振り向く。顔が濡れているのは、雨なのか、涙なのか、にわかには分からなかった。しばらく私の顔をじっと見つめていたが、やがて挑発するように口を開く。

「傷跡、見てみるつもりはない？」

「ない」

「恐い？」

「分からない」言いながら私は、冴の白く暖かい肌を、伸びやかな手足を頭に思い描こうとした。それははるか昔の想い出のようであり、かすかに靄《もや》がかかったように霞んで見えた。

「また、一緒に仕事できるかな」軽い調子で冴が訊ねる。たぶん、と私は答えた。冴が努めて明るい表情を浮かべ、私に微笑みかけてくれた。

「きっと今度は、いい仕事ができると思うわ。コンビ復活でね」

冴は、何かにすがろうとしているのかもしれない。が、私は手を差し伸べてやることができなかった。ほんの短い間見つめ合った後、彼女が唐突に「帰るわ」と言った。引き止める言葉もなく、私は黙って立ち上がった。冴の視線が、私の視線と絡み合う。私たちは、互いを深く理解しているはずだ。自分と同じ、人を殺した体験をした人間がすぐ近くにいることは、時には大きな慰めになるだろう。しかし、互いの傷を舐め合ううちに、傷がさらに深くなる可能性もある。今ここで触れ合わないにしても、将来どうして抱き合ってはいけないのか、一緒に暮らしてはいけないのか、二人とも十分過ぎるほど分かっているはずだった。

誰かが赦してくれると言っても、それで全てが水に流されるわけではない。銃弾が削り取ったのは、沢口の命だけではなかったのだ。私の心も切り崩され、その一部は間違いなく死んだ。

それでも私は、罪を贖いながら生きていく。罰の中には、誰かを愛してはいけない、という一項も入っているはずだ。

雨が吹きこみ、足元を濡らす。心を引き裂くような冷たい痛みを感じ、私は今、自分の人生が再び、何ものかによって大きく突き動かされようとしているのを感じていた。

新装版解説

沢田史郎

のっけからこんな言い方もどうかと思うが、鳴沢了《なるさわりょう》って、ミステリーの主人公にしちゃ地味過ぎじゃね？　大体、気晴らしが靴磨きって、面白味が無いにも程があるだろう。唯一趣味らしい趣味のバイクにしたって、愛車はＹＡＭＡＨＡのＳＲだもんな（いや、確かに名車なんだけどさ）。

そして何よりも、仕事ぶりがひたすら地味。ＴＶドラマのような銃撃戦やカーチェイスは皆無だし、密室だのアリバイだのといったトリックとも無縁。目の覚めるような名推理も無ければ、アッと驚くどんでん返しも無い。ならば彼は何をしているかと言えば、愚直に聞き込みを繰り返して足を棒にしたり、些細《ささい》な疑問に拘泥《こうでい》して睡眠時間をすり減らしたりしている。

例えば、散々聞き込みに歩き回った末の成果が、どうでもいいような目撃証言一つっきりだった際、鳴沢は自分に言い聞かせでもするかのように述懐する。

《つい愚痴《ぐち》を零《こぼ》しそうになって、いや、こんなものなのだ、と思い直す。薄っぺらな事実の積み重ねこそが、捜査の実態である。こうやって、一見無駄に思える話を聞き続けていくことで、いつかは宝にありつくことができる》

また、とある重要人物の張り込み中、コンビニのおにぎりで空腹をなだめている時。普通なら情けなくって「トホホ」とでも嘆きたくなる場面だろうが、鳴沢の場合は、むしろそれを喜んでいる風情である。曰く、

《握り飯の冷えた飯粒を噛み締めていると、自分は刑事の仕事の八十パーセントを占める「待ち」の時間の只中にいるのだ、とつくづく感じることができる》

……何だかパッとしないヒーローだな、おい。などとツッコミつつ、反面では、こういった鳴沢の冴えない捜査を幾ら読まされてもちっとも退屈しないことに、驚いた読者は多いのではなかろうか。無論僕もその一人なのだが、さて、派手な見せ場がある訳でもないのに、鳴沢の何がそんなに僕らを惹《ひ》きつけるのだろう？

と、ここで話は少々逸れる。皆さんは、ドリフトかましながら逃走犯を追うパトカーを見たことがありますか？　或いは、ビルの角を盾にしてピストルを撃ち合う刑事と凶悪犯、という場面に遭遇したことは？　はたまた、追い詰められた容疑者が、運悪く居合わせた一般市民の喉元《のどもと》に刃物を当てて、「銃を捨てろ！」と叫んでいるシーンに出く

わしたことは？

残念ながら僕自身は、どれも経験がありません。ってか、フツー無いだろ、そんなこと（笑）。

だけれども、日本全国津々浦々で日々犯罪は発生しているし、それを捜査したり検挙したりする為に活動している警察官だって、数え切れない程いる筈なのだ。

と言うことは、だ。本当の犯罪捜査というものは、僕ら一般庶民の目には殆ど触れることなく進行するような、地味で目立たないものであるに違いなく、『雪虫』や『破弾』に於《お》いて鳴沢が取った手法こそが、まさにそれだと言えるのではないか。

要するに、日本のどこかにホントに居そうなのだ、鳴沢は。そのリアリティがあるからこそ、僕らは、刑事・鳴沢了から目が離せなくなるのだろう。

とは言うものの、だ。ただリアルなだけが取り柄なら、新聞でも読んでりゃ充分である。無論、我らが鳴沢了がそんな無味乾燥な存在でないことは、読んだ誰もが知っている。スクエアだけど、ドライではない。堅苦しいのに、エネルギッシュ。そして、地味ではあっても、熱い。

……といった人物造形は、実は〈刑事・鳴沢了〉のシリーズのみならず、堂場《どうば》瞬一《しゅんいち》の多くの作品で見られる特徴であり、僕自身はそれこそが彼の十八番だと常々思っている。

　幾つか例を挙げてみよう。

　球界から前途を嘱望《しょくぼう》されながら、とある事情で野球に背を向けた天才投手。その藤《ふじ》原《わら》が雌伏の八年間を経て、メジャーリーグに挑戦する。しかしプロでの実績が無い上に無愛想な彼を温かく迎えてくれる程、現地のファンもチームも甘くはない。それでも己の力を信じて一歩を踏み出した藤原は、失った八年間を取り戻せるのか……？　小説すばる新人賞を受賞したデビュー作『8年』。

　誘拐事件の被害者を死なせてしまった上條《かみじょう》は、「止むを得ない状況でミスではない」とされながらも、担当を外される。その後、捜査は暗礁《あんしょう》に乗り上げ、被害者の遺族でさえ解決を半ば諦めてしまっている現在、捜査本部には、事件発生当時の緊張感はもはや無い。そんなところに、上條が一年ぶりに戻って来る……。同僚たちの蔑みと憐れみに満ちた視線に刺し貫かれながらも、自信と誇りを取り戻そうとする刑事の、孤独な戦いを描いた『棘の街』。

　予選を突破できず、箱根駅伝の連続出場が途絶えた城南大《じょうなんだい》。しかし一人、エースの浦《うら》だけは本戦を走るチャンスを与えられた。予選で敗退した大学の中から、成績上位者が選ばれてチームを組む〈学連選抜〉。そこに〝選抜〟された浦はしかし、去年の本戦で大失速し、シード落ちの原因を作った張本人である。そんな自分が仲間を差し置いて箱根を走ることが許されるのか……。敗者の寄せ集めとも言える急造チームで、迷い、傷つきながらも懸命に前を向く青春群像を綴《つづ》った『チーム』。

そして、鳴沢了である。『雪虫』に於いて失意のまま新潟を後にした彼は、今作『破弾』では、警視庁多摩署の刑事として犯罪捜査の第一線に復帰している。しかしそこは決して居心地の良い場所ではなく、何かの間違いで紛れ込んだ異分子を見るようなよそよそしさが充満している。与えられるのは雑務の処理ばかりで、捜査の戦力としては、まるで期待されていないようでもある。

《長い間、私はアイドリングを続けている。このままでは、エンジンが壊れるのも時間の問題だろう》

そんな弱音を吐く程だから、さすがの鳴沢も余程参っていたに違いない。

そこに飛び込んで来た出動命令はしかし、公園でホームレスが乱暴されたという、これまた地味（と言っては被害者に失礼だが）な〝事件〟であった。とは言え、鳴沢が待ちに待っていた〝捜査〟が遂に始まるのだ。

《単純な傷害だろうが、被害者がホームレスだろうが、事件であることに変わりはない。現場に出るのを面倒臭がっている誰かの代役だとしても、私にとってはありがたい話だ

った》

という訳で早速現場に出向くと、小野寺冴《おのでらさえ》という刑事が先着しており、彼女によると、乱暴を加えた加害者だけでなく、被害者までもが逃げ出してしまっていて、誰が誰を襲ったのかさっぱり分からない、と言うよりそもそも本当に〝事件〟があったのかどうかさえ曖昧だと言う。

そしてこの小野寺冴という刑事、詳しいことは分からないが、どうやら署内で冷遇されているらしく、邪魔者同士でコンビを組ませれば丁度良い厄介払いだ、とでも言いたげな上層部の本音が透けて見えるようでもある……。

といった幕開けはやはり、颯爽《さっそう》と登場する正義のヒーローといったイメージからは程遠い。しかも彼ら二人への、まるで落伍者に対するかの如き風当たりは止む気配すら無く、冴の言葉を借りれば《まともな仕事は回してもらえそうもないわね》という状況。

が、鳴沢も冴も、決して膝を屈したりはしない。

《辞めさせたがっている連中がいるのは分かってるけど、私は、このままじゃ終わらないからね》

《こっちの事件だって重要なんだ。事件に優劣はつけられないんだぜ》

《少なくとも、馬鹿な上司に皮肉を言われたぐらいで怒る気にはなれなかった。それよ

りも、私にはやるべきことがある。目の前にあるのは動いている事件であり、その尻尾を逃がすわけにはいかないのだ》

さぁ、どうだろう？　四面楚歌《しめんそか》の中でも己の流儀を曲げずに責務を全うせんとする鳴沢と冴の姿に、我知らず感情移入し胸の内で喝采を叫んだ読者は、決して僕だけではない筈だ。

これだろう、堂場瞬一の真骨頂は！

まるで、何度踏まれても頭をもたげる雑草のような、或いは暴風雨の中で直立する一本杉のような、そんな人物造型こそが、堂場作品の中核には常に屹立しているのだ。それは、警察小説だろうとスポーツものだろうと揺らぐことは決してない。それが証拠に、『破弾』のクライマックスで、絶体絶命の鳴沢が《俺はまだ死んでいない》と豪語する名場面があるのだが、この言葉を発したのが例えば『8年』の藤原や『棘の街』の上條、或いは『チーム』の浦だったとしても、微塵《みじん》の違和感も無く受け入れられるのではあるまいか。

そうなのだ。地味で冴えない人物ばかりが登場する堂場作品は、実はそれ以上に、一度は敗れて自己嫌悪と喪失感に飲みこまれた男女が、それでも自分を否定することだけは自身に許さず、泥の中からもう一度すっくと立ち上がる姿を描く、言わば〝百折不《ひゃくせつふ》撓〟の文学なのだ。だからこそ僕らは、お世辞にも華があるとは言い難い藤原や上條、浦や門脇、そして鳴沢や冴に共感し、手に汗握り、更には声援を送るのだ。

とまぁ思いがけず長くなってしまったが要するに、この〈刑事・鳴沢了〉のシリーズで堂場瞬一の魅力に目覚めたならば、続編の『熱欲』やスピンオフ的な『ラスト・コード』は言うに及ばず、推理小説だとか青春小説だとかいった枠組みは取っ払って様々な堂場作品に手を伸ばして頂きたい、ということを主張したかったのである。諦めるという思考が生まれつき欠落しているかのような、鳴沢や冴と同種の人物がきっとあなたを待っていると約束しよう。

（さわだ・しろう　書店員）

この作品はフィクションで、実在する個人、団体等とは一切関係ありません。

本書は『破弾　刑事・鳴沢了』（二〇〇五年一月刊、中公文庫）を新装・改版したものです。

中公文庫

新装版《しんそうばん》
破《は》　弾《だん》
――刑事《けいじ》・鳴沢了《なるさわりょう》

2005年1月25日　初版発行
2020年2月25日　改版発行
2023年4月30日　改版3刷発行

著　者　堂《どう》場《ば》瞬一《しゅんいち》
発行者　安部順一
発行所　中央公論新社
〒100-8152　東京都千代田区大手町1-7-1
電話　販売 03-5299-1730　編集 03-5299-1890
URL https://www.chuko.co.jp/

ＤＴＰ　ハンズ・ミケ
印　刷　三晃印刷
製　本　小泉製本

Published by CHUOKORON-SHINSHA, INC.
Printed in Japan　ISBN978-4-12-206837-7 C1193

中公文庫既刊より

各書目の下段の数字はＩＳＢＮコードです。978－4－12が省略してあります。

と-25-45
新装版　雪　虫　刑事・鳴沢了　堂場　瞬一
俺は刑事に生まれたんだ――鳴沢了は、湯沢での殺人と五十年前の事件の関連を確信するが、署長である父は彼を事件から遠ざける。〈解説〉宇田川拓也
206821-6

と-25-47
新装版　熱　欲　刑事・鳴沢了　堂場　瞬一
青山署の刑事として現場に戻った了。詐欺がらみの連続傷害殺人事件に対峙する了の捜査は、ＮＹの中国人マフィアへと繋がっていく。シリーズ第三弾。
206853-7

と-25-48
新装版　孤　狼　刑事・鳴沢了　堂場　瞬一
行方不明の刑事と不審死した刑事。遺体の手には「鳴沢了」と書かれたメモ――最強のトリオで警察内に潜む闇に挑め。シリーズ第四弾。〈解説〉内田俊明
206872-8

と-25-49
新装版　帰　郷　刑事・鳴沢了　堂場　瞬一
殺人事件の被害者遺族に依頼された、父が遺した未解決事件の再調査。「捜一の鬼」と呼ばれた父を超えるため、了は再び故郷に立つ。〈解説〉加藤裕啓
206881-0

と-25-50
新装版　讐　雨　刑事・鳴沢了　堂場　瞬一
爆破事件に巻き込まれた了。やがて届く犯行声明。爆弾魔の要求は世間を騒がせた連続幼女誘拐犯の釈放であった。大人気シリーズ第六弾。〈解説〉内田　剛
206899-5

と-25-51
新装版　血　烙　刑事・鳴沢了　堂場　瞬一
恋人の子・勇樹が誘拐された。背後に揺れる大物マフィアの影。異国の地を駆ける了が辿り着いた事件の哀しき真相とは。シリーズ第七弾。〈解説〉安西京子
206909-1

と-25-52
新装版　被　匿　刑事・鳴沢了　堂場　瞬一
西八王子署管内で代議士が不審死。ろくな捜査もせず警察は事故と断じる。苛立つ了のもとに地検から秘密裏に協力の要請が。シリーズ第八弾。〈解説〉狩野大樹
206924-4